O CHAMADO DO CAMPEÃO

O CÓDIGO DO HERÓI
LIVRO 2

A.R. KNIGHT

O ARRASTAR DESPERTOU-O. Forçou os olhos de Thane a se abrirem para ver a caverna, prateada sob o luar do Oceano Pacífico. Thane prendeu a respiração, esse ato por si só quase exigindo esforço demais, e esperou que o som voltasse. O arranhar nas pedras da caverna tinha os sinais reveladores de um animal, os movimentos espasmódicos de uma criatura; buscando algo. A leveza do arranhar também indicava que o animal não seria uma ameaça, mas, muito possivelmente, seria comida. E Thane precisava de comida.

Ele tinha feito isso de novo.

Thane sabia por que estava deitado no chão da caverna, por que sua garganta ardia de sede e seus músculos frágeis doíam por falta de uso. A razão pela qual, quando os Paragons o deixaram em uma prisão fria do norte por décadas, os funcionários o mantinham em uma rotina rígida. Mantinham-no estimulado, mesmo que apenas um pouco. Mantinham Thane abastecido com drogas pacificadoras que enevoavam sua mente e o impediam de entrar fundo demais dentro de si mesmo.

Era onde Thane estava agora, revivendo as escolhas que

o levaram a este momento e perseguindo seus infinitos caminhos ramificados em busca de um presente melhor do que aquele que atualmente o matava.

Os arranhões voltaram. Uma sombra se moveu, depois disparou pelo chão da caverna em direção a... sim. Thane moveu os olhos, arrastou sua bochecha sem vida pelas rochas para ver a fonte do barulho indo direto para os ossos de seu predecessor, empilhados onde Thane os havia deixado. Pequenos pedaços de carne ainda estavam presos aos pequenos ossos brancos, bocados que a língua de Thane não conseguira arrancar.

O que poderia ser pequeno demais para ele, no entanto, poderia servir como isca para algo maior.

A sombra aproximou-se da pilha e pegou a luz total da lua, revelando um rato baixo e rechonchudo roendo os restos. A criatura servia como uma tábua de salvação, um foco que Thane podia agarrar, podia usar para se tirar dos abismos escuros onde sua mente havia ido. Algo aqui, agora, para se concentrar.

Real. Físico.

A possibilidade do rato fez bem a Thane. Ele respirou novamente, facilmente desta vez. A sensação voltou aos seus dedos das mãos e dos pés com a sensação cintilante de membros deixados inativos por muito tempo. Uma pessoa comum, um normal, poderia tê-los perdido completamente. Como estava, Thane teve que apertar a própria garganta para se impedir de gemer com o prazer-dor enquanto seu corpo voltava à vida real. Fazia décadas que ele não ia tão longe, e seu corpo doía com o desafio.

Estalos e rachaduras sacudiram seus ossos, enviaram tremores ao longo dos nervos revigorados, e durante todo esse tempo Thane manteve seu foco. No rato, e em tudo que o rato tinha que Thane não tinha.

O roedor tinha liberdade, para começar. Podia ir onde quisesse, pelo menos dentro das limitações de suas habilidades. Sem necessidade de se preocupar com drones, ou leis, apenas predadores. O rato, também, podia comer o que quisesse. Sem cozinhar aqui, sem padrões para se agarrar a fim de ser civilizado. Seu pelo poderia estar sujo, seus pequenos dentes cobertos de placa, e ainda assim o rato seria um rato e aceito como tal. Thane, no entanto, havia sido expulso de sua sociedade por... razões que não importavam aqui.

Concentre-se no rato. Use-o.

Distorça-o.

Como parecia feliz, puxando cartilagens que poderiam ter vindo de seu próprio irmão. Que criatura imunda. O rato pervertia a vida. Merecia morrer, mais do que Thane jamais mereceria. Mas quem poderia aplicar esta justa punição ao rato? Quem estava aqui, nesta caverna, e capaz de fazer tal coisa?

Ele podia. E ele o faria.

Thane explodiu para cima. Arrastou-se na direção do rato, braços e pernas fortes e chutando-o para frente. Thane estendeu a mão enquanto o rato tentava fugir, a pequena coisa não era páreo para velocidade, reflexo e músculo potencializados pela anomalia. Não conseguiu dar um único guincho antes do seu fim, antes que Thane o devorasse em uma única e enorme mordida, cuspindo os ossos enquanto ele mastigava o lanche.

Thane girou pela caverna, caçando, farejando. O rato tinha estado sozinho, sim, mas havia outros cheiros no ar. Próximos.

Dobrando seus três metros de altura, Thane disparou em direção à entrada da caverna na encosta, longe dos penhascos do oceano. Seus ombros roçaram e quebraram rochas, as bordas afiadas deixando os menores arranhões na pele com veias eriçadas.

Os pés de Thane esmagaram pedras soltas, trituraram folhas e outros detritos até virarem pó. Em meio a tudo isso, Thane continuou a soltar ossos de rato como pequenos foguetes, cuspe voando por toda parte. O rato fizera pouco pela sua fome, e pela primeira vez em dias, Thane exigia comida.

Fora da entrada da caverna, um portal de rocha preta e estriada revelava sua origem como uma erupção de lava há muito resfriada, o solo inclinava-se sob uma densa floresta de samambaias. Suas frondes em escala de cinza flutuavam na brisa noturna em uma cadência além da compreensão ou preocupação de Thane enquanto ele rasgava para fora, sob o luar, seguindo seu nariz, seus olhos e todos os outros sentidos que o enviavam em direção a um humano recuando.

Um homem pequeno e mais jovem, o humano segurava um graveto afiado com mãos esqueléticas em um corpo magro, uma barba desgrenhada levando a olhos que, apesar de toda sua aparência selvagem e esfarrapada, continham alguma inteligência.

Não que Thane se importasse. Comida era comida, e ele comeria este assim como tinha feito com o rato. O homem empurrou um pau pontiagudo em direção a Thane, que agarrou a arma, arrancou-a e a quebrou. Ele descartou os pedaços e deu ao homem um rugido cheio de cuspe para completar.

A comida, seu rosto congelado em uma máscara de terror, estendeu uma mão em direção a Thane, e a cabeça do monstro se moveu para o lado, empurrada por um vento forte e repentino. O homem socou o nada novamente e os tornozelos de Thane deslizaram, o braço alcançando seu alvo foi desviado para o lado enquanto rajadas surgiram do nada para jogar o monstro para o lado.

Mas o monstro nada era senão adaptável. Rosnando o tempo todo, Thane virou-se de volta para sua presa, fincou seus grandes pés, e quando o bombeamento furioso do homem disparou vento contra o corpo de Thane, a besta não se moveu.

Gritando, o homem tentou correr, agitando rajadas atrás dele enquanto Thane o perseguia e, com um avanço através das folhas, agarrou a perna do homem que se arrastava. Thane puxou sua captura de volta, ergueu-o e pendurou o homem de cabeça para baixo.

Onde morder primeiro?

— Posso te ajudar! — gritou o homem, com os olhos arregalados e girando. — Não me mate!

Ajudar? Thane se inclinou, farejou o homem. O cheiro afiado do medo encheu o nariz de Thane, congelado com o fedor de quem não se lavou e sujeira. O homem parecia imundo e faminto. Como uma presa, nada mais.

— Eu vi quando ela te deixou cair — continuou o homem, encontrando um tom mais firme numa voz próxima a um guincho. — O fato de você ainda estar vivo significa que é forte! Forte o suficiente para escapar, talvez!

Escapar? Escapar era o oceano, e os drones assassinos. A comida estava bem aqui. Thane segurou o homem mais perto. Abriu bem a boca.

— Você não é o único que quer Mynx morta!

Aquele nome. Thane parou, os dentes pressionando o braço do homem. Mynx. Esse nome ele conhecia, e conhecia bem. Ela era sua verdadeira presa, não este aqui. Porque Mynx tinha sido a primeira a traí-lo, a primeira a chamar Thane de monstro em vez de Paragon. Ela construíra sua prisão. Ela lhe causara tanta dor...

Thane largou o homem sem perceber, seus braços fracos demais para segurá-lo. Encolhendo-se de volta à sanidade, à força de um homem normal. As dores voltaram com a reversão, e Thane traçou essas dores e as compreendeu, percebeu onde estava, e virou-se para o corpo rastejante e chorando a seus pés.

— Levante-se — disse Thane, formando palavras em vez de cuspi-las. — Não vou te matar.

O homem congelou, cortando outro soluço de pânico. De joelhos, mãos agarrando o solo fino acima da rocha negra, o homem olhou para cima para um Thane muito mais baixo e mais fino.

— A fera está de volta em seu armário — continuou Thane. — Ele ficará lá até que eu precise dele.

O homem esperou por uma mão oferecida que nunca veio. Sem a névoa de sua raiva, Thane analisou a anomalia com um olhar analítico.

Magro, sim, e coberto de sujeira e, sem dúvida, doenças, mas Thane também podia ver força fibrosa ali. Alguém que estivera por baixo por muito tempo e aprendeu a viver com isso, a sobreviver com o que pudesse conseguir. Que negociava dignidade como qualquer outro recurso, e sabia quando abraçar o chão contava mais do que ficar em pé sobre ele.

— Sook — disse o homem, finalmente se levantando sozinho. Ele era um pouco mais alto que Thane agora, mas isso não fazia nada para apagar o medo persistente naqueles olhos. — Esse é meu nome.

— Eu percebi.

— Qual é o seu?

— Você não sabe?

O prontuário de Thane era amplamente conhecido. O tipo de lenda que chega a todo lugar, em todas as línguas. A besta imparável que, quando não estava em fúria, se transformava na fonte de conhecimento dos Paragon. Mas, ainda assim, ele estivera naquela prisão por muito tempo. Talvez o mundo não se importasse mais em conhecê-lo.

— Caso você não tenha notado — disse Sook. — Estamos meio isolados aqui. Não lemos as notícias.

— Nós?

— Sim. Todas as outras anomalias na ilha. A maioria deles é um bando de idiotas, por isso estou aqui fora, procurando por você. Mas temos muitos de nós.

Thane tinha visto fumaça, mas rastrear uma pequena pluma no céu até uma horda de anomalias era um salto que ele não tinha pensado em fazer. Ele assumira que esta ilha seria o lar de apenas algumas anomalias como ele, mas os Paragons podiam ter se tornado mais brandos desde que ele fora preso. O que antes teria rendido uma execução sumária pelo punho de Aegis poderia agora significar uma sentença de prisão perpétua aqui.

Reunir anomalias em um só lugar seria perigoso, no entanto. Nunca se sabia como suas habilidades funcionariam juntas.

Talvez Mynx pensasse que as anomalias cuidariam de suas execuções por conta própria.

— Você está bem? — disse Sook. — Você está, uh, encolhendo.

Não exatamente encolhendo. Definhar seria a palavra mais adequada. Pare. Ele estava fazendo isso novamente, perseguindo ideias e levando-as às conclusões.

Thane vacilou, sua perna direita de repente não querendo mantê-lo de pé na encosta. Sook estendeu a mão, agarrou o braço de Thane e o firmou.

— É um problema — disse Thane, e tentou se concentrar novamente. Se ele encontrasse a razão pela qual tinha sido despejado aqui, uma traição dos Paragons, sua relutância em vê-lo por quem ele era, ele poderia recuperar força suficiente. — Eu vou consertá-lo.

O pensamento funcionou, injetando energia em suas pernas, seu corpo, e Thane cresceu novamente, mas ele manteve isso sob controle desta vez. Nivelou o ódio a uma borbulha latente enquanto mantinha sua mente clara.

— O que você é? — perguntou Sook.

— Thane é quem eu sou — respondeu a anomalia. — Quanto ao que eu sou — Thane olhou ao redor, para o céu sem nuvens, iluminado por estrelas e lua, as plantas ondulantes e o oceano negro sem fim no horizonte. — Suponho que eu seja o novo mestre desta ilha.

Sook riu. — Novo mestre? Cara, já existem muitos mestres nesta ilha. Você está um pouco atrasado para conseguir um lugar.

Thane estendeu a mão, colocou-a na garganta de Sook. O homem parou de rir, congelou.

— Passei anos demais sob o domínio de líderes inferiores — disse Thane, lento e uniforme. — Não mais. Você diz que há outros nesta ilha? Então você me levará até eles. Eles se juntarão a nós, e juntos encontraremos um caminho para sair desta prisão, e daremos aos Paragons o fim que merecem.

Sook engoliu em seco.

— Você concorda? — disse Thane, afrouxando seu aperto muito levemente.

Sook assentiu.

— Bom. Então começamos quando o sol nascer. Não deixaremos o novo mundo esperando.

CAPÍTULO 2

TOC TOC

ELA FEZ os testes sem abrir os olhos. Flexionou as pernas, os braços, virou o pescoço de um lado para o outro, e não sentiu nada. Pela primeira vez em uma semana desde que lutou contra Calvin no ferro-velho, Kat não estava dolorida, contundida ou doente por causa do resfriado que pegou durante a briga numa noite gelada. Combine um corpo saudável com uma cama na qual gastou muitos créditos, e Kat sentiu que poderia ficar ali o dia todo. Ela se sentiria um pouco preguiçosa, porque Kat não havia feito praticamente nada durante toda a semana, mas por que não? Ela não tinha merecido isso?

Quase morrer merecia algum tempo livre.

Uma língua grossa e babenta lambeu o rosto de Kat, deixando um rastro de baba em sua bochecha. Um hálito quente a envolveu, e patas pressionaram seus ombros contra o colchão enquanto Seeker, o husky de Kat, a atacava. Ela havia cometido um erro, deu um sinal de que estava acordada. Um erro crítico.

— Seeker, para com isso — disse Kat sem entusiasmo e com menos força. — Estou tentando dormir.

Ganhou outra lambida por seus problemas. Kat se contorceu, tentando fazer um esforço mínimo para tirar Seeker sem abrir os olhos e se render ao dia, mas o cachorro não se moveu.

— Tap, manda o Seeker me deixar em paz — disse Kat.

— Seeker, cachorro mau. Nada legal. Deixa ela dormir. Não é maneiro acordar alguém no fim de semana, cara.

O tema de surfista. A atitude lacônica a lembrava de praias douradas e sol escaldante, tudo o que Chicago não tinha em um fim de semana de fevereiro. Seeker, no entanto, obedecia a Tap tão bem quanto obedecia a Kat, e continuou babando. Em determinado momento, o cachorro ultrapassou o limite de lambidas e, sentindo que seu tempo na cama havia chegado ao fim, Kat se afastou de Seeker, sentando-se e afastando o cabelo castanho dos olhos.

Mais um dia cinzento no inverno do meio-oeste, a julgar pela janela à sua esquerda. Que surpresa.

— Tap, o de sempre — disse Kat, levantando um dedo em direção a Seeker, que agora estava no chão, mas parecia pronto para retomar seu ataque a qualquer momento. — Se você pular aqui em cima, Seeker, não vou pedir nada para você.

O "de sempre", um pedido de uma lanchonete do terceiro turno nas proximidades, vinha com ovos fritos, torrada de centeio e frutas aleatórias que o lugar tinha disponíveis. Um drone de entrega o deixou na abertura de pacotes do lado de fora da janela de Kat não muito tempo depois que Tap fez o pedido. Tempo suficiente para Kat vestir algumas roupas, jogar água no rosto e começar a preparar o café. Com uma cozinha não muito maior que seu armário e um fogão que preferia dar curto-circuito a esquentar, Kat optou pelo caminho mais fácil e embarcou no trem das refeições delivery.

Ajudava que a lanchonete sempre incluísse bacon extra para Seeker, que mastigava a carne carbonizada com alegria entusiasmada e estridentes batidas de dentes. Kat invejava a alegria infinita do cachorro, enquanto beliscava sua própria comida sobre a mesa de centro a partir do sofá. Um couro há muito tempo banido para a ruína canina, as almofadas do sofá ainda eram reconfortantes e ofereciam uma visão privilegiada do enorme monitor que servia como trabalho e entretenimento de Kat. Agora, enquanto o relógio passava do meio da manhã, ela tinha Tap rolando suas mensagens, lendo as interessantes e excluindo o resto.

Não que houvesse muitas ultimamente. Os Paragons ainda estavam uma bagunça total. Desde que aquele vídeo surgiu, o que parecia mostrar Aegis morrendo – um horror que Kat se recusava a realmente acreditar – os Paragons em Chicago pareciam sem liderança. Ninguém publicava novos contratos de anomalias na região, e os próprios Paragons respondiam às suas ligações com mensagens pré-programadas afirmando que as coisas estavam sendo tratadas, para não se preocupar. Embora Kat pudesse se dar ao luxo de esperar, dado que todas as anomalias que já havia rastreado continuavam gerando créditos para ela, outros rastreadores não eram tão afortunados. Eles respondiam enchendo os fóruns de mensagens com apelos cada vez mais desesperados por trabalho. Tinha sido apenas uma semana, mas aparentemente as pessoas em sua profissão não economizavam muito.

Por outro lado, dada a probabilidade de você morrer nesse negócio, talvez fizesse mais sentido gastar no momento do que economizar para o futuro.

— Ei, Kat — disse Tap depois de concluir outra mensagem entediante exortando a rastreadora a atualizar seus beneficiários em caso de morte prematura. Como se ela tivesse algum. — Só vou dizer, você pode querer prestar atenção nesta próxima. É de alguém com quem você deve se importar.

O tom ensolarado de Tap escondia bem os cálculos sob o capô – Kat não tinha dúvida de que a linha "alguém com quem você se importa" veio do conhecimento de todas as pessoas com quem Kat se importava em contatar através de seu computador – mas ela se animou com os restos diminutos de seu café da manhã e observou a tela enquanto Tap exibia as palavras.

— Ei, Kat — Tap leu, sua voz de surfista inadequada para o linguajar do meio-oeste de Gordon Holyoak. — Sei que você talvez não se importe, mas estou saindo do hospital hoje. Acho que eles não acreditam mais que vou morrer, o que é bom. Mas, é, não conheço mais ninguém na cidade que se importaria em aparecer e me ajudar a chegar onde vou ficar até estar pronto para voltar à ativa. Você acha que poderia? Eu até te pago o jantar. Não que seja o suficiente para cobrir o que te devo, mas, se você estiver por perto às quatro, você poderia? E obrigado, Kat. Obrigado por tudo.

Gordon. Capaz de colocar tanta sinceridade em um parágrafo e tanta ignorância insensível em todas as outras partes de sua vida. Kat encarou as palavras e então disse a Tap para enviar uma resposta.

— Ei Gordon. Fico feliz em saber que você não é um cadáver. Sim, vou chegar lá às quatro. Se você estiver a fim de jantar, pode apostar que vamos ao lugar mais caro que aceite um homem de camisola hospitalar. Até logo, Kat.

Tap enviou a mensagem instantaneamente.

Muito dura? Não. Kat terminou seu café da manhã, elaborando desculpas para sua resposta seca e por que era muito justificada. Gordon apareceu em Chicago pouco mais de uma semana atrás, envolvendo rastreadores na caça de uma anomalia perigosa sem contar nada sobre Calvin. Que a anomalia podia pegar qualquer coisa que tocasse e transmutá-la através de seu corpo em algo diferente. Uma parede de concreto podia ser transformada em lanças de pedra voadoras. Ar podia ser transformado em vidro, explodindo em estilhaços. Álcool podia ser sugado – o estômago de Kat revirou com a lembrança – de uma cerveja e enviado diretamente para o sangue de alguém, instantaneamente tóxico.

Ninguém morreu, mas Gordon acabou perfurado por gelo dentro de seu próprio corpo, danos que Kat nem percebeu – o médico que atendeu Gordon contou a ela depois que ela entrou em contato, tentando descobrir se Gordon ainda estava vivo. Quanto a Calvin, ele havia sido rastreado, capturado por um drone dos Paragons e levado para onde quer que as anomalias perigosas vão antes de serem libertadas como servos leais ou, na falta disso, presas em algum lugar. Esses eram detalhes que Kat não queria saber.

Por que diminuir o entusiasmo por uma carreira que já sofria com mais problemas do que soluções?

De qualquer forma, agora Kat tinha um plano para o dia. Revisar suas contas de créditos. Levar Seeker para uma longa caminhada. Encontrar algo para o almoço depois. Chegar ao centro às quatro. Ou Gordon estaria disposto a jantar, ou ela o deixaria no lugar onde ele ficaria para se recuperar, e a partir daí, quem sabe. As chances eram boas para uma noite em casa, com algo quente para beber e algo feliz na tela enquanto Kat esperava que outra anomalia que precisasse ser capturada aparecesse no quadro.

Dado o caos envolvendo Atlântida após a morte de Aegis, Kat se sentia um pouco estranha por ter uma agenda tão clara. Como se devesse estar nas ruas lutando por... alguma coisa. Mas, além dos drones enxameando os céus em números enormes, a cidade ao seu redor não havia mudado. Na última semana, as ruas tinham as mesmas multidões, os restaurantes serviam a mesma comida e, se ela captava alguns sussurros nervosos, notava que os clientes habituais do *Carver's* bebiam mais do que antes, isso não era tão assustador.

Os Paragons tinham as anomalias mais fortes e inteligentes do planeta. Eles descobririam como continuar.

— Que tal aquela caminhada? — disse Kat para Seeker, jogando o lixo do café da manhã pela rampa até o incinerador de resíduos para energia do edifício. De certa forma, ao comer em recipientes descartáveis, Kat alimentava o prédio. Que nobre. — Preciso esticar as pernas, e você precisa queimar essa loucura.

Seeker concordou, pegando sua coleira do gancho perto da porta. Kat calçou as botas, prendeu a coleira no cachorro e estava no meio de uma olhada de esqueci-de-alguma-coisa quando alguém bateu na porta. O som pesado e forte fez Kat se lançar em direção à sua mesa e à arma de choque secundária que mantinha em um coldre na parte inferior da mesa, em uma concessão à paranoia.

— Tap? Quem está aí? — perguntou Kat, mantendo a arma apontada para a porta.

— Nunca vi esse cara antes — respondeu Tap. — Posso escanear seus registros e encontrar uma correspondência? Tenho que dizer, porém, ele parece estar passando por momentos difíceis.

— Alguma arma?

— Não.

— Seeker, fica — disse Kat, e então abriu a porta.

Em pé ali, com sangue escorrendo de uma grande mancha oval ao redor de seu estômago, estava a mesma anomalia que colocou Gordon no hospital uma semana atrás, que quase matou Kat ao mesmo tempo. Suor brilhava em sua pele negra como meia-noite, e embora Calvin tivesse melhorado suas roupas em relação aos trapos antigos, as novas já apresentavam rasgos, manchas e cicatrizes. Se os últimos sete dias tinham sido um grande nada para Kat, Calvin estava enfrentando muito pior.

— Por favor — disse Calvin. — Eles vão me matar.

Kat deu um passo para trás. Seeker rosnou.

— Quem?

— Os Elementais.

Ah. Merda.

O RELÓGIO mais alto tiquetaqueava em sua mente.

Zhan-Yo ouvia cada segundo enquanto levantava um dedo e abria uma fresta no plástico de construção que cobria a janela sem vidro na torre inacabada. O plástico embaçava a luz do final da manhã e, se Zhan-Yo tivesse que passar mais um dia no escuro, poderia muito bem perder a cabeça. Acampar entre fios expostos e vigas de aço estava longe da gloriosa revolução que Zhan-Yo esperava, e o suposto líder do novo mundo passava suas horas observando seu hálito formar vapor enquanto digitava mensagens criptografadas em seu Tama.

O computador de pulso apitou com o pensamento, levando os olhos de Zhan-Yo ao conteúdo piscante de uma nova nota. Mais uma atualização de status de Wexley, sem dúvida tão decepcionante quanto as últimas dezenas. Promessas foram feitas, catalisadas quando Zhan-Yo cravou sua espada em Aegis e acabou com o invencível líder dos Paragon. No entanto, empresas e cidadãos gratos não apareceram.

Nas horas imediatas após a divulgação do vídeo do

assassinato, as ruas de Chicago permaneceram calmas, com pods transportando compradores, pessoas jantando e casais para seus vários destinos. Talvez com mais tensão, talvez com um pouco de medo e confusão, mas uma revolução? O fim dos dias?

Promessas foram feitas, e não foram cumpridas. Ziran, a empresa de Zhan-Yo e maior provedora de comunicações do mundo, encontrou-se sitiada sem aliados. Quando outras empresas não declararam sua lealdade, quando grupos de cidadãos que participaram das reuniões de Zhan-Yo e aceitaram seus termos permaneceram em silêncio, Zhan-Yo teve que mudar de rumo. No que agora parecia um episódio psicótico, Zhan-Yo distribuiu suas responsabilidades, fortuna e poder para aqueles ao seu redor com plausível negação.

Uma Ziran sozinha seria destruída, e se a Ziran morresse, qualquer esperança morreria com ela. Assim, a Ziran tinha que ser preservada.

Então agora, escondido e à completa mercê das pessoas que costumava comandar, Zhan-Yo subsistia com uma dieta miserável de notícias e o que quer que Rhimes, seu novo guarda-costas e administrador, trouxesse pelo único elevador funcionando. Sua cama passou de plumas de ganso e conforto fofo para um duro saco de dormir estendido sobre o chão de concreto liso. Um belo apartamento onde Zhan-Yo podia assistir ao nascer do sol havia sido substituído por uma nova torre crescendo no centro de Chicago, com andaimes e gesso como companheiros. Zhan-Yo frequentemente dizia, frequentemente pensava que poderia sobreviver sem os luxos que sua vida lhe havia dado, e ainda assim, isto era maldosamente difícil.

Um tilintar veio do elevador, alegre demais para este lugar, avisando Zhan-Yo que Rhimes havia voltado. Com comida, esperava. Zhan-Yo se acomodou em sua cadeira, as pernas de plástico raspando contra o piso de cimento, enquanto Rhimes emergia com uma grande sacola cheirando a gordura e alho. O próprio Rhimes tinha um corpo pequeno, coberto com uma pesada jaqueta de inverno, pele sintética inflando nas mangas e no pescoço. Luvas marrons para combinar com a jaqueta, jeans escuro e, por baixo de tudo, Zhan-Yo sabia, coldres de ombro com armas letais tão longe do legal que Rhimes passaria sua vida apodrecendo em uma prisão dos Paragon se eles o pegassem.

— Encontrou algo bom? — disse Zhan-Yo.

— O mesmo lixo de sempre. — Rhimes sorriu, colocou a sacola e começou a tirar os sanduíches, longos subs carregados com coberturas ainda fumegantes.

As décadas que acumulou significavam que Zhan-Yo provavelmente não deveria estar comendo coisas assim, cheias de gorduras e outras porcarias, dia após dia, mas estar sendo procurado tinha um jeito de colocar os problemas em contextos adequados. Zhan-Yo abandonou os cigarros, no entanto, por recomendação de Rhimes. Se os Paragons vasculhassem o apartamento de Zhan-Yo, encontrariam os cinzeiros, as queimaduras nas paredes, e diriam aos drones para procurar o cheiro. Fumantes eram raros o suficiente na cidade que uma baforada ociosa poderia atrair a atenção errada. Sanduíches gordurosos, entretanto, não denunciariam Zhan-Yo, então ele devorou a refeição com gosto voraz.

— Como está lá fora? — perguntou Zhan-Yo, uma pergunta que poderia ser sobre o clima, mas Rhimes sabia melhor.

— Melhorando — disse Rhimes. — Ninguém está tão nervoso mais. Drones demais para algo dar errado, mesmo que os Paragons ainda estejam confusos. — Rhimes notou o suspiro de Zhan-Yo e deu de ombros. — Sinto muito, cara. Sua revolução não vai vir das ruas.

Sem dúvida. Aegis deveria ser a faísca, mas aparentemente sua morte não tinha sido suficiente. O antigo Zhan-Yo teria esperado, decidido que o sentimento popular significava voltar para sua torre de escritórios e dirigir a Ziran como qualquer outro negócio, esperando até que algo mais aparecesse. O novo, no entanto, o que se inclinava sobre um aquecedor de ambiente em uma construção fria, não tinha esse tempo.

Sylvie, uma velha amiga e a adaga que empurrou esta revolução para o limite, teria continuado. Atiçado as chamas, por assim dizer. Ela estaria procurando o que poderiam fazer agora, esta noite ou nos próximos dias, para capitalizar o caos e forçar uma população relutante a se levantar. Ela quereria que Zhan-Yo fizesse um plano e agisse sobre ele.

E Zhan-Yo havia encontrado um.

O Tama em seu pulso, um micro-computador do tamanho de uma manopla, conectado à Internet, poderia dar a Zhan-Yo todas as informações que ele quisesse. No entanto, abrir essa conexão além das mensagens seguras que ele dava e recebia de alguns aliados confiáveis colocava Zhan-Yo em risco também. Cada Tama tinha uma assinatura — um requisito dos Paragon, para seu interminável estado de segurança — e era possível que os Paragons pudessem rastrear qualquer coisa que ele fizesse. No entanto, não arriscar nada significaria nenhuma recompensa.

— Rhimes, já temos o próximo local pronto? — disse Zhan-Yo.

— Sempre operando um passo à frente — respondeu

Rhimes. — Wexley deixou isso claro no contrato. Por quê? Quer se mudar?

— Estamos perdendo tempo. Estou desperdiçando nossa chance. — Zhan-Yo se levantou, voltou para a janela coberta de plástico onde a recepção seria melhor. — Obrigado pelo sanduíche.

— O que você está fazendo?

— Começando algo.

— Espere, deixe-me fazer isso. — Rhimes se levantou, limpando migalhas de sanduíche das mãos. — Você está comprometido.

— Esse é o ponto. O mundo vai saber que isso veio de mim.

Zhan-Yo levantou seu Tama, banhando seu rosto na luz azul da tela. Para que a Ziran impulsionasse a revolução, a empresa precisava de aliados. Aqueles escondidos nas sombras tinham que se manifestar. Para isso, o risco de não fazer nada tinha que ser menor que o risco de agir. Tudo tinha que estar em jogo para que essas instituições mobilizassem seus recursos contra os Paragons.

Então Zhan-Yo os colocou em jogo. Ele enviou uma mensagem curta para o mundo, marcada de seu Tama pessoal, e denunciou todos os líderes com quem Zhan-Yo se encontrou nas sombras. Aquelas conversas de porão onde lábios falavam a serviço da liberdade, dos direitos, de uma vida vivida sem a opressão dos Paragon. Agora elas eram públicas, e agora cada um deles teria que fazer uma escolha, reagir e chamar Zhan-Yo de mentiroso e a si mesmos, por dentro, de covardes. Ou tornar públicas visões privadas e trazer força para a posição de Zhan-Yo. Com as empresas mais antigas e mais fortes do mundo trabalhando juntas, até os Paragons teriam que notar. Teriam que admitir que os normais tinham um ponto, que mereciam seus direitos.

O Tama de Rhimes apitou atrás dele, e o guarda-costas soltou um palavrão. Bom. Revoluções deveriam provocar emoções.

— Temos que ir — disse Rhimes, agarrando o braço de Zhan-Yo e puxando-o para longe da janela. — Deveria ter me avisado que você ia perder a cabeça.

— Sinto muito, Rhimes — disse Zhan-Yo, aproveitando seu impulso para pegar a mochila que já continha seus itens essenciais. Ele pegou o par de espadas de meio metro, suas tachi, deslizou os porta-espadas que as deixavam descansar contra suas costas, sobre o casaco. Uma nova depois que Aegis quebrou sua predecessora. Tornava difícil se esconder, mas Zhan-Yo não as deixaria. — Isso tinha que acontecer.

— Tinha mesmo? — disse Rhimes, pegando sua própria mochila. — Deixe o resto. É substituível.

— Claro.

Rhimes tomou a dianteira, indo em direção ao elevador. Zhan-Yo passou por cima dos invólucros de seus sanduíches, do aquecedor de ambiente e do saco de dormir que serviram como lar nas últimas três noites. Ele não olhou para trás.

Enquanto o elevador descia, Zhan-Yo percebeu que seu coração havia acelerado, seus nervos formigavam e, apesar de um dia passado andando pelo andar vazio, sentia-se bem desperto. Emoção, excitação, coisas que ele não sentia há muito tempo, crepitavam. Antes, Rhimes havia mudado suas localizações na calada da noite, com rotas pré-plane-jadas e tráfego civil mínimo. Agora, Chicago se aproximava do meio-dia. Sem esconder as coisas aqui.

Será que ele queria ser pego?

Talvez, Zhan-Yo admitiu, quisesse. Sylvie tinha dado sua vida pela causa e, até agora, a grande jogada de Zhan-Yo o reduziu a se esgueirar nas sombras. Sair na frente das câmeras, ter a chance de se levantar e provavelmente morrer por sua mensagem seria um fim adequado. Ou, talvez, vê-lo se comportando como mártir inspiraria todos os normais nervosos a finalmente agirem por conta própria e lutarem contra os Paragons.

— Fique atrás de mim — disse Rhimes quando o elevador se abriu. — Não olhe nos olhos de ninguém. Não diga uma palavra.

Zhan-Yo seguiu Rhimes até o térreo estéril, deixado esperando por um clima melhor para completar sua transformação em mais um escritório brilhante. As pessoas aqui funcionariam com reps em vez do dólar, dependentes de uma economia controlada não por forças de mercado, mas por seres semelhantes a deuses. Um único acesso de mau humor e as vidas que seriam feitas aqui poderiam ser arruinadas sem culpa própria.

Por que nem todos os normais conseguiam ver isso?

Rhimes não se incomodou com a entrada principal, em vez disso, passou por uma porta lateral coberta com sinais de manutenção e proibida a entrada. O beco subsequente abrigava lixeiras cobertas de neve e respiradouros fumegantes do prédio vizinho, uma estrutura mais antiga de concreto branco. Nenhuma alma além dos dois deixou pegadas no chão enquanto Rhimes liderava o caminho em direção à rua.

Lá fora, o sol dava luz cinza suficiente para fazer um dia frio de inverno, tornando fácil ver o par de drones mergulhando na parte de trás e na frente do beco. Os ovais pretos entraram à vista, pairando no lugar e brilhando seus raios em direção a Zhan-Yo e Rhimes, que, com rápidas viradas para frente e para trás, confirmaram a armadilha. Enquanto os drones latiam um aviso robótico para se renderem, Rhimes pegou Zhan-Yo e o empurrou para frente.

— Não pare de se mover até eu dizer — disse Rhimes sobre os avisos dos drones.

Zhan-Yo obedeceu, conseguindo manter seus pés em movimento sem escorregar no asfalto do beco. Os drones aumentaram seus tons, as consequências, enquanto Zhan-Yo e Rhimes se recusavam a obedecer. Antes de matar Aegis, ouvir essas exigências dos drones teria espalhado medo por todo o corpo de Zhan-Yo, sem dúvida enchido sua mente com todas as consequências criminais. Agora tudo parecia, se não bom, pelo menos aceitável. O custo de sua vida escolhida.

— Aqui — disse Rhimes, puxando Zhan-Yo para parar ao lado de uma porta grossa para o prédio de concreto. Dada a lixeira adjacente, Zhan-Yo imaginou que tivessem encontrado a entrada de lixo. — Olha só.

Com Zhan-Yo se afastando, Rhimes recuou e desferiu um chute forte na maçaneta da porta. Uma barra de metal ligada ao que parecia ser uma porta de metal, pintada de vermelho opaco, Zhan-Yo não teria pensado que um único chute poderia quebrá-la, mas aparentemente Rhimes tinha alguma força, porque a barreira estourou e se abriu, os pedaços quebrados do trinco espalhando-se pelo chão interno.

Os drones não assistiram ao movimento sem agir, e mesmo quando Zhan-Yo avançou rapidamente, dois raios atordoantes lançaram-se e marcaram o chão onde Zhan-Yo estava. Rhimes grunhiu atrás dele, e Zhan-Yo pensou que ele tinha sido atingido, mas Rhimes continuou se movendo, juntando-se a ele em uma corrida surreal através de uma cozinha cheia. Vários chefs abandonaram seus talheres quando Zhan-Yo e Rhimes irromperam. Um drone de lavar louça derrubou uma pilha de pratos quando Zhan-Yo o empurrou para o lado, abrindo caminho. Os garçons na saída, parando nos breves momentos antes que os pratos principais de suas mesas aparecessem, pelo menos reconheceram a ameaça e abriram as portas para a dupla.

— Continue — respirou Rhimes atrás de Zhan-Yo. — Enviei o endereço do esconderijo para seu Tama. Siga as direções.

Eles estavam no saguão do edifício, com pessoas observando, mas muitas outras continuando a entrar e sair para almoços tardios, reuniões no início da tarde e mais. Pessoas de aparência estranha correndo não valiam a pena ser notadas, interrompendo um calendário apertado.

Rhimes, no entanto, parecia que seu dia tinha sido bastante interrompido. Ele se apoiou na parede do lado de fora da cozinha, com as mãos nos joelhos e os olhos no chão. Zhan-Yo sempre pensou que Rhimes era um homem forte, músculos largos em um corpo construído para suportá-los, justificando as refeições fartas do homem. Curvando-se e respirando com dificuldade, no entanto, Rhimes parecia menos um guarda intimidador e mais alguém que precisava de um hospital.

— O que há de errado? — perguntou Zhan-Yo.

— Eles me acertaram — disse Rhimes. — Não consigo correr. Vá embora. Eu vou ficar bem.

Dirigir uma empresa tão grande quanto a Ziran significava que Zhan-Yo tinha que confiar em funcionários, tinha que confiar neles e agir com base em suas palavras sem dúvida. Então, quando Rhimes disse para correr, Zhan-Yo correu. A entrada principal e suas hordas de pedestres facilitaram a mistura, e Zhan-Yo diminuiu para um andar normal enquanto voltava para fora, deslizando o capuz sobre o rosto. O par de tachi não facilitava um disfarce, mas Zhan-Yo não reivindicava altura como um sucesso pessoal, então mesmo com os cabos das espadas, ele não se destacava muito entre o tráfego da cidade cheio de modas espalhafatosas e equipamentos de inverno gigantescos. Até mesmo espadas não estavam tão fora de lugar em um mundo dos Paragon, onde anomalias e normais redefiniram o que poderia ser possível.

Os drones congestionavam o ar acima, escuros e ameaçadores. O reconhecimento facial pegaria Zhan-Yo em breve, mas as multidões lhe deram tempo suficiente para chegar a meio quarteirão do prédio e seu beco adjacente. Zhan-Yo entrou em outro grande arranha-céu, este com um restaurante volumoso no andar térreo. Zhan-Yo foi direto para os banheiros, entrou e se dirigiu a uma cabine sem atrair muito mais do que alguns olhares. Ele se fechou, arregaçou a manga e olhou para seu Tama enquanto seu coração mantinha seu ritmo acelerado.

Sem dúvida os drones estavam traçando suas rotas prováveis, e os Paragons viriam aqui em breve, procurando por ele. Ele seria pego, cumpriria seu destino. Um mártir por sua causa.

Foi uma jogada ousada. Poderia ter me avisado.

A mensagem apareceu em seu Tama, de Wexley, o novo líder da Ziran, tentando manter a empresa à tona com seu antigo chefe sendo o homem mais procurado do mundo. Wexley queria a revolução tanto quanto Zhan-Yo, mas Zhan-Yo manteve o homem afastado da fatídica noite com Aegis exatamente por esse motivo: Zhan-Yo ainda precisava de alguém com poder real.

Inspiração repentina. Preciso de ajuda. Rhimes caiu. Distração?

Zhan-Yo ouviu outra pessoa entrar no banheiro, fechou os olhos enquanto usavam os vasos sanitários para seu propósito original.

Onde?

South Loop.

Feito.

Zhan-Yo não estava no South Loop, mas havia chance suficiente de que ele pudesse ter corrido para lá para enganar os drones. A Ziran ainda administrava as redes de comunicação de Chicago, do mundo, e com um pouco de semeadura, alguns pings falsos dos Tamas das pessoas afirmando terem visto Zhan-Yo, Zhan-Yo poderia aparecer em qualquer lugar. Não uma ferramenta para ser usada com muita frequência, para que os Paragons não percebessem e retirassem o controle da Ziran, mas isso contava como uma emergência.

Depois de mais dez minutos no banheiro, Zhan-Yo saiu e, encontrando as ruas sem drones, misturou-se novamente às multidões, seguindo o mapa até o próximo esconderijo. Acima e ao redor, em telas gigantes espalhadas transmitindo as notícias do dia, ele viu suas próprias manchetes. Sua mensagem, seus muitos destinatários entre as empresas mais poderosas do mundo, transmitida para uma população ambulante que já começava a falar, a olhar ao redor com rostos franzidos e olhos arregalados para um mundo mudando na frente deles.

No verdadeiro começo de uma revolução.

CAPÍTULO 4

ME CHAME DE CAMPEÃ

ELA OLHOU para os rostos de seus amigos e suspirou. Mynx removeu com um gesto os retratos dos Campeões que pairavam sobre a mesa de mármore, não aquela em seu deck com vista para o Oceano Pacífico, mas sim um monólito dentro de uma volumosa e ameaçadora torre no centro de Los Angeles, representando os Paragons e seu controle absoluto. Controle que eles não tinham mais.

Reeves, sua IA e, Mynx não hesitaria em dizer, seu melhor amigo, tinha presença mínima aqui. Nenhum drone aparecia para ajudá-la a se levantar, nenhum lhe trazia chá quente. Em vez disso, Mynx teve que pedir à secretária, que continuava espantada por a líder do Pacífica e uma das oito — agora, sete — Campeões realmente existir. O choque era irritante: Mynx poderia ter passado a maior parte do tempo trabalhando nas minas digitais de sua Fábrica, construindo os drones maiores que agora sobrevoavam os céus procurando pelo assassino de Aegis, mas ela não era um mito.

Confrontar sua liderança Paragon resultou na mesma situação. Coordenadores regionais tão acostumados à autonomia não receberam o retorno de Mynx nos últimos sete dias com a deferência e felicidade que ela esperava. O clima ainda não tinha chegado à rebelião aberta, mas se Mynx pensava que Pacífica era seu reino, então Pacífica não concordava.

— Reeves — Mynx falou para seu Tama, em seu pulso e conectado através de satélites e torres de sinal à sua IA. Lá fora, o sol do meio-dia pairava sobre um céu de inverno limpo, não que você pudesse realmente notar isso por aqui. — Por que não é como nos velhos tempos?

— Essa é uma pergunta nebulosa.

— Costumávamos confiar uns nos outros — disse Mynx, totalmente ciente de que reclamava para um programa de computador, embora um muito perspicaz. — Os Campeões trabalhavam juntos. Salvamos o mundo tantas vezes. Agora parece que todos trabalham para si mesmos. Você os ouviu na chamada? Tudo sobre suas próprias regiões, seus próprios objetivos. Nem uma palavra sobre nosso futuro coletivo.

— Talvez eles esperem que você cuide disso.

Mynx olhou pela janela, incomodada com o uniforme azul-Paragon que vestia. Reeves o havia sugerido, apoiado por estudos mostrando que as pessoas, tanto normais quanto anomalias, respeitavam mais o uniforme do que trajes empresariais comuns. Em outras palavras, se ela parecesse uma Campeã, seria tratada como uma.

Mas parecer uma Campeã talvez não fosse mais suficiente.

— Quantos Campeões responderam? — perguntou Mynx.

— Todos fizeram declarações públicas de apoio e luto por Aegis — respondeu Reeves. — Nenhum reconheceu seu chamado para uma cúpula.

Mynx assentiu. Não era surpreendente. Ela provavelmente teria feito o mesmo se um dos outros tivesse convocado uma reunião. Os Campeões não exatamente se separaram nos melhores termos. Ou em qualquer termo, uma vez que tinham dividido o mundo tão perfeitamente que nunca mais precisariam conversar uns com os outros.

Se, no entanto, havia uma coisa que ela poderia fazer que os outros Paragons de Pacífica, espalhados pela metade oeste da América do Norte em distritos mapeados pela população, não podiam, seria trazer o mundo para enfrentar a crise sobre a qual ninguém queria falar: os Campeões provavelmente morreriam ou, como Mynx queria, desapareceriam em suas verdadeiras paixões dentro de uma ou duas décadas. Outros precisariam assumir, ou tudo desmoronaria.

O mundo mal sobrevivera a uma luta entre os Paragons e as nações normais que se recusaram a ceder. O mundo não sobreviveria a anomalias lutando pelas sobras de Aegis.

— Aegis sempre costumava ser quem fazia essas coisas. — Mynx bateu um dedo no vidro, o som de sua unha ecoando pela sala. Um som constante, contínuo. Ela teria que ser o mesmo. — Reeves, se eu tenho que fazer o que odeio, é melhor acabar logo com isso.

— O que você quer dizer?

— Vamos começar com Naija. Sempre fomos gentis uma com a outra, e não deve ser tarde demais lá.

— Você quer que eu chame uma Campeã?

— Faça isso.

— E você está ciente de que não tem horário agendado com ela?

— Reeves.

— Chamando.

Mynx não ouviu um toque. Ela observou o reflexo de seu Tama no vidro, mas manteve o foco na paisagem urbana. Milhões de pessoas seguiam suas vidas aqui, e acima delas drones voavam às dezenas. Ela tendia a esquecer quantos humanos, normais e anomalias, existiam sob sua vigilância. Era mais fácil agir, na verdade, quando não sentia o peso de uma Campeã pressionando cada momento. Mynx não podia voltar para a Fábrica rápido o suficiente.

Naija atendeu com um clique, seu rosto aureolado no Tama, iluminado pelo que parecia ser luz de fogo. Sempre a guerreira majestosa, o olhar reluzente de Naija manteve-se nivelado na visão do Tama. Tinta dourada — ou real, Mynx não sabia — contornava seus olhos, enquanto o resto parecia sem verniz. Possivelmente coberto por uma máscara agora removida. Um vestido insinuava-se em Naija com uma linha prateada reta na garganta. Se Mynx sentia o peso de sua idade e, para ser honesta, aparentava isso, Naija havia capturado o tempo e o dobrado à sua vontade.

— Dez anos — disse Mynx primeiro para aqueles olhos esmeralda. — Tempo demais.

— Tempo demais para você ligar sem aviso — disse Naija. — Há uma razão para esses anos. Enviei minhas condolências, Mynx. O que mais você quer?

Hostilidade, suspeita. Traços que todos os Campeões adquiriram quando sua guerra contra o mundo normal pendeu a seu favor e as inevitáveis consequências tornaram-se aparentes. Como dividir um planeta, uma população com milhões de diferenças entre oito pessoas? Com compromissos catastróficos. Discussões intermináveis, acordos e desvios corroendo laços que haviam durado durante toda a fundação dos Paragons, durante toda a transformação da sociedade. Ninguém saiu verdadeiramente feliz, mas também não se mataram uns aos outros.

— Você, Naija. Você e os outros — respondeu Mynx,

reunindo sua própria vontade de aço. — Pedi uma cúpula, e você não respondeu.

— Alguém mais respondeu?

Mynx não respondeu. Naija saberia pelo olhar, e a Campeã da África deu um único e afiado aceno de cabeça.

— Dividimos o mundo, Mynx. Nós o quebramos porque não podíamos mais suportar estar juntos. E mesmo depois, continuamos tentando. Por anos nos reunimos, e cada vez nos fragmentamos em nossas pequenas facções. Jogamos nossos joguinhos em nome da unidade dos Paragons, e sempre deixamos alguém para trás. Você, eu, Aegis, Apinya. Um dos outros forçado a se sacrificar pelos todo-poderosos Paragons de Aegis.

— Funcionou, no entanto. A Terra ainda está girando.

— Então deixe que continue funcionando. Atlantis vai se resolver. — Naija inclinou a cabeça. — Ou você pode tomá-la para si. Não acho que alguém vai se importar.

— Eu não a quero. — Mynx também não queria Pacífica, mas concordou com a região para manter as coisas aproximadamente iguais entre os Campeões. Jogou um jogo do qual queria ficar de fora, um que agora comandava. — O que eu quero é encontrar quem matou Aegis e impedi-lo antes que faça isso de novo.

— Você acha que eles vão tentar matar todos nós? — disse Naija. — Ousado.

— Talvez. Você viu a mensagem que eles divulgaram hoje? Está causando caos aqui. Estamos assumindo empresas, enviando mais drones para as ruas para desencorajar qualquer manifestação aberta.

— Uma mão fraca precisa de ferramentas fortes.

Mynx franziu a testa, desviou o olhar da tela. Sempre direta, como ela mesma. Não podia levar o corte de Naija para o lado pessoal. Não agora, não quando havia coisas mais importantes que o orgulho.

— Então vocês são minhas ferramentas mais fortes — disse Mynx. — Você e os outros Campeões. Precisamos de uma cúpula. Precisamos apresentar um plano claro para todos que explique o que vai acontecer quando terminarmos. Quem vai assumir, como as coisas vão continuar. É hora, e temos que fazer isso juntos.

Naija suavizou, balançou a cabeça. — Mynx, você me diz que alguém está planejando nos matar a todos, depois pede para nos reunirmos? Por que não organizar isso pelos Tamas?

Mynx não desejaria nada mais.

— Os Paragons precisam nos ver unidos novamente. Em pessoa — respondeu Mynx. — Um comunicado à imprensa não terá o mesmo impacto que todos nós juntos. Trazemos os Campeões para uma cúpula, e ninguém falará sobre outra coisa. Teremos tempo para encontrar um futuro para Atlantis, e quando fizermos nossa jogada para como o mundo vai funcionar, todos estarão ouvindo porque estaremos juntos e diremos isso. Aegis me ensinou pelo menos isso.

Naija balançou a cabeça lentamente, fechou os olhos e pousou uma mão ao redor da garganta. Quando abriu suas esmeraldas, Naija suavizou junto com elas.

— Aegis tinha bravata demais nele — disse Naija. — Concordo, no entanto, que ele pode estar certo sobre isso. — Ela olhou para longe da câmera por um segundo, e Mynx se perguntou se a Campeã de coração duro havia encontrado uma família por lá. — Tudo bem. Mynx. Se você conseguir realizar sua cúpula, então eu comparecerei.

— Eu vou — respondeu Mynx. — E Naija? Foi bom conversar com você.

Um sorriso esguio. — Foi, não foi? Cuide-se, Mynx. Somos apenas sete agora.

A tela piscou e se apagou, e Mynx deixou seu pulso cair ao lado do corpo. Uma a menos, faltavam seis. Ela arrastaria todos os Campeões para cá, para Los Angeles. Em sua casa, Mynx teria a mais leve vantagem nas negociações, e quando você reúne os Campeões, você precisa de toda vantagem possível.

— Mynx, quero te contar — disse Reeves. — Ainda não encontramos Celice. Atlantis está lutando para se manter organizada, e Pixie está pedindo sua ajuda.

— Ajuda como?

— Você é uma Campeã. Eles não têm nenhum. Pixie quer que você escolha um líder interino. Ela acha que os outros vão respeitar sua escolha.

— Então vou para Nova York?

— É o que Atlantis quer.

— Então é o que Atlantis terá — respondeu Mynx. — Você continua me chamando de Campeã, Reeves, e eu posso acabar agindo como uma.

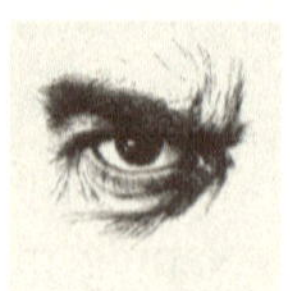

CAPÍTULO 5

PASSEIO PELA ILHA

TRINTA ANOS HAVIAM se passado desde a última vez que Thane acordara no mesmo espaço que outro ser humano. Confiar em Sook para não matá-lo durante o resto da noite foi um salto fácil – Sook morreria uma morte horrível se estragasse o assassinato, e tudo o que a anomalia franzina dizia indicava um desejo desesperado de mudar sua vida sombria. Embora Thane não pudesse prometer muito de sua caverna na borda da ilha, ele *podia* prometer mudança.

Ao vir para a caverna de Thane, Sook forçou uma porta já entreaberta, e agora que o sol havia nascido e os caminhos estavam limpos, Thane não esperaria mais.

Eles encontraram o café da manhã nas frutas e bagas penduradas em arbustos e árvores próximas; Sook escalava as palmeiras de madeira franjada com agilidade, derrubando cocos no chão com um galho ou explodindo-os com suas rajadas de vento. Thane primeiro esmagava as frutas nas paredes da caverna, usando a frustração com a aparente invencibilidade delas para se fortalecer até conseguir parti-las apenas com as mãos. Sook mantinha distância durante esse ataque de fúria, observando por trás de samambaias cobertas de orvalho. Thane podia sentir o cheiro do medo da anomalia e, enquanto devorava o conteúdo de cada coco, lutava contra o desejo de despedaçar Sook. Ainda assim, ele saboreava o gosto natural. Comida de verdade, em vez de ingestões de vitaminas e injeções calóricas.

De volta à prisão Paragon, as alimentações vinham em intervalos regulares. Horários precisos, doses precisas destinadas a manter Thane vivo, mas fraco. Misturadas com sedativos que só seriam reduzidos se os Campeões precisassem fazer uma pergunta à mente mais brilhante e mais instável do mundo. Deixado para andar em círculos em uma câmara isolada, alimentado com livros e impressões de periódicos científicos e jornais, Thane havia sido abençoado com conhecimento e tempo, e amaldiçoado pela incapacidade de fazer qualquer coisa com o que aprendera. Como um boi criado para arar um campo, Thane seria chamado quando necessário e, quando não, deixado em sua jaula para apodrecer.

— Aquilo pode ser a coisa mais assustadora que já vi — disse Sook quando Thane se acalmou, voltando ao tamanho e estatura de um homem mais velho.

Os dois sentaram-se para raspar o interior branco e carnudo dos cocos com pedras.

— Então você teve uma vida encantada.

Sook riu. — Encantada? Eu?

— Você está vivo. Não tem demandas imediatas. Está em uma ilha linda com bastante comida. — Thane mastigava. — Comparada a toda a história da humanidade, sua circunstância é bastante maravilhosa.

Sook parou. Olhou para o coco em suas mãos. — Não sei se concordo com tudo isso, mas fique nesta ilha por um tempo e veja como você gosta.

— Comparado a onde eu estava — disse Thane — isto é

um paraíso. Quando você me encontrou, eu estava tão relaxado que quase morri.

— Tão relaxado? Você quase me matou!

— Antes disso.

— Ah, claro. — Sook jogou as cascas nas samambaias. —
Então, você sabe que eu vim aqui para procurar por você,
certo?

— Você mencionou que esta ilha tem mestres. Presumo
que um deles te enviou?

— Vamos dizer que sim. — Sook olhou para cima e para
longe, em direção a um par de gaivotas voando pelo céu. —
A questão é que eles não são realmente mestres. Apenas
anomalias que juntaram um monte de amigos e decidiram
que parte da ilha era deles. Agora eles lutam entre si o
tempo todo.

— Claro que sim. Porque lhes falta um verdadeiro líder.

— E esse é você, certo?

— É. — Thane nunca conseguia entender como tantas
pessoas tão ruins em liderar outros encontravam seu
caminho para posições poderosas. Ganância e força podiam
levá-lo ao topo, talvez, mas não poderiam mantê-lo lá por
muito tempo. Sabedoria, paciência e crueldade tinham que
desempenhar um papel para que um reinado se sustentasse.
— Incorporaremos esses outros ao nosso grupo, Sook, e
juntos escaparemos desta prisão.

— Você não disse há um minuto que esta prisão era
melhor que a maior parte da história humana?

— Sook, um bom servo sabe quando segurar a língua.

— Certo.

Sook liderou quando partiram, caminhando lentamente
pela vegetação. Uma brisa forte proporcionava pausas
frescas do calor tropical do sol, embora oferecesse pouco
alívio das moscas nativas da ilha e outros insetos voadores.

O suor provou ser mais saboroso que as flores brancas e roxas que pontilhavam as extremidades das folhagens, e logo Thane e Sook se viram sitiados por pragas. Procuraram proteção quebrando samambaias frondosas e usando-as como grandes leques enquanto marchavam morro abaixo, através da selva que ficava progressivamente mais densa à medida que avançavam. As samambaias engrossavam, as árvores desenvolviam troncos mais profundos, e eles encontraram numerosos riachos correndo ao lado deles em sua marcha em direção à costa.

Fumaça negra subia de várias fogueiras, marcadores indicando o caminho.

— Você mencionou vários mestres — disse Thane. — Para qual estamos indo agora?

— Ela se autodenomina o Vazio — respondeu Sook, contornando um tronco musgoso. — Acho esse título um pouco grandioso, mas ninguém vai confrontá-la. Pelo menos se o fizerem, tendem a morrer.

— Então ela governa pelo medo.

— Todos eles governam — respondeu Sook. — O que mais vão usar? Dinheiro?

Uma promessa de segurança. Sociedade comunitária. Thane poderia encontrar muitas razões para as pessoas trabalharem juntas, mas talvez uma ilha de rejeitados e criminosos Paragon não fosse o lugar ideal para esperar tais coisas.

— Você tem medo dela, Sook?

A anomalia olhou para trás, na direção de Thane, tropeçando em um galho enquanto o fazia e cambaleando para frente, apoiando-se em uma palmeira. Sook compôs seu rosto magro naquela pose falsamente confiante tão favorecida entre os fracos de espírito. Falsa coragem para te permitir viver com o resto de suas decisões covardes. Se

Thane não sabia como tantos incompetentes se encontravam liderando outros, ele conhecia bem como os servis se encontravam presos seguindo em suas rotinas.

— Não estou com medo — disse Sook, mantendo as costas contra o tronco da palmeira. — Mas não posso vencê-los sozinho. Foi por isso que fui te procurar. Do jeito que vejo, todos nessa ilha precisam se unir ou vão morrer.

— Não vamos morrer aqui de qualquer forma? — Thane apontou para a parede de drones. — Mynx nunca nos deixará sair.

— Sim, eu preferiria morrer do meu jeito em vez de levar uma facada nas costas, ou ter minhas entranhas explodidas.

— Isso acontece aqui?

— Já vi anomalias morrerem de mais maneiras do que eu achava possível. — Sook estremeceu. — Você precisa de amigos para sobreviver aqui. Caso contrário, alguém que você não conhece vai simplesmente chegar perto de você e te explodir em pedaços com os olhos ou algo assim.

Uma imagem interessante e, aqui, muito possível.

Tantas armas sendo voltadas umas contra as outras agora. Se Thane pudesse apontá-las na direção certa, uni-las sob um objetivo específico – digamos, sair desta ilha – então eles poderiam muito bem atravessar a parede de drones. Voltar ao mundo. Então, com todo o poder de fogo à sua disposição, Thane poderia apontá-los para os Paragons e dar rédea solta. Propor uma maneira diferente de governar o mundo, uma apoiada pela força. Não a autocracia artificial trazida pelos Paragons, mas uma sociedade de livre fluxo, impulsionada pelo empreendedorismo, com Thane e suas anomalias servindo como limites.

As pessoas poderiam ir tão longe quanto suas habilidades pudessem levá-las. Não era esse o ideal sob o qual

Thane havia crescido, lá nos velhos tempos? Um retorno, mas desta vez com trilhos de proteção alimentados por anomalias.

— Você está bem? — perguntou Sook enquanto se abaixavam e atravessavam uma cachoeira que caía de uma saliência. Thane não se importava com o banho refrescante, reduzindo suas roupas já imundas e esticadas a trapos. — Está calado aí atrás.

— Refletindo — respondeu Thane, mas ele tentou desligar o exercício mental. Seus ossos já pareciam mais fracos, seus músculos mais finos, e ele estava respirando com mais dificuldade do que antes, dando passos menores. — Quando chegarmos a esta Vazio, o que ela fará?

— Depende do humor dela, eu imagino — disse Sook. — Se ela estiver feliz, talvez nos adicione à sua equipe agora que trouxe você. Se não estiver, então estamos mortos.

— Você, talvez.

— Não acho que você também poderia com ela — retrucou Sook. — Fique do tamanho que quiser, isso não a impedirá de fazer um buraco na sua cabeça.

Essa ameaça seria suficiente. Thane poderia alimentar a faísca de raiva para se manter forte, mantê-lo em movimento enquanto o dia avançava e eles chegavam cada vez mais perto do nível do mar. Já podia ouvir as ondas batendo na praia, e os pássaros esvoaçantes mais acima na ilha haviam sido substituídos por outros mais aptos a correr pelo chão. Riachos dispersos haviam se formado em córregos mais imponentes, correndo em direção à sua mãe salgada. Um lugar lindo para começar o fim do mundo.

UMA BALA. Foi isso que causou o ferimento de Calvin, um disparo feio que conseguiu evitar perfurar qualquer órgão ao atingir de raspão o lado da anomalia. Kat usou seu kit de primeiros socorros ao máximo, espalhando pomadas sobre o corte ensanguentado e ponderando se conseguiria costurá-lo antes de lembrar que estavam indo para um hospital. Ela prometera a Gordon que estaria lá para buscá-lo, e embora as necessidades imediatas de Calvin parecessem mais importantes que ser uma boa amiga para um rastreador perfeitamente capaz, por que não resolver dois problemas de uma vez?

— Não vou para hospital nenhum — disse Calvin, fazendo um trabalho admirável para esconder a dor na voz.

— Não seja idiota — disse Kat. — Você está rastreado. Está nos registros da Paragon agora. Eles vão pagar por isso.

Calvin ficou em silêncio, enquanto Kat colocava gaze sobre o ferimento e fixava tudo com esparadrapo. Não era exatamente o tratamento médico ideal, mas o curativo deveria conter o sangramento até chegarem ao centro. Ela já havia pedido que Tap chamasse um pod usando sua designação de rastreadora de emergência, uma ferramenta útil quando precisava chegar a algum lugar rapidamente. Abuse e perca, mas até o momento, Kat conseguiu se manter nas boas graças de Mynx. Tantas regras e regulamentos que os rastreadores precisavam seguir, mas Kat estava nisso há tempo suficiente para que a maioria parecesse hábito.

Calvin, enquanto isso, não falava. Apenas sentado na cama olhando para o nada. Perdido em pensamentos talvez?

— Você está bem? — perguntou Kat, afastando-se dele e começando a vestir seus casacos novamente.

— Sim, estou bem — disse Calvin, voltando os olhos para ela. — É só que... você tem razão. Posso consultar um médico. Eu, hm, nunca fiz isso antes.

Kat torceu a boca.

— Pelo que posso ver, você ainda tem seus dentes, e não parece estar morrendo de alguma doença?

— Famílias adotivas cuidaram de mim no começo. Não foi muito difícil me manter limpo.

— Você definitivamente não estava limpo — disse Kat, antes de cambalear quando Seeker bateu a cabeça contra seus joelhos. O cachorro queria sair para outra volta no quarteirão, um passeio que não aconteceria agora. — Vamos, vamos embora. Gordon já te odeia o suficiente, e não vai ficar melhor se nos atrasarmos.

— Gordon? Aquele outro rastreador que estava com você?

— Aquele que você quase matou? Sim. Ele vai ficar tão feliz em te ver de novo.

Gordon, de fato, não parecia feliz em ver Calvin novamente. Kat e a anomalia ferida — Seeker, decepcionado, havia ficado para trás — pegaram um pod até o amplo complexo médico que cresceu em torno do Centro Médico da Universidade de Chicago. Impulsionados por infusões de representantes da Paragon e anomalias com vários poderes regenerativos, novos edifícios surgiam como ervas daninhas, cada um prometendo aos pacientes uma cura completa para males específicos, tudo garantido pelos fundos da Paragon. Habilidades de anomalias para eliminar cânceres com um toque ou reestruturar pele e osso como argila molhável, fizeram as dificuldades da saúde desaparecerem. Agora o hype se concentrava na expectativa de vida e se a verdadeira imortalidade estava apenas a uma anomalia de distância.

Nada disso significava que você não pudesse se destruir se escolhesse a batalha errada.

Gordon não parecia tão devastado quanto Kat se lembrava, mas o rastreador havia perdido peso durante sua semana de convalescença e trocado seu bronzeado sutil pela palidez daqueles cujos corpos têm prioridades além do cuidado com a pele. Gordon havia arrumado o cabelo, no entanto, e conseguiu vestir uma camisa e calça jeans com a marca Paragon, dando-lhe uma aparência aceitável como alguém que pertencia à sociedade em vez de um quarto de hospital.

Gordon estava sentado em uma cadeira no saguão principal, sob uma escultura imponente retratando Hipócrates – não o grego antigo, mas uma anomalia com o mesmo nome que podia, como Jesus transformando água em vinho, converter um tipo sanguíneo em outro com um toque – a estátua tinha os braços abertos, sorriso largo, todo benevolente.

Kat nunca teve que capturar essas anomalias, aquelas com habilidades gentis e bondosas. Todas as suas missões a enviavam atrás de assassinos, dos desonestos e vagabundos que se recusavam a participar de um sistema que podia produzir lugares como este. Ainda assim, dada a provável e eventual falência hepática induzida por álcool de Kat, ela não podia se queixar tanto dos milagres médicos. Difícil reclamar quando você pode ficar meio congelada por dentro e ainda viver.

— Não é mesmo? — disse Kat, aproximando-se por trás de Gordon, absorto em algo em seu Tama.

— O quê? — disse Gordon, virando-se para olhá-la, abrindo aquele sorriso instantâneo que costumava dar aquela sacudida no coração dela.

— Você me deve uma — disse Kat.

— É assim que você me cumprimenta?

— Levante-se e talvez ganhe um abraço. — Kat cruzou os braços, as mangas de sua jaqueta fazendo barulho uma contra a outra.

Gordon conseguiu se mover sem ranger muito, embora usasse a cadeira como apoio. Ele deu um passo em direção a Kat, abrindo os braços, e Kat recuou de acordo.

— Eu disse talvez. — Kat balançou um dedo, depois riu da cara magoada de Gordon e avançou rapidamente para abraçá-lo.

— Obrigado, Kat — disse Gordon, seu queixo roçando na têmpora dela. — É sincero.

Eles se separaram, os braços de Gordon caindo como se ele não soubesse mais o que fazer com eles. Kat cruzou os seus novamente, inclinou a cabeça para o lado e se preparou para cobrar um favor.

Sem deixar Gordon dizer uma palavra, Kat despejou a história de Calvin – a anomalia tinha ido à sala de emergência para ser devidamente suturada, fugindo desta reunião – e terminou com uma pergunta carregada: — Então, Calvin acha que os Elementais estão atrás dele. Você tem algum contato aqui, na cidade, que possa ajudar?

Gordon olhou para ela, depois riu e balançou a cabeça.

— Cara, Kat, pensei que você estava vindo aqui porque era legal. Acha que vou ajudar Calvin? O cara que me colocou aqui?

— Para ser justa, estávamos perseguindo ele.

— Porque ele quebrou a lei!

— Porque ganharíamos reps se o capturássemos — disse Kat. — Não seja todo nobre comigo, Gordon. Não somos santos.

— Nem demônios como aquele.

Kat lançou um olhar furioso, mas Gordon o ignorou. Pegou sua mochila, outro presente hospitalar fornecido pela Paragon, cheia, Kat supunha, do equipamento de rastreador que Gordon estava usando durante seu confronto com Calvin. Ele jogou a mochila sobre os ombros, deu a Kat um olhar gélido e começou a caminhar lentamente em direção à saída. Sem casaco, sem nada próximo ao que o clima exigia.

— Gordon, pare com isso — disse Kat às suas costas. — Você está sendo estúpido.

— Pelo menos não estou te apunhalando pelas costas.

— E agora você está sendo dramático.

Gordon não se virou, continuou até chegar à gigante porta giratória destinada a fazer entrar e sair pacientes em ritmos alarmantes. O segurança, fazendo dupla função como protetor e guia de pacientes, deu a Gordon um olhar de você-está-louco, mas não conseguiu interceptar o rastreador até que Gordon tivesse entrado no giro imparável da porta. Enquanto a porta se ajustava ao ritmo glacial de Gordon, Gordon não se ajustou ao tapa repentino de fevereiro, que o mandou de volta para dentro da porta e ao redor até que saísse do lado de dentro, direto para o sorriso irônico de Kat.

— Divertiu-se? — disse Kat.

— Não. — Gordon tentou passar por Kat para sabe-se lá

onde. Kat se colocou na frente dele uma, duas vezes, ganhando uma careta. — O que você está fazendo?

— Dá para crescer? — Kat apontou de volta para a cadeira de Gordon. — Há mais acontecendo aqui do que sua festa de autopiedade.

Essas palavras arrancaram um suspiro de Gordon, que pareceu aceitar seu estado lamentável e ceder à demanda de Kat. Juntos, com Kat oferecendo um ombro para se apoiar, o par ocupou duas cadeiras.

— Tudo foi para o inferno esta semana — disse Gordon. — Você tem acompanhado?

Só havia uma coisa que Gordon poderia querer dizer com esse comentário.

— Aegis? — disse Kat. — Sim.

Não havia muito mais que ela pudesse acrescentar. O que se dizia quando uma lenda morria? Aegis nunca pareceu tão real para Kat, alguém que parecia existir, mas que ela nunca conheceria. Que aparecia em fotos e notícias, mas estava tão além de sua vida cotidiana que evitava muito pensamento. E, no entanto, sem ele, sem os Paragons em ordem de trabalho forte, parecia que um cobertor protetor havia desaparecido.

— Achei que tinha a vida bem resolvida — disse Gordon enquanto os dois observavam pacientes, provedores e drones médicos circulando na frente deles. — Gosto do meu trabalho, mesmo que quase me mate de vez em quando. Gosto das pessoas, como você.

— Obrigada.

— Mas nunca pensei que tudo pudesse desaparecer. — Gordon desviou os olhos para seu Tama, revelando o editorial – na opinião de Kat – um tanto histérico que estava lendo, declarando que todos deveriam estocar toda comida e água que pudessem para sobreviver ao fim dos tempos. — Me pergunto se alguém vê mudanças como essa chegando.

— Provavelmente o cara que matou Aegis. Ele provavelmente viu isso vindo.

Gordon lançou a Kat um olhar estranho.

— Você consegue brincar sobre isso?

— Você não? — Kat deu de ombros. — Não é que eu não esteja nervosa, Gordon, mas se eu não conseguir levantar um muro sarcástico, vou desmoronar. Além disso, não há nada que eu possa fazer sobre Aegis. Há algo que posso fazer sobre Calvin.

— Certo. Ajude a anomalia mortal, ignore o mundo desmoronando.

— Isso mesmo.

Gordon bufou. Será que ele começaria outro discurso sobre como Kat não se importava o suficiente com o mundo em geral? Esse tinha sido um clássico dos dias em que namoravam, as imensas avalanches de notícias de Gordon, declamando este e aquele detalhado discurso para Kat com condescendência mordaz. Kat frequentemente suportava esses momentos, bem, recapitulando suas últimas caçadas em sua cabeça, planejando seus erros e como faria melhor, ou cantando, silenciosamente, o mais novo hino de alguma estrela pop. Não que Kat não se importasse com o mundo em geral, ela simplesmente não girava sua vida em torno dele.

Desta vez, porém, seja devido à sua fraqueza persistente ou à percepção de que Kat não mudaria, Gordon se conteve. Ficou quieto e então perguntou: — Então, o que você quer?

— Os Elementais. Quero saber como encontrá-los — disse Kat, e então falou sobre seus encontros com Beth, a Elemental que pediu que ela capturasse Calvin e o entregasse a eles. — Mas foi ela quem me encontrou. Não posso, tipo, assobiar e fazer com que ela apareça do nada.

Kat não havia tentado isso, na verdade, mas parecia improvável.

— Você esteve em Chicago mais do que eu ultimamente — respondeu Gordon, mas sua voz tinha aquele tom escorregadio, alguém tentando escapar sem revelar tudo. — Você não conhece ninguém?

— Se eu conhecesse, não estaria perguntando a você — disse Kat. — Não gosto de grandes brigas com anomalias, então os Elementais estão bem fora da minha zona de conforto.

— Mesmo assim você vai encontrá-los. Por esse cara.

— Ei, Calvin é meu rastreado. Ele supostamente vai me render reps. Estou protegendo meu investimento.

— É só isso?

— Pare de mudar de assunto. Se você conhece alguém, me diga. Se não, acho que vou ter que descobrir algo.

Gordon esfregou a testa, desceu para a boca e saiu pelo queixo, uma limpeza completa de mão no rosto, algo que Kat imaginou ser uma má ideia, considerando todos os germes circulando em um hospital, mas ei, não era o corpo dela.

— Tem um açougue. Um cara lá costumava transmitir mensagens quando os Paragons e os Elementais estavam conversando — disse Gordon. — Vou te enviar as informações. Mas isso foi há um tempo. Quando Mynx concordou em não jogar todos os Elementais no banco de dados para caçarmos. Eu era bem novo na época.

Com a barragem quebrada, o objetivo alcançado, Kat e Gordon se acomodaram em uma conversa mais casual, passando a hora seguinte até que, parecendo desconfortável e deslocado, Calvin se aproximou com o lado recém-enfaixado. Aparentemente, seu ferimento não era sério o suficiente para receber o tratamento especial de anomalia.

— Calvin — disse Kat, levantando-se e colocando-se, parcialmente, entre Gordon e a anomalia. — Este é Gordon. Sei que vocês já se conheceram, mas que tal apertarem as mãos? Tentem não se matar?

Nenhum dos dois estendeu o braço. Nenhum dos dois ofereceu um sorriso.

Ótimo. Isso seria ótimo.

O ÚLTIMO SUSPIRO do crepúsculo colocou Zhan-Yo diante de um edifício reluzente. Um urso verde de neon, erguendo-se nas patas traseiras, servia de logo agressivo para o nome da torre, uma escolha adequada. Enquanto o prédio em si compartilhava as curvas sutis e o revestimento de vidro com malha solar que havia dominado todas as novas construções da cidade, uma borda de cobre franzida criava uma sensação de pelo de urso. Zhan-Yo nunca estivera neste edifício antes, o que o tornava uma boa escolha para se esconder – embora Zhan-Yo tivesse há muito desativado o rastreamento de localização de seu Tama, ele não podia controlar outras câmeras vendo e catalogando cada um de seus movimentos, e os Paragons poderiam ter seus lugares frequentados em uma lista de vigilância por drones.

Wexley havia aprovado todos os esconderijos, no entanto, e este parecia particularmente adequado para o tenente de Zhan-Yo. Subindo as escadas, Zhan-Yo não viu porteiro, e as portas exibiam uma saudação espalhada por suas superfícies de vidro escuro. O mínimo de interferência humana possível. As letras verdes combinantes ostentavam frases clichês sobre lar e lareira enquanto corriam pelo vidro, como se as próprias frases estivessem fugindo do urso do edifício. Um contorno luminoso apareceu no centro, sobreposto à linha que separava as duas portas de entrada. De acordo com algum algoritmo de observação, o quadrado se posicionou na altura perfeita para os olhos de Zhan-Yo, e o líder da revolução, campeão dos povos livres, esperou que uma fechadura sofisticada lhe desse acesso.

— Sinto muito — disse a porta por um alto-falante embutido em sua base enquanto o círculo verde se transformava em vermelho. — Você não é um residente ou está na lista de convidados. Se houve um erro, entre em contato com seu anfitrião ou com o gerente do edifício.

Teria ido ao lugar errado? Zhan-Yo olhou para seu Tama, verificou o endereço que Wexley havia enviado contra os numerais verde-brilhantes fixados na parede à direita da porta. Tudo certo. Este deveria ser o próximo esconderijo... a menos que os Paragons tivessem chegado primeiro.

Zhan-Yo girou, mantendo os pés nivelados no degrau e estendeu as mãos para trás, agarrando os cabos de suas tachi. As espadas poderiam não fazer nada contra uma força de drones, mas Zhan-Yo preferiria morrer lutando a indefeso. Revoluções podiam usar mártires, e embora não endossasse exatamente essa rota, Zhan-Yo a aceitaria.

Nada o aguardava na rua lateral, exceto um casal do outro lado que se virou, viu Zhan-Yo alcançar as armas e acelerou o passo. Sua paranoia apenas apimentou o encontro romântico deles, nada mais. Zhan-Yo permaneceu de pé, observando sua respiração embaçar o ar, e se acalmou. Sem drones, sem Paragons. Eles ainda não o haviam encontrado.

— Alguém te seguiu? — perguntou Wexley enquanto o

suave som de sucção anunciava a abertura das portas trancadas. — Você está bem?

Zhan-Yo olhou para trás e viu a mão de Wexley sob seu grande sobretudo preto, sem dúvida alcançando uma arma muito ilegal. Os olhos de Wexley vasculharam a rua enquanto Zhan-Yo admitia que não, não estava sendo perseguido. Apenas excessivamente tenso.

— Com o que aconteceu com Rhimes, você deveria estar — disse Wexley. — Vamos, entre.

Wexley permaneceu no caminho da porta tempo suficiente para Zhan-Yo passar, o sistema de segurança derrotado pela necessidade primordial de não esmagar alguém entre as portas. Além delas, o saguão do edifício se abria para uma elegância falso-rústica, novamente explorando o tema do urso ao máximo. Luzes amarelas quentes cintilavam, imitando velas, contra tapetes vermelho-sangue delineados com padrões dourados. Cadeiras de madeira escura, revestidas com almofadas cor de vinho, estavam dispostas em formações ao redor de mesas de centro similares, cada uma exibindo um ou dois ramos de pinheiro enrolados em uma tigela de potpourri exalando aromas de floresta. Os bancos de elevadores na parte traseira do saguão arruinavam a imagem, no entanto, queimando o efeito com seus painéis digitais e portas de metal cinza.

— Este lugar é impressionante — disse Zhan-Yo enquanto Wexley o guiava. — Não era o que eu esperava.

— Esse é o objetivo — respondeu Wexley. — É ridículo. Todos que alugam aqui são tão insanos quanto nós.

— Você pode estar certo. — Zhan-Yo nunca estivera em uma cabana de caçador, nunca experimentara a verdade por trás de um cenário como este. Este saguão não o fazia se arrepender disso. — A porta não me deixou entrar.

— Intencional — disse Wexley. — Um sistema a menos com suas informações incorporadas em seu banco de dados.

Certo. Crescendo, vivendo em uma época em que cada ação que ele tomava era catalogada e aproveitada para seu suposto benefício, Zhan-Yo tinha maus hábitos para eliminar. Possuir a Ziran, uma empresa com uma grande receita vinda de mineração de dados, não tornava isso mais fácil. Agora, cada fragmento desses dados poderia ser usado contra ele.

Irônico? Talvez.

Inconveniente? Definitivamente.

O apartamento de Wexley provou ser um ato desafiador contra o tema declarado do edifício. Peças prateadas e cromadas espalhadas por toda parte, como se compradas com a única consideração sendo o quanto uma determinada cadeira, eletrodoméstico ou moldura de quadro poderia captar luz branca e refleti-la pelo ambiente. Zhan-Yo protegeu os olhos ao entrar atrás de Wexley, que colocou óculos escuros sem comentários. Lilás artificial preenchia o ar, e uma suave música house saltava ao fundo de alto-falantes que Zhan-Yo não conseguia localizar. Uma garrafa de vinho tinto, com dois copos como companhia, ocupava o centro do palco em uma mesa de metal e vidro sem caracte-rísticas.

— Este lugar combina com você — conseguiu dizer Zhan-Yo.

— Tem um propósito — respondeu Wexley. — Todos os reflexos e luzes dificultam que olhos externos vejam para dentro. Se você quer se esconder de drones, vem para cá.

— Eles não poderiam assumir que um lugar projetado para bloqueá-los deve ser o alvo óbvio?

Wexley não disse nada, então se moveu para a garrafa de vinho, desparafusando a tampa e derramando o líquido. Zhan-Yo encontrou uma cadeira e a ocupou, deixando sua pequena mochila e suas espadas no canto ao lado da porta. Ele as moveria para o quarto mais tarde, mantendo-as ao alcance do braço, mas a correria do dia o havia esgotado e tirar o peso das costas parecia uma prioridade maior.

— Sua mensagem não deixou muita gente feliz — disse Wexley enquanto se sentava ao lado de Zhan-Yo, com o vinho entre eles. — Você está sendo agressivo.

— Eles estão sendo lentos.

— Navios grandes demoram muito para virar, especialmente tão longe.

— Eles tiveram amplo aviso. — Zhan-Yo rodou o vinho, observou-o descer das laterais da taça de volta à base. — Se não dermos um empurrão, eles nunca se moverão. Meu pai nunca o fez.

Em vez disso, o pai de Zhan-Yo passou a ascensão dos Paragon primeiro negando as implicações e depois reclamando sobre elas, mesmo enquanto guiava a Ziran para tirar proveito do novo mundo. Anos e anos gastos em raiva impotente, e agora que Zhan-Yo havia agido, parecia que os normais restantes com algum poder não queriam arriscar perdê-lo. Covardes sem fé.

— Você não ganhará a lealdade deles custando-lhes tudo. — Wexley mantivera o casaco e as luvas, um indicador claro de que Zhan-Yo seria deixado ali. — Eu estava trabalhando neles, Z. Eles teriam se juntado eventualmente.

— Sim, fácil dizer quando você não perdeu nada. Os drones estão me caçando o tempo todo, Wexley, e eles continuarão me encontrando.

— Rhimes se saiu bem, até hoje.

— Sinto muito por isso, mas não fiz tudo isso para ficar em silêncio — disse Zhan-Yo. — Sylvie não morreu para que eu me escondesse em prédios abandonados e esperasse a humanidade encontrar sua coragem.

— Ela não precisava morrer. Foi culpa dela mesma.

Jogar o vinho no rosto de Wexley teria sido tão, tão satisfatório, mas Zhan-Yo contou com o autocontrole que o havia trazido até aqui. Wexley era praticamente tudo o que lhe restava, e se Zhan-Yo afastasse seu tenente, então a revolução morreria antes mesmo de realmente começar. Então, em vez disso, ele engoliu a raiva e direcionou a conversa para a ideia que a substituiu.

— Sylvie vivia separada de tudo isso — disse Zhan-Yo. — De alguma forma, ela fazia o que precisava ser feito e nunca temia os drones, ou os Paragons. Como?

Wexley bebeu sua taça de um gole, levantou-se. — Eu não sei, Z. Ela tinha treinamento, não tinha? — Um olhar para seu Tama. — Mas eu tenho sua bagunça para limpar. Você deve estar seguro aqui por um tempo. Só me avise antes de perder a cabeça de novo, ok?

— Você vai trazer Rhimes de volta?

— Entre outras coisas. — Wexley foi até a porta, ainda não a abriu. — Vou ver se conseguimos algo do seu surto. Se conseguirmos forçar alguém a fazer um movimento, isso deve desviar um pouco da pressão de você. Da Ziran. Quando não estivermos correndo e nos escondendo, poderemos elaborar um plano real.

— Certo. — Mais da metade da garrafa de vinho restante, e toda a noite para Zhan-Yo bebê-la. — Obrigado, Wexley. Me avise o que posso fazer.

— Fique quieto, para começar — respondeu Wexley. — Boa noite, Z.

Após sua primeira taça, Zhan-Yo diminuiu as luzes. Ligou as notícias. Os âncoras tagarelavam sobre isso e aquilo enquanto Zhan-Yo bebia mais e mais, até esvaziar a garrafa e sua mente girar mais rápido que o quarto.

Sylvie tinha se saído tão bem. Ela havia puxado cordas que Zhan-Yo não conseguia ver, e então o deixou antes que ele pudesse aprender. Alguns diriam que Zhan-Yo, quase aos sessenta, era velho demais para se tornar um agente mortal, mas ele estava em forma, sabia como matar um homem. O que Zhan-Yo precisava agora eram os recursos que Sylvie tinha, as ferramentas que permitiam que ela circulasse sem ser vista, os contatos nas sombras para completar os trabalhos mortais que precisavam ser feitos.

Se Wexley havia assumido o lugar de Zhan-Yo no topo da torre corporativa, então Zhan-Yo teria que encontrar um novo papel. O lugar de Sylvie estava vago. Ele o preencheria.

Ela teria gostado disso.

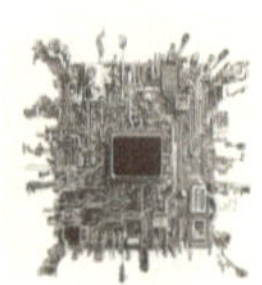

CAPÍTULO 8

UM MUNDO TRANCADO

O HORIZONTE da Cidade de Nova York mudava mais do que qualquer outro que Mynx conhecia. A cidade se reinventava continuamente, sendo frequentemente o epicentro de um terremoto cultural, para depois se reconstruir novamente. As novas luzes que agora penteavam os céus, no entanto, não pertenciam a prédios: drones patrulhavam a toda hora. Vasculhando em busca de insurreição, revolução.

Décadas atrás, esses mesmos drones teriam sido o inimigo número um. Um claro peso sobre as liberdades e ideais que os Champions adotaram em suas primeiras incursões juntos, quando os governos do mundo decidiram que uma equipe de anomalias pronta para aniquilar qualquer ameaça fazia sentido. Os Champions haviam sido cobertos com tantas platitudes inspiradoras — cada um deles tinha que defender, especialmente, um direito escolhido; o de Mynx era o conhecimento — que, como uma droga viciante, a postura constante havia mudado suas percepções. Quase como um só, os oito Champions perceberam que a própria base de seu poder estava, ao mesmo tempo, violando as liberdades que os Champions buscavam preservar.

— Você lembra quando os derrubamos? — perguntou Mynx a Reeves, enquanto seu jato individual se aproximava da grande torre do Paragon, perto do Central Park. Bastion brilhava em um azul profundo naquela noite, como fazia todas as noites desde a aparente morte de Aegis — Mynx não havia contado a ninguém que mantinha o antigo líder dos Champions congelado nas profundezas de sua Fábrica — e embora Bastion não fosse o edifício mais alto naquela fileira de reluzentes dentes metálicos, ela não podia deixar de notar a fachada icônica e curva do Bastion.

— Perfeitamente. Minhas memórias não se degradam — disse Reeves. — Quer que eu as reproduza para você?

Isso significaria cruzar o limiar, e Reeves sabia disso. Os Paragons não haviam assumido o poder com desejos pacíficos. Os exércitos não se renderam, nem os líderes livres. Com apenas oito Champions, conquistar bilhões teria sido impossível. Apinya, aquele leitor de mentes, havia desenvolvido uma estratégia melhor que a guerra aberta: o povo. Apinya havia argumentado durante uma de suas últimas discussões, quando os oito exibiam frustração crescente em seus rostos, que a lealdade do público era algo fugaz. Não importava quem comandava, desde que as pessoas e suas famílias tivessem o necessário e um pouco do que desejavam.

Dê estabilidade ao povo, e eles escolherão você.

— Não, devo me concentrar na aterrissagem.

— Você não voltou a essas gravações há muito tempo.

— Eu não gosto delas.

— Você costumava dizer que elas te mantinham centrada.

— Reeves, você é um computador, não meu terapeuta.

Drones vinham em todos os sabores, mas os que sobrevoavam a Cidade de Nova York estavam entre os mais complexos. Impedir crimes e ajudar os necessitados exigiam raciocínio complexo, inúmeras ferramentas e flexibilidade para usá-las. Mynx não havia aperfeiçoado seus drones modernos, mas eles funcionavam bem o suficiente para manter as baixas em níveis aceitáveis para que os civis aceitassem sua constante proteção, mesmo com o ocasional custo.

Tinha sido muito mais fácil construir uma frota direcionada com um único propósito mortal. Pequenas coisas, capazes de inserir algumas bolhas de oxigênio no sangue. Nenhuma lógica profunda ali. Eles exigiam timing, no entanto. E algo para lidar com qualquer um que se perdesse em sua jornada pelo mundo.

— Gosto de pensar que sou muito mais que um computador. — Reeves tinha a capacidade de soar ofendido, e Mynx frequentemente precisava lembrar a si mesma que Reeves era apenas uma coleção de códigos. — Afinal, sou seu amigo.

— Uma afirmação ousada. — Mynx sorriu enquanto os motores do jato giravam na vertical, permitindo que o avião descesse sobre a plataforma de pouso no telhado do Bastion. — Mas acho que você está certo.

Mynx havia desativado os pequenos robôs assassinos após a missão, depois que o primeiro trabalho de Reeves fora um sucesso retumbante. O mundo havia sido jogado no caos em uma única noite. Mynx e seus drones cuidaram dos líderes, Aegis e suas anomalias lidaram com as armas, e os Champions, junto com as fileiras recém-formadas do Paragon, prometeram paz. Houve conflitos, mas para uma tomada total, muito pouco sangue foi derramado. Aegis proclamou isso como evidência de que eles eram destinados a isso desde o início.

Agora ele os havia deixado para descobrir o que viria a seguir.

Mynx havia entrado no Bastion diversas vezes pela porta do telhado, uma entrada sinuosa que continuava subindo além da porta até a grande antena que coroava o edifício com sua lenta luz azul piscante. A própria porta não tinha maçaneta, alça ou outro mecanismo para forçá-la a abrir. Em vez disso, a placa de aço não cedia, não dava pista de seus segredos. Para alguém não familiarizado com seu funcionamento, pareceria que aquilo não era nada além de uma parede particularmente brilhante. Duas luzes amarelas se acenderam quando Mynx se aproximou, e ela encarou a porta com um olhar limpo e direto.

Pequenas câmeras estariam enviando a imagem de Mynx para o apartamento de Aegis, que agora deveria pertencer a Celice. Mynx estaria aparecendo em um dos monitores perto da vista envidraçada, ou talvez no Tama de Celice se ela não estivesse na sala principal. A filha de Aegis veria que Mynx havia chegado e, embora não tivesse respondido à chamada anterior de Mynx, Celice não deixaria sua amiga no telhado frio. Mynx vestia um de seus uniformes especiais do Paragon, projetado para ação flexível, tecido cinético programado para usar sua energia mantendo Mynx aquecida. Energia cinética, porém, exigia movimento para carregar, e ficar parada em frente àquela porta não fornecia nenhum.

— Celice — disse Mynx, as câmeras também podiam captar áudio. — Abra.

Mynx contou dez segundos, cada número expelindo baforadas brancas no ar. Sem resposta.

— Polly? — Mynx tentou a IA do Bastion. — A Celice está em casa?

Sem resposta, nem mesmo para Mynx.

— Seu traje está ficando sem carga — Reeves falou do Tama. — Quer voltar para o jato? Podemos redirecionar para La Guardia e você pode entrar pelo modo normal.

— Este é o *meu* modo normal — disse Mynx. — Me traga de volta se eu ficar muito fria.

A Campeã de Pacifica avançou até a porta, estendeu a mão, tocou sua superfície gelada e afundou nela.

Espinhos negros eriçados se ergueram ao seu redor, com exceção apenas do pequeno espaço coberto de musgo onde Mynx se encontrou. As pontas reluzentes dos espinhos pareciam ameaçadoras, mas Mynx procurou pelas pequenas linhas vermelhas brilhantes que se curvavam a partir daquelas pontas afiadas, cada uma traçando seu caminho através do nome de um Paragon, passado ou presente. Uma rotina bela, extraída do próprio banco de dados ativo do Bastion. Arte para uma audiência de uma pessoa, porque, até onde sabia, Mynx era o único ser humano, anomalia ou não, que podia entrar nesses lugares.

O frio desapareceu, e sua respiração esfumaçada, desnecessária aqui, não saía mais de seus lábios. Mynx não conseguia sentir seu coração bater e não sentia mais o gosto de canela persistente da barra de proteína que comera durante o voo. Se tivesse um espelho, Mynx poderia ter se visto quarenta anos mais jovem, com pele, cabelo e saúde mais perfeitos do que jamais havia alcançado. Neste Elísio digital, tais coisas eram alcançáveis.

Mynx seguiu em frente, longas passadas a levando em direção aos espinhos, que se afastavam e abriam como jardins para uma princesa de conto de fadas. A luz prateada de uma lua cheia onipresente deslizava pelo dossel espinhoso e contrastava com os cogumelos roxo-rosados que brotavam a cada passo, guiando seu caminho. Mynx tinha pouco tempo para beleza no mundo real, onde concessões cosméticas frequentemente criavam custos e desafios de construção. Aqui sua imaginação podia criar suas ideias mais selvagens e deixá-las florescer.

Além, os espinhos se retraíram em um amplo oval musgoso, que continha a estrela deste domínio específico: uma piscina cercada por uma cascata incessante de pétalas de rosa. Mynx quase riu com a visão, tão absurda e produto de seu eu mais jovem. Na época em que o Bastion era novo, havia marcado o poder do Paragon atingindo seu auge absoluto, e junto com seu pico veio o orgulho de Mynx. Ela podia fazer coisas bonitas, sim, mas as pétalas de rosa agora pareciam uma indulgência vulgar. Tudo que essa fechadura precisava era de um simples interruptor para Mynx acionar, não esse grande exercício de capricho inútil.

Ela foi para debaixo das pétalas — sem cheiros neste lugar, as flores eram ainda menos agradáveis — e olhou para a piscina. Ali estava aquele espelho, turquesa avisando o rosto de Mynx, fazendo-a parecer, novamente, com uma daquelas princesas de contos de fadas. Elas podiam desejar que seus problemas desaparecessem, ou esperar por algum príncipe, ou uma virada no roteiro para salvá-las. Mynx não tinha esse luxo, então mergulhou ambos os braços na piscina e procurou pelo interruptor. Ela o encontrou, não muito abaixo da superfície, mas em vez da alavanca esbelta para puxar, Mynx encontrou um selo. Uma caixa impedindo suas mãos de alcançar a alavanca.

Alguém havia ajustado a segurança da porta. A havia fortalecido, alterado, tinha—

Mynx, sua temperatura está ficando baixa.

A voz de Reeves invadiu o espaço, rompendo a barreira sensorial. Irônico que as palavras não seriam ouvidas do lado de fora, já que Reeves tinha que falar em uma frequência muito baixa para a audição humana. Poderiam, no entanto, ser interpretadas como dados, e significavam que Mynx estava ficando sem tempo. Ela poderia sair, tentar entrar pela porta da frente, embora se Mynx encontrasse resistência aqui, a entrada principal provavelmente não seria mais fácil. E quem quer que tivesse alterado esta fechadura saberia que ela havia chegado.

Não.

Aegis podia superar qualquer um em força física. Apinya podia destruir uma mente e reconstruí-la como bem entendesse. Mynx governava o reino dos uns e zeros.

Mynx tirou os braços da piscina. Inclinou a cabeça e se concentrou. Formas e funções começaram a se sobrepor na água, detalhando o funcionamento interno da fechadura e o conjunto específico que poderia acionar sua liberação. Mynx afastou essas barreiras externas, apagando rotinas destinadas a verificar voz, imagem, toque, esvaziando a água até que apenas o único verdadeiro e falso, uma barreira booleana, permanecesse. Isso deveria ter sido a alavanca, mas agora a caixa a cobria.

Suas extremidades estão dormentes. Você pode não conseguir ficar de pé por muito tempo.

A caixa em si era simplesmente outro conjunto de funções seguras, projetadas para barrar qualquer um que não possuísse um único elemento. Mynx se inclinou, leu através das linhas verde-limão complicadas. Código denso e desleixado. Não era de admirar que só haviam conseguido criar uma caixa rudimentar. Quanto à chave do código, não foi difícil de encontrar, embora lê-la não fosse fácil.

O nome verdadeiro de Aegis. Aquele com que nascera e que tentara enterrar sob o disfarce de uma lenda. O que significava que apenas uma pessoa poderia ter colocado tudo isso no lugar.

Mynx alimentou a função com o nome e a caixa desapareceu como a água havia feito, deixando a alavanca. Mynx alcançou-a e acionou o interruptor. Não houve nenhum ruído, nenhum outro sinal. Mynx teria que confiar que Celice não tivesse realmente desativado a porta e deixado a caixa como uma armadilha tentadora. Reeves chamou novamente, dizendo algo sobre perder os dedos. Hora de ir.

Ela se afastou do poço, fechou os olhos — um movimento mais para seu próprio conforto do que qualquer necessidade — e deixou seu mundo encantado.

E encontrou dor, uma dor fria lancinante e uma dor no seu lado esquerdo, agora deitada no chão do lado de fora da porta aberta. Mynx não conseguia sentir suas pernas, seus braços, e cada respiração trazia tremores incontroláveis. Seu traje havia se esgotado, e ela estava congelando. A entrada de aço do Bastion estava aberta à sua frente, a parede afastada e uma porta simples com maçaneta esperando que ela a puxasse e entrasse. Ela podia, ela tinha que, ela devia.

Ela esticou o braço—

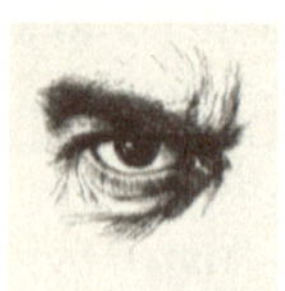

CAPÍTULO 9

FAZENDO UMA ENTRADA

O CREPÚSCULO alaranjado pairava no céu enquanto Thane e Sook se aproximavam do aparente posto avançado da Void... covil? Thane não sabia bem como chamar aquele lugar, mas termos mais fortes como fortaleza ou quartel-general não combinavam com a ampla duna que se erguia a centenas de metros da praia. A parede de areia dourada, entrecortada com detritos e terra mais escura, revelava suas origens artificiais, já que o vento forte próximo ao oceano não conseguia mover nem um único grão. O aroma de frutos do mar sendo cozidos chegava até Thane, cujo estômago roncava por proteína depois de um dia inteiro comendo cocos e frutas silvestres. Música também tocava, tambores leves e dedilhados metálicos de um violão improvisado. Alguém ria e, por trás de tudo isso, as ondas continuavam seu eterno quebrar.

Uma existência avançada para uma ilha deserta no meio do oceano. Thane havia sido condicionado por filmes a esperar um bando maltrapilho agachado em volta de alguns gravetos à deriva, tentando assar uma carcaça de peixe que tivesse dado à costa. Mais uma vez, as anomalias estavam provando sua superioridade. Coloque-as em qualquer lugar, e seus poderes lhes dariam uma vida melhor do que qualquer pessoa normal poderia esperar.

— As dunas vieram depois — Sook estava falando. Ele estava sempre falando, e Thane havia desenvolvido um talento para bloquear a voz carente do homem. — Pelo que ouvi, não começou com todo mundo tentando se matar. Isso só aconteceu quando Arthur tentou assumir o controle.

— É geralmente quando a luta começa — disse Thane. — As pessoas muitas vezes são estúpidas demais para aceitar seus líderes legítimos.

À frente, a trilha desgastada, que havia sido conectada por outros caminhos que levavam para o interior da ilha, terminava em uma fenda na parede de dunas. A areia simplesmente se interrompia, como se fosse pedra, com lados planos criando uma abertura ocupada por dois guardas vestindo folhas de palmeira. Ambos, um homem e uma mulher, carregavam varas afiadas não muito diferentes daquela que Sook havia trazido consigo para a caverna de Thane. Eles não reagiram quando Thane e Sook se aproximaram, pelo menos até que Sook chegasse perto o suficiente para o homem inalar e cuspir na direção do infeliz guia de Thane. O jato caiu muito aquém, mas mesmo assim Sook recuou.

Como primeiros segundos, aquilo era menos do que promissor.

— Quem é você? — a mulher perguntou a Thane, ignorando Sook, que estava vários passos atrás.

— Thane. Estou aqui pela Void.

Ele não iria se deixar levar por trivialidades.

— Então não deveria ter vindo com Sook — disse o homem. — Ele não vai te ajudar a chegar a lugar nenhum.

— Ele me trouxe até aqui. Não sou um inimigo. Quero falar com a sua líder.

Os guardas se entreolharam, a mulher riu. — Você saiu de um filme ou algo assim? Chegar aqui marchando, pedir para entrar? Você poderia estar trabalhando para qualquer um, e mesmo que não esteja, talvez só queira tentar matá-la.

— Sook disse que ela era mais do que capaz de se defender.

— Talvez seja, mas ela não nos paga para deixar desconhecidos entrarem — disse o homem.

— E com o que ela paga vocês? — perguntou Thane, honestamente curioso. — Conchas do mar?

— Comida — respondeu o homem. — A única coisa que vale alguma coisa nesta ilha. Trabalhe um turno nos portões e você terá garantida uma parte da pesca do dia. — O homem abaixou sua vara, com a ponta afiada apontando para Thane. — Você quer ver a Void, então nos convença.

Sook, ainda atrás de Thane, tossiu e começou a falar: — Vocês não sabem quem ele é...

— Pare. — Thane ergueu a mão, sem tirar os olhos dos guardas. — Sou um recém-chegado. Caí perto da caverna lá em cima. Sook me encontrou lá e me falou sobre a Void, sobre como ela seria a pessoa com quem trabalhar para encontrar uma maneira de sair desta ilha.

Os guardas riram novamente, mas desta vez uma risada mais fraca, mais triste e sarcástica. Thane conhecia bem aquela risada, pois ele mesmo já a tinha feito várias vezes. Quando lutava contra os Campeões, ele descartava suas próprias chances de sobrevivência da mesma forma. Mesmo assim, Thane ainda tentava. Não importava quão pequena fosse a chance, Thane ainda tentava.

— Você está tentando nos convencer a deixá-lo entrar —

disse a mulher — e diz algo assim? O que Arthur disse que faria por você? Ou a Duquesa te prometeu alguma coisa? Ninguém vai sair desta ilha. Nunca saiu, nunca sairá.

Trivialidades. Isso tinha acabado.

— Saiam do caminho, ou eu farei vocês saírem — disse Thane.

— Ele vai mesmo — acrescentou Sook.

— Ótimo — respondeu o homem. — Já estava ficando entediado mesmo.

Assim que o guarda terminou sua frase, Thane sentiu o ar ao redor de seus tornozelos ficar mais denso. Ele olhou para baixo e viu uma névoa espessa se formando em torno de seus joelhos, com pequenos microlampejamentos faiscando dentro dela enquanto gotas de chuva começavam a cair sobre seus pés. Aqueles lampejos começaram a atingir sua pele, cada um queimando como um pequeno fósforo. Um poder estranho, mas a maioria era assim. Thane usou as faíscas, a dor, para alimentar sua raiva e impulsionar o que viria a seguir.

— Cuidado! — gritou Sook, e Thane olhou para cima a tempo de ver a mulher arremessar sua vara afiada contra ele, e quando Thane tentou se mover, escorregou no chão enlameado criado por aquelas tempestades em miniatura. A lança arremessada atingiu Thane no ombro, cravando em sua pele e ficando erguida como um mastro de bandeira enquanto Thane caía de costas no chão.

Mais dor rasgando seu corpo, acendendo fogos que Thane precisava.

A mulher, imprudente, correu até Thane e arrancou a lança. Em suas mãos, a madeira se estendeu, tornando-se como argila até que, com suas extremidades pendendo para formar um arco rudimentar, a madeira endureceu novamente. Ela cravou a lança alterada, pressionando-a contra o peito de Thane e contra a terra. Profunda o suficiente para prender um homem comum ao chão. Enquanto ela completava o movimento, mais nuvens de tempestade em miniatura se formaram sobre o rosto de Thane, seu peito, enviando novamente faíscas de raios para sua pele, forçando-o a fechar os olhos.

Sook continuava gritando, agora discutindo com o guarda masculino.

Não que isso importasse. As coisas tinham sido levadas longe demais.

Como alguém escorregando por uma encosta congelada, Thane tanto cedeu à queda inevitável quanto tentou manter o pouco controle que podia. À medida que seu corpo crescia, sua percepção de si mesmo diminuía até que o instinto dominasse o pensamento coerente.

O monstro dominava o homem.

Thane avançou para cima, arrancando a vara frágil do chão apenas com os ombros e deixando-a cair. Os dois guardas se viraram de Sook e Thane sentiu seu medo repentino quando o homem fraco e idoso que estavam ameaçando agora tinha quase o dobro de sua altura, olhos em chamas e mandíbulas cheias de dentes escancaradas.

As pequenas explosões de raios cresceram e enxamearam por seu corpo, e Thane viu os mesmos reflexos nos olhos do homem. Nuvens minúsculas explodiam na frente do rosto de Thane, tentando obscurecer sua visão, mas Thane tinha mais sentidos do que apenas a visão, e os usou. Um salto rápido para frente perfurou a barreira e empurrou seu alvo para a terra.

Um estalo veio com um empurrão surdo à esquerda de Thane, e ele pisou no homem, esmagando-o contra o chão, enquanto se virava para ver a outra guarda, segurando outra lança quebrada com ambas as mãos. Ela olhou para ele enquanto os dois fragmentos se alongavam e se afiavam, transformando-se em duas adagas de madeira.

Armas inúteis.

Thane precisou apenas de suas mãos para agarrar a guarda, levantá-la enquanto ela quebrava seus novos brinquedos contra os braços dele, e jogá-la contra a parede de dunas. A areia endurecida não ofereceu muito amortecimento, e ela ricocheteou no chão, imóvel.

— Thane? — uma voz chorosa disse atrás dele, e Thane girou.

O homenzinho que o havia conduzido até ali se encolheu, mãos cobrindo o rosto, como se ao esconder os olhos Thane pudesse desaparecer. Um pesadelo banido. Thane, no entanto, não era um sonho.

Mas este não era o inimigo. Não podia ser uma ameaça. Essa pergunta, essa pequena incerteza, forneceu o gancho que Thane precisava para começar sua escalada para longe da raiva nebulosa. Para cima e para fora, de volta à sanidade. Seus músculos encolheram, seu coração desacelerou seu coro trovejante, e Thane mais uma vez desfrutou do pensamento real correndo por sua mente. A raiva poderia ser, era, uma liberdade inebriante das consequências. Um mergulho no id violento tão tentador... se Thane tinha quase morrido de fome banhando-se em conhecimento frio, lá em cima na caverna, cair tão totalmente na raiva resultaria em quê?

— Você está normal de novo? — perguntou Sook, afastando o pensamento. — Porque você vai ter que dizer alguma coisa.

Sook apontou para uma multidão crescente se aglomerando na brecha das dunas. A luz das tochas substituiu os últimos vestígios da luz do sol, embora Thane tenha demorado um momento para perceber que ninguém segurava tochas de verdade. Pequenos globos ardentes apareciam no ar ao seu redor e ao redor dos recém-chegados, como se um enxame de vaga-lumes gigantes os tivesse encontrado. A luz revelou um elenco imundo e miserável. Anomalias de todos os tipos, sim, mas universais em seus corpos magros e pele queimada de sol. Os homens usavam barbas desgrenhadas, as mulheres tinham cabelos arrepiados abaixo da cintura, ou trançados em tufos improvisados. Nenhum parecia especialmente hostil, mesmo que Thane estivesse de pé sobre os corpos inconscientes de seus guardas escolhidos.

Sook havia dito que a ilha tinha três governantes, e os dois guardas haviam mencionado os outros antes de se envolverem na pior luta de suas vidas. Talvez a Void fosse a menor desses três. Talvez Thane tivesse escolhido o caminho errado.

— Você não está um pouco velho para arrumar brigas? — disse uma voz de dentro da multidão, uma que parecia vir ao mesmo tempo do coração do aglomerado e também das dunas, dos fetos atrás de Thane, e até mesmo de Sook.

Anomalias eram incríveis e, Thane estava começando a descobrir, exaustivas.

— Não velho demais para vencê-las — respondeu Thane. Sem ter outro lugar para olhar, ele dirigiu seu comentário às pessoas. — Mas não vim aqui para ameaçar ou machucar vocês. Seus sentinelas recusaram qualquer outro caminho.

— Então por que você veio aqui? — disse aquela mesma voz, aço feminino. Nenhuma das pessoas que ele via, e Thane contava agora mais de duas dúzias, moveu os lábios, mas as palavras vieram mesmo assim. — Para se juntar a nós?

— Para fazer uma oferta a vocês.

— Então faça.

Uma encruzilhada. Ou Thane se rendia à Void – ele presumia que era com ela que estava falando, quem mais poderia ser? Ou ele fazia uma exigência própria, que ela se revelasse e eles falassem como iguais. O orgulho ditava a última, mas o orgulho fez muitos tolos. Thane havia desistido do que restava de seu orgulho quando deixou os Paragons usá-lo, quando se recusou a morrer durante todos aqueles anos naquela masmorra improvisada. Ele não tinha uso para as loucuras de homens mais jovens.

— Quero sair desta ilha — disse Thane, projetando sua voz, recorrendo a um pouco daquela raiva sempre ardente para dar profundidade às suas palavras. Adicionando um pouco de volume aos seus braços, ombros. — Acredito que seja possível, mas não para alguém sozinho. Juntos, porém, podemos ser livres.

Sem som. Thane esperava alguma coisa. Talvez risadas. Em vez disso, apenas as ondas.

— Você sabe o que te torna diferente de nós? — a voz finalmente respondeu. — Você foi enviado aqui pelos Paragons, assim como nós. Você quer escapar, assim como nós. Você pode ter família, como alguns de nós têm, ou talvez não tenha nada além de ódio te puxando para longe daqui, como muitos de nós têm. Mas a diferença? Você não tentou sair. Você não sabe o quanto é impossível.

— Já vi muitas anomalias fazerem o impossível, inclusive eu mesmo.

De repente, todos os globos ardentes se apagaram, concedendo à lua o comando total do céu noturno. Thane permaneceu imóvel. Isso parecia um show, melhor deixá-lo acontecer.

Quando os globos reapareceram, desta vez mais altos,

como um halo ao redor da brecha das dunas, eles revelaram não uma multidão entre as dunas, mas um círculo em torno de Thane, Sook e os guardas caídos. Não mais maltrapilhos, mas vestidos com várias túnicas, vestidos e capas improvisadas, os olhos lavados e de certa forma civilizados do exército da Void pareciam muito mais fortes do que a ralé que ele tinha visto um momento antes. Isso também significava que a Void tinha uma anomalia capaz de criar uma ilusão, ou pelo menos distorcer a visão de Thane.

Anomalias realmente eram exaustivas.

De pé sozinha na brecha, vestindo um vestido grosso feito de rocha de lava derretida – fios laranja corriam pela roupa pedregosa, mas de alguma forma fluida – e sendo baixa, estava a pessoa que Thane presumia ser a Void. Com o rosto franzido em uma careta, os braços cruzados, a Void não parecia muito animada.

— Você tem bravata — disse a Void, suas palavras agora vindo de sua boca real. — Vou te dar isso.

— E você faz um belo espetáculo — respondeu Thane. — Os jogos acabaram?

— Isso não é um jogo. Essa é a vida nesta ilha, e agora é a única vida que você tem. Pise com cuidado, Thane, ou você não viverá para ver outro nascer do sol.

Ela se virou para longe dele, em direção à sua cidade.

— Espere — disse Thane. — Você sabe meu nome. Como?

— Nem todos somos como Sook. Sabemos quem você é, e não temos medo.

A Void abriu caminho através das dunas, o restante de sua força se formando ao redor de Thane e marchando com ele para dentro. Pelo que ele viu, a Void falava a verdade: o medo não tinha lugar aqui, mas em seu lugar pairava o olhar morto dos condenados. Essas anomalias podiam ter poder, podiam ter formado uma comunidade, mas não tinham esperança.

Thane havia trabalhado com Aegis, tinha visto o Campeão inspirar bilhões. Ele poderia gerenciar isso.

Ele tinha que conseguir.

KAT FEZ o pod deixá-la com Calvin em um boteco encardido escondido na esquina a um quarteirão do contato de Gordon. Kat tinha algumas regras antes de entrar em situações perigosas — qualquer contato com os Elementais se qualificava como perigoso — e um bom café da manhã regado a café figurava entre as cinco principais dessa lista. Logo atrás de levar o traje e à frente de levar Seeker, que ela deixara no apartamento. Apesar de sentir falta de sua alegria babona, o enorme husky seria um alvo fácil em uma briga em espaço fechado, e Kat preferia seu doggo feliz em vez de ferido.

Outra regra proibia trazer pessoas extras, embora Gordon não tivesse insistido em vir junto. Todos eles passaram a noite no centro, jantando, com Kat executando uma dança conversacional para suavizar as arestas entre Calvin e Gordon. Toda vez que um ou outro lançava um olhar fulminante, Kat mudava bruscamente de assunto, pedia outra rodada ou apontava para uma daquelas estátuas de movimento lento que orbitavam o parque. Não era exatamente o papel que preferia, mas eles saíram do restaurante vivos. Deixaram Gordon em seu hotel, e então Calvin dormiu no sofá dela, enquanto Tap, a IA surfista, monitorava tudo em busca de uma emboscada dos Elementais.

Agora Kat tinha um café com leite fumegante em um pires entre suas mãos enluvadas. Seu traje branco-choque, já com respingos de neve suja aqui e ali, parecia exagerado nos domínios com aroma de omelete da lanchonete, mas Kat não podia tirá-lo como um casaco. Mais como uma armadura do que roupa, o traje era personalizado de um mercado exclusivo para rastreadores que Mynx mantinha abastecido com ferramentas úteis destinadas a colocar pessoas normais em pé de igualdade com as anomalias que perseguiam.

Do outro lado da mesa estava uma dessas anomalias, encarando seu café preto como se tivesse deixado a lanchonete para trás em alguma jornada mental. Eles haviam pedido a Tap para encomendar novas roupas para Calvin na noite anterior, e elas apareceram, entregues por drone, ao amanhecer. Uma jaqueta ártica azul-real slim, capuz de pele sintética e luvas projetadas para escavar avalanches. Um pouco absurdo para a vida na cidade, mas Calvin insistiu que o frio não era seu amigo, e como ele pagou por tudo com seus próprios créditos Paragon, Kat não se importou.

— Tudo bem? — perguntou Kat enquanto o garçom, um humano de verdade que parecia estar trabalhando ali desde antes dos Paragons existirem, trouxe um prato colorido de ovos com torradas.

— Sim — respondeu Calvin, piscando para sair de seu estupor e tomando um gole lento. — Só pensando que eu nunca gostei de café até começar a fugir.

Kat espalhou um pouco de geleia de morango na torrada, dando a Calvin a chance de continuar.

— Então aprendi que uma xícara de café preto custava menos que praticamente qualquer outra coisa.

Kat olhou para cima. — Só isso?

— É. — Calvin começou a comer sua própria torrada. — O quê, achou que eu tivesse alguma reflexão profunda vindo de uma xícara de café?

Delano's Local Meats. A placa parecia ter sido atualizada pela última vez um século atrás, com grandes letras brancas em bloco sobre um fundo preto delineado com vermelho e coberto de sujeira. Kat imaginou que o lugar devia ter atravessado a transição da carne real vinda de criaturas reais para o material moderno e cultivado. Uma placa suspensa à moda antiga dizia "Aberto" no centro da porta de vidro, as duas grandes janelas de cada lado mostrando freezers com bifes, costeletas e mais. Todos eles naquele vermelho de propaganda, marmorizados à perfeição.

Uma rápida olhada pelo vidro, no entanto, revelou pouco mais. O lugar parecia tão vazio quanto a calçada onde estavam. Uma manhã de dia útil, mas já tarde o suficiente para que qualquer pessoa indo trabalhar já estivesse lá, e frio o suficiente para que qualquer um que não estivesse trabalhando estaria encolhido dentro de casa. Kat captou tudo isso em uma única passada, virando-se assim que saiu da linha de visão das janelas para acenar para Calvin atravessar. A anomalia tentou seguir o método de Kat, mas o olhar do homem durou tempo demais. Não era casual o suficiente.

— Da próxima vez — disse Kat quando Calvin chegou até ela — tente não parecer que se importa com o lugar.

— O quê?

— Se você prestar atenção neles, eles prestam atenção em você.

— Não havia ninguém lá.

— Oi, eu sou o mundo em que vivemos — disse Kat. — Há câmeras em todo lugar, e a maioria delas tem algoritmos que marcam interesse. Se você olhar tão intensamente para este lugar, eles vão catalogar você, avisar o dono para que possam enviar anúncios.

— E daí?

— Calvin, se os Elementais estão tentando matar você, provavelmente todos que trabalham para eles conhecem seu rosto. — Era por isso que Kat preferia muito mais caçadas sozinha, onde amadores não podiam fazer com que ela fosse morta. — Se as câmeras disserem a ele que você está lá fora, agora ele vai estar pronto para você.

— Então por que estamos esperando aqui fora?

Kat fechou os olhos por um segundo, respirou fundo. — Tudo bem, você fica. Eu te ligo quando estiver limpo.

Calvin tentou protestar, mas Kat passou por ele. No mesmo movimento, ela alcançou e tocou um fecho leve no colarinho do traje. Desbloqueado, a máscara do traje disparou de baixo do queixo para envolver seu rosto e se conectar com o capuz. Uma tela escura cobriu seus olhos, depois clareou ao se ajustar à sua visão, dando a Kat uma visão melhor. Liberar a máscara também colocou as outras partes do traje em movimento: as extremidades das luvas se selaram com as braçadeiras em seus braços, que giraram para seus dispositivos padrão, os coldres da cintura se abriram para permitir fácil acesso ao par de pistolas de choque de cada lado, e o traje trocou sua temperatura alvo de descanso para ativa.

Kat queria entrar tranquilamente, agir com educação, mas essas pessoas tentaram atirar em Calvin, tentaram matá-lo. Eles falharam, mas nem teriam chance com Kat.

Ela empurrou a porta, fazendo soar aquele tilintar de sino tão antigo vindo de um conjunto dourado falso pendurado acima de sua cabeça. A máscara de Kat filtrou os detalhes, destacando em vermelho as duas portas dos fundos, uma dupla para rodar o estoque de carne e a segunda, no lado direito, uma única provavelmente levando a um escritório. Mais freezers de carne preenchiam o espaço, contendo uma variedade absurda que incluía alce, veado e canguru. Como isso se qualificava como "carnes locais" em Chicago, quem seria capaz de dizer.

Kat capturou toda a sala em um único olhar giratório. Não parecia provável que alguém estivesse agachado atrás dos expositores de carne. O teto era baixo, luzes fluorescentes emitindo aquele branco pálido e tremeluzente que dizia que não haviam sido atualizadas em décadas. Nada escondido lá em cima também. Então, as duas portas.

Como se antecipasse seu próximo movimento, a porta pequena se abriu, revelando exatamente o homem que Kat teria imaginado estar administrando um lugar como este: um corpo mais velho e debilitado escondendo dias melhores sob uma vida longa abrindo cedo e fechando tarde. Uma barba grisalha sem muito capricho invadia o rosto alongado do homem até seus cabelos salpicados. Um avental cobria uma combinação de camiseta surrada e jeans. E uma espingarda totalmente ilegal estava em suas mãos.

A máscara identificou a ameaça antes que Kat o fizesse, enviando uma vibração ao lado de Kat que ela usou para guiar seu mergulho. A trajetória calculada a tirou do alcance potencial da explosão, colocando o principal expositor de carne do lugar entre ela e a arma, pelo menos por enquanto.

— Por que você está correndo? — disse o homem. — Eu não vou te matar!

Sim. Claro.

Em vez disso, Kat sacou uma pistola de choque na mão direita, enquanto estendia o pulso esquerdo e fechava o punho. O gatilho disparou um forte cabo com um gancho de aço na ponta para cima, onde se enrolou em uma daquelas luzes fluorescentes. O rosto do homem apareceu sobre o expositor, olhando para ela e mirando a espingarda.

Kat acionou o gancho e foi lançada para cima do chão enquanto o homem atirava, os projéteis explodindo um buraco onde Kat estava um momento antes. O gancho a levou alguns metros para cima antes que a luz, gemendo, quebrasse. Não que importasse: a altura a levou por cima do expositor de carne, dando-lhe um tiro limpo com a pistola de choque. O dardo acertou o homem bem no pescoço e ele cambaleou para trás, batendo na parede, depois mergulhando para frente e batendo o rosto na parte de trás de seu próprio expositor de carne.

A luz se soltou de suas dobradiças e balançou para baixo, Kat acertando o pouso e se abaixando para sair do caminho enquanto a luz de um metro de comprimento se espatifava na frente do expositor de carne e enviava vidro quebrado para todos os lados. Ignorando a destruição, Kat deu passos rápidos ao redor do lado do expositor, deslizando outro dardo de choque na câmara da arma enquanto seu gancho se retraía de volta para a ranhura do pulso.

Com Calvin, tinha levado mais de um dardo para derrubá-lo. Ela não iria correr riscos.

— O que você faria se alguém entrasse na sua casa parecendo como você? — disse Delano uma hora depois, depois que Kat havia tirado a espingarda, amarrado o homem a uma cadeira em seu escritório e virado a placa lá na frente para "Fechado". — Eu te vejo nas câmeras, e o que eu deveria pensar? Que você está aqui para comprar um filé?

O escritório de Delano funcionava também como seu espaço de vida, dividindo-se nos fundos em uma pequena cozinha e um quarto. Duas TVs divididas entre programação diurna e a alimentação da câmera da frente estavam sobre uma enorme escrivaninha de metal verde coberta com fotografias e um pequeno laptop à moda antiga ainda mostrando o que parecia ser uma planilha de vendas em sua minúscula tela. Prateleiras preenchiam o resto do espaço, que aparentemente auxiliavam a cozinha funcionando como uma despensa e contendo inúmeros produtos secos. Sem sua máscara e seu purificador de ar funcionando, o pesado cheiro de ferro da carne crua impregnava tudo.

Calvin permaneceu na periferia, inclinado perto da porta de saída e olhando mais para o chão do que para qualquer outro lugar. Não estava acostumado a fazer o papel de interrogador. O que, tudo bem. Kat podia, tinha e continuaria a fazer todas as malditas perguntas, e ela tinha ácido suficiente para o trabalho desta vez: Delano tentou atirar nela. Com uma arma de verdade.

— Então porque você acha que eu pareço estranha, você decide atirar primeiro e fazer perguntas depois? — respondeu Kat. Com Delano sentado, Kat ficava mais alta que o homem, uma posição que ela raramente ocupava e que, ei, ela ia aproveitar. — E se eu fosse um Paragon? Você já estaria trancado em alguma cela, ou morto.

Delano deu de ombros. — Olhe ao redor deste lugar. Acha que tenho muito a perder?

— Pare com isso. Parece que toda vez que eu pego alguém, tudo o que eles falam é sobre como a vida deles é tão terrível que não pode piorar. Então por que você ainda está aqui? Isso é muita carne esperando para ser vendida, e parece fresca, o que significa que você está indo bem. — Kat se surpreendeu um pouco. Parecia muito para dizer a um homem que ela nunca havia conhecido antes, e não os levou nem perto do que queriam saber. Acho que às vezes é bom desabafar com alguém. — De qualquer forma, isso não importa. Você tem seus próprios problemas. Estamos aqui para que você possa nos ajudar com os nossos.

— Não sei se posso fazer isso, garota — respondeu Delano, soltando uma risada curta no final. — Com um traje como o seu, não acho que faço parte do seu mundo.

— Eu ficaria muito feliz se você não fizesse parte — disse Kat. — Mas meu amigo aqui está em perigo, e estou tentando tirá-lo dessa. Responda às perguntas, e esqueceremos que você já existiu.

— Então pergunte logo — disse Delano. — Você já destruiu minha loja e arruinou meu dia. Eu também gostaria de esquecer de você.

Nos filmes, eles cortariam para um quadro diferente. A música oficial de interrogatório começaria a tocar e Kat se inclinaria para frente, colocaria as palmas das mãos na mesa e daria a Delano um olhar fulminante enquanto o atacava com perguntas incisivas. Aqui, ela apenas falou e desejou ter um copo d'água para compensar toda a conversa.

— Estamos procurando os Elementais — disse Kat. — Ouvi dizer que você sabe onde podemos encontrá-los?

Para o crédito de Delano, ele não mudou sua expressão nem um pouco. O sorriso convencido permaneceu estampado, seus olhos enrugados continuaram brilhantes. — O que você quer dizer com os Elementais? Eles são uma banda?

— Você não é tão estúpido.

— Você não me conhece tão bem.

Kat esfregou a testa, tentando evitar uma dor de cabeça iminente.

— Eles atiraram em mim — disse Calvin, sem se mover de sua parede. — Os Elementais. Ontem, do lado de fora do lugar que os Paragons me deram.

Agora Delano se virou, seu sorriso se contorcendo um pouco. — Você é um Paragon?

— Ele é um Paragon, eu sou uma rastreadora — disse Kat. — Você disse que não gosta da sua vida, podemos arruiná-la para você, mas eu preferiria salvar a dele.

— Pela primeira vez — acrescentou Calvin. — Eu sou parte da sociedade, e agora alguém está tentando me matar. Eu quero saber por quê.

Delano balançou a cabeça. — Não é assim que eles fazem. Os Elementais não são assassinos. Não estou dizendo que são heróis, mas não se trata de assassinato. Isso não ajuda a eles.

— Você disse que não os conhecia — disse Kat. — Talvez as coisas tenham mudado.

— Muitas coisas estão mudando agora — concordou Delano, caindo em um dar de ombros que diminuiu sua resistência restante. — De qualquer forma, sim, quem quer que seja o seu contato, ele está certo. Eu conhecia alguns dos Elementais que trabalhavam nesta cidade. Conhecia alguns dos antigos Paragons também.

— Como?

— Carne, óbvio. Se você quer os melhores espécimes da cidade, vem aqui. Atendi aos dois grupos, então eles se veem aqui um dia e eu estou esperando fogo e o inferno chover, mas eles começam a conversar e logo minha loja é como o lugar de encontro escolhido para os jogadores poderosos de Chicago.

Havia muito para processar ali. Paragons e Elementais trabalhando juntos? Elaborando acordos? Kat não estava suficientemente dentro dos círculos dos Paragons para saber como isso aconteceria, mas, se você quisesse manter uma cidade tão grande segura, provavelmente teria que trabalhar com aqueles que odiava. Especialmente quando eles podiam destruir um quarteirão da cidade quando quisessem.

Como se Kat tivesse aberto uma válvula, Delano despejou mais, falando sem parar sobre as últimas duas décadas, conforme os Paragons e os Elementais negociavam um arranjo após o outro, antes de finalmente chegar ao que Kat e Calvin realmente estavam procurando, o mais recente enclave Elemental. Nem tão longe daqui, na verdade.

Quando Delano acabou o que tinha a dizer, o relógio se aproximava do almoço e Kat precisava sair do cheiro de ferro e suor. Ela libertou Delano da amarração do gancho e reiniciou o equipamento. Disse a Delano que compraria alguma carne em alguns dias para ajudar a pagar os reparos em sua loja. Então ela e Calvin foram em direção à saída, passando por cima do vidro no chão principal.

— Ei — disse Delano quando Calvin alcançou a porta. — Eu estava tentando te situar, Kat. O que seus pais faziam?

— Paragons. Por quê?

— Sim, eu pensei mesmo. Tem os olhos do seu pai, o cabelo da sua mãe — disse Delano, agora com uma vassoura na mão. — Sinto muito pelo que aconteceu.

— Você os conhecia?

— De onde você acha que vinham suas refeições? — respondeu Delano. — Eles eram dois dos bons. Sempre entravam aqui com rostos felizes, prontos para falar sobre suas meninas. Eles diziam que você era uma lutadora. — Delano apontou a vassoura para a destruição. — Parece que eles estavam certos.

CAPÍTULO 11

CAÇADA POR APARTAMENTO

DEIXAR uma garrafa de vinho pela metade ao alcance das mãos em um lugar que Zhan-Yo descrevia como seu inferno pessoal tinha consequências, e elas estavam latejando. Ele havia usado o Cabernet, após a partida de Wexley, para afundar através da adrenalina do dia e depois recorreu a ficar encarando seu Tama, observando qualquer sinal de que seu apelo ao mundo tivesse algum efeito. Negações se espalharam por toda parte, enquanto executivos e conselhos que uma semana atrás haviam endossado o plano de Zhan-Yo agora o repudiavam em proclamações públicas grandiloquentes. Não havia confrontos nas ruas, nem derrubadas de poder, nem convites para que Zhan-Yo se apresentasse e liderasse os orgulhosos normais do mundo ao seu devido lugar nele.

Completamente embriagado, Zhan-Yo se reconciliou com o relógio e passou sua última hora consciente em uma busca fútil para desligar as luzes do apartamento. Ele percebeu, depois de examinar cada parede várias vezes, estabelecendo uma rede de apoios para sustentar seus passos cambaleantes, que, em uma concessão às mais modernas das conveniências modernas, o apartamento de Wexley não tinha interruptores. Zhan-Yo confirmou essa descoberta quando a IA do apartamento finalmente se pronunciou, insistindo que estava preocupada com a saúde de Zhan-Yo. Em um arrastar de palavras confuso, Zhan-Yo apresentou uma lista de exigências, a maioria das quais estava muito além da capacidade da IA.

Zhan-Yo se contentou com a escuridão e um pouco de água.

O final da manhã trouxe um despertar trovejante, silenciado apenas por processos mecânicos, executados lentamente, projetados para abrandar o poder de uma ressaca. Zhan-Yo mordiscou bolachas, treinou o mais intensamente que ousou na academia do porão do edifício e tomou um longo banho. Pílulas destruidoras de dor de cabeça praticavam sua magia, e no momento em que Zhan-Yo se agasalhou novamente, ele já podia se considerar vivo.

Ele também tinha um plano.

O prédio de Wexley representava um refúgio seguro, mas, mesmo depois e talvez especialmente por causa do dia anterior, Zhan-Yo não queria participar daquilo. A adrenalina, a sensação de estar fazendo algo, se revelou uma droga que nenhuma quantidade de lógica sensata poderia derrotar. Afinal, Zhan-Yo não tinha iniciado sua revolução sentado pelos escritórios da Ziran. Ele tinha saído, arriscado a si mesmo e tudo mais pelo bem da sua causa! Parar agora tornaria tudo isso sem valor.

Sylvie tinha operado das sombras. Zhan-Yo vivia agora ali, nas margens. Ele precisava aprender o que ela sabia, entender como fazer mudanças sem ser visto ou percebido. Sylvie tinha recursos, conexões e métodos que Zhan-Yo nunca havia pedido, mas Sylvie teria guardado isso em algum lugar. Certamente não em um servidor público, onde a Ziran poderia ter encontrado: após sua morte, Zhan-Yo tinha procurado. Wexley tinha procurado. Eles não encontraram nenhum rastro. Mas a menos que Sylvie mantivesse tudo em sua cabeça, e Zhan-Yo não podia descartar essa possibilidade, ela teria armazenado isso em algum lugar. E de todos os lugares onde esse "algum lugar" poderia estar, Zhan-Yo tinha decidido pelo apartamento dela.

Registrado sob um nome falso e em um bairro de tão pouco destaque, Zhan-Yo talvez nem tivesse encontrado o apartamento, não fosse uma cuidadosa investigação através dos registros do pod de Sylvie. Mesmo a mestra espiã não podia enganar todos os rastreadores digitais do mundo moderno e, com a paranoia de Wexley alimentando sua escolha, Zhan-Yo havia dedicado uma pequena fatia da rede da Ziran para rastrear seus movimentos. Entregues ao seu Tama em rajadas diárias, os registros confirmavam a lealdade de Sylvie e, uma vez confirmados, Zhan-Yo tinha se esquecido do programa até a morte de Sylvie. Então seus movimentos, linhas coloridas sobre a grade de Chicago detalhando onde a conexão constante de seu Tama a colocava, tornaram-se um jogo de adivinhação agridoce. Por que Sylvie tinha ido aqui ou ali naquele dia, este era seu café favorito ou onde ela gostava de comprar suas roupas? Um aparente amor pelo Field Museum? As peças ocultas de sua vida reveladas.

Agora ele estava na frente do complexo dela, seu tachi escondido sob seu casaco quente que ia do chão até o pescoço. Wexley havia deixado a peça no armário com um bilhete sugerindo que seria melhor manter as espadas fora de vista. Zhan-Yo sorriu em meio a um leve tremor — outro dia gelado, apesar do sol de inverno — Wexley não o queria fora de jeito nenhum, mas o homem conhecia bem seu chefe.

Se o apartamento de Wexley vivia no coração tecnológico pulsante de Chicago, então o de Sylvie fixava suas estacas nos ossos da cidade. As pessoas se moviam apressadas pelas ruas, entrando e saindo de pods, correndo para as lojas ou para dentro de suas casas. Pelo que Zhan-Yo podia ver, as rendas variavam numa escala ampla, mas ele não sentia uma sociedade agitada sob estresse. Sorrisos apareciam mais que franzidos, embora Zhan-Yo atribuísse o nervosismo evidente em muitos à sua recente proclamação, seu convite para despedaçar um status quo que, evidentemente, servia bem a esta comunidade.

Mas ele pretendia salvar o mundo inteiro. Não se podia olhar para os bons bolsões e presumir que as coisas estavam bem em todo lugar.

Ao contrário do prédio de Wexley, o de Sylvie tinha poucas medidas de segurança. Uma única fechadura de reconhecimento de Tama montava guarda na porta da frente, e Zhan-Yo simplesmente esperou, fumando um cigarro — Wexley, sempre atencioso, tinha deixado um maço para ele — e observando os transeuntes até que alguém saísse. Ele segurou a porta, apagou o tabaco e deslizou para dentro. Cinco andares acima em um elevador sem graça, uma caminhada de um minuto por um corredor bege manchado e um carpete que gritava liquidação de encerramento, e Zhan-Yo chegou a uma porta que nunca conseguira ver quando realmente importava.

Ele culpava todo o planejamento-de-um-assassinato-e-outros-atos-sombrios pelo relacionamento deles nunca ter progredido além de jantares ocasionais. Uma visão esperançosa, e potencialmente ilusória: Sylvie podia não ver Zhan-Yo da mesma forma que ele a via, mas mesmo assim, ele desejava que Sylvie tivesse aberto esta porta para ele.

Só uma vez.

Sem ela, porém, Zhan-Yo precisava descobrir uma maneira diferente de entrar. Transeuntes aleatórios não abririam a porta de Sylvie, e se Zhan-Yo ficasse esperando do lado de fora do apartamento tempo suficiente, atrairia o tipo errado de atenção. Uma fechadura de Tama, sem dúvida vinculada diretamente à assinatura de Sylvie, brilhava no lado direito como uma lousa preta. Zhan-Yo achou-a feia contra o próprio tom azul-marinho da porta, mas este lugar todo parecia ter existido muito antes dos Tamas se tornarem uma coisa. Modernidade se impondo ao passado.

Zhan-Yo olhou para cima e para baixo no corredor. O prédio tinha formato quadrado, e o corredor correspondia ao quadro externo, com Sylvie naturalmente escolhendo a unidade mais distante dos elevadores. Seu apartamento ficava contra um canto e, por enquanto, os corredores de ambos os lados estavam vazios. Zhan-Yo abriu seu casaco, usou a mão direita para sacar um dos tachi. Mudando o casaco para esconder a lâmina, Zhan-Yo enfiou a espada entre a porta e o batente, depois deslizou a borda para baixo. Um prédio convertido como este, como o antigo apartamento de Zhan-Yo, substituiria as fechaduras pelos Tamas, mas ele apostava que não mudariam os próprios ferrolhos. Metal sólido, sim, mas os tachi de Zhan-Yo foram feitos para cortar coisas mais duras. Com alguns empurrões fortes, seus estalos agudos abafados pelo casaco de Zhan-Yo, o ferrolho se partiu e a porta de Sylvie ficou livre.

Embainhando a espada, Zhan-Yo empurrou a porta e entrou em um lugar que imaginara muitas vezes. Aquelas versões imaginadas, descobriu, estavam erradas. Desde o momento em que ele entrou no hall, fechando a porta atrás de si, uma palavra dominou tudo o que ele viu:

Plantas.

Chicago tinha seus jardins, mas sua localização não se prestava à exuberância tropical ou às florestas de pinheiros encontradas mais ao norte. Zhan-Yo considerava plantas um enfeite, e não o destaque de um lugar, mas aqui algo mudava. Aninhadas entre aloés e orquídeas, Zhan-Yo identificou as esparsas e dispersas evidências de uma vida normal: uma mesa, uma única cadeira. As janelas deixavam entrar luz natural suficiente, embora tingida através de flores que haviam se prendido à maior fonte de sol que puderam encontrar. Trepadeiras cruzavam o chão, rastejando umas sobre as outras e sobre quase todo o resto.

Caos, mas de um modo natural. Como se Sylvie quisesse que seu apartamento mostrasse o que poderia acontecer com o mundo se os humanos desaparecessem.

Pólen e perfumes de plantas espessavam o ar, que estava quente demais para esta época do ano. Seu Tama registrava a temperatura a 27 graus, um desperdício de energia ridículo, mas necessário para manter viva uma estufa como esta.

Zhan-Yo avançou para a cozinha, vendo além dela, através de uma porta coberta por uma rosa trepadeira amarelo-brilhante, o que parecia ser a sala de estar principal. Entre as folhas, Zhan-Yo tentou encontrar alguma evidência de que a mulher que ele admirava, até amava, tinha vivido aqui, mas não havia fotos. Nenhuma carta deixada no balcão. Cada produto que ele podia ver, da torradeira ao conjunto de facas presas à parede perto de algumas tábuas de corte, parecia básico de marca.

Desconcertante. Zhan-Yo sempre presumiu que Sylvie vivesse uma vida vasta além de suas interações, mas agora ele se perguntava se este era seu refúgio. Se, após completar mais um trabalho de chantagem ou assassinato, Sylvie viria para este lugar cheio de verde e simplesmente seria. Tantas plantas teriam exigido muito cuidado, muito tempo, mas elas também não julgariam suas ações. Não a pediriam para considerar as implicações de derrubar o governo mundial.

Ele riu ao passar por baixo da rosa trepadeira. O que ele realmente esperava? Fotos de Sylvie em sua liga semanal de boliche? Vastas estantes detalhando filósofos antigos? Uma coleção de fios para tricô?

Sylvie sempre desafiou suas expectativas. Por que isso pararia agora?

A sala de estar reforçava o compromisso de Sylvie com o polegar verde, com duas limoeiras anãs flanqueando uma tela gigante. Teria ele encontrado sua verdadeira paixão? Filmes? Mas não. Um olhar para a mesa de centro mostrou um tablet-Tama dedicado, e ele entendeu. Janelas vinculadas por vídeo na tela exibiriam operações em andamento. No final, Sylvie não precisava sujar suas próprias mãos. Ela podia comandar de longe, assistir cada punhal encontrar sua garganta sem jamais sair de seu sofá.

— Você não deveria estar aqui — as palavras pesadas vieram de trás de Zhan-Yo, e ele girou, tropeçando em uma gavinhas de hera e recuando contra aquela tela grande.

Observando-o, em pé na frente do que Zhan-Yo suspeitava ser o quarto, estava um homem grande. Corpulento, mas proporcional, confortável; Zhan-Yo apostava que o homem sabia como usar seu peso. Jeans se fundiam a um suéter. Sem casaco, mesmo que estivesse perto de zero lá fora. Olhos ocos, com profundas olheiras embaixo, seguiram a retirada desajeitada de Zhan-Yo. Mãos enluvadas, mas sem armas. Ainda assim, Zhan-Yo sacou seus tachi e manteve ambos prontos.

— Quem é você? — perguntou Zhan-Yo.

— O irmão dela — disse o homem. — E você é o homem que fez com que ela fosse morta.

Um irmão? Zhan-Yo desejou poder se surpreender que

Sylvie nunca tivesse mencionado isso, mas sua família permanecia firme na lista de coisas que ela nunca havia abordado com Zhan-Yo. Uma coleção de conversas desviadas com facilidade sempre que Zhan-Yo tentava romper as defesas de Sylvie.

— Mas eu não a matei — respondeu Zhan-Yo. O irmão de Sylvie não tinha se movido, e manter o sofá entre eles parecia um bom plano. — Aegis o fez, e eu fiz o mesmo com ele.

— Ela falava comigo sobre você. Sobre como você tinha grandes sonhos. Ela nunca disse se valiam a pena morrer por eles.

— Eu teria morrido por eles. Nós compartilhávamos isso.

— Mas você ainda está aqui.

Zhan-Yo sempre se orgulhou de sua paciência. Ele manteve a Ziran crescendo através de inúmeras reviravoltas não por meio de raiva intratável ou decisões tomadas em frações de segundo, mas com análise cuidadosa e movimentos deliberados. Ele viu rivais desmoronarem perseguindo tendências ou ignorando seus resultados financeiros por investimentos arriscados e mal-fadados. Para Zhan-Yo, a Ziran não era pessoal. Era um quebra-cabeça para resolver, e pouco mais.

Sylvie tinha sido um quebra-cabeça, e muito mais.

Zhan-Yo atravessou a sala antes de perceber o que tinha feito, ambos os tachi apontados diretamente para o coração do irmão. Ele parou com as pontas pressionando contra o suéter do irmão, criando pequenas marcas no tecido preto.

— Questione meus sentimentos por Sylvie novamente — disse Zhan-Yo. — Será a última coisa que você dirá.

O irmão percorreu com os olhos das pontas das espadas

até o rosto de Zhan-Yo. — Se você está dizendo a verdade, então por que está aqui?

— Eu nunca vi este lugar enquanto ela respirava — disse Zhan-Yo, sem mover as espadas. — Eu queria saber como ela vivia, e preciso conhecer seus segredos.

A tensão se quebrou ali. O irmão recuou dos tachi, concordando com as razões de Zhan-Yo e ecoando-as ele mesmo. Ele também tinha vindo aqui para tentar descobrir o que sua irmã tinha feito, como ela poderia ter morrido. Não havia respostas aqui que ele pudesse encontrar, exceto possivelmente em uma pequena unidade de armazenamento digital no armário que o irmão não tinha conseguido desbloquear, e agora não se importava mais. Sylvie tinha decidido manter sua vida um mistério mesmo depois de morta, e seu irmão podia aceitar isso.

— Então o que você vai fazer agora? — disse Zhan-Yo enquanto o irmão se dirigia para a saída do apartamento.

— Você administra o negócio da sua família — respondeu o irmão. — Sylvie administrava o nosso. Agora está nos meus ombros.

— Então, boa sorte — disse Zhan-Yo, fazendo uma leve reverência ao irmão.

— Minha irmã gostava de você, queria que seu trabalho tivesse sucesso — disse o irmão, calçando os sapatos. — Depois que eu recolher os pedaços, entrarei em contato.

Enquanto a porta se fechava atrás do irmão, Zhan-Yo percebeu que o homem nunca havia dito seu nome. Uma vida nas sombras, assim como Sylvie.

CAPÍTULO 12

FILHA DO HERÓI

CHOCOLATE QUENTE. O aroma caloroso e delicioso atravessou a consciência lenta de Mynx, descongelando sua mente com memórias felizes até que ela retornou ao presente, um em que deveria estar congelada no telhado da Bastion. Um prêmio rígido que não seria encontrado até o degelo da primavera trazer pássaros famintos, já que Mynx não acreditava que mais alguém usasse a entrada do andar superior da torre.

Em vez disso, superando uma irritação semelhante a uma queimadura de sol, Mynx abriu os olhos para um ambiente que conhecia muito bem. O centro de controle da Aegis, sala de estar, cozinha, tudo combinado em uma enorme câmara semicircular com janelas do chão ao teto de um lado, observando a parte sul de Manhattan como uma deusa inspecionando suas obras. Pela luz suave do ambiente — sem sol direto aqui — o tempo já havia escorregado para a tarde. Mynx não viera a Nova York para passar o dia deitada no chão — embora suas costas se sentissem bem, sugerindo que alguém colocara um cobertor sob ela —, mas voltar da morte certa tinha o poder de colocar as tarefas do dia em perspectiva.

Mynx virou a cabeça e seguiu o vapor do chocolate quente até a robusta caneca azul ao seu lado, adornada com o logo inclinado em P dos Paragons. Embora seus músculos protestassem com o movimento, dando evidências claras de que esse degelo levaria alguns dias para sarar, Mynx conseguiu rolar para o lado e alcançar a caneca.

— Está quente — disse a única voz possível vinda de algum lugar atrás de Mynx.

— Eu poderia usar algo quente agora. — Mas Mynx não bebeu imediatamente, em vez disso segurou a mistura fofa e marrom perto do nariz e inalou, absorvendo um pouco do calor e deleitando-se com o sabor. Pacifica raramente esfriava o suficiente para justificar chocolate quente, mas aqui? No Nordeste? Ela poderia se dar esse luxo. — Obrigada.

— Pelo chocolate quente?

— Por salvar meu eu congelado. Presumo que foi você?

Celice, filha de Aegis e uma Paragon, apesar de não possuir habilidades de anomalia, não entrou no campo de visão, e Mynx teve que completar o giro sobre o peito para ver Celice parada no balcão metálico moderno da cozinha. Na semana após a aparente morte de seu pai — Mynx manteve o estado congelado de Aegis em segredo, tanto porque não sabia como, ou se, seria capaz de trazer Aegis de volta, quanto porque Zhan-Yo poderia tentar terminar o trabalho — Mynx não tinha ouvido nada de Celice. Mynx imaginara que isso significava que Celice estava fazendo alguma autorreflexão, possivelmente buscando vingança, mas imaginar e testemunhar eram duas coisas diferentes.

A praticidade havia sido o código de vestimenta definidor de Celice desde que Mynx conseguia se lembrar.

Quando menina, Celice desafiava vestidos em favor de bolsos, uma atitude que havia se transformado em uma obsessão completa por manter vários Tamas à mão e a tornando a principal coordenadora dos Paragons no hemisfério ocidental. O que Mynx via agora não era uma virada contra essa ética, mas Celice redirecionando sua intenção. Os bolsos ainda existiam no traje azul-negro que Celice usava, mas eram longos e estreitos, ajustados ao redor das coxas e ao longo da cintura. Uma configuração para campo, em vez do escritório.

— Você não me disse que viria — disse Celice, girando uma colher pelo que Mynx presumiu ser sua própria caneca de chocolate quente.

— Não achei que você quisesse me ver.

— Não quero.

— Mas você me trouxe para dentro mesmo assim.

— O que você esperava que eu fizesse? Te deixar lá fora para morrer? — Celice afastou as mãos da caneca, agarrou a borda do balcão e olhou para ele como se lasers fossem sair de seus olhos. — Eu não consegui te carregar até os quartos.

— Estou viva, Celice. Está tudo bem. — Mynx tentou se levantar, mas suas pernas, ainda em choque, não queriam cooperar. Embora parecesse um pouco absurdo, ela teria que continuar a conversa do chão. — Vim aqui por você, porque você não estava atendendo minhas ligações.

— Tenho estado ocupada.

— Aparentemente.

Mynx deixou a palavra pairar, convidando Celice a morder a isca.

À medida que Mynx se acalmava da emoção de ainda estar viva, o alívio de ver Celice viva a preencheu. Pesadelos a atormentaram durante a semana, insinuando que Celice havia embarcado em uma missão suicida para matar alguém

perigoso demais para uma pessoa normal com pouco treinamento de campo, não importando quanto treinamento Aegis
pudesse ter feito com sua filha nesta torre. O ex-Campeão
deixara claro que Celice não estava sendo preparada para
trabalho sujo, que seu destino estava fora da violência que
os Paragons haviam usado para dividir o mundo.

— Você sabe quem o matou — disse Celice. — Mas você
não tem Zhan-Yo, tem?

— Estamos procurando.

— Como está demorando tanto? Vocês têm todos
aqueles drones. A foto dele está em todas as telas do
planeta. Toda vez que ele respira, vocês deveriam saber. —
As palavras sugeriam que Celice deveria estar explodindo
em fúria, mas em vez disso elas saíram murchas, achatadas.

— Ele é esperto, mas não pode se esconder para sempre.

— Ele não precisa — disse Celice. — Zhan-Yo está
tentando virar todos contra nós. Os normais. Se ele continuar mandando essas mensagens, pode converter mais
pessoas em breve.

— Você está presumindo demais — respondeu Mynx.
Ela tomou um gole do chocolate, agora frio o suficiente para
apreciar, e seu açúcar líquido era, de fato, incrível. —
Normais e anomalias estão se dando bem demais para
arriscar qualquer coisa. O mundo é um bom lugar, Celice.
Ele pode encontrar alguns, mas dificilmente uma revolução.

— Acho que você está errada — respondeu Celice. —
Acho que ele pode causar mais danos do que você acredita.

— Você parece ter um plano.

— Zhan-Yo tem amigos. Ele tinha uma empresa inteira.
Eles saberão onde ele está. — Celice afastou-se do balcão. —
Sinto muito por ter selado a porta lá em cima, Mynx. Eu
não queria que você entrasse sem avisar, porque não queria
que você me impedisse.

— Parece que você conseguiu.

Celice aceitou isso, então se aproximou e ficou em pé sobre Mynx, e nos olhos de Celice, Mynx podia ver os pensamentos condenatórios: velha, aleijada, inútil. Um suspiro engolido confirmou o diagnóstico.

— Estou indo embora, e você não me encontrará aqui novamente — disse Celice. — Este era o lugar do meu pai, não o meu. Se você pegar Zhan-Yo antes de mim, talvez eu volte. Se eu pegá-lo antes de você...

— Faça o que precisa fazer. Não vou te impedir. Mas se você se meter em problemas, sabe como me encontrar.

Celice esboçou um pequeno sorriso, estendeu a mão esquerda e apertou o ombro de Mynx. — Melhore.

Antes que Mynx terminasse outro gole do chocolate quente, a filha de Aegis desapareceu no elevador.

Mynx sentou-se, começou a massagear as pernas. Dizer que a visita a Nova York havia sido malsucedida seria elogiá-la demais. Ela quase morreu, e agora o único objetivo da visita, trazer Celice de volta ao grupo, havia desaparecido sem um gemido. Mynx nem sequer protestou quando Celice escapou.

E ela sabia por quê. Porque, em sua posição, Mynx teria desejado ficar sozinha. Quando seus próprios pais morreram, não por meios cataclísmicos, mas pelo ritmo normal da vida, Mynx não buscou conforto nos braços dos outros. Ela iniciou a jornada que a levou a Denise Jones e ao potencial para a vida eterna.

Claro, aquilo havia sido um fracasso miserável, mas talvez Celice encontrasse o que estava procurando. Pelo menos ela parecia estável. Coerente.

— Reeves — disse Mynx, continuando a esfregar para recuperar a sensibilidade em seu corpo. — Celice está saindo do prédio. Rastreie e marque-a, por favor.

— Claro — respondeu Reeves. — Já tenho vários drones na área. Devo dizer que é bom ouvir sua voz.

— Você sabia que eu estava viva.

— Os sinais vitais de um humano contam apenas uma pequena parte da história. Eu não sabia quanto de você restaria após o degelo.

Mynx estremeceu com isso. — Por quanto tempo fiquei lá em cima, Reeves?

— Mais de uma hora. As próprias defesas da Bastion bloquearam um resgate por drone, e quando finalmente os convenci de que era realmente você lá em cima...

Nem mesmo o chocolate quente restante derreteu aquele medo. Mynx não era do tipo que morre. Ela podia bancar a heroína, mas havia um motivo pelo qual preferia os drones, gostava de se envolver em metal grosso e resistente antes de entrar em combate. Por baixo de todos os seus talentos estava um corpo humano simples e frágil que poderia ser quebrado como qualquer outro.

— Na próxima vez, tire-me de lá da forma que for necessária — disse Mynx. — Estou autorizando. Sem mais chances.

— Você vai se lembrar disso?

— Não, mas você vai me lembrar, e então eu serei grata.

Reeves não parecia tão certo disso, mas a IA aceitou os parâmetros revisados. Mynx continuou conversando enquanto se aquecia, levantava-se e mancava até o banheiro. Um banho quente restaurou sua humanidade perdida, e depois de pedir uma refeição da cafeteria dos Paragon trinta andares abaixo, Mynx se sentiu bastante bem.

Até que seu Tama vibrou com uma chamada.

Oito Campeões trabalharam juntos para fundar os Paragons, e depois que as nações do mundo se recusaram a aceitar o benefício óbvio de deixar os anomalias mais poderosos manter as coisas seguras e protegidas, esses oito Campeões criaram um movimento que achatou qualquer força tola que tentasse ficar em seu caminho.

Mynx teria preferido terminar a história ali, mas a vida continuou mesmo depois que os últimos países abriram mão de sua independência. O sol nasceu novamente no dia seguinte, e logo Lukas declarou que estaria voltando para casa, e que sua casa pertenceria a ele. Dos milhares de pequenas farpas quebrando os Campeões, Lukas decidiu se tornar a cunha, e impiedosamente derramou ácido em suas diferenças até que Aegis dividiu o mundo para consertá-las.

Agora o rosto do homem apareceu em seu Tama, parecendo inchado apesar da altura de Lukas. Manchas coloridas marcavam parte de sua pele, e seu cabelo havia afinado para um conjunto frágil, mas aqueles malditos olhos ainda pareciam os mesmos. Um código de barras colorido, foi assim que Aegis os chamou e o que Mynx via desde então.

Ainda assim, ele era um Campeão, e Mynx precisava que ele aparecesse.

— Lukas. Obrigada por ligar. — Mynx tentou ficar mais ereta, ajustou o ângulo do Tama para mostrar a janela da Bastion em vez da cozinha sem graça. — Imagino que você tenha recebido minha mensagem?

— Claro, claro que recebi! — disse Lukas, e piscou. Quando o fez, as linhas coloridas em sua íris mudaram, encaixando o vermelho no centro. — Que ótima ideia, ter uma cúpula. Já faz tanto tempo, e imagino que todos vocês mudaram muito.

— Alguns de nós mais do que outros — respondeu Mynx. Lukas piscou novamente, e as cores se moveram. Mynx tentou se lembrar do que cada uma significava, então desistiu. Ela não tinha nada a esconder de Lukas. — As coisas estão mudando. Estamos ficando mais velhos e precisamos de um plano.

— E tais planos só podem ser feitos em Los Angeles? Não em Londres ou Amsterdã?

— Eu convoquei a cúpula, eu escolho.

Lukas parecia que iria contestar o ponto por um minuto quente, e Mynx respondeu com uma respiração profunda e severa. Os dois já tinham se enfrentado bastante durante seus dias de Campeão, e ambos tinham suas estratégias. A diferença aqui, parecia, era um pequeno bipe do lado de Lukas. Ele olhou, ainda para a câmera, mas obviamente longe do rosto de Mynx, e fez uma careta.

— Outro dia, outro tempo — disse Lukas quando olhou para cima. — No espírito de nossa camaradagem, minha cara amiga, farei a viagem. Envie as datas e os detalhes, e estarei lá.

— Eu agradeço.

— E Mynx, você talvez queira visitar seu médico — disse Lukas, colocando a mão no queixo grande como uma caixa. — Parece que você pode ter algumas preocupações dentro desse cérebro enorme. Eu odiaria ver uma Campeã derrubada por um derrame.

— Adeus, Lukas. — Mynx encerrou a chamada com um toque e desabou em uma das cadeiras de metal duro de Aegis.

A mídia o chamava de Spectrum. Lukas gostava porque a palavra era a mesma em holandês e inglês, e combinava. Aqueles olhos permitiam que ele visse o que qualquer frequência de luz poderia mostrar, e muito além disso. Mynx não tinha certeza de como funcionava, mas toda vez que Lukas realizava uma de suas leituras improvisadas, ela se sentia violada.

Os Campeões tinham leitores de mente demais, manipuladores emocionais. Apinya, Lukas e Burov viravam os normais contra si mesmos. Quando suas vítimas percebiam que tinham sido manipuladas contra sua vontade, Mynx e Aegis já haviam assumido infraestruturas vitais, dizimado qualquer resistência confusa.

Exceto que, quando os combates cessaram, esses mesmos poderes de controle mental se voltaram para Mynx, para Aegis. A única maneira de manter segredos, de ter certeza de que suas motivações eram realmente suas, havia sido dividir o mundo e enviar os Campeões perigosos para suas casas.

Agora, Mynx estava trazendo-os de volta.

— Está vendo, Reeves? — disse Mynx, terminando o resto do chocolate quente requentado. — É isso que significa ser uma Campeã.

E por isso, quando a cúpula terminasse, Mynx abandonaria esse manto.

THANE ACORDOU com as sempre reconfortantes ondas, desta vez enquanto elas deslizavam pela praia em direção ao trecho de areia que ele declarara como seu. Sook roncava por perto, um ruído que alternava entre estrondos altos e guinchos nasais agudos, como se estivesse tocando um acompanhamento improvisado para a canção do oceano. Atrás dele, enquanto a aurora crescia, a aldeia se reanimava. Fogueiras se acendiam, e vários anômalos já estavam à beira da água, com uma jovem balançando as mãos para trás e para frente em amplos círculos, cada movimento puxando um peixe que se debatia da água para as mãos ágeis e receptivas de seu camarada. Outros coletavam água de grandes barris de chuva espalhados pela aldeia, enchendo baldes finos de pedra feitos, como Thane descobriu, pela mesma guarda que esticava as lanças de madeira na noite anterior: moldar pedra, aparentemente, estava entre seus talentos.

Em todo o mundo que Thane conhecia, não havia uma única sociedade funcionando com poder anômalo. Quando os anômalos surgiram, a humanidade já havia desenvolvido formas de atender a todas as suas necessidades sem meios "mágicos", embora os Paragons parecessem determinados a encaixar anômalos onde pudessem aumentar a eficiência. Aqui, no entanto, os anômalos precisavam de suas habilidades para sobreviver. Uma dinâmica interessante, e Thane, após a longa reunião da noite anterior onde conheceu as vinte e tantas pessoas que viviam ali, viu tanto os benefícios quanto os custos.

Usar a própria habilidade para sobreviver aproximava você dela. A garota que pescava com as mãos — Thane se perguntava qual crime a havia jogado ali — mostrava mais controle, mais facilidade com seu poder do que a maioria dos anômalos que ele conhecia. Como outro membro, ela aproveitava cada puxão fantasma como se o fizesse com seus próprios dedos.

Na conversa casual da noite anterior, Thane ouvira os anômalos se gabarem, repetidamente, sobre como suas habilidades lhes permitiam assar o jantar com facilidade, ou esculpir samambaias em roupas úteis, ou adicionar sabor à água da chuva que seria insípida. Tudo útil, tudo monótono. Embora todos ali tivessem feito algo terrível, eles pareciam ter esquecido esse potencial e, em vez disso, se acomodado em uma existência primitiva.

Thane quebraria essa calmaria. Ele precisava, ou eles nunca deixariam esse paraíso de prisioneiros.

Depois de sacudir a areia de sua nova roupa de palma, uma camisa de folha solta e o que equivalia a uma saia de palha trançada, Thane passou pisando forte pelo adormecido Sook e dirigiu-se à estrutura principal da cidade, uma cabana de palha que servia como moradia do Vazio e o único local de reunião privada no acampamento. Ao atingir as dunas, Thane contou três fogueiras de cozinha acesas, mais próximas do oceano do que dos portões principais, cada uma encarregada de uma refeição diferente. Como o sol ainda não havia atingido a iluminação total, aqueles globos de fogo dançantes proliferavam novamente, lançando seu brilho cintilante sobre anômalos que cortavam legumes e ovos de pássaros para adicionar à pesca fresca.

A cabana do Vazio ficava no centro do acampamento e, à sua esquerda, a maioria das pessoas dormia sob um grande alpendre protegido por camadas de folhas de palmeira. À direita, cabanas menores proporcionavam espaços privados. Um anômalo, na noite anterior, havia explicado a necessidade de atender a qualquer pessoa doente, ou aqueles que precisavam de privacidade para completar seu trabalho ou para se organizarem. Um movimento benevolente, até que Thane se lembrou de que todas essas pessoas haviam feito algo hediondo no passado. Fornecer espaço para descompressão talvez fosse menos um ato de bondade do que um mecanismo de sobrevivência.

Caixas trançadas estavam espalhadas por todo o acampamento, armazenando produtos secos. Lanças improvisadas suficientes para armar uma falange alinhavam as dunas dentro da entrada principal, enquanto três conjuntos de arco e flecha estavam em uma prateleira perto do centro da aldeia. Seria fácil questionar esse armamento da idade da pedra em uma ilha com tanto poder, mas um tiro bem colocado faria o mesmo a um anômalo que faria a uma pessoa normal. Não muitos podiam suportar ferimentos mortais como Thane e Aegis.

O Vazio estava sentado dentro de sua cabana, bebendo algo fumegante de uma caneca de barro. O vestido de pedra da noite anterior estava ao lado, e ela usava uma roupa trançada semelhante à de Thane. Ela não olhou para cima quando Thane entrou, embora o leve assentimento que havia dado depois que Thane pediu para entrar provasse que sabia que ele estava lá. Em vez disso, o Vazio manteve seu foco em uma caixa de areia de um metro de largura no centro da cabana. Thane aproximou-se e olhou para o que parecia ser a ilha, imaculadamente esculpida na terra. Os instrumentos, varas esticadas em finas pontas de pincel, estavam colocados à direita.

Pequenos círculos e linhas denotavam seções, e Thane imaginou que marcassem os territórios e posições dos outros ilhéus. Desta visão, parecia que a Duquesa havia tomado a maior parte da ilha, um território ao redor do pico central, com suas linhas quase alcançando a costa entre a aldeia do Vazio e o acampamento de Arthur no lado oposto da ilha.

— Eyre desenha isso toda manhã — disse o Vazio, com voz mais suave em privado. — Ela lança seu olhar o mais longe que pode ver e observa nosso lar. Sorte ridícula ela ter acabado comigo.

— Qual é a história dela? — perguntou Thane, sentando-se do lado oposto da caixa de areia.

— Isso importa? — respondeu o Vazio. — Ela está aqui, assim como você. Acho que ela espionou as pessoas erradas, e em vez de matá-la diretamente, Mynx a deixou nesta ilha.

— Talvez os Paragons pensem que podem usá-la.

O Vazio ergueu os olhos do mapa, franzindo a boca para Thane. — Os Paragons? Estou usando-a agora, e ela está me usando, embora para coisas diferentes.

— Claro — disse Thane. Ele precisava sentir seu caminho em torno dessa dinâmica de poder. Durante toda sua vida, Thane havia sido ou o líder mais forte na sala, ou um prisioneiro forçado a fazer a vontade do Paragon. — Você quer saber onde seus inimigos estão.

O Vazio balançou a cabeça. — Não inimigos. Rivais. Arthur e a Duquesa não são burros para lutar entre si por esta rocha, e eu não sou burra o suficiente para lutar com eles também. Temos um equilíbrio, e isso funciona para todos.

— Mas você coloca guardas todos os dias e noites?

— Porque não sou estúpida. Porque o equilíbrio só funciona quando acreditamos que os custos são muito altos para agir.

— Ah. Dissuasão.

— Estamos esperando uma chance. — O Vazio apontou para a linha da Duquesa que rastejava em direção ao mar. — Quando ela tiver acesso ao oceano, não terá mais nenhum motivo para negociar conosco.

— Então por que você não a detém?

— Porque ela tem o dobro dos meus anômalos, pelo menos. Ela recebe a maioria das entregas de Mynx. E ela é boa em persuadi-los a ficar.

— Você está dizendo que há uma razão para ela ser chamada de Duquesa?

— Estou dizendo que somos superados em número — respondeu o Vazio, e embora Thane não se considerasse um leitor de mentes, ela parecia irritada. — Ninguém aqui é leal o suficiente para morrer lutando uma guerra sem sentido.

— Você precisa de um líder.

— Eu *sou* uma líder.

Thane hesitou. Outro fio da navalha que poderia lançá-lo ao abismo. Se o que Sook disse fosse verdade, então o Vazio poderia realmente matá-lo. Mesmo que ela não pudesse, Thane não queria lutar contra todos os seus apoiadores anômalos também. Mas ele não tinha vindo para este lugar para desperdiçar dias pegando peixes na praia e contando cocos com outros criminosos.

— Qual é o seu nome? — Thane perguntou. — O seu verdadeiro.

O Vazio levantou-se, limpou a areia dos joelhos. — Venha comigo.

Não era uma resposta, mas pelo menos ela não parecia tão na defensiva.

Thane seguiu o Vazio para fora da cabana, e ela o conduziu além das fogueiras, onde cada um pegou uma porção de peixe embrulhada em folhas junto com algumas raízes assadas. O Vazio cumprimentou todos que passaram com seus primeiros nomes, embora raramente com um sorriso. Uma comandante revisando suas tropas, verificando o moral.

Sook fazia a ilha parecer uma batalha caótica entre anômalos, onde o mais forte predominava, mas a pequena aldeia do Vazio parecia mais uma operação controlada. Todos conheciam sua parte e a desempenhavam, apenas para viver mais um dia.

O Vazio o conduziu à praia e para longe da aldeia, caminhando ao longo de uma costa cristalina sob o sol da manhã. Conchas espalhavam-se pela areia, e um olhar para o mar mostrava formas escuras correndo sob a superfície. Caranguejos fugiam enquanto eles caminhavam e, acima, os pássaros matinais faziam seus primeiros voos, piando o tempo todo. Em termos de cenas idílicas, e Thane não se considerava um romântico, esta ocupava um lugar de destaque.

— Você é o anômalo mais velho da ilha — disse o Vazio assim que passaram pela única sentinela observando a aproximação da praia, uma mulher com um aceno brusco para sua líder. — Então você pode ver isso de forma diferente, mas o resto de nós veio para cá enfrentando uma longa vida aprisionada.

Thane riu. — Passei décadas em uma cela.

— Então olhe para tudo isso e pergunte se você arriscaria voltar? O que você acha que Mynx e os Paragons fariam se escapássemos? Nos deixariam ir? Nos dariam um prêmio?

Olhando para ela, Thane estimou que o Vazio tivesse algo ao norte dos quarenta anos. Ela havia tomado muito sol na ilha, mas os cabelos grisalhos ainda não haviam invadido sua cabeça, as rugas não haviam marcado os vales da sabedoria em suas bochechas, mas tampouco ela se movia ou falava com o fogo mais juvenil de Sook. Ela sabia o que era jogar e perder.

— Esta ilha é uma prisão — respondeu Thane. — Ficando, você os deixa vencer. Eles governam sem consequências, sem controle. Com todos os anômalos nesta ilha, poderíamos resistir. Forçá-los a mudar.

— Todos os anômalos nesta ilha? — Agora era a vez dela de rir. — Uma centena de nós, talvez, contra milhões de Paragons? Thane, não sei o quão forte você é, mas não sobreviveríamos a essa luta.

— Não estaríamos sozinhos. Os Paragons não são amados em todos os lugares. Encontraríamos aliados.

Eles chegaram a uma estreita barra de areia que se estendia para o oceano como uma lança, e o Vazio escolheu caminhar ao longo dela, com a água fria beijando seus pés. Atrás deles, um enorme bosque de palmeiras se estendia, vestindo samambaias em sua base. Atrás disso, o pico central da ilha erguia-se alto e cinza no céu sem nuvens.

— Você esqueceu por que estamos aqui? — disse o Vazio, liderando a caminhada. — Cada um de nós traiu seus amigos, famílias, a sociedade. O que faz você pensar que poderíamos permanecer juntos? Não somos soldados.

— Todos querem que suas vidas signifiquem algo — disse Thane. — Neste momento, cada um de nós nesta ilha não é nada para o mundo. Se você envelhecer e morrer aqui, é tudo o que vai continuar sendo. Nada.

O Vazio parou no final da barra de areia. Além, pontilhando o horizonte em intervalos regulares, estavam os drones. Manchas negras malévolas. O Vazio estendeu a mão esquerda, e Thane sentiu um calor repentino. Quase escaldante, irradiando dela. E lá no oceano, as ondas que chegavam explodiam, buracos aparecendo entre suas cristas agitadas, fazendo-as cair umas sobre as outras. Elas se chocavam repetidamente até que um caos espumoso cercou sua pequena caminhada na areia.

O Vazio praticamente brilhava com o calor, e Thane deu um passo para trás, até que ela parou e a brisa roubou o calor dela.

— Venho aqui porque as ondas não se importam com o que faço com elas — disse o Vazio. — E ninguém pode ver o quão zangada estou.

— Estamos todos zangados. Fomos prejudicados.

— Isso é muito para perder.

— Isso não é nada comparado ao que você já perdeu.

Os dois continuaram olhando para frente, para aqueles drones. Aquela muralha implacável.

— Se você quer mudar nossos destinos, terá que convencer a Duquesa — disse o Vazio. — Ela tem a maioria de nós. Faça com que ela siga seu sonho e talvez eu não ache que você seja tão louco.

— Mas você não vai? Agora?

O Vazio balançou a cabeça. — Antes de tudo isso, eu era professora. Se você pode acreditar. Uma professora que teve alguns contratempos, descontou nas pessoas erradas. Os Paragons descobriram que nunca admiti ser uma anômala, me jogaram para cá. Mas você não se torna professora sem entender o que significa cuidar dos pequenos, e todos aqueles lá atrás são meus.

— Eles não são pequenos. Eles precisam que você lidere, não que os mima.

— Talvez. — O Vazio afastou um fio de cabelo dos olhos. — Thane, prove que você pode sustentar sua conversa. Então, se você ainda for você mesmo, concordarei com o que está pedindo. Conquiste a Duquesa para o seu lado.

Outro anômalo para persuadir. Se isso mantivesse as coisas avançando, tudo bem. Thane disse isso, e eles se viraram para voltar à aldeia.

— E Thane? — disse o Vazio enquanto retornavam à praia propriamente dita. — Meu nome é Cassidy.

CAPÍTULO 14

O CAÇADOR E A CAÇA

PELA PRIMEIRA VEZ, o inimigo tinha um esconderijo na cidade. Kat adorava os ermos periféricos de Chicago, onde terrenos industriais abandonados separavam os bares tão cruciais para a existência dos seus funcionários, mas de vez em quando, entrar no abraço tecnológico da cidade era uma mudança agradável. Deixando a estação do L, com o silvo do trem de levitação magnética atrás deles, Calvin e Kat marcharam através da névoa urbana enquanto a tarde avançava. A maioria das pessoas via o traje de Kat e dava a ela e Calvin um amplo espaço, espremendo-se contra os edifícios ou escorregando para dentro de cafés ou lojas e observando até a rastreadora passar. Acima, um drone interrompia o céu, sua massa negra e silenciosa flutuando ao longo do caminho. Restaurantes preparando-se para o jantar enchiam o ar com sabores tentadores que Kat ignorava – quem sabia se algum deles sequer a aceitaria, armada como estava?

As informações de Delano indicavam que a base atual do Elemental não ficava muito longe desta rua, em frente a um parque de um quarteirão. Neve e gelo transformavam os equipamentos do parque em arte abstrata, enquanto pessoas se acomodavam nos bancos, debruçadas sobre seus Tamas e beliscando sanduíches. Pods avançavam pela rua, e embora Kat observasse o que podia, sua máscara via o resto.

Nenhuma ameaça potencial surgiu enquanto se aproximavam do café. Isso parecia um pouco estranho – os Elementais tinham que saber que não haviam matado Calvin, e que atacar um Paragon traria retaliação – mas talvez estivessem todos fora almoçando?

— Seus pais eram anomalias? — perguntou Calvin enquanto caminhavam.

O homem estivera em silêncio quase todo o caminho da casa de Delano até aqui, e agora ele escolhia iniciar essa conversa?

— Sim.

Kat assassinaria esse assunto mil vezes.

— Mas você não é?

— Não.

— Estranho.

— É.

Seu Tama apitou e Kat olhou para ele. O café dos Elementais deveria estar próximo agora, logo à frente. Como se a realidade se conformasse aos dados do Tama e não o contrário, quando Kat levantou o olhar, notou um toldo azul-claro com xícaras de café estampadas em branco por toda parte. Pequenos pingentes de gelo pendiam das bordas do toldo, fazendo o dossel parecer um pente.

— Esse é o alvo — disse Kat, escolhendo acenar com a cabeça em vez de apontar, para que sua aparência já conspícua não piorasse completamente. — Você deveria ficar para trás.

— Kat, olha, eu não sou indefeso.

— Mesmo? Você não está armado, e esse casaco não vai te proteger. Não quero ter que ficar de olho em você.

Calvin balbuciou algo sobre cuidar das costas dela. Kat colocou um dedo no peito dele, com firmeza.

— Escuta, eu conheço essas pessoas. Ou pelo menos alguns deles — disse Kat. — Posso falar com eles, e podemos descobrir por que tentaram te matar. Como eu disse, assassinato não é bem o estilo deles, então eles devem ter outro motivo. A menos que você possa pensar em algum? Agora mesmo?

— Não faço ideia. Eu teria te contado. O tiro veio do nada.

— Então fique para trás. Vou sinalizar quando você puder entrar. — Kat recuou da anomalia. — Se quiser ajudar, fique fora de vista. Observe qualquer coisa estranha.

Calvin não discutiu. Muito mais refrescante do que Gordon, que parecia gostar de bater de frente com ela em tudo. Kat nunca quis um parceiro júnior, ou um parceiro qualquer, mas se tivesse que ter, Calvin e sua obediência total poderiam ser o único tipo que ela aceitaria.

O café não se estendia muito além do toldo, seu perfil longo e estreito recuando da rua. Janelas escurecidas davam uma visão difusa do interior, embora as mesas bege encostadas no vidro deixassem claro que o espaço, em algum momento, servia algo. Não agora, porém. Um painel de Tama com luz vermelha perto da porta declarava o local fechado, apesar de um display de horários mostrar que o café deveria estar muito bem aberto.

Parecia suspeito.

Kat continuou andando, seguindo seu próprio conselho sobre as câmeras e virando para o próximo beco de lixo, a um prédio de distância. Ela enviou uma mensagem rápida para Calvin pelo seu Tama, e contornou até a linha divisória do quarteirão. Um espaço estreito com edifícios altos de ambos os lados, com escadas de incêndio de metal subindo e descendo e lixeiras ocupando cada centímetro quadrado ao longo das paredes, o beco dificilmente parecia convidativo. Kat, porém, não esperava uma recepção calorosa.

Os Elementais eram um coletivo de anomalias que fizeram seu nome com várias exigências por liberdade, direitos e outras coisas que equivaliam a rejeitar o sistema dos Paragon sem oferecer nada melhor. Como se os normais e os Paragons devessem aceitar que um grupo de anomalias rebeldes circulasse livremente sem qualquer monitoramento, sem controle. Como Aegis havia proclamado em inúmeros discursos, a última coisa que o mundo precisava era de outra guerra, muito menos uma entre várias forças superpoderosas. Como tal, com os Paragon agindo para reduzir seus números sempre que os Elementais fizessem qualquer movimento sério, Kat não se surpreendeu ao encontrar o beco e o café vazios.

Atacar, depois se esconder e agrupar.

No entanto, Kat manteve a mão esquerda no cabo de sua arma de choque, que descansava no coldre da coxa. Anomalias podiam estar em qualquer lugar, podiam ser invisíveis ou, como Vedder não faz muito tempo, podiam projetar uma imagem visual que fazia as coisas parecerem muito mais seguras do que realmente eram. Nada, porém, lançou rajadas de fogo do céu ou derreteu o concreto sob seus pés. As entranhas de Kat não entraram em combustão, sua mente não caiu na loucura. Apesar do interrogatório, Kat se perguntava se Delano havia dito a verdade.

A porta dos fundos do café, identificada com um adesivo grosso na superfície pintada de bege, tinha sua própria placa Tama com a mesma mensagem de "fechado". Trancada também. O que significava que, se Kat fosse entrar, teria que arrombar. Isso seria violar a lei dos Paragon, rastreadora ou não. Antes de cruzar essa linha, Kat achou que poderiam fazer alguma observação. Encontrar um banco no parque, pegar um almoço e ver se o café acabaria abrindo. Ou os Elementais poderiam ver Calvin e decidir fazer um movimento, trazendo seus pessoas para o aberto.

Kat descartou a ideia em seu Tama, voltou-se para a saída do beco, e sua máscara gritou vermelho.

Ela mergulhou para frente quando uma depressão no concreto explodiu atrás dela, o estampido chegando depois e ecoando pelo beco. Kat rolou para a direita quando tocou o chão, colocando uma lixeira entre ela e a entrada do beco, a direção de onde o tiro havia vindo. Ela pressionou seu corpo contra o metal verde enferrujado, lendo o feedback azul translúcido que se derramava através de sua máscara.

Seus sinais vitais, o traje, tudo isso estava bem. Ela não tinha sido atingida, mas o som e a depressão onde a bala atingiu sugeriram um rifle ilegal. A máscara não destacou que quase todos os rifles e armas que disparavam balas letais eram ilegais agora.

Uma arma de verdade. Kat já havia lidado com anomalias lançadoras de chamas, aquelas que podiam mudar de forma ou, como Calvin, transformar qualquer coisa em uma ferramenta mortal, mas nunca tinha sido alvo de balas reais. O traje não foi projetado para ser à prova de balas, porque qualquer um usando essas armas colocava um alvo tão grande em suas próprias costas a ponto de ser, bem, estúpido. Ou poderoso demais para se importar. Sua máscara já indicava que o drone que tinham visto flutuando acima estava retornando devido ao barulho.

A máscara apitou novamente, os sensores visuais do traje detectando alguém mirando um tiro. O lado direito da máscara acendeu, informando a Kat de onde o tiro viria. Ela saltou novamente, mas desta vez nenhum tiro veio, apenas o apito constante enquanto a máscara gritava que ela estava na mira de alguém. Kat precisava de cobertura, precisava entrar em algum lugar. O medo se acumulou em sua garganta enquanto Kat corria de volta para o centro do beco, então se lançou atrás de outra lixeira do lado oposto, interrompendo o pânico da máscara por um segundo.

Kat odiava ser caçada. Agachada atrás de uma pilha de lixo, coração batendo mil vezes por minuto, mãos tremendo e respiração acelerada, Kat tinha que se acalmar, tinha que parar de pensar como uma presa.

Ser a predadora em vez disso.

— Ei! Kat, você está bem? — Calvin gritou, sua voz vindo da entrada do beco.

Droga. Parece que ela não poderia bancar a covarde hoje.

— Calvin! — Kat gritou, lançando-se ao redor do canto. — O atirador está no telhado!

Sua máscara não acendeu, e mesmo enquanto Kat corria em direção a Calvin, gesticulando com os braços para que ele corresse, ela olhou para cima, para o único lugar possível onde um atirador poderia estar e ainda rastreá-la entre as lixeiras. Ela o avistou, e a máscara delineou a figura agachada em verde claro. Difícil se esconder em telhados escassos quando você está carregando uma arma longa como a dele; o cano fino da arma se estendia sobre a borda do telhado, apontando para Calvin.

A anomalia não obedeceu às instruções de Kat, mas ficou perto da entrada do beco, mão no canto do prédio mais próximo. Quando Kat se aproximou, ela viu o ar na frente de Calvin tremer, endurecer e se transformar na argila vermelha e espessa que compunha a maior parte daqueles tijolos que Calvin tocava. O escudo de argila subiu com a mão de Calvin enquanto crescia, e quando o tiro soou, a bala se desfez na barreira. Calvin nem se encolheu, então sua defesa improvisada deve ter funcionado.

Kat não queria dar ao atirador mais tempo. Com a atenção do franco-atirador em Calvin, ela mirou seu pulso em direção ao telhado do atirador e disparou seu gancho. O gancho girou para cima e sobre, e enquanto Kat corria em direção à parede, ela torceu o pulso para retrair o gancho, deixando-o cravar na borda do telhado de pedra. O som fez o franco-atirador se virar enquanto Kat atingia a parede com um salto correndo, a retração do gancho puxando-a para cima ao mesmo tempo.

Correndo pela parede. De todas as coisas que uma Kat mais jovem teria chamado de super-heróicas que Kat fazia quase diariamente, isso ainda lhe dava a emoção que vinha com desafiar a ordem normal. Física que se dane, Kat correu direto pela lateral do edifício, liderada pelo seu braço esquerdo.

O franco-atirador, ainda visível, fez um movimento em direção ao seu gancho, mas quando um único puxão não conseguiu desalojá-lo, o homem - com seu equipamento tático preto e pelo modo como se movia, Kat identificou o assassino como homem - pegou seu rifle e correu.

Kat ultrapassou a borda do telhado alguns segundos depois, ofegando depois de correr quatro andares, mas pronta para continuar. O franco-atirador havia recuado para outro edifício, e parecia estar se dirigindo a uma entrada de manutenção. Drones pretos estavam se aproximando, chegando de várias direções, e o franco-atirador não teria chance de escapar deles se não se apressasse agora.

Kat não ia deixar isso acontecer.

Ela avançou em direção ao franco-atirador, mesmo quando o gancho voltou para seu pulso. Kat sacou uma arma de choque com a mão direita, mirou e disparou um tiro enquanto corria, no momento em que o franco-atirador abria a porta de manutenção, escondendo-se atrás dela. O dardo ricocheteou no escudo improvisado, mas o movimento colocou o franco-atirador do lado errado das escadas que ele havia escolhido. A máscara apitou, uma linha amarela aparecendo na parte inferior de sua visão, e Kat percebeu o aviso a tempo de plantar o pé na borda e pressionar, saltando sobre o estreito vão e aterrissando no próximo telhado de azulejos.

O franco-atirador empurrou a porta para longe, e a máscara de Kat gritou novamente. No segundo em que ele estava escondido de sua visão, o franco-atirador havia largado seu rifle e sacado uma arma menor. Kat tentou se esquivar, saltando para frente - sempre para frente, porque os atiradores não esperavam isso. Ela saiu do salto mortal, mirou sua arma de choque no homem mascarado, e ele atirou.

Foi como levar um soco, um golpe que tirou o fôlego em seu peito e derrubou Kat no chão. Ela tentou apertar o gatilho de sua própria arma, mas seus nervos estavam ocupados com outras coisas, concentrando-se na dor repentina, no choque e no sangue que fluía de lugares que não deveriam perdê-lo. Sua cabeça caiu para trás, batendo no telhado frio. A máscara gritava com ela, aqueles sinais vitais perfeitos agora manchados e piorando rapidamente.

Mas o franco-atirador. Kat não podia perdê-lo. Não agora, não ainda.

Ela tentou se sentar, tentou colocar os olhos no alvo, mas tudo o que viu foi o lampejo quando a porta bateu atrás dele, deixando-a ali em cima, sozinha, fria e morrendo.

De todas as maneiras de partir. Rastreadores morriam o tempo todo, mas não assim. Não baleados nas ruas aleatoriamente, não deixados para sangrar. Não era assim que deveria funcionar. Mesmo enquanto o frio se espalhava de seu peito, Kat tentou se concentrar, tentou pensar no que poderia fazer, quem poderia chamar. Se estes fossem seus últimos momentos, então ela deveria ligar para alguém. Apenas para não estar sozinha.

— Ligue para ele — Kat disse ao seu traje, sua boca ao mesmo tempo fria e quente. — Ligue para Gordon.

Seu Tama conectou-se, tocou, enquanto o céu nublado escurecia com drones pairando.

Ela não ouviu se ele atendeu.

CAPÍTULO 15

INVADIR A CAIXA DE ENTRADA

ZHAN-YO ESTAVA OLHANDO para o computador há horas. O dispositivo de armazenamento, uma máquina desconectada e robusta, construída para durar décadas com energia mínima e máxima instabilidade, estava no armário de Sylvie, escondido no canto e coberto por gavinhas de hera. Sem a dica do irmão dela, Zhan-Yo talvez não o tivesse encontrado, já que o dispositivo não era muito maior que seu próprio Tama, não fazia barulho e não tinha luzes.

A tela, cinza e sem brilho, sem luz de fundo, apresentava a Zhan-Yo apenas um cursor piscando e nada mais. Um teclado minúsculo na borda inferior do dispositivo oferecia a chance de inserir comandos, e Zhan-Yo ficou olhando para ele por muito tempo sem tocar em nenhum botão. Quem sabe quantas tentativas ele teria antes que a coisa o bloqueasse? Cada tentativa precisaria ser precisa, planejada.

No início, as possibilidades infinitas eram desesperadoras – Sylvie conhecia o valor de uma senha forte, e ela não brincaria. Teria definido letras e símbolos em uma série aleatória sem conexão com nada, umas duas dúzias de caracteres destinados a confundir qualquer tentativa de acesso.

Se fosse esse o caso, a menos que levasse o dispositivo aos Paragons, que poderiam ter uma anomalia capaz de quebrá-lo, os segredos de Sylvie permaneceriam assim para sempre. E Zhan-Yo, obviamente, não levaria essa coisa para perto dos Paragons.

Ele ficou sentado naquele apartamento cheio de plantas, fazendo pausas em sua reflexão intensa para navegar pelas notícias do dia em seu Tama: a história mais interessante, um tiroteio ao vivo em um telhado não muito longe dali, havia terminado rapidamente e sem um número óbvio de vítimas. Os drones também perderam seu alvo, assim como aconteceu com Zhan-Yo e Rhimes. Talvez as máquinas estivessem ficando velhas.

O cozimento cerebral fez sua mente seguir por caminhos diferentes, iluminando a ideia tentadora de que Sylvie devia saber que a morte poderia chegar a qualquer momento. Zhan-Yo, olhando para sua própria vida, podia ver o quanto ela havia mudado no curto período desde que ele se juntara ao lado das sombras: quando cada ação apresenta um risco mortal, você avalia essas ações de maneira diferente.

Então como Sylvie teria agido?

Ela teria se preparado. Como Zhan-Yo, tinha se comprometido com um futuro pós-Paragon. Tudo o que fizeram juntos caminhava nessa direção, e Sylvie continuou empurrando mesmo à medida que os riscos aumentavam. Aegis tinha sido seu plano. O que ela presumiria que Zhan-Yo faria se ela morresse e ele sobrevivesse?

— Qualquer outra coisa não me leva a lugar nenhum — disse Zhan-Yo para si mesmo, depois deu uma longa olhada ao redor do quarto, como se o fantasma de Sylvie pudesse aparecer para confirmar o fato.

Se Zhan-Yo não acreditasse que Sylvie presumia que ele

viria procurar o que sabia, então estaria de volta à estaca zero. Possibilidades infinitas. Mas se ele escolhesse acreditar que Sylvie queria que ele encontrasse isso, que esperaria que ele tentasse descobrir seus segredos, então Zhan-Yo teria uma chance. O plano limitava as senhas potenciais àquilo que Zhan-Yo poderia adivinhar. Mas, também, ao que *apenas* Zhan-Yo poderia adivinhar.

Termos comuns não eram plausíveis, nem palavras facilmente adivinháveis que eles compartilhavam, como "Ziran" e "Revolução". Ambas poderiam ser encontradas por qualquer pessoa com conhecimento superficial. Zhan-Yo continuou olhando para o dispositivo, não vendo realmente sua tela em escala de cinza, mas sim mil fios se ramificando por trás dela, cada um levando a uma escolha possível. Hora de começar a cortar esses fios. Primeiro, a senha seria pessoal. Algo entre apenas os dois.

Alguns dos fios desapareceram, mas muitos outros permaneceram.

Sylvie jogava um jogo duro, constantemente empurrando Zhan-Yo e todos ao seu redor para coisas maiores. Ela não era sentimental. Deixava a ambição engolir sentimentos mais suaves. Pequenas coisas, como as refeições que compartilharam ou o nome do restaurante favorito deles, não combinariam com seu estilo.

Mais fios flutuaram para longe.

Eles se comunicavam através de mensagens criptografadas. Uma notificação apareceria em seu Tama, convidando-o a clicar em um portal anônimo e inserir um código de uso único para ver o que ela havia enviado e, em seguida, responder da mesma maneira. Cada mensagem era excluída logo após ser lida. Sylvie teria seguido nessa direção? Uma senha relacionada à vida deles orientada por senhas? Zhan-Yo se perguntou, suas mãos pairaram sobre o teclado, prontas para digitar o nome do serviço mútuo que eles haviam empregado por tantos anos.

Não. O próprio serviço era bem conhecido. Não era emocional, mas também não era pessoal o suficiente.

Ele cortou esses fios.

Poucos permaneceram e, desses poucos, apenas um parecia forte o suficiente para isso. Eles preferiam se encontrar ao longo do Lago Michigan, à noite, em um trecho particularmente deserto entre Soldier Field e Navy Pier, onde, exceto por corredores noturnos, não precisavam compartilhar espaço com ninguém. Os pods navegavam por endereço, e esse local específico não tinha um.

Na primeira vez que realmente se encontraram, foi nesse trecho, com a sugestão de Sylvie de que ambos começassem em extremidades opostas e se encontrassem no meio, como forma de manter as coisas aleatórias. A partir daí, quando terminassem, chamariam um pod para seu local específico, gerando um código de localização específico. Inteligente por parte dos pods – o código permitiria que você retornasse precisamente ao local onde foi pego, em caso de item ou memória perdida, com seu próprio identificador pessoal vinculado a ele para que você pudesse compartilhar o local com qualquer outra pessoa.

Pelo que Zhan-Yo sabia, o código de Sylvie para aquele ponto na Lake Shore Drive só tinha sido enviado para ele. Naquele local, eles fizeram seus planos, compartilharam seus sonhos e trabalharam para aproximar esses sonhos da realidade. A senha perfeita, a única senha.

Ele abriu o código em seu Tama e depois inseriu os doze dígitos. A tela em escala de cinza piscou uma vez e apresentou opções. Ele conseguiu entrar.

Naquele apartamento escuro e cheio de plantas, Zhan-Yo permitiu-se um pequeno sorriso.

E agora?

Primeiro, Zhan-Yo leu. Navegar pelo dispositivo era como ler um enorme tomo sem índice, mas Zhan-Yo abriu caminho através de documentos detalhando os pensamentos de Sylvie sobre tudo, desde ele mesmo até Ziran até o mundo em geral. No início, as possibilidades pareciam fascinantes: uma janela para as reflexões privadas de Sylvie sobre ele? Sobre sua causa? Mas, em vez de missivas sinceras, Sylvie provou ser uma analista direta. O próprio arquivo de Zhan-Yo, além de uma descrição física rudimentar – capaz, mas hesitante? Zhan-Yo discordou disso – tinha pouco mais que várias linhas declarando-o um líder forte, mas idealista demais para contar com ele nas decisões mais difíceis.

Mais valiosos eram os registros e métodos de contato dos numerosos grupos mercenários ainda escondidos nas entranhas do Paragon. Todos aqueles soldados tiveram que ir para algum lugar quando o exército se desfez, e se, na superfície, eles adotaram profissões pacíficas, muitos exercitavam suas habilidades em trabalhos secretos que os Paragons ignoravam em grande parte, a menos que o número de mortos crescesse demais. Com essas listas e contatos suficientes, Zhan-Yo poderia ter um exército perigoso em pouco tempo, embora estivesse espalhado pelo mundo. Ainda assim, se ele pudesse influenciar a opinião pública, esses nomes lhe dariam a lenha para transformar uma faísca em um incêndio completo.

E, no entanto, sentado entre aquelas plantas, a decepção pairava. Zhan-Yo pensou que havia vindo exatamente pelo que encontrou, os itens tangíveis que impulsionariam sua causa. Em vez de felicidade, uma tristeza corrosiva se instalou na penumbra à medida que a noite caía sobre a cidade. Sylvie não usava ou não tinha luzes automáticas, e

Zhan-Yo não sentia vontade de sair do sofá. Então, com seu Tama brilhando, ele continuou lendo um arquivo após o outro, esperando que algo preenchesse o vazio.

Zhan-Yo não era burro. Agora ele sabia que o que queria era algo mais profundo. Alguma nota ou vídeo – mesmo que este dispositivo não parecesse mostrar imagens – só para ele, dizendo-lhe adeus, revelando o que Sylvie secretamente sentira, mas nunca dissera. Seu coração falando quando sua cabeça sabia melhor.

Sylvie havia planejado para o pior, mas o havia feito da mesma maneira que fazia tudo: com um olho nos resultados, não nas emoções.

E talvez essa fosse a melhor maneira de ver as coisas. Sylvie confiou em Zhan-Yo para assumir as rédeas, para continuar sem ela e concretizar o sonho deles. Ela não se distraía com tolices românticas, e ele também não deveria. Revoluções como a deles exigiam corações duros, vontades determinadas. Sylvie não colocou uma nota aqui porque não precisava. Zhan-Yo já sabia o que ela diria.

Vá em frente. O mundo está esperando por você.

Zhan-Yo se levantou, enfiando o dispositivo, desajeitadamente, em um de seus bolsos maiores do casaco. Afundou até o fundo, fazendo o lado esquerdo de Zhan-Yo se distender como se tivesse crescido um tumor particularmente fantástico, mas carregar o computador de estilo antigo nos braços teria sido ainda mais conspícuo. Ele deu uma última olhada nas várias plantas, começou a dizer para si mesmo que conseguiria Wexley para comprar o lugar, enviar alguém para cuidar delas. Zhan-Yo verificaria de vez em quando, certificando-se de que as coisas parecessem como estavam agora.

Não. Isso era sentimento. Sylvie não aprovaria.

Em vez disso, ele enviaria uma mensagem anônima para

os proprietários do complexo, informando-os de que a proprietária desse apartamento específico havia morrido e deixaria que eles resolvessem. Eles provavelmente assumiriam o lugar, e em um mês não haveria vestígio de que Sylvie tivesse vivido ali.

Embora, aparentemente, alguém parecesse pensar que ela ainda morava lá.

Quando Zhan-Yo se aproximou da porta para sair, notou que um envelope branco simples havia sido deslizado pela porta. Ele o pegou, virou-o e não viu nada escrito no verso. Havia alguma chance de ter caído do bolso do irmão dela, mas aquele homem não parecia o tipo que perderia algo assim. E como Sylvie não abriria mais sua própria correspondência...

A mensagem não era longa. Mal chegava a dois parágrafos, datilografados e espaçados, como o primeiro trabalho de um colegial. Sua mensagem, no entanto, tratava de coisas decididamente mais pesadas que um relatório de livro.

Múltiplas fontes confirmaram: os Champions estão organizando uma cúpula. Local mais provável é Los Angeles. Mynx dito ser o originador. Organizado rapidamente. Começa em dias. Envie plano.

Letras e números seguiam em um código de vinte caracteres. Algo que Sylvie poderia saber como decifrar, algo que Zhan-Yo teria que descriptografar. O ponto da mensagem, no entanto, não era difícil de entender: uma cúpula? Onde todos ou a maioria dos Champions estariam em um só lugar? Lendas, todos eles, e vulneráveis. Se Aegis havia sido um começo falho, o mundo não seria capaz de negar uma limpeza completa de seus principais heróis. Sylvie não deixaria essa oportunidade passar. Zhan-Yo também não.

Ele se sentira perdido na fuga, escondendo-se de janelas, de mensagens, de responsabilidades. Sua revolução não havia acontecido, mas o que parecia ser o ato final de uma década de preparação agora parecia o ato de abertura. Os Paragons estavam dando a Zhan-Yo uma segunda chance de derrubá-los. Ele não falharia.

Sylvie não o deixaria.

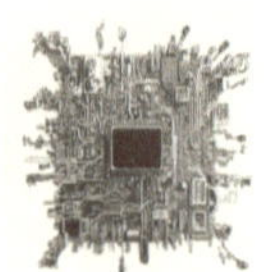

ÀS VEZES, era preciso transformar o congelamento em oportunidade. Nas horas que Mynx passou se recuperando durante o dia, enquanto seu corpo descongelava, enquanto um coquetel de medicamentos trabalhava para restaurar seu equilíbrio físico, enquanto uma ofensiva de cremes travava uma guerra bem-sucedida contra a pele seca e danificada de Mynx, a Campeã da Pacifica esteve investigando. Com a ajuda de Polly, a IA da Aegis, Mynx convocou um exército de monitores das fendas ao redor da janela panorâmica que dava para Manhattan e vasculhou em busca de qualquer ideia que pudesse levar ao porquê.

Por que Zhan-Yo, com tudo correndo a seu favor, decidira agir agora?

Os Paragons, como força mundial, pareciam estar tão fortes quanto jamais haviam sido. Os próprios drones de Mynx cobriam as Américas e estavam se expandindo para a Europa à medida que os outros Campeões percebiam que os Paragons eram mais bem empregados lidando com problemas reais do que patrulhando as ruas. Pesquisas de opinião provavam que o público amava seus Paragons — a estabilidade contava, pelo visto — e a paz, de modo geral, reinava por toda parte. Zhan-Yo também tinha muito a perder, o que tornava uma reviravolta como essa ainda menos compreensível. Logicamente, ele só faria um movimento tão drástico se tivesse apoio de outro canto poderoso, um que pudesse empurrar Zhan-Yo a se tornar uma ameaça real.

Embora ainda não tivessem feito um grande movimento, Mynx só conseguia pensar em um grupo tolo o suficiente para desafiar os Paragons abertamente: os Elementals.

Aqueles malditos terroristas tinham estado por aí como uma doença quase desde o início, anomalias que afirmavam não querer trabalhar na nova ordem, mas, em vez disso, desafiá-la em solidariedade com uma liberdade imaginada. Os Paragons não eram escravizadores, eram protetores. Os Elementals alegavam que as novas leis, como a conformidade com os representantes, como o registro de anomalias, como as posições de Paragon sendo restritas a essas mesmas anomalias, eram ditatoriais e punitivas, mas eles não entendiam o ponto: em um mundo onde qualquer um poderia ser uma bomba nuclear ambulante, simplesmente não era viável deixar as coisas completamente abertas. Se um quarteirão da cidade explodisse, ou um estádio inteiro virasse cinzas, ou você sabia, com as leis de anomalia do Paragon, quem fez isso, ou você vivia em total medo.

Zhan-Yo aparentemente queria um retorno a esse medo, com grupos de pessoas super-poderosas, mas ainda assim muito humanas, lutando nas ruas enquanto os normais observavam com horror impotente. Os Elementals apoiariam esse objetivo, por mais estúpido que fosse, e talvez tivessem garantido a Zhan-Yo seu poder de fogo se ele fizesse essa jogada.

De todas as coisas que Apinya tinha feito, e Mynx

respeitava a maioria delas, permitir que os Paragons deixassem os Elementals viver como um grupo político ao invés de aniquilá-los como os Paragons fariam com qualquer outro terrorista, foi a pior. Sim, teria havido danos por todo o mundo se os Paragons tivessem travado uma guerra de anomalias contra os Elementals. Teria sido doloroso, até mesmo catastrófico em alguns lugares, mas os Paragons teriam vencido. Eles teriam eliminado esse problema.

Mynx revisitaria a questão na próxima cúpula, mas se quisesse voltar os Campeões contra os Elementals, precisaria de alguma evidência primeiro. Para esse fim, Polly ajudou Mynx a vasculhar os registros da Aegis, procurando e encontrando o que ela queria: um forte enclave Elemental, não muito longe, em Long Island. Mynx poderia ir, fazer algumas perguntas difíceis. Descobrir se esses monstros realmente tinham virado a esquina e mereciam eliminação.

— Polly, ative o traje reserva cinco — disse Mynx, levantando-se do balcão. — E abra o telhado. É hora de fazer algo produtivo.

Voltar ao lugar que quase a matara não abalava Mynx nem um pouco. Você tinha que aprender a ignorar experiências de quase morte nesta vida, ou nunca seria capaz de fazer nada.

Mais uma vez em seu traje de energia cinética, as baterias carregadas por seu constante ir e vir pela sala, Mynx passou os últimos minutos arrumando a antiga casa da Aegis. Limpou o balcão, ligou a máquina de lavar louça combinada com esterilizador, e pediu para Polly devolver a floresta de monitores ao seu lugar de descanso. Era como se estivesse dizendo adeus ao seu amigo, fazendo o que Aegis deveria fazer. Com Celice indo embora, quem sabia quanto tempo levaria até alguém entrar aqui novamente? O trono do Paragon ficando vago, talvez merecidamente.

Lá fora, os ventos continuavam chicoteando, e o sol de inverno que se punha não fazia muito para mantê-la aquecida. No entanto, quando Mynx deu três passos em direção ao seu jato, o traje reserva cinco a encontrou. O oval de metal azul-Paragon leve lançou-se de sua estação de armazenamento no telhado de Bastion, um dos muitos segredos que Mynx e Aegis haviam colocado no prédio para lidar com uma armada de cenários de "por via das dúvidas".

Usando sua bateria de plutônio, o traje tinha energia suficiente para funcionar por muito tempo, embora qualquer perfuração na espessa blindagem da bateria significaria um rápido fim para o ocupante. Risco, no entanto, estava sempre presente, e pelo menos Mynx havia projetado este. Se falhasse, seria culpa dela e de mais ninguém.

O oval se aproximou, seus pequenos jatos mantendo-o flutuando, e, ao fazê-lo, as várias estruturas em treliça que formavam a casca externa do traje se dividiram e engoliram Mynx como a mandíbula de um felino da selva. Mynx avançou para o abraço, deslizando as mãos e os pés em compartimentos acolchoados enquanto as costas do oval se reformavam ao seu redor, apertando um forte suporte ao longo de suas costas. Mynx entrou em seu casulo de metal e, assim que ele se fechou completamente, as paredes desapareceram.

Ao seu redor, Mynx podia ver como se flutuasse em uma bolha. Um olhar para baixo mostrou a passarela do telhado de Bastion, e acima, as nuvens roxas profundas. À frente estava seu jato e, ao lado dele, flutuando em azuis e pretos translúcidos, estavam leituras detalhando os sistemas do traje, a temperatura externa, hora e muito mais. Mynx não usava esse traje há anos, mas era bom estar de volta. Como conectar um gadget antigo e descobrir que funcionava como você se lembrava.

— Reeves, está me ouvindo bem? — perguntou Mynx.

— Claramente. Devo dizer, é melhor saber que você está nessa coisa do que congelando lá fora.

— Melhor para nós dois, eu acho. — Mynx digitou as coordenadas da base Elemental. Enquanto fazia isso, à sua frente, uma imagem de satélite flutuava e a ajudava a restringir o alvo. — A Aegis acha que há um centro Elemental por aqui, e eu acho que eles estão ajudando Zhan-Yo. Gostaria de descobrir com certeza. Vamos deixar alguns drones prontos para backup caso as coisas fiquem estranhas.

— Claro. Você está se sentindo bem para isso?

— Estou a menos de vinte e quatro horas de uma quase morte. É como nos velhos tempos — respondeu Mynx enquanto seu traje começava a decolar, os jatos omnidirecionais que revestiam o exterior do traje dando-lhe um deslize suave e preciso.

— Não tenho certeza se você quer voltar aos velhos tempos.

— Não tenho escolha — disse Mynx. — Eles vieram atrás de mim.

À medida que os anos passavam, a transformação tecnológica atingia diferentes áreas em velocidades diferentes. Aqueles lugares com história tendiam a preservá-la e embelezá-la, mantendo fachadas icônicas ao lado de outras novas e cintilantes. Essa tendência continuava enquanto Mynx sobrevoava os bairros em direção às extremidades orientais, onde elementos mais pitorescos continuavam travando suas guerras culturais contra as exigências modernas de Nova York. Barcos de pesca piscavam suas luzes noturnas nas sombras de arranha-céus iluminados pelas estrelas. Pods moviam-se em linhas intermináveis ao longo das rodovias, enquanto pequenos drones de entrega congestionavam rotas de voo prescritas abaixo de Mynx, criando uma treliça luminescente.

Bonito, à sua maneira.

Seu destino era menos impressionante: um centro comercial diluído sobrevivendo com suas lojas de esquina e pouco mais. O lar escolhido pelos Elementals fazia sentido em sua invisibilidade, se não em suas comodidades. Um vasto estacionamento falava da letargia da área — os pods tornaram tais desperdícios de espaço exatamente isso —, mas deu a Mynx espaço para pousar perto de um poste de luz desativado. Alguns pods vagavam pela área, pegando pessoas que aguardavam em uma loja de bebidas próxima e nos dois restaurantes que sustentavam o shopping. O ar congelante havia limitado o número de pessoas, e Mynx não achava que alguém se importasse em olhar em sua direção.

Engraçado, isso. Fácil balançar a cabeça para as mudanças que vieram ao longo das décadas, o quão pouca atenção as pessoas davam quando um objeto voador pousava em seu meio. Mais engraçado ainda que Mynx achasse isso engraçado. Por mais que ela resistisse à ideia de que as pessoas se tornam seus pais, os jovens se tornam velhos, e o ciclo se repete, ela tinha que admitir sua verdade nisso: o que tinha sido, e ainda eram, milagres para ela não significavam nada para a maior parte do mundo.

Os Elementals haviam escolhido um lote menor, apresentando-se como um spa exclusivo para membros. Embora os Paragons, com a concordância de Apinya, não massacrassem os terroristas por atacado, os Elementals também haviam se comprometido a manter suas próprias operações longe dos olhares públicos. Em outras palavras, sem anúncios para recrutar anomalias descontentes demais assustadas para viver à altura das bênçãos de seu direito de nascença. Em vez disso, os Elementals se escondiam em lugares como este e enviavam vendedores experientes nas ruas, recrutando seus membros através de jogos e falsas promessas.

Sim, anomalia, você pode mudar o mundo. Apenas se esconda neste shopping esquálido por algumas décadas até que queiramos fazer algo além de irritar todos os outros.

Agora Mynx tinha que tomar uma decisão: ou entrar com o traje ligado, blindada e pronta para qualquer coisa, ou desempenhar o papel de Campeã e assumir a invulnerabilidade até que se provasse o contrário. Através do traje, ela visualizou os drones mais próximos e suas distâncias no céu ao seu redor. Os dois que ela solicitou estavam próximos e poderiam chegar até ela em alguns segundos, se necessário. Isso poderia ser suficiente. Mynx não queria iniciar uma guerra, ainda não, e entrar à força com essa casca armada ao seu redor não sugeriria uma premissa pacífica.

De volta ao frio, contando com seu traje cinético para continuar funcionando, Mynx se aproximou do spa. Enquanto um letreiro brilhava *Fechado* em neon vermelho na janela da frente, as luzes externas verde-menta do spa brilhavam, e ela podia distinguir pessoas se movendo lá dentro também. Nenhuma, entretanto, observava a porta enquanto a Campeã se aproximava.

— Reeves, mantenha os drones ativos e prontos — disse Mynx. — Se eu der a palavra, espero ser resgatada em menos de dez segundos.

— Feito. Devo alertar os Paragons locais também?

— Não, eles já estão ocupados o suficiente.

Aegis não se importava que Mynx trabalhasse em Atlântida quando precisava, mas nem todo Paragon apreciava Campeões agindo como vigilantes fora de suas regiões designadas. Pixie, a mulher de Boston que havia assumido o comando provisório, sempre pareceu amigável, mas havia melhores maneiras de iniciar um relacionamento de trabalho do que uma ligação tarde da noite revelando uma missão agressiva em território nacional. Claro, se tudo isso desse errado, Mynx teria que explicar as decisões.

Ela assumiria esse risco.

Mynx experimentou a porta de vidro de um único painel que levava para dentro, vislumbrando seu próprio reflexo desbotado no processo. Ela parecia cansada, e se recusava a admitir qualquer outra coisa sobre sua aparência. Mynx endireitou-se e lançou um olhar afiado para o Elemental que veio destrancar a porta, um homem mais jovem com um sorriso hesitante.

— Estamos fechados? — ele disse como uma pergunta.

— Não estou aqui pelo spa — respondeu Mynx. — Quem está no comando aqui?

— Ahn, o quê?

Outra anomalia apareceu dos fundos, uma mulher mais velha em um conjunto de moletom com aparência macia que realmente parecia pertencer ao spa, e ela socorreu o jovem, dizendo-lhe para voltar e continuar limpando. Ela então fez sinal para Mynx entrar.

— Obrigada — disse Mynx, passando pela porta e correndo os olhos pelo interior. Protuberâncias pretas revelavam câmeras nos cantos, mas, fora isso, Mynx não detectou emboscadas óbvias à espera. — Preciso falar com quem lidera esta filial.

— Você está falando com ela. Sou Rosamund, e cuido do nordeste para os Elementals — respondeu a mulher. — Mas vamos para um lugar mais confortável. Imagino que uma Campeã esteja acostumada com algo melhor que uma entrada.

Mynx deixou Rosamund conduzi-la para dentro do spa, até uma área de massagem e uma sala que parecia ter apresentações de vendas como seu propósito principal; pôsteres e folhetos espalhados pela área, declarando numerosas oportunidades para alívio de estresse, relaxamento muscular e mais. Flautas suaves tocavam sobre tons de selva, e estênceis de flores sinuosas revestiam as paredes. Mynx teria classificado o espaço a meio caminho entre extremamente barato e luxo de verdade, adequado para um shopping moribundo no que era, de outra forma, uma cidade próspera.

Rosamund juntou as mãos sobre a mesa e fixou um sorriso no rosto, como se estivesse prestes a despejar amabilidades em um caminho sinuoso até o ponto. Mynx não quis esperar por isso, então começou primeiro.

— Você matou Aegis? — disse Mynx.

Aquele sorriso se transformou em uma carranca.

— Não matamos — respondeu Rosamund. — Na verdade, fiquei triste com seu falecimento. Tínhamos uma espécie de relacionamento, trabalhávamos bem juntos.

— Ah, sim.

— Até certo ponto — disse Rosamund. — Dois lados que querem coisas diferentes nem sempre verão as coisas da mesma forma, mas acredito que mantivemos o mau sangue ao mínimo.

— Então devo acreditar em você só porque você diz?

Mynx, no entanto, percebeu que estava acreditando em Rosamund. O rosto sério e triste da mulher e a postura caída contavam a história de alguém ainda lidando com uma tragédia, não se preparando para tirar vantagem de uma.

— Você viu o vídeo — disse Rosamund. — O assassino admitiu seu próprio ato. O líder de Ziran teria os recursos para realizar o ataque sem nossa ajuda. Além disso, ele quer um retorno aos normais. Essa não é nossa agenda.

— Então você nos ajudaria a encontrá-lo?

Aquele sorriso voltou: — Quando os poderosos pedem um favor aos fracos, os fracos devem pedir algo em troca.

— E o que os fracos gostariam?

— Um lugar na sua cúpula.

Mynx não esperava que a cúpula permanecesse em segredo por tanto tempo. Ela queria esperar até que cada Campeão tivesse se comprometido antes de anunciá-la, mas pessoas suficientes sabiam que Mynx não podia se surpreender com o fato de que a existência da reunião havia chegado até aqui.

— Pensei que você estivesse triste com Aegis — disse Mynx. — Agora você está se aproveitando.

— Se esperássemos pelo momento perfeito, nunca nos moveríamos.

— Você não está se movendo aqui. A cúpula é para os Paragons. Não vai acontecer.

Rosamund não assentiu, não balançou a cabeça ou gritou. Ela ficou sentada ali, ouviu mais algumas medidas de flauta deslizarem, antes de bater na mesa com um único dedo.

— Thane não se libertou sozinho — disse Rosamund. — Outros desastres podem acontecer, se você não responder aos riscos.

— Você está ameaçando alguém que poderia nivelar este prédio em um segundo.

— Estou.

Mynx encontrou o olhar de Rosamund, contemplou chamar o blefe. Ela poderia dizer a Reeves para fazer os drones entregarem um ataque de precisão a um metro da localização atual de Mynx e assistir Rosamund se transformar em cinzas. No entanto, das coisas que os Paragons não podiam se dar ao luxo agora, guerra aberta com os Elementals figurava bem no topo da lista.

Hora de jogar mais uma bola no ar.

— Estou organizando a cúpula para que aqueles que

merecem possam decidir o que vem a seguir para nosso mundo — disse Mynx. — Prove que vocês merecem, e eu conseguirei um lugar para vocês.

Que os Elementals nunca mereceriam, nunca poderiam merecer tal coisa, ficou completamente subentendido.

THANE ACORDOU, novamente, no limiar da aurora. Sem eletricidade, as noites começavam mais cedo e os dias nasciam ao seu primeiro suspiro. Thane não teve pressa em se movimentar, ouvindo as ondas e os pássaros começando a se agitar. As primeiras fogueiras deixavam seus estalos se misturarem aos sons naturais da ilha. Ele saboreou o ambiente, porque talvez nunca mais o experimentasse novamente.

O dia anterior havia sido passado com Cassidy, também conhecida como Vazio, e suas anomalias. Thane tinha pescado, ajudado a construir uma nova cabana de palha para dormir e saído em busca de frutas e bagas. À noite, sentou-se com Cassidy e aproveitou os frutos de seu trabalho, além de um pouco de uma estranha mistura semelhante a vinho que uma das anomalias fazia com água salgada, leite de coco e suas habilidades. Tinha sido, Thane não tinha problema em admitir, o melhor dia que ele tivera desde que os Paragons o algemaram e o jogaram em sua prisão.

Um bom dia era suficiente.

Thane se levantou da areia e arrumou sua saia de palha,

tendo o cuidado de alimentar aquela pequena, sempre presente, chama de raiva. Ele não era tão grande agora, e a pele enrugada e bronzeada abundava, mas enquanto Thane pudesse manter frustração suficiente fervendo contra Mynx e os Paragons, ele teria força para seguir em frente. E não importava o quão agradável a ilha fosse, o verdadeiro objetivo estava lá fora, além daquela onipresente linha de drones.

— Levante-se — disse Thane para Sook, que roncava próximo. — Estamos indo.

A anomalia magricela murmurou algo, passou o braço sobre o rosto, mas Thane viu seus olhos se abrirem. Sook obedeceria. Ele não podia arriscar ficar sem a proteção de Thane.

A pequena aldeia de Cassidy mais uma vez zumbia de movimento enquanto Thane atravessava em direção à saída entre as paredes de dunas. Uma mochila de palha trançada estava no chão ao lado da abertura na barreira, abastecida com peixe defumado e raízes assadas. Um único coco rachado repousava em cima. Uma anomalia mais velha, de pele curtida, montava guarda tanto no portão quanto nas provisões, com um daqueles paus pontudos nas mãos, embora Thane soubesse que este homem em particular podia tornar sua mão esquerda tão dura quanto diamantes, e igualmente afiada.

— Isso é para nós? — perguntou Thane, aproximando-se.

— O Vazio ordenou — disse o homem, Hiram. — Estou feliz que ela tenha feito isso.

— Está mesmo?

— Você vê esta ilha pelo que ela realmente é, não pelo que fingimos. — Hiram acenou com a cabeça para além de Thane, em direção ao oceano aberto e à morte que havia além dele. — Vivo aqui há quase quinze anos. A terceira anomalia, acredito, colocada neste lugar amaldiçoado. Se você puder nos tirar daqui, farei tudo o que puder para ajudar.

Thane estendeu a mão e apertou a mão de Hiram, a direita, e então apontou de volta para a aldeia. — Se quer ajudar, convença-os a deixar este lugar.

— Nós o faremos, se você nos mostrar o caminho.

As palavras de Hiram, tão sinceras e honestas, fizeram a mente de Thane girar. Ele já havia liderado mercenários antes, mas aquelas pessoas vinham pela reputação e permaneciam por medo. Ele nunca tinha sido um Campeão, nunca tinha sido encarregado de guiar outros em direção a algum propósito moral. Mas, pensando bem, quão difícil poderia ser? Thane queria algo, essas pessoas queriam a mesma coisa e confiavam nele para ajudar a consegui-la. Isso, Thane poderia fazer.

Sook chegou não muito depois, enquanto Thane lutava para ajustar a mochila de forma que suas alças rígidas não parecessem estar cortando suas costas. Acabou entregando-a a Sook, e a anomalia aceitou seu papel, colocando a mochila com uma careta. Prontos, os dois começaram a caminhar além de Hiram e em direção à selva.

— Esperem! — O grito de Cassidy veio claro, e Hiram colocou a mão no ombro de Thane para fazê-lo se virar. Cassidy se aproximava, usando sua própria mochila, com várias outras anomalias, cada uma carregando lanças e parecendo prontas para uma jornada. — Se vocês vão ver a Duquesa, nós vamos junto.

— Achei que você não acreditava em mim? — perguntou Thane.

— Não tem nada a ver com você. — Cassidy sorriu, dando de ombros com sua mochila. — A Duquesa gosta de peixe defumado, e precisamos de parte do metal que ela tem extraído do vulcão. É apenas uma coincidência.

— Claro — Thane prolongou a palavra, deixando Cassidy saber exatamente o que ele pensava sobre essa coincidência. Então ele mudou sua expressão, sua atitude. — De qualquer forma, estou feliz por ter vocês conosco. Sook parece conhecer os caminhos da ilha, mas prefiro não me perder.

— Eu não teria nos perdido — murmurou Sook. — Melhor guia que esta ilha já viu.

Sook continuou reclamando enquanto o grupo partia, conforme pisavam forte através das samambaias e se afastavam do mar em direção a terrenos cada vez mais altos, onde a exuberante sensação tropical dava lugar, metro a metro, a gramas longas e flores silvestres. Abelhas pairavam de uma pétala roxa a outra, enquanto pássaros canoros esvoaçavam acima. O grupo continuava a se proteger com óleos de plantas para evitar as piores queimaduras de sol, algo que Thane apreciava agora enquanto deixavam para trás as palmeiras pela vasta planície. Sem sombra, o sol castigava forte, e apenas uma brisa constante tornava as coisas suportáveis.

— Por que a Duquesa escolheu viver assim? — perguntou Thane enquanto caminhavam. — A beira-mar parece oferecer muito mais benefícios.

— Se você não tem como produzir água doce — respondeu Cassidy —, vai ficar com sede perto do oceano. E era lotado.

— Lotado?

— Antes de organizarmos as coisas, Arthur, a Duquesa e eu, todo mundo se aglomerava na praia. Uma coleção inteira de assassinos, trapaceiros e fraudadores com todo tipo de poder.

— Uma situação perigosa.

— Acho que era isso que Mynx queria. — Cassidy cuspiu para o lado, seus olhos faiscando. — Fazer com que nos matássemos para que ela pudesse justificar nos colocar aqui. Os Paragons poderiam dizer que estavam certos.

— Mas vocês não fizeram isso?

— Fizemos. Todo dia trazia mais anomalias mortas. Eu dormia numa árvore, usava meu poder para esculpir apoios para as mãos e depois destruí-los quando já estava lá em cima. Não era o mais seguro, mas melhor do que ter a garganta cortada ou as entranhas fervidas. Os que não conseguiam lidar com o estresse, ou achavam que podiam, tentavam escapar sozinhos. Vi um que podia voar invocando rajadas fantásticas de vento, ele se lançou em direção aos drones, pensando que poderia passar por cima deles.

— E?

— Ele não chegou a um quilômetro da costa antes que o enxameassem. Sem atordoamento aqui. Alguns clarões precisos e ele virou comida de peixe frita. Outros tentaram passar pelo solo ou debaixo d'água. Nunca mais vi nenhum deles.

— Talvez tenham conseguido escapar?

— Você já ouviu falar de alguém escapando deste lugar? — perguntou Cassidy.

— Não.

— Exatamente.

Tendo visto os drones de Mynx em ação, Thane não podia contestar a história. Qualquer fuga solo resultaria em consequências semelhantes. No entanto, reunir um grupo de anomalias, com seus poderes complementares, e esses resultados poderiam ser revertidos, ou pelo menos atrasados o suficiente para que alguns conseguissem passar.

Essa, é claro, era a verdadeira chave. Trabalhar sob

alguma ilusão de que todas essas anomalias sairiam desta ilha com uma operação sinfônica entrelaçando suas habilidades significaria escravizar-se a uma fantasia. O objetivo não era salvar a todos, mas salvar aqueles que poderiam causar mais impacto.

Como Thane.

— Então você ficou preso todo esse tempo? — perguntou Cassidy enquanto continuavam caminhando pela manhã. — Eles te usaram?

— Tentei lutar contra eles e perdi — respondeu Thane, a grama fazendo cócegas em seus pés sob as sandálias. Todas as sensações aqui, apenas estar sob um céu aberto, pareciam maravilhosas. — Eles deveriam ter me matado, mas Apinya reconheceu meu valor.

— Ele não é o bonzinho?

— Os outros preferem punições físicas. Eles me atacaram com punhos, máquinas, balas, espadas e lanças — disse Thane. Na verdade, a batalha se misturava em sua mente. Seu eu furioso não se importava muito com memórias ou detalhes. — Apinya tem uma abordagem diferente. Ele vai virar sua mente contra si mesma, despedaçá-la. Ele poderia ter me transformado em um louco ou me reduzido a um monte de nada balbuciante. Em vez disso, ele quebrou minha raiva e deixou o resto deles assumir o controle.

Thane notou as outras anomalias ouvindo. Eles marchavam em algo como um grupo, com Sook alguns metros à frente observando a trilha. Os curiosos não contiveram Thane, e ele falou mais alto por causa disso. Cada uma dessas anomalias estaria no acampamento da Duquesa mais tarde, e cada uma poderia espalhar sua lenda.

— Mas agora você está aqui?

— Eu consegui sair. — Thane lançou um olhar a Cassidy, para garantir que ela entendesse que isso não era um feito pequeno. — Levou décadas, mas quebrei suas correntes e abri caminho para um pequeno gosto de liberdade.

Cassidy riu. — Deve ter sido bem pequeno se você já está aqui.

Alguém que não tivesse sido acorrentado a uma cama, alimentado à força, movido à força para evitar úlceras de pressão e forçado a usar uma comadre por todos aqueles anos poderia ter tido o orgulho ferido pelas palavras de Cassidy, seu tom. Thane, porém, não tinha nada disso sobrando. Apenas ambição ardente, e isso podia levar um golpe sem perder seu fogo.

Então ele riu com ela: — Não foi, talvez, a maior fuga da história dos Paragons. Acho, no entanto, que me levou para onde preciso estar.

— Guiando-nos para uma missão suicida que vai nos deixar todos mortos?

— Você não acredita nisso — disse Thane. — Se acreditasse, não estaria aqui.

— Estamos entregando o peixe defumado. — Cassidy ajustou sua mochila, como se para lembrar Thane, embora o cheiro constante e quase avassalador já fizesse isso.

— Uma viagem que tinha que acontecer hoje, exatamente neste momento?

Agora era a vez de Cassidy lançar um olhar para Thane. — Não, não precisava ser hoje. Mas faz muito tempo que ninguém oferece esperança neste lugar, e mesmo que a única coisa que eu vá ver hoje seja você sendo jogado em um vulcão, pelo menos será algo diferente.

A Duquesa, aparentemente, tinha um pacote variado de execuções à disposição. Ela desenvolveu uma reputação na ilha por ser implacável com inimigos e traidores, e por inspirar lealdade ferrenha entre aqueles que escolhiam sua tribo. Dentre essas execuções, sua favorita, de acordo com Sook e seu conhecimento aleatório por vagar pela ilha, envolvia paralisar uma anomalia de alguma forma - Sook não tinha certeza se a própria Duquesa fazia isso ou alguma outra anomalia a seu serviço - depois carregá-la até a borda do vulcão e jogá-la dentro.

— Ela parece uma vilã de desenho animado — disse Thane. — Ninguém realmente faz coisas assim. Muito trabalho, muito arriscado.

— Nós não temos nada além de tempo aqui — respondeu Cassidy. — E quanto ao risco, o que ela tem a perder?

Thane não queria ser jogado em um vulcão, nem queria começar uma briga. Cada anomalia perdida significava mais uma que ele não poderia usar para derrotar, ou distrair, os drones. Se a Duquesa queria suplicantes, então ela os teria. Até que Thane a convencesse a se alinhar.

— Quando chegarmos — disse Thane —, vou agir como se fosse uma de suas novas anomalias. Vou fingir que quero desertar para a Duquesa e conseguir uma reunião com ela. Então, vou convencê-la a se juntar ao nosso objetivo.

— Tão seguro de si — disse Cassidy. — Quando aprendeu a ser tão convencido?

— Quando deixei Aegis derrotado e quebrado em um campo congelado.

CAPÍTULO 18

PREÇO DE VIDA

KAT NÃO ACORDOU EXATAMENTE, mas encontrou seu caminho através das densas teias de aranha que obstruíam sua mente. Ela empurrou e puxou, rasgou e arrancou contra os fios prateados e pegajosos, dirigindo-se a um brilho azul. Tremeluzente e distante, a luz a guiou através dos filamentos, e os passos de Kat ficaram mais rápidos conforme avançava. Logo as teias se separaram e caíram como poeira enquanto ela se aproximava cada vez mais da luz, embora o tamanho minúsculo do brilho permanecesse o mesmo. Ela ficou sobre o ponto azul, quase cega, e embora não conseguisse sentir suas mãos, suas pernas, ou ver qualquer parte de si mesma, ela alcançou-o mesmo assim, a única coisa que restava nesta escuridão infinita.

E viu um ambiente suave em tom turquesa que parecia pertencer a um conspirador, com a luz do dia entrando por uma única janela estreita no alto de uma parede.

Estariam colhendo seus órgãos?

Kat tentou respirar e encontrou um tubo conectado à sua boca que corria ao longo do peito e seguia para o lado. O ar era empurrado através dele, mantendo seus pulmões cheios. Ela não conseguia mover as mãos — podia senti-las, mas estavam amarradas por algo que não conseguia ver sob o amplo cobertor amarelo estendido sobre ela. Os outros sentidos de Kat entraram em ação para informá-la sobre o ar frio, o sabor de ferro em sua boca e um vasto vazio em seu peito.

Ela havia levado um tiro. O momento voltou à sua memória em algo que foi menos um flash e mais uma alucinação, uma repetição em câmera lenta com o homem de máscara preta e seu rolamento para frente, a pistola apontada com firmeza e o único estampido que a enviou para o mundo escuro do qual acabara de despertar. Embora Kat nunca tivesse encontrado armas como aquela na vida real, já tinha visto nos filmes, lido relatos suficientes sobre seus danos para saber que não deveria ter sobrevivido.

O que tornava este lugar ou o hospital mais decadente e hostil do mundo ou algum tipo de vida após a morte surreal. Kat nunca tinha acreditado muito em nenhuma religião em particular, mas isto não parecia se encaixar na definição de fim de jogo para nenhuma delas. A menos que tivesse encontrado seu caminho para o Inferno, e isso fosse o início de sua tortura eterna.

Um peso familiar chamou sua atenção. No pulso esquerdo de Kat, o Tama. Sua presença confirmava a própria vida de Kat, ao mesmo tempo que colocava em dúvida sua morte iminente. Um Tama responderia a qualquer perigo real com um chamado de rádio para serviços de emergência, e sua combinação de GPS e rastreamento celular enviaria drones e mais para a posição de Kat. Se ela ainda tinha seu Tama — então quem a mantinha presa devia estar mantendo-a viva e saudável, ou já teria sido capturado.

O que significava exatamente o quê?

Primeiro, ela fora salva. Por quem, não sabia, mas das

pessoas que sabiam que ela estivera no telhado, que saberiam que ela havia levado um tiro, Calvin se destacava como a única opção, a menos que o homem da máscara preta tivesse decidido sequestrá-la e mantê-la viva depois de atirar nela, o que parecia improvável. Se os drones tivessem chegado até ela, Kat estaria acordando em um hospital agora, um de verdade, então isso os eliminava. Então Calvin deve ter feito algo, levado-a para algum lugar.

Segundo, mesmo com medicamentos, Kat não podia acreditar que não sentia nada do tiro. Nenhuma dor no peito, nenhuma sensação de um buraco gigante, ou mesmo a fraqueza que ela presumiria que viria de um ferimento quase mortal. A menos que Kat tivesse ficado inconsciente por semanas em estase — ela esperava que alguém tivesse alimentado o Seeker — ela não deveria estar se sentindo assim, sentindo-se bem, mesmo que cansada. O que significava que ela havia passado por alguma cura especial.

Terceiro, se alguém não ligado aos serviços de saúde de emergência tivesse decidido trazê-la de volta da beira da morte, deve ter feito isso por algum motivo. A colheita de órgãos novamente surgiu com sua cabeça horripilante, mas Kat reprimiu esse enredo improvável. Seu salvador poderia querer qualquer coisa. Como rastreadora, Kat tinha acesso a todos os tipos de informações. Poderiam querer ver para onde uma certa anomalia havia ido, ou quem mais fazia seu trabalho em Chicago ou outra cidade. Talvez só quisessem contatos, embora isso também parecesse improvável.

De qualquer forma, Kat se sentia viva e bem, o que significava que precisava sair desta cama, sair deste quarto. Encontrar sua roupa, consertá-la e rastrear aquele homem de máscara preta. Obter vingança primeiro, depois voltar aqui e descobrir o que realmente estava acontecendo. A quem ela devia uma dívida por salvar sua vida.

Kat sacudiu seu lado direito, tentando fazer a cama virar, mas alguém a havia ancorado ao chão. Nada feito. Em seguida, tentou contorcer as mãos, os pulsos para fora das amarras, mas quem quer que as tivesse amarrado sabia o que estava fazendo. Suas pernas estavam amarradas nos tornozelos, tirando-as de ação também. O melhor que Kat conseguiu fazer foi sacudir a cabeça até o tubo se soltar e cair para o lado, permitindo-lhe pelo menos engolir um pouco de ar real. Tinha gosto estéril, parecido com plástico.

Enquanto seu plano de fuga fracassava, outra porta se abriu.

A porta literal.

Um homem grande, não particularmente em forma, usando pouco mais que uma regata e shorts largos, liderou o caminho, e Kat se pegou analisando as tatuagens por todo o corpo dele. Em vez de algum tipo de grande expressão artística, as tatuagens pareciam ser símbolos aleatórios e linhas abstratas, frequentemente sobrepostas, como uma criança colorindo repetidamente a mesma página. Um visual feio, mas hipnotizante pela quantidade de cor que o homem tinha acumulado em sua pele. Kat esperava malícia, ou um sorriso desagradável, mas em vez disso, o homem retirou o tubo e começou a desamarrar as amarras de Kat sem dizer uma palavra. Kat, também, não falou.

Em vez disso, ela olhou para quem entrou em seguida, porque Beth mudava tudo.

— A próxima coisa que você vai fazer é me tirar desta cama — disse Kat para a mulher loira, que sorriu com seu rosto enrugado como uma mãe paciente ouvindo um bebê choramingar. Irritante. — Estou supondo que você salvou minha vida de alguma forma, mas isso não significa que sou sua prisioneira.

— Na verdade, foi ele quem salvou sua vida — disse

Beth, apontando para o homem tatuado. — Vê todas essas formas na pele dele? Uma delas pertence a você.

— Pertence?

O homem olhou para Beth, que assentiu, e ele começou a desfazer o resto das amarras.

— Encontramos você quase morta — disse Beth. — Saímos quando ouvimos o tiro e quem deveríamos encontrar, senão Calvin, a anomalia que estávamos procurando, dizendo que a rastreadora que nos traiu precisava de nossa ajuda.

— Eu não traí vocês — disse Kat. Sua perna esquerda se libertou, e ela a moveu, deixando o sangue despertar os músculos rígidos. — Nunca concordei com nada.

— Semântica — respondeu Beth. — Taro aqui salvou você. Pegou seu ferimento e todo o dano e o transformou naquela longa linha em sua bochecha, aquela bem vermelha ali. Ele também fez uma escolha, a certa.

— Obrigada — disse Kat a Taro, que liberou seu lado esquerdo e começou a se dirigir para o lado direito. — Eu cuido disso.

Kat desfez as amarras em alguns segundos enquanto Taro se movia para ficar perto de Beth. Kat deslizou para fora da cama, cambaleou quando suas pernas ainda não estavam prontas para ela, e acabou se apoiando contra a parede, lançando um olhar fulminante em direção a Beth.

— Você esteve nessa cama por quase dezoito horas. Seu corpo vai precisar de tempo para se recuperar.

— Pensei que você disse que Taro absorveu tudo isso. — Kat lançou um sorriso forçado na direção de Taro. — Mais uma vez, obrigada por salvar minha vida. Falo sério.

— Tenho certeza que sim — disse Beth — e tenho certeza que você sabe que um ferimento grave como o seu deixa efeitos que duram além da cura. Infelizmente, você não pode ficar aqui para se recuperar deles.

— Não se preocupe, não estava planejando ficar — disse Kat, então tentou olhar além de Beth. — Onde está Calvin? Vocês não estão coagindo ele, estão?

— Calvin saiu há menos de uma hora — respondeu Beth. — Ele está passeando com seu cachorro.

Uau. Não faz muito tempo, Calvin quase matou Seeker com um uso criativo e concreto de seu poder, e agora estava levando o cachorro para passear. Que reviravolta. Isso também provava que Kat tinha feito a escolha certa ao entregar o homem aos Paragons: um bom coração iria mais longe lá do que com essas anomalias manipuladoras.

Beth se moveu e deixou Taro passar por ela, deixando as duas mulheres sozinhas no quarto. Kat percebeu, no entanto, que Beth bloqueava a porta. Ela queria algo, e Kat não tinha muita escolha a não ser perguntar o que era.

— Você viu o atirador — disse Beth. — Você não é a primeira vítima dele.

— Eu sei, Calvin apareceu com um ferimento de bala há alguns dias. Foi assim que tudo isso começou.

— Calvin não foi o início. — A fachada de Beth começou a rachar, aquele sorriso suave escorregando alguns degraus abaixo. — Não acho que o atirador tenha acertado algum Paragon, ainda, mas estamos sofrendo.

— Espera, você acha que ele está mirando em Elementais? — Kat tentou acompanhar essa revelação. — Pensei que ele fosse um de vocês. Que vocês queriam ferir Calvin por ele ter ido aos Paragons.

— Não somos assassinos. Não tentaríamos matar uma anomalia só por ser um Paragon. Como isso serviria aos nossos objetivos?

— Ei, eu não conheço vocês. Tudo que ouço são as notícias me dizendo que vocês todos estão por aí semeando caos, causando pânico nas ruas e tudo mais.

— Isso não está totalmente errado. — Beth fechou a porta. — Mas não estamos fazendo isso. Não atirando em anomalias com uma arma como aquela. — Beth parecia um pouco verde agora, um pouco como se tivesse levado um soco no estômago, e ela se inclinou para frente na cama. — Ele matou cinco de nós nos últimos dois meses. Não conseguimos encontrá-lo, e os Paragons estão muito dispersos por causa da Aegis.

— Cinco? — Tantos assassinatos eram inéditos nos dias de hoje, quando até mesmo parecer agressivo faria um drone cair em cima de você antes que você conseguisse dizer uma palavra de raiva. — Todos em locais abertos, como eu?

— Em toda parte. À noite, durante o dia. Nem todos são tiros de precisão. — Beth balançou a cabeça, e Kat notou seus punhos cerrados. — Precisamos encontrá-lo, Kat, mas não somos treinados para isso. Não somos rastreadores.

Ah. Agora fazia sentido por que Beth salvou sua vida, por que a mantiveram aqui em vez de curá-la e abandoná-la em algum lugar anônimo. Um favor.

— Adivinhe só? — disse Kat. — Normalmente, eu cobraria por isso. Cobraria muito. Mas quando alguém atira em mim, eu faço questão de acertar as contas.

O fato de que esta era uma nova política, estabelecida agora depois de ter levado um tiro pela primeira vez, ficou por dizer. Beth não questionou e começou a descrever o onde e quando dos assassinatos anteriores. No meio da conversa, Taro retornou com a roupa de Kat, seu tecido já reparado e, tirando algumas manchas vermelhas no peito, pronto para usar.

Como nova cor, Kat não se importava com as manchas de sangue. Ela iria sujar as mãos. Melhor parecer com a parte que iria desempenhar.

CAPÍTULO 19

ACORDO FECHADO

ACORDAR no apartamento hiper-moderno de Wexley, menos avassalador sem a bomba mental da ressaca, Zhan-Yo fez o que estava fazendo desde que retornara do antigo endereço de Sylvie: tentar confirmar a existência da cúpula ou descobrir quem poderia ser o contato.

Nenhuma organização de notícias tinha publicado nada sobre os Campeões se reunindo em algum lugar, embora com o controle de mão de ferro do Paragon sobre a mídia, isso não fosse surpreendente. Zhan-Yo, porém, não conseguiu encontrar nenhuma nota nas redes sociais mostrando segurança reforçada, construção acelerada, ou qualquer outra coisa. Ele encontrou vídeos de tributo ao Aegis, de crianças pequenas a idosos grisalhos postando histórias de como o Campeão tinha melhorado suas vidas.

Nenhum falava sobre as liberdades que Aegis roubara deles. Nenhum explorava como os normais não tinham papel algum no governo atual.

Mas, afinal, como Zhan-Yo poderia esperar algo diferente? Os Paragons varreram a representação justa do planeta. Ninguém mais considerava isso, ninguém se importava. Se alguém que, com um aceno, poderia aniquilar quarteirões inteiros quisesse comandar as coisas, melhor deixar que o fizesse. Qualquer outra opção significaria desastre.

Então Zhan-Yo voltou-se para o contato, tentando descobrir quem Sylvie poderia conhecer com informações como essa. Sylvie não parecia o tipo de pessoa que teria uma linha aberta de denúncias, deixando suas informações de contato em lugares aleatórios para que informações aleatórias chegassem até ela. Ela também nunca mencionara um programa de recompensas por notícias quentes, o que significava que Sylvie devia conhecer essa pessoa de alguma forma. E essa pessoa mantinha o anonimato, o que significava que estava numa posição de algum poder.

Combinando essas duas coisas, as possibilidades se restringiam a uma solução: um Paragon. Um dos soldados de Aegis se tornando um traidor. A ideia pareceria absurda, exceto que Zhan-Yo já tinha visto Sylvie fazer isso com Innis, o líder Paragon de Chicago, que parecia estar se beneficiando mais com a morte de Aegis do que qualquer outra pessoa. Os Paragons, pelo visto, eram tão sedentos de poder quanto todos os outros, dispostos a arriscar para chegar ao topo.

Mas se havia alguém que não conhecia os Paragons, que ativamente os evitava... Zhan-Yo encarou os odiados eletrodomésticos cromados, suas superfícies brilhantes como uma espécie de metáfora para a vida que ele levara comparada com a que levava agora. Caçando traidores. Usando sua... será que paixonite ainda era um termo usado hoje em dia? Não para ele. Sylvie, era quem ela era, e eram os recursos dela que ele usava para procurar alguém para corromper.

Parecia estar bem longe daquele terreno moral elevado onde ele insistia em dizer que estava.

— Você está com uma cara péssima — disse Wexley ao

abrir a porta, refinado como sempre com seu cabelo bem penteado, óculos e longo casaco de lã preta. Luvas pretas de couro foram removidas e bateram no balcão. — Ouvi dizer que você fez uma viagem hoje.

— Ouviu?

Seu próprio tenente estava espionando-o agora?

— Algumas pessoas tiraram fotos com seus Tamas — disse Wexley. — Em frente ao antigo prédio de Sylvie. Tive que pesquisar esse detalhe, porque não fazia sentido você arriscar tudo por um passeio diurno.

Wexley puxou uma cadeira, sentou-se na beira dela. Zhan-Yo não conseguia ver essa parte, mas podia ver a postura perfeita de Wexley, como se o encosto da cadeira fosse radioativo. O homem cruzou as pernas, dobrou os braços e deixou as mãos cruzadas sob a mesa; Wexley, um psicólogo vindo ouvir os problemas de Zhan-Yo. Então, Wexley esperou.

Como Zhan-Yo costumava esperar por ele.

Muito bem. Às vezes o equilíbrio mudava. Wexley tinha seu nome na Ziran agora. Zhan-Yo ainda servia como ícone da revolução, o rosto que os apoiadores, quem quer que fossem — se é que realmente existia algum — olhavam em busca de inspiração. Na prática, porém, Wexley poderia expulsar Zhan-Yo para as ruas e deixar os drones caçarem-no. Isso deveria ter sido uma revelação doentia, mas, em vez disso, Zhan-Yo se sentiu livre. Seus únicos bens acessíveis estavam nesta sala. Ele poderia fazer qualquer coisa sem contatar uma secretária e verificar uma agenda, sem ter um grupo de pessoas seguindo-o por aí e aborrecendo-o com esse ou aquele mercado, reunião ou moção.

— E daí? — Zhan-Yo quase riu enquanto falava. Ele soava como um adolescente. — Posso fazer o que quiser.

— Claro que pode. A questão é se o que você quer é do seu melhor interesse. Do nosso melhor interesse.

— Você prefere que eu fique o dia todo dentro deste lugar esperando? Foi o que eu fiz antes, só que eu tinha uma empresa inteira para me distrair.

— Na verdade, é por isso que vim — respondeu Wexley. — Organizei outra reunião para esta noite. Aquelas pessoas que você contatou, as que não querem se envolver publicamente, ainda querem conversar em particular. Elas não abandonaram o sonho, Zhan-Yo, só não estão prontas para se comprometer ainda.

Zhan-Yo afastou a cadeira, levantou-se e foi até a janela. Não tão alta quanto a de seu escritório, não uma vista tão majestosa, mas ele ainda podia ver as multidões matinais perambulando. Pessoas esperando por ele.

— Eu me comprometi — disse Zhan-Yo. — Eu tinha mais a perder e me comprometi. O que os está detendo?

— Medo. — Wexley não hesitou, nem escondeu seu desprezo também. — Você arriscou tudo numa chance. Eles só farão isso por um jogo certo.

— E quanto a você?

— Estou aqui, não estou? — disse Wexley, embora não tivesse seguido Zhan-Yo até a janela. — Aonde quer que este caminho leve, eu o percorrerei. Os Paragons precisam ser destruídos.

Zhan-Yo assentiu várias vezes, contraindo os lábios e refletindo sobre a maneira certa de colocar isso antes de optar pela abordagem direta:

— Fui à casa de Sylvie para ver se conseguia encontrar alguma coisa. Ela sempre tinha mais acontecendo do que deixava transparecer.

— É por isso que nunca confiei nela.

Havia momentos para se irritar e momentos para ignorar.

— Ela tem alguém dentro dos Paragons. Não é Innis — disse Zhan-Yo. — Enviaram uma mensagem para ela ontem dizendo que vai haver uma cúpula dos Paragons. Todos os Campeões em um só lugar.

— Com mais segurança do que em qualquer outro lugar do planeta.

— Talvez — disse Zhan-Yo. — Mas acho que não podemos deixar passar esta oportunidade. Se Aegis não pôde dar o pontapé inicial em nossa revolução, então isso pode. Imagine o caos se eliminássemos todos eles? O povo precisaria de alguém para se voltar.

Aconteceria rápido. Com os Campeões mortos, lutas internas entre os Paragons estorariam enquanto as anomalias tentassem estabelecer seus lugares. Eles se destruiriam enquanto Zhan-Yo reunia todos os outros, prometendo paz, ordem e um governo representativo para o mundo. No início, sim, haveria dor, mas depois? Quando a necessidade de estabilidade superasse todo o resto? O povo poderia recuperar o poder. Uma região após a outra se alinhando. Zhan-Yo até ofereceria lugares aos Paragons no novo governo para evitar derramamento de sangue. Uma transição limpa.

— O mundo nunca se entregaria a alguém que matou os Campeões — disse Wexley. — Nunca. Acho que você não percebe o quanto as pessoas odeiam o que você fez com Aegis.

— Isso foi necessário.

— Você destruiu o herói de infância de bilhões. Não gostei da ideia no início, e agora você está vendo o porquê. Zhan-Yo, você pode iniciar esta revolução, mas nunca a liderará.

— Palavras de alguém que nunca liderou nada. Quando chegar a hora, eu explicarei e eles entenderão.

Wexley não assentiu, não disse nada. Zhan-Yo franziu a testa. O homem estava estragando o dia, a descoberta. A cúpula deveria ser algo bom! Um motivo para comemorar e depois começar a planejar. Em vez disso, Wexley parecia mais interessado em esmagar o espírito de Zhan-Yo do que qualquer outra coisa.

— Isso tudo é para o futuro, de qualquer forma — disse Zhan-Yo. — O que importa agora é o informante. Precisamos saber quem é, como nos comunicar com eles. Como você disse, será difícil penetrar num lugar com tantos Paragons. Mas se temos alguém lá dentro, então temos uma oportunidade.

— Você tem alguma pista, ou isso é uma tentativa desesperada?

— Tudo o que tenho são tentativas desesperadas, Wexley. É por isso que estou no seu apartamento ridículo depois do que deveria ter sido meu maior triunfo. Olhe para mim, olhe para isso. — Zhan-Yo seguiu suas próprias instruções, viu suas mãos de pele fina, um corpo mostrando sinais de que não estava à altura de lutar contra o mundo. — Vou encontrar esse Paragon, vamos a essa cúpula, e vamos dar o pontapé inicial para um mundo melhor.

Wexley não tinha resposta para ele, e depois que o homem extraiu uma promessa de que Zhan-Yo iria ao shopping naquela noite, e que Zhan-Yo passaria o dia sem ser visto por todo mundo no planeta, ele foi embora.

Zhan-Yo esperou até que Wexley tivesse saído, mudou para um suéter e jeans discretos, colocou um gorro de pele sintética, deixou as espadas e se aventurou no final da manhã. Tinha um destino, não muito longe do edifício reluzente de Wexley, um restaurante em estilo antigo encravado no meio de um quarteirão numa rua lateral da Avenida Michigan, um espaço que parecia ter sido esquecido pelo tempo, com madeira por toda parte, lanternas de metal manchado que provavelmente não eram limpas há séculos, e um longo balcão de bar cheio de pessoas curvadas tomando café preto e olhando vagamente para televisores espalhados.

Zhan-Yo pegou sua própria mesa sem objeções da hostess, que estava mais ocupada com seu Tama do que com seu trabalho. Uma vela apagada enfeitava o tampo da mesa, tão refinada de tantas vezes que brilhava como plástico. Além das telas, ao redor de Zhan-Yo pendiam objetos antigos sem nenhuma rima e certamente nenhuma razão, como se alguém tivesse percorrido vendas de espólio e pego objetos aleatoriamente, pregando-os nas paredes. Aqui uma roda de bicicleta, ali um cartaz de cinema do século passado, e sim, aquela era uma verdadeira jukebox no canto, com suas luzes acesas, mas sem discos prontos para tocar. Esses teriam sido caros demais, e o bar tinha transmissões esportivas saindo de seus alto-falantes de qualquer maneira.

— Eu não esperava uma mensagem sua às duas da manhã — disse o irmão de Sylvie enquanto puxava a cadeira oposta e acomodava seu corpanzil nela.

— Estou sempre trabalhando — disse Zhan-Yo, e teria continuado, exceto que a garçonete passou apressada com um olhar que dizia peça agora ou cale-se para sempre. Com ovos, bacon e mais café garantidos, Zhan-Yo voltou-se para o irmão de Sylvie. — Sua irmã recebeu uma mensagem de alguém, e quero saber quem é essa pessoa.

— Tem muita gente no mundo.

— Eles tinham conhecimento que a maioria não teria — respondeu Zhan-Yo. Ele olhou ao redor, ninguém parecia estar prestando atenção neles. Microfones poderiam estar em qualquer lugar, mas ninguém escutaria todo aquele ruído gravado sem um motivo. — Acho que é um Paragon.

O irmão de Sylvie não reagiu à declaração, depois revirou os olhos e olhou para seu Tama.

— Claro, vou começar a perguntar a cada Paragon se conhecia minha irmã. É isso que você quer, não é?

— Olha — disse Zhan-Yo. — Eu não sei como essas coisas funcionam, mas preciso entrar nessa cúpula, e não posso entrar nessa cúpula sem um Paragon me ajudando.

— Você presume que, porque essa pessoa enviou uma mensagem para você, estará disposta a dar esse próximo passo?

— Eu presumo.

— Perigoso. — O homenzarrão cancelou as reviradas de olho, os encolhimentos de ombros. Foi direto agora. — Todo mundo está disposto a arriscar tudo quando os riscos não são reais. Você pede a esse Paragon para arriscar seu futuro, toda a organização por sua causa, ele pode desistir.

Zhan-Yo assentiu:

— Tenho que tentar. Assim que os Paragons se reorganizarem, vão me encontrar, e quando o fizerem, esse sonho estará morto.

— E foi por isso que Sylvie morreu tentando fazer?

— Sim.

— Então me mostre a mensagem — disse o irmão de Sylvie. — Impressões digitais digitais são fáceis de ler.

— Obrigado.

— Não me agradeça, ainda não enviei a conta. — O homem ofereceu um meio sorriso. — Meu nome é Mathieu, a propósito.

— Zhan-Yo.

Apertaram as mãos, o café da manhã chegou e eles planejaram o novo mundo entre bacon e ovos.

CAPÍTULO 20

O CONSELHO DE UMA CAMPEÃ

INCRÍVEL COMO UMA boa noite de sono e uma manhã apreciando relatórios de operação de drones enquanto tomava chá podia fazer maravilhas. Mynx terminou sua lista de atualizações e a enviou para Reeves, que passaria o dia ajustando o software para resolver alguns dos problemas de ontem — particularmente um novo estilo de moda envolvendo faixas reflexivas que podiam causar problemas nas câmeras dos drones. Até amanhã, os drones levariam em conta a coloração e registrariam os usuários como pessoas, em vez de, digamos, cones ou sinais de construção.

Aegis teria chamado isso de chato, não estar em campo desferindo socos contra algum bandido. Essa era, em parte, a razão pela qual eles trabalhavam tão bem juntos: Aegis e sua constante audácia atraíam a imprensa para ele, permitindo que Mynx fizesse mágica nos bastidores para manter o mundo seguro. Sem ele, Reeves tinha que bloquear a imprensa constantemente, encaminhando-os aos gerentes regionais da Paragon, inevitavelmente para o descontentamento de repórteres e instituições.

— Você poderia tornar os repórteres ilegais, sabia — perguntou Reeves.

— Não, estou feliz que eles existam — respondeu Mynx e afastou com um gesto mais um pedido de entrevista do seu Tama. — Não tão feliz por eu ser o foco.

Os Campeões haviam aplicado uma serra na sociedade, no início. Naqueles tempos inebriantes após os últimos governos terem cedido, todos agrupados nos confins relativamente seguros de Genebra, os Campeões embarcaram em uma onda de realização de desejos. Emitiram diretivas, forçaram países a se redesenharem em regiões, fundiram moedas em um único rep, e então usaram essa reformulação para realinhar indústrias que haviam sofrido, na opinião dos Campeões, sob o jugo do capitalismo. Mynx havia direcionado seu apoio vago para o jornalismo — mais porque criava uma oportunidade fácil do que por um impulso nobre: melhorar o programa de drones já consumia seu tempo e energia. Publicações de todos os tipos e qualidades proliferaram com reps ganhos por serviços fornecendo um suprimento saudável para escrever e divulgar praticamente qualquer coisa.

Agora Mynx recebia chamadas de veículos prestigiosos, aqueles que sobreviveram à tomada da Paragon, e dos lugares menores e mais nichados, cada um esperando ser o primeiro a romper seus lábios selados. Desde a morte de Aegis, Mynx havia emitido apenas um comunicado. Por luto e calma. Ela não teve tempo para mais nada. Ela não sabia o que diria quando perguntassem.

— Eles não vão te deixar em paz até que você dê algo a eles — disse Reeves. — Realizei uma análise dos volumes de chamadas que você recebeu durante crises anteriores, e todos diminuíram assim que você se pronunciou.

— Reeves, espero não ter construído uma IA superpotente para me dizer que as pessoas vão parar de pedir citações depois que eu der uma citação a elas.

— Estou confirmando o óbvio.

— Certo.

De qualquer forma, Mynx precisava manter o Tama livre. Ela esperava outra ligação, esta da região nebulosa que abrangia o leste europeu e a Ásia central. Burov deveria aparecer logo com seu rosto combativo, sempre em guerra consigo mesmo.

Dos Campeões, Burov era o mais parecido com Aegis. Ele havia se estabelecido como uma lenda em sua Rússia natal primeiro, depois cresceu além das fronteiras nacionais através de uma performance impressionante após a outra. Ao contrário de Aegis, o homem não usava os punhos.

Mynx estremeceu. Desviou o olhar do Tama para a cidade abaixo. Paragons com habilidades físicas, mesmo aquelas que zombavam das leis físicas, Mynx conseguia entender e apreciar. Os outros, como Apinya, como Burov, que podiam moldar sua mente como massa de modelar, a deixavam enjoada. Burov, em particular, sempre parecia errado. Não era culpa do homem — ele não escolheu seu poder — mas também não era realmente culpa dela.

Como se tivesse ouvido seu nome, seu Tama vibrou, atraindo seus olhos de volta. O rosto de Burov, coberto com a maquiagem pesada que o homem sempre usava para disfarçar as sombras moventes sob sua pele. Ele parecia um boneco de cera, recusando-se a usar máscara, mas também cedendo à impossibilidade inerente de falar com alguém cujo rosto parecia... bem, como se tivesse sombras rastejando sob a superfície.

— Mynx! — exclamou Burov quando ela tocou para atender à chamada. — Como vai você? Faz tanto tempo!

— Sugou algum entusiasmo hoje? — disse Mynx.

Eles haviam se encontrado pela primeira vez no Japão. Uma operação conjunta de resgate após terremoto. Enquanto Aegis, Mynx e outros estavam lá para lidar com as tarefas físicas, Burov aspirava o pânico, o medo, e os substituía pela calma. Determinação. Substituía o desespero pela confiança, pelo menos por um tempo.

— Claro! — respondeu Burov. — Visitei uma escola esta manhã, crianças pequenas querendo conhecer seu Campeão. Elas estavam tão animadas que achei melhor acalmá-las um pouco. Não que eu precise do reforço para falar com você!

— Mas não precisa mesmo?

Os olhos de Burov escureceram uma tonalidade, contrastando com seus ralos cabelos escuros. — Mynx, você está me pedindo para ir à sua cúpula, mas está tão fria?

O que Burov fazia com toda aquela tristeza? Todo aquele medo que ele roubava das pessoas aglomeradas ao redor dos escombros, puxando seus familiares, esperando por notícias que suspeitavam serem terríveis? Burov o armazenava, mantinha-o naquelas manchas que se moviam em sua pele e o devolvia aos seus inimigos.

Se houvesse um segredo para a tomada mundial dos Campeões, teria sido a manipulação mental de Apinya combinada com Burov sugando o medo e o enviando aos corações de cada líder mundial, cada general, cada político sentado do outro lado da mesa. Mynx havia observado vontades opostas desmoronarem em tempo real, não havia dito nada enquanto assinaturas coagidas entregavam aos Campeões seus sonhos.

— Desculpe, Burov — disse Mynx, colando um sorriso forçado no rosto. — Foi uma semana longa. Não me sobrou muita felicidade.

— Ah, então eu deveria visitar. Podemos consertar isso.

— Tenho certeza — disse Mynx.

— Ah, não me olhe assim. Eu pego a alegria de um cachorrinho e ela volta em um momento, mas você pode mantê-la por um dia. Não há nada de errado com uma troca dessas.

— Venha para a cúpula e podemos resolver isso.

— Mynx, é claro que eu estou vindo. O que aconteceu... — Aqui, pela primeira vez, a compostura de Burov falhou. — O que aconteceu com Aegis foi um ato monstruoso. Ele merecia algo melhor. Eu virei e juntos poderemos encontrar esse Zhan-Yo. Ele pagará pelo que fez.

— Ele pagará. — Tendo assegurado o compromisso, Mynx não queria nada mais do que encerrar a ligação. Ela achou ter visto uma forma se movendo sob o olho esquerdo de Burov. De quem seriam aquelas emoções? — Assim que eu o capturar.

Burov inclinou a cabeça: — Estou surpreso que ele ainda esteja livre. Se isso tivesse acontecido aqui, tal criminoso não duraria um dia sem ser capturado.

— Os drones o encontrarão. As coisas têm sido caóticas.

A conversa se arrastou depois disso, apesar de todos os esforços de Mynx para tirar Burov da linha. O russo queria cobrir todos os detalhes para a cúpula, as mudanças vindouras para Atlantis — Burov insistiu em conhecer Pixie antes de dar aprovação — e então perguntou sobre a vida pessoal de Mynx, o que ultrapassou tanto a linha que Mynx finalmente disse diretamente ao Campeão que precisava sair.

— Ainda sensível, mesmo depois de todos esses anos? — disse Burov ao ser dispensado. — O que Apinya diz?

— Ele não diz nada, porque entende de limites.

— E veja onde isso te trouxe. — Burov conseguiu parecer desapontado, um feito para sua cabeça quadrada.

Apesar de toda a habilidade do homem em roubar emoções, sua linguagem corporal tinha a finesse de uma pedra. — Um corte só cicatriza se você deixar.

— Adeus, Burov.

Mynx afastou a chamada antes que o Campeão pudesse dizer mais uma palavra. De todos os momentos para trilhar esse caminho tão batido, agora não era um deles.

— Algum sinal de Celice? — Mynx perguntou a Reeves através de seu Tama, observando drones flutuando sobre Manhattan.

— Ela ainda não apareceu — respondeu Reeves. — Uma análise de sua última conversa sugeriria que ela pretende ir a Chicago.

— Nós dois, então. Burov tinha um ponto, Reeves. Nova York não tem o que queremos. Envie a confirmação para Pixie e diga a ela para se relocar aqui após a cúpula. Ela é a Campeã provisória agora e precisa colocar Atlantis em ordem.

— Feito. Devo aquecer o jato?

— Sim. — O céu azul sem nuvens parecia agradável, mas ela podia ver a neve chicoteando entre os edifícios, fria e cortante. — Deixe-o bem quente.

Zhan-Yo havia escapado dos drones por tempo demais. Mynx precisava encontrar o homem antes que Celice o fizesse, porque o mundo precisava ver que os Paragons eram mais do que capazes de entregar sua própria justiça.

Revoluções não prevaleceriam.

CAPÍTULO 21

ENCONTRO COM A REALEZA

DA COSTA, o vulcão da ilha erguia-se negro e pontiagudo, uma agulha apontando para o céu azul da baía. De perto, e Thane sentia a inclinação a cada passo em suas sandálias impiedosas, o vulcão revelava suas verdadeiras características: penhascos, plantas resistentes aninhadas entre rochas e aberturas fumegantes deixando claro que esta maravilha geológica estava viva.

Cassidy caminhava ao seu lado à frente do pequeno grupo, com Sook escondido na retaguarda, onde sua presença, aparentemente uma ofensa constante para todas as facções desta ilha, esperava-se que passasse despercebida. O próprio Sook havia sugerido a ideia, afirmando que poderiam ser atacados à vista se ele estivesse na frente.

E isso, considerando a cidade da Duquesa, levaria a um final rápido. Diferente do acampamento de Cassidy na praia, este parecia um espaço totalmente funcional onde um verdadeiro ecossistema florescia. Fumaça subia, mas não apenas de fogueiras de cozinha: martelos batendo, gritos por suprimentos e faíscas sibilantes de poder de anomalia dentro das paredes de rocha superavam em muito as modestas ofertas de Cassidy.

— Eu nunca neguei isso — disse Cassidy, com a boca contraída. — Ela tem mais terras. A maioria das pessoas jogadas na ilha começa aqui.

— Como ela conseguiu isso?

— O poder dela — Cassidy quase cuspiu estas palavras. — Você ouve falar de anomalias mexendo com mentes, mas isso é algo diferente. Eu nunca senti. Nunca deixei que ela chegasse perto o suficiente.

— É por isso que Mynx a trouxe para cá?

— Não faço ideia. Mas acho que você terá a chance de perguntar a ela.

O muro de pedra da cidade parecia ter sido amassado, com rochas mal encaixadas pressionadas umas contra as outras, a correção evidente em uma substância esmeralda, semelhante a musgo, que revestia as junções. Na entrada principal, onde o grupo de Thane e Cassidy se aproximava, o selo musgoso se erguia para cobrir as laterais, do chão ao topo, preservando espaço para um portão de dez metros de largura.

A aldeia de Cassidy parecia inacabada, um habitat temporário destinado a manter as pessoas vivas até que surgisse uma alternativa melhor. Esta, no entanto, parecia permanente. As pessoas estavam construindo vidas aqui, mesmo que "aqui" fosse uma prisão que não haviam escolhido.

O que isso significava para os próprios objetivos de Thane, ele não tinha certeza, mas duvidava que ajudaria. As pessoas não se importavam em deixar um abrigo improvisado, mas um lar?

Três guardas vieram recebê-los, um trio diversificado

exibindo tramas de grama como as do próprio Thane. Sem armas visíveis e sem cintos para segurar os punhos, parecia improvável que houvesse opções ocultas.

Não que anomalias precisassem de armas normais.

— Cassidy — disse o guarda principal, um homem magro cujas letras se colavam umas às outras com xarope quando falava. — Vimos vocês chegando. O de sempre está quase pronto.

— Pode me chamar de Vazio — Cassidy tirou o pacote de peixes defumados e o colocou na sua frente. — Nome de batismo é só para amigos.

— Não somos amigos?

— Mort, não somos amigos. Mas Thane pode se interessar, se estiver oferecendo.

Os olhos de Mort se desviaram para Thane, mas nada amigável apareceu no rosto do homem. Thane correspondeu à carranca. Apesar do que Cassidy disse, isso não era sobre fazer amigos. Ele precisava de um exército, e um leal. Só isso.

— Preciso ver a Duquesa — disse Thane. — Tenho um plano para tirar todos nós desta ilha, e vai precisar da cooperação dela.

— Cassidy — disse Mort. — Seu amigo... *ele* conta como um? ...tem coragem. Ele acha que pode entrar aqui e vê-la?

— Sim, acho — respondeu Thane enquanto Cassidy lançava um olhar fulminante na direção de Mort. — E você vai me levar. Agora. O resto de vocês pode terminar suas trocas.

Mort balançou a cabeça e cruzou os braços. — Ah, não vai dar. Veja, a Duquesa está ocupada hoje. Sem audiências. Sem novas entradas. Cassidy...

Thane não a viu se mover, mas viu os resultados de

Cassidy: o trançado de Mort saiu de sua pele, puxado para o que Thane supôs ser um ponto a alguns centímetros na frente do peito de Mort. As mechas de grama atingiram aquele ponto, rodopiaram e se transformaram primeiro em poeira e depois em nada.

Mort, nu e parecendo nada satisfeito com isso, gritou e recuou para trás dos outros dois guardas.

— Eu disse, me chame de Vazio. Da próxima vez vou levar mais do que suas roupas.

Atrás de seu escudo humano, a cabeça de Mort aparecia sobre os ombros deles. Ele cuspiu na direção deles, um fracasso que atingiu o chão bem antes do alvo pretendido.

— Da próxima vez levaremos suas cabeças — disse Mort.

— Não acho que sua Duquesa iria gostar muito disso — disse Thane. — Não se ela quiser peixes como estes. Agora, eu pedi educadamente. Me leve para dentro.

Ser líder exigia muitas qualidades, não menos importante entender quando um homem podia ser comandado. Apesar da raiva de Mort, Thane podia ver o homem se rendendo, gaguejando para manter sua postura. Os outros dois guardas não conseguiam suprimir seus sorrisos enquanto seu chefe nu tentava manter sua autoridade. O grupo de Cassidy ria.

Mort também reconheceu que havia perdido esta. Respirou fundo, com todos esperando, então limpou a garganta como algum conselheiro pomposo, o que, pensando bem, encaixava-se exatamente no homem.

— Tudo bem. Vou levá-lo para dentro. O resto espera aqui fora, completem suas trocas e vão embora — proclamou Mort. — Mas aviso, a Duquesa não vai querer desperdiçar seu tempo.

— Esse é meu problema. Vamos.

O dia já havia alcançado seu zênite do meio-dia e, agora

que seu plano avançava, Thane sentia cada hora inútil que passava. O mundo precisava ser resgatado, e passar tempo nesta ilha insignificante não estava ajudando.

Cassidy e os outros não protestaram contra o arranjo final de Mort, e após alguns minutos juntando pedaços de outros trançados, Mort montou uma saia de grama rudimentar e conduziu Thane pelos portões até a cidade da Duquesa.

— Bem-vindo a Avalon — anunciou Mort enquanto passavam pelos portões, cruzando com várias anomalias que seguiam na direção oposta, sacos cheios de madeira, pedras polidas e o que parecia ser carne defumada de uma variedade mais substancial.

— Avalon? — Thane quase riu. — Não é presunçoso demais?

— Você ainda não a conheceu.

Verdade. Thane não havia conhecido a Duquesa, nem ouvido falar dela antes de chegar a esta ilha. Embora os Campeões não tivessem contado a Thane tudo o que aconteceu durante seus anos de confinamento, ele sentia que teria sabido sobre alguma anomalia divina surgindo, tentando recriar uma cidade mítica.

Parecia muito mais provável que a Duquesa alimentasse seu ego como meio de controlar anomalias desesperadas e presas. Por que não fazer de sua aldeia insular um lugar mágico? Quem aqui reclamaria?

Avalon não seguia o modelo da vila de Cassidy. Assim como cidades do interior diferem das costeiras, Avalon era repleta de edifícios de pedra negra, incluindo alguns grandes demais para casas que, quando questionado, Mort indicou serem usados para produção. Forjas para ferramentas, armas, um espaço para tecer roupas mais quentes.

Enquanto a aldeia de Cassidy dependia do oceano para

tudo, inclusive entretenimento e exercício, Avalon não tinha essa oportunidade. Anomalias se aglomeravam em torno de um grande retângulo no centro, chutando uma bola rudimentar de um lado para o outro entre gols improvisados. Outros jogavam um jogo com lascas de pedra em uma mesa, empilhando-as umas sobre as outras.

— Não é muito comparado com a casa — disse Thane para Mort. — Mas, considerando as circunstâncias, estou impressionado.

— Ninguém se importa se você está impressionado.

— Eu me importo. A Duquesa parece se importar com você.

— Sim. Nós pertencemos a ela. Cuidar de nós é como cuidar dela mesma. — Novamente a voz de Mort, seus olhos, ganharam aquele brilho distante quando ele falava da Duquesa. — Vamos para a casa dela agora, onde você esperará até que ela esteja pronta para vê-lo.

A casa da Duquesa revelou-se modesta em tamanho — as forjas e similares eram estruturas maiores — mas de longe a mais bonita. Rocha vulcânica, alisada e sobreposta, formava o que parecia ser um pingente de gelo negro ao contrário, chegando a um ponto a uns dez metros no ar. Fumaça se enrolava da ponta, enviando seu dedo negro para o céu.

Em qualquer outra cidade da Terra, a estrutura seria uma estátua estranha. Nesta ilha, sem outra competição, era adequada para uma deusa.

Mort deixou Thane do lado de fora da entrada do edifício, que não tinha guarda. Thane ficou sozinho e, depois de observar o jogo de bola por alguns minutos e atrair olhares curiosos, entrou.

Pisos de pedra negra receberam seus pés, e Thane

percebeu que esta era a primeira vez que caminhava em solo verdadeiramente duro desde que deixara a caverna. Depois de uma vida inteira passada em tais superfícies, tinha sido agradável dar um descanso aos pés, sentir os contornos na terra. Agora, dentro deste espaço cavernoso, Thane se sentia divorciado do planeta. Pequeno e insignificante.

Runas em cascata esculpidas nas paredes do edifício enfatizavam isso. Letras gigantescas em diferentes idiomas giravam do ponto no topo, iluminadas por um pequeno e deslumbrante fogo. A princípio, Thane pensou que as runas eram leis ou máximas, mas enquanto lia ao redor, percebeu que elas eram muito... mais bobas.

Duquesa. Era tudo o que diziam, mas em diferentes caligrafias. Ela havia deixado uma em letras romanas ali, removendo todo o mistério. Isto não era algum tributo à sabedoria, as runas eram para ela mesma.

A realeza, mesmo autoproclamada, precisava de seu castelo.

— Mort disse que eu tinha um visitante? — disse uma voz ágil atrás dele, e Thane se virou, já caindo em uma reverência enquanto o fazia. Ditadores tendiam a gostar de súplica, e Thane não tinha escrúpulos em oferecê-la, por enquanto. — Mas ele não disse quem era.

— Thane — disse ele, erguendo os olhos para ver uma mulher endurecida à sua frente.

Como uma órfã fantasiada, a Duquesa usava mantos que pareciam costurados a partir de tantos tecidos, muitos desgastados. Eles se empilhavam ao redor dela e de seu longo cabelo prateado, uma roupa que Thane teria considerado ridícula em qualquer lugar menos aqui: o poder vinha de diferentes formas, usar roupas de verdade enquanto todos os outros vestiam tramas de grama provava o quão acima deles a Duquesa estava. Embora Thane presumisse que ela havia tirado essas mesmas roupas das anomalias quando elas pousaram aqui, tecnicidades como essa não importariam para seus seguidores.

— Sei quem você é — respondeu a Duquesa, entrando em sua casa e caminhando à esquerda de Thane. — O prisioneiro de longa data finalmente libertado, apenas para se encontrar em correntes diferentes.

— De fato — disse Thane, seguindo o caminhar da Duquesa com os olhos. Ela gesticulou para que ele se sentasse em um dos vários banquinhos de pedra — a Duquesa tinha o que parecia um trono quadrado e rudimentar — e Thane o fez, apreciando sentar-se em qualquer lugar que não fosse o chão. — Não foi a libertação que eu esperava.

— Então agora você está planejando outra?

Thane inclinou a cabeça. Como ela saberia?

— Thane — continuou a Duquesa. — Há apenas algumas anomalias nesta ilha que eu consideraria uma ameaça, o que, neste lugar, é a única consideração que importa. — Ela se inclinou para frente, aquelas roupas se amontoando em seu colo. — O Vazio e Arthur cumprem seus papéis. Os outros trabalham para mim. O que devo fazer com você?

— Escutar.

Ela escutou.

A Duquesa, mexendo o fogo de vez em quando com um graveto chamuscado aparentemente para esse propósito, ouviu a história de Thane, salpicando perguntas de tempos em tempos como se para mostrar interesse.

Thane destacou os pontos principais, da fuga na Nova Inglaterra até a queda na ilha, Cassidy e a jornada até aqui.

Concluiu com seu plano de fuga, que, até agora, significava unir as anomalias e ver o que poderiam fazer juntas.

No final disso, a Duquesa se levantou, andou em um longo círculo ao redor de Thane. Inspecionando-o. Thane acompanhou, girando no lugar.

— Velho, mas vigoroso — disse a Duquesa. — Uma caracterização justa?

— Forte e sábio, eu diria.

— Tão sábio que entraria aqui sozinho? Sem amigos, sem reforços fora de meus muros?

— Como eu disse, não estou aqui para lutar.

A Duquesa continuou seu ritmo, suas sandálias acolchoadas com grama deixando pedaços e vestígios nas pedras enquanto se movia. Suas mãos estavam ao lado do corpo, embora Thane notasse que a Duquesa parecia estar segurando, amassando algo com os dedos. Grãos caindo no chão.

— Não, e você não vai — respondeu a Duquesa. — Você vai acreditar.

— O quê? — disse Thane, mas ao terminar de falar, ele começou a entender.

A Duquesa brilhava. Uma tênue aura branca como um anjo em filmes antigos e, mais do que isso, ela não deixava cair grãos de suas mãos, mas pequenas estrelas cintilantes. Seu cabelo prateado, que havia estado emaranhado e embaraçado, agora fluía livremente em longas mechas abaixo de sua cintura.

Aquelas roupas não eram mais remendos, mas um manto dourado brilhante e sem costura. Se Thane se sentisse artístico, teria chamado de a própria cor do amanhecer.

A Duquesa continuou se movendo ao redor de Thane, sempre falando, dizendo a Thane todas as coisas em que ele acreditaria a partir de agora. Que ele estaria seguro agora, com sua protetora, sua rainha.

Que após uma jornada tão longa e tanto sofrimento, Thane finalmente poderia descansar. Thane ouviu essas palavras, e seu coração, por tanto tempo frágil e zangado, derreteu. A paz o encontrou, e Thane não poderia desejar mais nada.

CAPÍTULO 22

PASSEIO COM O CÃO

VOLTAR para casa depois de quase morrer não parecia certo. Kat desceu os degraus do trem mag-lev em direção à sua rua, as grades metálicas balançando enquanto ela caminhava, embora ninguém mais parecesse notar. A neve não se afastava mais para os lados com suas botas como costumava fazer. As luzes da rua refletiam por toda parte, severas e brilhantes. As coisas tinham uma borda, uma distorção. Como um sonho, mas mais nítido.

Ela não conseguia se livrar de Beth e dos Elementais. Do que eles haviam dito e pedido. Trabalhar para eles? Capturar um assassino que quase a matou? Kat não deveria ser uma heroína. Não deveria estar perseguindo o mal nas ruas.

Rastreadores deveriam caçar anomalias que fugiram das suas responsabilidades, que eram perigosas, sim, mas não assassinos. Confusos, ou apenas com medo, a maioria que Kat capturava aceitava seu papel na sociedade uma vez que os Paragons o forneciam e seguiam em frente. Alguns voltavam atrás, tentavam fugir e pagavam com suas vidas.

Nenhum deles tinha atirado em pessoas na rua. Nenhum tinha atirado nela.

E todos eles, quando capturados, tinham dado a Kat uma boa recompensa em reputação. Por isso, se Kat pudesse confiar em Beth, ela receberia sua vida. Apostas mais altas, recompensa maior.

— Você acha mesmo que isso vai acontecer? — disse Calvin, sentado no sofá dela com Seeker em seu colo. — Sempre ouvi dizer que os Elementais eram os vilões. É por isso que nunca quis me juntar a eles, mesmo quando ofereceram.

— Que escolha eu tenho? — retrucou Kat, apoiando-se na escrivaninha. — Se eu não encontrar esse cara, ou ele me mata ou Beth cumpre sua ameaça e eu caio dura quando o capitão tatuagem ali me fizer desaparecer.

— Poderíamos denunciá-los aos Paragons — disse Calvin, então piscou. — Droga, eu sou um Paragon. Poderia conseguir alguns drones.

— Já pensei nisso — disse Kat. — Ainda não sei como as tatuagens funcionam. Ele poderia me matar antes que chegassem perto.

— Espera, que tal isso? Levamos você para o hospital, te preparamos toda, e então chamamos a cavalaria. Certo? O cara da tatuagem te faz explodir, todos estarão prontos para ajudar.

— Veja, o problema com essa ideia é que eu me machucaria. De novo.

Calvin deu de ombros. Kat o encarou. Seeker latiu, e foi aí que Kat declarou que iriam dar um passeio. Depois de tanto tempo no porão apertado dos Elementais, dar uma volta no parque próximo seria bom.

O fim da tarde significava que as pessoas estavam por

toda parte, voltando do trabalho ou apenas aproveitando o ar frio. Nuvens estavam chegando, mas não tantas para arruinar o pôr do sol, ainda tão cedo. Pods circulavam pelas ruas, e ocasionalmente uma placa ou vitrine prometia distrações, nenhuma poderosa o suficiente para afastar a conversa contínua.

Enquanto Seeker farejava tudo o que podia, Kat e Calvin continuavam a discutir as opções, mas não havia boas alternativas. Tudo levava ao perigo, mas apenas uma levava à vingança.

— Então você realmente quer pegar esse cara? — disse Calvin. — Tipo, realmente quer perseguir um cara que atirou em você à queima-roupa? De novo?

Kat não queria. Como sempre, o que ela queria era um chocolate quente e um filme. Ou jantar em algum lugar legal, para variar. Essas coisas, no entanto, pareciam ser um sonho perene em vez de uma realidade.

— Você teve uma vida difícil, certo? — disse Kat.

— Isso é uma pergunta de verdade?

— O que eu quero dizer é que eu também não tive uma vida fácil. — Kat puxou Seeker para longe de uma lixeira atraente, e o cachorrão aceitou a dica e saltou à frente, puxando-os junto. — Então, digamos que não sou bem ajustada.

— O que isso quer dizer? — respondeu Calvin.

— Quero dizer todas essas pessoas aqui. Esta cidade. Este mundo. É como se todo mundo aceitasse onde está e só quisesse chegar em casa no fim do dia e ser feliz.

— Então você o quê, não é uma dessas?

— Não, eu sou, mas não sei como ser.

— O tiro bagunçou a sua cabeça?

Eles chegaram ao parque, um grande quadrado com

árvores sem folhas formando um dossel esquelético. Um pequeno playground, com neve empurrada para formar uma espécie de poço ao redor do escorregador, barras de macaco e balanços, ocupava o centro. Bancos, alguns com pessoas, outros vagos, ladeavam caminhos limpos. Sereno o suficiente para fazer Kat se inquietar.

— Acho que levar um tiro bagunça a cabeça da maioria das pessoas — disse Kat. — O que eu quero dizer é que não sei como ser desse jeito. Não consigo.

— Ok?

— Então quando você diz para chamar os Paragons. Quando você diz para seguir o caminho que me deixa fora disso, eu não sei como ser essa pessoa.

— Kat, eu fugi por muito tempo. Funciona. Você se acostuma a evitar conflitos e, sabe de uma coisa? Eu talvez não tenha sido feliz, mas estava vivo.

— Você morava num ferro-velho.

— Nunca disse que era perfeito.

Kat riu e isso se sentiu bem. Calvin riu, e sabe de uma coisa, isso também se sentiu bem. Compartilhar um momento com um amigo. Droga. Ela precisava fazer isso mais vezes. Precisava de mais amigos.

— Então você vai atrás dele, é o que está dizendo — disse Calvin.

— Sim.

— Vai me deixar ajudar?

— Como você ajudou tanto da última vez?

Calvin se abaixou e pegou um pouco de neve. A maior parte se desfez em sua mão – frio demais para fazer uma bola de neve de verdade – mas ele jogou os restos na direção de Kat. Ela se esquivou, e Seeker, notando, correu de volta e latiu. Calvin jogou mais neve no cachorro, que saltou e pegou os flocos.

A partir daí, as coisas desceram ao caos. Os dois jogando fragmentos improvisados de neve um no outro, Seeker pulando no meio. Outros no parque assistindo com, pelo que Kat podia perceber, sorrisos nos rostos.

Kat conseguiu pegar um bom pedaço em sua mão esquerda e o lançou, bem no peito de Calvin. A anomalia o pegou com a mão esquerda, e o fragmento pontiagudo encolheu, como se derretesse num dia quente. Na mão direita de Calvin, formou-se uma bola de neve perfeita. Ele a jogou em direção a Kat, e Seeker a agarrou, triturando a bola até virar pó.

Uma anomalia. Kat quase havia esquecido no momento. Calvin era um Paragon, não um amigo qualquer jogando bolas de neve no parque. Como seus pais, ele seria enviado em missões, encarregado de trabalhos e faria parte de algo a que ela nunca poderia se juntar. E se ele tivesse filhos, então um poderia...

— Ei, quer voltar? — disse Calvin. — Não sei quanto a você, mas está escurecendo e estou ficando com frio.

— Vamos pedir comida para viagem e tentar descobrir quem pode ser esse cara?

— Não é minha noite ideal, mas aceito. Se você pagar.

— Por salvar minha vida? — disse Kat. — Ah, espera, não foi você.

— Eu, ahn, fiz companhia para o seu cachorro?

Os dois conseguiram tirar Seeker do parque e voltaram, com um plano meio elaborado. Eles encontrariam o atirador juntos. Deter os assassinatos e então conseguir que os Elementais libertassem Kat de seu vínculo. Simples o suficiente.

A escuridão já havia tomado conta quando eles chegaram ao prédio de Kat, embora as abundantes luzes de rua mantivessem as coisas aconchegantes. Eles decidiram por algo quente e picante, com Calvin segurando a coleira de Seeker enquanto Kat estendia o braço para encostar seu Tama no scanner de entrada do prédio.

O ganido de Seeker veio primeiro, um som em pânico que fez Kat se virar quando a bala passou zunindo por sua cabeça e explodiu um buraco na porta de madeira atrás dela. Kat não pensou, apenas mergulhou para frente descendo os degraus, tentando se esconder atrás das árvores ao longo da rua.

Calvin gritou algo, soltou a coleira de Seeker e tocou a calçada. Enquanto Kat se arrastava para baixo, outro tiro soou, batendo na barreira de concreto improvisada de Calvin, que cresceu ao redor dos dois e do Seeker que latia, a quem Kat agarrou pela coleira.

— Vou chamar os drones — disse Kat, agachando-se perto e digitando o alerta em seu Tama.

Por mais que quisesse pegar o cara sozinha, fazê-lo no escuro, sem seu traje ou qualquer arma, parecia uma má ideia.

Não veio um terceiro tiro e, em trinta segundos, quando os drones apareceram no céu e lançaram suas luzes ao redor dos edifícios circundantes, não houve prisões também.

Calvin esperou até que os drones emitissem um sinal de tudo limpo antes de baixar sua cúpula. Kat olhou para os edifícios ao redor, ameaçadores no escuro, cada um um potencial ponto de tiro. O atirador, aparentemente, sabia quem ela era, sabia onde ela morava.

— Não podemos ficar aqui — disse Kat.

— Nem pergunte sobre o meu lugar, porque não tenho um — respondeu Calvin. — Eu ficava com os Paragons, mas eles estão uma bagunça agora.

— Não, não. — Kat fechou os olhos por um segundo. — Sei para onde podemos ir.

— Não gosto de como você está dizendo isso.

Gordon também não gostaria, mas ele superaria. Gordon sempre superava.

A MORTE de Aegis não abalou o shopping.

Zhan-Yo saiu da cápsula e parou na calçada, impressionado com os compradores que entravam e saíam apressadamente. As entregas por drones sozinhas deveriam ter transformado este lugar numa concha vazia, mas à medida que as lojas se adaptaram para criar experiências em vez de vendas, as pessoas retornaram. Supostamente, a crença de que os Paragons, a estrutura da sociedade, estavam prestes a colapsar manteria as pessoas em casa. Em vez disso, parecia que o plano do povo para manter as coisas funcionando era gastar, gastar, gastar.

Alguns passavam segurando sacolas, outros andavam com carrinhos-drone pairando atrás deles, caminhando para cápsulas de todos os tamanhos para levarem suas vitórias para casa. Zhan-Yo viu todos aqueles rostos, despreocupados, agasalhados ou corados pelo frio. Como se ele não tivesse feito absolutamente nada. Uma música, uma batida insípida e sem palavras, tocava.

Isso, isso era sua revolução em ação.

Por enquanto.

Zhan-Yo seguiu as luzes para dentro, através da porta de pressão a vácuo projetada para expulsar o ar frio e manter o calor onde deveria estar. A leve pressão empurrou contra seu rosto, mas do outro lado, ele tirou o sobretudo discreto que Wexley lhe emprestara e abraçou o calor.

Azulejos em algum padrão insolúvel se estendiam à sua frente, e os dois andares do shopping se esticavam até um teto distante, do qual pendiam obras de arte e cartazes de promoções. Coisas que Zhan-Yo não teria notado antes, exceto que ele não esperava que tudo isso estivesse aqui.

A decepção de Zhan-Yo transformou-se em esperança ao continuar vendo a vida normal prosseguir. Ele passara tantas noites preocupado com o quanto a destruição dos Paragons alteraria o mundo. Se, no entanto, a sociedade pudesse superar um evento tão grande como a morte de Aegis com tão pouca mudança, talvez seus próprios esforços deixassem uma civilização reconhecível ainda de pé. Zhan-Yo poderia assumir o controle de uma humanidade danificada, mas funcional.

Esse pensamento colocou um pouco de entusiasmo em seu passo enquanto Zhan-Yo vagava até uma loja com o nome e o logo da Ziran. Vendendo equipamentos tecnológicos, desde os próprios Tamas até acessórios e todos os dispositivos domésticos conhecidos pelo homem, a loja também parecia inalterada. Apesar do ex-CEO da Ziran ter declarado o fim da vida moderna, os funcionários lá dentro pareciam tão entediados quanto antes. As cores vermelha e preta continuavam tão chamativas.

Eles notaram, no entanto, quando Zhan-Yo atravessou a loja em direção aos fundos. Uma placa indicando banheiros, e declarando que eram apenas para funcionários, marcava a entrada. Zhan-Yo não parou.

— Posso ajudar? — disse um dos funcionários, Zhan-Yo

achou que o menino de cabelos desgrenhados parecia ter quinze anos, aproximando-se de Zhan-Yo com o andar nervoso de alguém não acostumado a confrontar adultos.

— Não pode — respondeu Zhan-Yo, e continuou andando.

— Isso é, hum, só para funcionários? — o menino tentou novamente.

— Tenho permissão — disse Zhan-Yo, então interrompeu sua marcha para o fundo e o que havia além. — Quantos já vieram?

— O quê?

— Aqui atrás. Quantos?

O rosto do menino mudou, e ele até deu um passo para trás. — Alguns, eu acho. Wexley nos disse para deixar que passassem. Desculpe, eu não sabia?

— Você está indo bem. Nada para temer.

O menino ficou olhando, então Zhan-Yo voltou-se, passou pela entrada apenas para funcionários e, com seu Tama, escaneou através de uma porta trancada. Luzes amarelas suaves guiaram seus passos escada abaixo até um saguão simples, ocupado por algumas cadeiras baratas e não muito mais.

Uma única porta grossa de madeira levava mais para dentro, e Zhan-Yo hesitou antes de abri-la. Do outro lado estaria, na falta de uma palavra melhor, seu destino. O poder que lhe restava pendia pelo mais fino dos fios, e mesmo que Mathieu encontrasse os Paragons traidores de que precisavam, Zhan-Yo não poderia fazer um movimento sem o apoio dessas pessoas.

Zhan-Yo precisaria de seus representantes, seus homens, seus recursos, e ele os conseguiria.

Ele empurrou sem bater, fazendo as conversas cessarem, e a meia dúzia ou mais de homens e mulheres na sala congelarem, olhando em sua direção com olhares de pânico que gradualmente se transformaram nos franzidos e olhares furiosos que Zhan-Yo esperava.

— Você chegou — disse Wexley, aproximando-se do lado esquerdo da sala, onde estivera compartilhando uísques com um líder do ramo de transportes mundial. — Não tinha certeza se as cápsulas te pegariam.

— Usei sua conta — Zhan-Yo percorreu com os olhos os convidados, registrando cada um que havia vindo e mostrando, pelo menos exteriormente, que não esperava nada menos. — Isso é uma boa participação.

— Eles queriam ter certeza de que você sabe que não estão felizes.

Zhan-Yo sentiu o cheiro de uísque no hálito de Wexley e notou que seu tenente não estava usando o traje comercial que normalmente grudava nele como cola. Em vez disso, Wexley usava roupas mais esportivas esta noite, como se tivesse ido correr antes de vir para cá. Pelo menos combinava com a predileção de todo o grupo pelo preto.

— Bem-vindos — começou Zhan-Yo. — Por favor, sentem-se. Temos muito a discutir, e imagino que a maioria de vocês preferiria estar em qualquer lugar menos aqui.

— Você está certo — disse uma mulher, com sotaque e representando alguma empresa de bens naturais do outro lado do mar, no que havia sido a África. — Estamos aqui porque você não parece entender o que temos dito por vídeo.

Zhan-Yo sabia todos os seus nomes, mas recusou-se a trazê-los à tona agora. Todos eram um e o mesmo neste momento, criaturas a serem controladas por qualquer meio necessário.

— Vocês estão chateados porque eu comecei algo em que todos vocês acreditavam — disse Zhan-Yo.

— Não estávamos prontos! — Outro homem, à direita de Zhan-Yo, disse. — Não era o momento certo!

— E quando seria? Quando seria o momento certo?

O homem ergueu as mãos. Os outros na sala olharam uns para os outros, para seus Tamas. Porque, é claro, nunca haveria um momento certo. Falar grandes palavras e esquecê-las quando tivesse que sustentá-las.

— Acredito que o momento certo é quando você tem uma chance — disse Zhan-Yo. Ele inclinou-se para frente em sua cadeira, braços estendidos, palmas para cima. Suplicante, por enquanto. — Aegis nos deu uma abertura, então a aproveitei. Se isso significa algo agora, depende de vocês.

Pelos rostos ao redor da mesa, as palavras de Zhan-Yo não significavam muito. A maioria estava impassível, e alguns até pareciam doentes. Como se estivessem desconfortáveis por estarem no mesmo espaço que um assassino. Zhan-Yo poderia ter sido o mesmo há alguns anos, mas ele superou a negação.

Mudança exigia sacrifício, e essas pessoas não entendiam isso. Ainda.

— Wexley — disse Zhan-Yo. — Pode trancar a porta?

— Eu... posso? — disse Wexley, mas ele levantou-se e seguiu a instrução de Zhan-Yo de qualquer maneira, passando seu Tama pelo scanner preto ao lado da porta, cuja luz piscou de verde agradável para vermelho de alerta.

Zhan-Yo novamente correu os olhos por seus oponentes, fixando-os em um olhar totalmente direto. — Antes que alguém saia desta sala, vocês vão se comprometer com este curso. Tenho um novo plano, e ele exigirá fundos e recursos. Vocês vão apoiá-lo.

— Você não pode nos forçar — disse um homem à esquerda, empurrando sua própria cadeira para trás. — Você perdeu sua visão, Zhan-Yo. Não nos inscrevemos para um banho de sangue.

— E eu não queria um — disse Zhan-Yo, levantando-se para encontrar o homem, que era mais alto, mas não mais em forma. Zhan-Yo estendeu uma mão, o dedo indicador levantado, para impedir Wexley de vir em sua defesa. — Os planos precisam mudar para se adaptarem às circunstâncias. O objetivo continua o mesmo, os métodos diferem.

Avaliando o homem, Zhan-Yo podia perceber que ele vinha de privilégios, e não do tipo repentino que esbanja em marcas de luxo apenas pelo nome. O terno do homem tinha uma qualidade discreta, seu Tama era novo, mas mostrava, com etiquetas coloridas, modificações feitas por aqueles que sabiam o que estavam fazendo. Ele provavelmente poderia anular o bloqueio da porta de Wexley se quisesse.

Olhos inchados mostravam que o sono escapava do homem, provavelmente devido ao excesso de trabalho, e embora ele tivesse amolecido nas bordas, o suficiente permanecia para preencher suas roupas com um histórico mais em forma. O fato de a abordagem de Zhan-Yo não provocar nenhum medo perceptível no homem sugeria experiência com adversidades.

No geral, um indivíduo imponente, e embora a percepção de Zhan-Yo o ajudasse em inúmeras reuniões de negócios, encontrando as palavras e desejos certos para conseguir um contrato assinado, aqui só mostrava que o que Zhan-Yo estava prestes a fazer poderia terminar mal.

Com tudo o que Zhan-Yo havia arriscado por isso, no entanto, o que era mais uma coisa?

— Sente-se — disse Zhan-Yo.

— Vim para uma discussão, não para receber ordens. Estou saindo.

— Não, não está. Não sem aceitar o novo acordo.

O homem, balançando a cabeça, deu um longo passo ao redor de Zhan-Yo, dirigindo-se a Wexley e à porta. Zhan-Yo deixou-o passar, então, com as costas do homem viradas, desferiu um chute afiado no tornozelo esquerdo do homem. Uma perna sólida, mas Zhan-Yo acertou-a corretamente e varreu o tornozelo para frente, fazendo o homem tombar para trás.

Suspiros e gritos, tanto engolidos quanto não, encheram a sala.

Zhan-Yo pegou a grande cabeça do homem antes que batesse no chão, depois a depositou suavemente, entregando um olhar sombrio aos olhos arregalados do homem.

— Isso não é o que eu queria — disse Zhan-Yo, olhando de volta para a multidão. — No entanto, espero que vejam o quão sério eu sou. Nós estamos fazendo isso, e vocês vão ajudar. Não há como voltar atrás agora.

Quando Zhan-Yo terminou, viu um espasmo abaixo dele, e o homem que havia derrubado desferiu um soco desajeitado dos joelhos em direção ao estômago de Zhan-Yo. Zhan-Yo bloqueou o golpe para baixo, recuando e deixando o homem se levantar, aquele terno chique marcado por seu encontro com o piso de concreto.

— Os Paragons estão realizando uma cúpula — disse Zhan-Yo, esquivando-se de outro golpe pesado. — Todos os Campeões virão.

O homem o perseguiu ao redor da mesa, todos observando a dança. Wexley, saindo do caminho, voltou ao seu lugar.

— Antes desse momento, devemos organizar nossas armas, tanto físicas quanto digitais — continuou Zhan-Yo, abaixando-se de outro golpe.

O rosto do homem ficava cada vez mais vermelho enquanto eles continuavam ao redor da mesa, o suor deixando sua marca em sua testa longa. Ele segurava os punhos como um boxeador, mas um que só dava golpes em arco.

— Quando eles se reunirem, atacaremos — disse Zhan-Yo. — Interromperemos sua cúpula e provaremos que merecemos ter nosso lugar no mundo deles. Todas as câmeras estarão lá, todos ouvirão nossas palavras.

Eles passaram pela porta de saída e o homem lançou um olhar para ela, seu Tama pronto para fazer aquele movimento de liberdade. Então ele voltou-se, acenou para as pernas de Zhan-Yo.

— Grandes palavras, para um covarde — disse o homem. — Você me chutou, agora quer que eu lute com você?

— Eu não estou pedindo.

O homem rosnou, sem dúvida muito acostumado a conseguir o que queria e frustrado por isso não estar acontecendo aqui. Ele começou a avançar novamente. Cambaleou - talvez Zhan-Yo tivesse feito mais do que acertar aquele tornozelo - em outro grande movimento.

Desta vez, Zhan-Yo avançou, contornando-o. Foi direto ao rosto do homem e, deslizando sua perna direita por trás do homem, empurrou seu oponente para frente. Desta vez, ele não amorteceu a queda.

Com o homem gemendo no chão, Zhan-Yo voltou-se para o resto deles, esses líderes hesitantes, tão relutantes em arriscar o que tinham para colocar os normais em pé de igualdade com os Paragons.

Antes, quando havia feito discursos estimulantes sobre um futuro melhor, Zhan-Yo tinha visto esperança naqueles rostos. Tinha lido coragem em seus ombros, suas cabeças assentindo. Agora, Zhan-Yo via medo.

Ele usaria isso também.

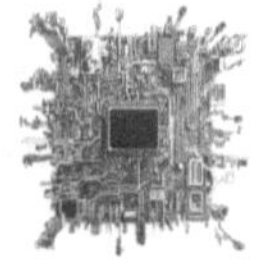

CAPÍTULO 24

TRAIDORES

EM SE TRATANDO DE EDIFÍCIOS, os Paragons tendiam a escolher a estrutura mais alta e imponente que conseguissem encontrar em suas cidades. Mesmo assim, para Chicago, ocupar o quadrante superior da Torre Willis parecia excessivo. Mas, afinal, Mynx morava numa encosta de montanha nos arredores de Los Angeles, então o que ela sabia sobre dominar a população?

Quase na hora do jantar significava que poucos Paragons ocupavam os escritórios, e aqueles que estavam lá eram jovens e novatos ou velhos e dedicados, de pé ou sentados em seus espaços, revisando casos em andamento ou mapas digitais da cidade sobrepostos com alertas de drones. Alguns falavam com esses drones ou com as pessoas dentro deles, ordens e conselhos salpicando o espaço de outra forma estéril.

Cada escritório dos Paragons tinha seu próprio caráter. O de Chicago celebrava a cultura local, as raízes da cidade, tanto do passado distante quanto de sua era mais recente, impulsionada pelos Paragons. Fotografias, reais e físicas, cobriam as paredes com rostos da equipe local, seja em estilo retrato ou em ação, salvando alguém ou algo.

Engraçado como Mynx conhecia poucos deles, ou sequer os reconhecia. Tantos Paragons agora, tantas anomalias soltas sob esse nome. Há muito tempo, os Champions recebiam pessoalmente cada novo recruta, revisavam suas habilidades e os colocavam em suas respectivas divisões com o mesmo cuidado que alguém teria com as cores em uma pintura. Agora algoritmos cuidavam de tudo, e os líderes regionais intervinham quando necessário.

Os Champions? Teoricamente, eles consideravam os problemas maiores. Na realidade, mexiam com seus projetos de paixão e deixavam o mundo seguir em frente.

Seu alvo, uma sala de conferência no centro do bloco Paragon, tinha uma única e grossa porta branca com uma linha vermelha iluminada ao redor. Mynx olhou para si mesma, agora usando um uniforme azul clássico dos Paragons. Desafiadoramente longe do formal empresarial, pronto para ação a qualquer momento, os uniformes combinavam com a aderência dos antigos quadrinhos e, também, com a aparente invencibilidade dessas roupas.

Matar um Paragon exigia muito trabalho mesmo sem essa coisa. Com isso, quem atacasse Mynx teria sorte de sobreviver, mesmo tendo o elemento surpresa.

É por isso que ela não sentia nada além de curiosidade ao olhar para a porta, antes de empurrá-la. Seu Tama emitiu um único bipe ao fazer isso, anunciando a perda de sinal quando Mynx cruzou a entrada e a porta se fechou atrás dela.

Ao contrário das paredes repletas de imagens além da sala, o cinza-ardósia dominava cada superfície aqui. Uma mesa comprida, suficiente para uma dúzia de pessoas, estava centralizada. Um único homem corpulento, ruivo e barbado ocupava a cabeceira, acenando para Mynx quando ela entrou.

— Bem-vinda, Champion — disse Innis, supostamente o último Paragon a ver Aegis vivo. — Estou feliz que finalmente tenha arranjado tempo para vir.

— Innis. — Mynx tomou seu próprio lugar oposto ao homem, na outra ponta da mesa. A distância entre eles era absurda, mas Mynx não sentia nenhum desejo de diminuí-la. Innis parecia composto demais, seu sorriso falso demais e seus olhos duros demais. Mynx nunca gostara do homem, e a saudação formal não fez nada para descongelar sua atitude. — Como você sabe, não tem sido fácil.

— É, não tem — respondeu Innis. — Estamos mantendo tudo em ordem, no entanto. Você viu, está tudo normal lá fora.

— Como eu esperaria. Mas não estou aqui para saber como você administra seu escritório. Quero saber por que você ainda não o encontrou.

— Quem?

Mynx estreitou os olhos. — Não se faça de bobo. Não tenho tempo para isso, e você também não.

— Ele é escorregadio — admitiu Innis. — Zhan-Yo tem muitos representantes, muitos amigos poderosos. Tenho pessoas procurando por ele dia e noite.

— Sim, você tem. Eu verifiquei isso. Parece que são suas equipes mais juniores que fazem a caçada, e elas também são as primeiras a serem removidas se chega uma chamada. Meus drones são as únicas coisas fazendo o trabalho de verdade.

— Eles não vão ser melhores nisso?

— Se Zhan-Yo perambular a céu aberto, talvez — disse Mynx. — Você tem anomalias que podem ver através de paredes, que podem entrar na mente das pessoas e arrancar seus segredos. Por que não as usa?

Innis se recostou, inclinou a cabeça, — Não pensei que fôssemos o tipo de heróis que fizesse esse tipo de coisa.

— Encontrar assassinos?

— Torturar pessoas inocentes.

Mynx começou a rejeitar a ideia – o que as anomalias podiam fazer não era doloroso, a maioria das que podiam vascu-lhar pensamentos extrairia segredos sem que o alvo sequer soubesse o que aconteceu – mas em vez disso ela respirou fundo e usou o momento para estudar o olhar de Innis, o pequeno sorriso presunçoso que se instalou entre suas cerdas ardentes.

— Por que você está lutando contra mim nisso? — perguntou Mynx. — Você realmente quer pegá-lo?

Innis passou as palmas pela mesa, como se estivesse varrendo migalhas imaginárias para o chão, então juntou tudo sob seu queixo, com a boca tremendo.

— Veja, Mynx, é exatamente isso. — O rosto de Innis ficou maníaco, e o estômago de Mynx deu um solavanco. — Eu não quero. Nem um pouco.

Innis levantou-se da cadeira, apertou um botão em seu Tama, e a porta pesada atrás de Mynx, a única saída da sala de conferência, trancou com um clique alto.

— Você não sabe como era viver sob a bota de Aegis — disse Innis, começando a andar ao redor da mesa em direção a Mynx. — Ele dizia algo, você tinha que pular. Ele mudava as regras, você tinha que mudar com elas. E ele não gostava de mim. Eu nunca seria um Champion. Nunca escaparia.

Mynx ouviu as palavras e divorciou suas emoções. Assim como poderia reprogramar uma rotina frustrante, ou lidar com as exigências irritantes e necessárias do dia, Mynx afastou a raiva fria e morta e considerou a situação.

Innis tinha ameaça por toda parte. Como traidores, Innis ocuparia um lugar bastante alto na estrutura dos Paragons para virar casaca, mas uma traição como a dele não seria inédita. Com todo esse poder, algumas anomalias achavam que seriam melhores governantes que os Champions. Algumas tentavam agir com base nesses pensamentos.

Todas falhavam.

— Então agora você vai ficar bem aí, e vamos chamar o resto dos Champions — disse Innis, andando devagar agora para dar tempo às suas próprias palavras de saírem, como se estivesse aprendendo seu plano enquanto falava. — Então você vai dizer a eles que está me dando Atlântida. Não Pixie. Então estaremos todos bem.

Innis passou pela metade da mesa. Aproximando-se. Sem sinal do Tama, Mynx não podia pedir ajuda. Reeves não podia ouvi-la. E, com a porta trancada, ela não podia fugir para fora.

Tudo bem.

Mynx, ainda sentada, girou a perna esquerda e chutou a cadeira à sua esquerda, enviando-a deslizando contra Innis enquanto se afastava dele. Ele grunhiu, jogou a cadeira para o lado enquanto Mynx se levantava.

— Não vai acontecer — disse Mynx. — Nunca vai.

— Tão teimosa. Igualzinha a Aegis.

Innis avançou contra ela, empurrando ao redor da mesa e correndo em sua direção com a intenção de derrubá-la. O homem tinha músculos suficientes, e Mynx ossos finos o bastante, para que tal ataque a deixasse em ruínas quebradas. Então ela correu, empurrando sua cadeira no caminho de Innis e contornando a mesa.

Agora ela estava do lado oposto à porta, oposto a Innis.

— Você pediu a Aegis para se aposentar? — disse Mynx. — Como ele reagiu?

— Tão bem quanto você. — Innis saltou sobre a mesa, que rangeu sob seu peso. — O homem queria continuar socando até cair morto.

Outro avanço pesado. Desta vez, Mynx deslizou por baixo da mesa enquanto Innis corria por cima. Rastejar pelo carpete não parecia muito heroico, mas mantinha as garras do homem longe dela. Neste momento, era o que importava.

Ela começou a rolar para a direita, então voltou para a esquerda quando Innis, suas pernas visíveis ao descer da mesa, deu pistas de sua direção. Mynx se levantou assim que saiu da mesa, e conseguiu dar um único passo antes que Innis agarrasse seu braço direito.

— Te peguei! — gritou Innis, puxando Mynx de volta.

Mynx usou o impulso, usou os anos passados com Aegis, treinando por insistência dele de que um Champion nunca poderia depender apenas de gadgets. Heróis, Aegis diria, precisavam estar prontos para usar suas mãos. Agora Mynx usou a esquerda para acertar Innis no nariz, a base da palma fazendo uma conexão esmagadora que fez Innis cambalear para trás, segurando o rosto.

Innis xingou, e Mynx correu para a porta. Ela alcançou a maçaneta, bateu na fechadura e caiu nela.

Uma paisagem branca em branco se estendia até o infinito sob um céu cinzento. Números flutuantes formavam pilares flutuantes deslizando por cima e ao redor dela, fundindo-se com a planície branca aqui e ali enquanto balançavam para um vento invisível e não sentido.

O tempo talvez não tivesse significado aqui, mas passava da mesma forma lá fora. Mynx tinha que encontrar a fechadura, e rápido, antes que Innis percebesse o que ela estava fazendo e a nocauteasse. Cada fechadura tinha seu próprio caráter, mas todas compartilhavam alguns traços: um desses pilares seria a chave.

Mas havia milhares, talvez milhões, flutuando por tudo o que ela podia ver. Impossível.

Então, em vez de encontrar a chave, Mynx mudou a fechadura. Ela mergulhou as mãos no chão branco – não sentiu nada – e roxo-negro se espalhou a partir de seu toque, corrompendo e mudando o código da fechadura.

Em pouco mais de dois segundos, Mynx distorceu o programa padrão da fechadura dos Paragons – um que ela havia projetado – para um novo vinculado ao Tama de Mynx. Ao seu sinal, e apenas do seu Tama, a porta se abriria e fecharia.

Quando a última variável deslizou para o lugar, o último daqueles pilares de números se desintegrando em poeira virtual, todo o espaço ficou embaçado, como estática vindo de uma antena.

Innis a pegara.

Com um piscar de olhos, uma mudança brusca, como levantar-se rápido de uma soneca, Mynx girou para longe do universo virtual da fechadura e acordou de volta na sala selada. Bem a tempo de Innis jogá-la para longe da porta e sobre a mesa.

— Sabe — disse Innis, respirando com dificuldade, rastros gêmeos de sangue manchando seu rosto em sua jornada sul a partir do nariz. — Eu queria fazer um acordo. Agora estou pensando que talvez seja melhor apenas matar você também.

Matar ela *também*?

Interessante.

— Você perdeu sua chance. — Mynx tocou seu Tama, enviou o sinal para a fechadura.

A porta obedeceu, tilintou brilhante e se abriu. Lá fora, já esperando, talvez atraídos pelos sons de dentro da sala, estavam meia dúzia de Paragons. Uniformizados, prontos para vir em auxílio de sua Champion.

Então Innis riu. Acenou para fora da porta para os Paragons reunidos.

— Entrem! — latiu Innis. — Mynx não vê as coisas do nosso jeito, então venham me ajudar a persuadi-la.

O alívio morreu antes de ter chance de crescer. Mynx mal processou as palavras de Innis, suas implicações, e o que a repentina constrição ao redor de seu peito significava para sua sobrevivência. Um Paragon deu um passo à frente, estendeu a mão e a fechou em punho, esmagando-a ainda mais.

O homem levantou o punho, e Mynx flutuou da mesa. Ele puxou o braço para trás e ela se moveu em direção a ele, Innis assentindo o tempo todo à sua direita.

— Vê, Mynx? — disse Innis, seguindo Mynx para fora da sala. — Kevin já derrotou você. Ele é claramente melhor, então por que ele está preso aqui quando deveria estar administrando uma região?

Mynx teria respondido, exceto que o punho de Kevin dificultava a respiração, o falar. O pensamento, porém, corria livremente.

Pelo menos uma dúzia de traidores aqui. Pelos olhares em seus rostos, também, esses tolos crédulos sem dúvida pensavam que Innis os levaria ao poder, se não à glória. Que eles alcançariam algum tipo de status negado a eles por trabalhar aqui. Como se preservar a civilização não fosse o suficiente.

Quantas vezes os Champions haviam limpado a podridão das fileiras dos Paragons? Apinya e Burov fariam suas turnês mundiais, perscrutando corações e mentes e destruindo qualquer um que abrigasse pensamentos sediciosos. As purificações foram suficientes para convencer as fileiras dos Paragons e o mundo em geral de que a dissidência não seria tolerada.

Mas essas varreduras terminaram anos atrás, quando os Paragons se tornaram grandes demais para monitorar com exames individuais. Mynx propôs os drones como alternativa, corpos autônomos incorruptíveis vigiando os tentados e distorcidos. Suas máquinas erraram o alvo. Todo sistema tem falhas, e parecia que esta poderia matá-la.

Kevin – parecendo sóbrio, mas satisfeito consigo mesmo – guiou seu punho invisível para colocar Mynx no meio da multidão de Paragons, que se abriu com a Champion no centro. Uniformes azuis a cercavam, rostos severos divididos aqui e ali com o meio sorriso de alguém finalmente prestes a conseguir o que queria.

— O que você acha que acontece? — conseguiu dizer Mynx enquanto respirava. — Vocês me matam, traem os Paragons? Quanto tempo sobreviverão?

Havia centenas só na área de Chicago. A menos que Innis tivesse convertido todos eles, este pequeno grupo se veria destruído em horas. Sem um plano, isso não era nada além de suicídio.

— Nós não matamos você — disse Innis, entrando no círculo. — Você morreu tentando encontrar Zhan-Yo. Nós encontramos você. Tão trágico.

Mynx revirou os olhos, mas permaneceu no chão. Ela não queria morrer ainda.

— Vocês acreditam nele? — Mynx disse aos outros. — Acham que ele será capaz de proteger vocês? — Os pontos continuavam se conectando, traçando de volta às outras palavras de Innis. — Ele traiu todos os outros, por que não vocês?

— O que temos a perder? — disse Kevin, agachando-se e olhando Mynx nos olhos. — Uma vida presa a isso, ou um momento alcançando nosso verdadeiro potencial? Sei qual eu escolheria.

Aegis teria sentido que falhou com esses Paragons. Ele lamentaria o moral deles, que eles pudessem ter escolhido um caminho como este. O que essa ambição não realizada significava para os Paragons como um todo.

Mynx apenas riu.

— Acabe com ela, Kevin — disse Innis ao som. — Temos que fazer a limpeza.

— Faça isso, Kevin — disse Mynx. — Realize seu potencial, ou seja lá que bobagem você está dizendo a si mesmo.

Isso, pelo menos, provocou uma carranca do jovem Paragon. Ele se endireitou, no entanto, estendeu o punho, e Mynx novamente sentiu o ar mudar, pressionando-a de perto.

Não era a forma como ela pensava que iria, mas quantos podem escolher?

O ar se fechou ao seu redor, levantou-a acima dos traidores Paragon, então começou a pressioná-la para formar uma bola. Enquanto seus braços se dobravam para dentro, suas pernas se erguiam, Mynx olhou por cima das cabeças deles e pelas janelas, um último vislumbre das luzes cintilantes de Chicago.

Só que ela não viu nenhuma. Negro ardósia do lado de fora de cada painel, como se persianas tivessem sido fechadas.

— Acabe com isso — disse Innis.

Innis falou o comando, e aquelas janelas negras explodiram em luz brilhante. Milissegundos depois, mesmo enquanto os Paragons começavam a gritar, o estalido-estampido de vidros estilhaçados misturando-se com fogo de assalto encheu o andar. Balas, projetadas para perfurar a armadura dos Paragons, varreram as fileiras abaixo de Mynx, arrasando os traidores.

O punho de Kevin se dissipou junto com o próprio Kevin, e Mynx caiu no chão exatamente onde estivera, desta vez cercada por corpos dilacerados. Innis entre eles. Sem vida.

— Eu estava preocupada que você não tivesse tempo suficiente — disse Mynx enquanto ia de corpo em corpo, confirmando seus fins.

— A sala segura abriu há cinco minutos — respondeu Reeves, sua voz vindo através do Tama. — Eu só precisei de três.

CAPÍTULO 25

O OUTRO LADO DO DESEJO

THANE VIVIA no espaço entre sonhos e vigília. Naquela fração da realidade onde ele não conseguia se mover, onde seus olhos semicerrados viam rochas negras transformando-se em memórias. Incapacitado, mas consciente.

As vibrações, o ar ligeiramente mais frio, a brisa alterada confirmavam que quem o carregava marchava por uma encosta. O eco dos passos confirmava a pedra, a firmeza confirmava um caminho bem trilhado. A lógica ditava para onde estavam indo e por quê.

A Duquesa o temia.

Como deveria. Da sua posição, liderando um grande grupo de anômalos através de sua própria habilidade, a Duquesa devia temer Thane, uma criatura que poderia, intencional ou acidentalmente, se transformar em uma fúria violenta e irracional. Por que manter um monstro assim por perto? Por que não matá-lo?

Ah, mas matar Thane não seria tão fácil. Aproxime uma faca dele e a pele de Thane endureceria ao seu toque, seus ossos se transformariam em aço e então tudo estaria acabado.

Então, como remover esse inconveniente repentino e letal?

Thane desviou dessa linha de pensamento. Não importava se a Duquesa tinha um meio ou não. A questão mais interessante era por que ela não queria sair da ilha, quando, claramente, Thane representava a melhor maneira possível de fazê-lo. Um monstro invencível e furioso como ele poderia destruir os drones ou distraí-los tempo suficiente para a Duquesa fazer sua fuga.

A resposta veio pelo mesmo ar que a brisa, mas através do som. Thane contou dois pares de mãos carregando-o, cada um conectado a uma boca, e cada boca sussurrando uma oração. Não para algum deus antigo ou religião comum, mas para a Duquesa.

O doce néctar do poder a possuía. Por que abandonar um culto devoto pelo imprevisível mundo exterior? O vasto mundo a havia enviado para cá, e aqui ela prosperava, então aqui ela queria ficar.

Thane queria o que ela queria. A Duquesa merecia tudo, e dando tudo a ela, eles seriam felizes. Ele seria feliz. Que engraçado ele poder sentir-se assim mesmo sabendo que a Duquesa provavelmente mandaria matá-lo. Mas assim é o amor, não é? Colocar alguém acima de si mesmo, e Thane colocaria a Duquesa tão alto quanto fosse possível.

Com seus músculos fracos e ossos quebradiços, isso talvez não fosse muito longe. Toda essa adoração plácida havia drenado a força de Thane a ponto de seu próprio coração bombear sangue com pulsos fracos, seus pulmões ofegarem com dificuldade. Se permanecesse nesse estado por muito mais tempo, Thane morreria mesmo que a Duquesa não fizesse nada.

O que não seria bom.

A Duquesa o estava fazendo carregar por esse caminho

rochoso por uma razão, e se Thane expirasse antes de chegarem ao topo, ela ficaria desapontada.

Portanto, ele precisava viver. Portanto, ele precisava encontrar alguma raiva, alguma dor, algum impulso.

Thane tentou falar com as mãos que erguiam seus ombros, com a pessoa que o segurava acima da cabeça. No início, apenas um sibilo saiu e desapareceu sem muito som. Cordas vocais atrofiadas e fracas. Ele teve que reunir a energia que ainda tinha, mergulhar a concha naquela poça rasa e extrair o que pudesse.

— Me ajude — disse Thane, as palavras soando como o vento.

— É ele falando? — perguntou a voz abaixo dele.

— Não ouvi nada — respondeu outra voz, perto das pernas de Thane.

— Me ajude — Thane disse novamente, desta vez arranhando a garganta com um tom real.

Agora a caminhada parou. Thane sentiu um movimento, sentiu as vozes baixarem-no até o chão, a voz da frente dizendo à de trás que Thane estava dizendo algo. Definitivamente falando com ele agora.

— Está me dizendo que essa coisa enrugada falou com você? — disse a voz. A cabeça de Thane repousava na rocha, olhando para o lado. Ele não tinha força para virar o rosto para ver quem o carregava. — Parece que ele está morto.

— Ele disse para ajudá-lo. Juro.

A voz de trás riu: — Estamos fazendo isso, não estamos? Quem se importa com o que ele quer. Estamos quase lá.

— Não quero que ele me machuque.

— Como aquela coisa te machucaria?

Sim, Thane se perguntou, como eu poderia te machucar? Como eu poderia machucar alguém?

— Não sei — disse a voz da frente. — A Duquesa só disse que ele era perigoso. Não achei que ele fosse acordar.

A Duquesa disse que Thane era perigoso? O pensamento o inundou de tristeza, a mesma de quando Aegis havia dito a Thane que ele não pertencia mais aos Paragons, que alguém tão perigoso quanto Thane devia ser isolado. Mantido onde não pudesse machucar ninguém. Quando Aegis tinha dito isso, Thane tinha querido destruir o homenzinho, mas agora, se a Duquesa dizia o mesmo, talvez Aegis estivesse certo. Talvez Thane devesse acabar.

— Faça isso — Thane chiou. — Me mate.

As vozes, ainda discutindo, silenciaram com as palavras de Thane. Então Thane viu pernas grossas entrarem em seu campo de visão, bronzeadas e terminando nas mesmas sandálias de palha usadas por todos na ilha. O dono das pernas se agachou, e Thane sentiu a respiração do homem em seu rosto, quente e repugnante. Não havia muita higiene bucal num lugar como este.

— Viu? — disse a segunda voz, a que estava perto de seu rosto. — Ele também quer. — A segunda voz estendeu a mão, cutucou Thane no ombro. — Ele não se importa com o que fazemos com ele, só quer que seja feito. Como a Duquesa disse.

— Não sei.

A segunda voz afastou-se de Thane, voltou em direção às suas pernas. — Você está com tanto medo desse cara. Ele é apenas um velho. Olha só.

Thane, fraco, frágil, sentiu o pé pisotear seu tornozelo, sentiu os ossos quebrarem. Seus nervos atrofiados seguiram a sensação com a dor necessária, com choque, com pânico paralisante. A Duquesa poderia querer que ele morresse, Thane podia ver isso, mas ela não gostaria que ele, um de seus devotos súditos, sofresse. Não, isso não faria sentido. Isso não seguiria plano algum.

Ela não queria a dor.

Eles eram traidores, essas vozes terríveis. Eles o haviam machucado sem motivo. Apenas para serem cruéis. Desnecessariamente cruéis.

A chama, uma vez acesa, queimou brilhante através da mente nebulosa de Thane, primeiro clareando e depois consumindo-o. Enquanto isso acontecia, aqueles mesmos músculos, com pouco mais força que um fio, cresceram como o próprio fogo, expandindo, curando e fervendo em energia furiosa.

— O que di- — As palavras vieram do primeiro guarda, e terminaram em um fluxo de xingamentos cada vez mais agudo enquanto Thane se levantava do chão, rosnando como um animal encurralado.

A Duquesa havia exigido obediência, adoração, submissão. Tais coisas não significavam nada agora. Tais conceitos estavam além do alcance de Thane. Os dois guardas não. Thane os espancou no ritmo de seu coração na encosta da montanha, denso e vermelho.

O ar límpido invadiu seu nariz, a brisa mascarando as consequências da destruição de Thane. A ilha se estendia abaixo de seus olhos, palmeiras verdejantes e samambaias misturando-se com planícies gramadas. Exceto por um lugar, não muito longe, onde queimavam fogueiras e enviavam seus tentáculos de fumaça em sua direção, ricos com comida cozinhando.

Thane não comia há horas e horas, e seu estômago ardia por peixe, javali, o que quer que estivesse lá embaixo. Ele olhou para os dois corpos que acabara de esmagar, mas estavam muito pulverizados para comer. Ele precisaria de coisas mais frescas.

Coisas mais espessas.

Correndo montanha abaixo, saltando sobre as rochas, rugindo ao vento, Thane precipitou-se em direção aos cheiros. Em direção à comida. Ao se aproximar, pequenas pessoas começaram a aparecer, a gritar e fugir dele. Alguns manifestavam coisas estranhas, conjuravam relâmpagos do ar ou tornavam escorregadia a superfície onde Thane corria. Arranhões ardentes rasgavam sua garganta enquanto concussões repentinas e explosivas martelavam seus ouvidos. Ele rugiu através de tudo, continuou pressionando contra as paredes frágeis e depois através delas, para dentro da própria cidade.

Que, aparentemente, não estava mais lá. Em vez disso, Thane estava em uma grande planície azul, com espíritos prateados, translúcidos, flutuando ao seu redor. Cópias espelhadas de si mesmo, elas gesticulavam quando Thane se virava, rugiam quando ele rugia. Mas elas não cheiravam como ele podia cheirar. Não podiam provar o medo como Thane podia. Então, quando ele captou o cheiro, girou e mergulhou, a grama azul e os espíritos fantasmagóricos desapareceram, revelando a cidade e um homem menor, gritando, em suas garras. Um lanche fácil.

— Pare! — Uma ordem, não um pedido de socorro.

Thane jogou o anômalo para o lado, fazendo-o quicar em um prédio e cair no chão. Ele se virou em direção à pessoa que agora repetia sua ordem. Ela estava de pé, justa e grandiosa, um brilho envolvendo-a, o esplendor personificado. Thane apertou os olhos enquanto ela ordenava que ele parasse pela terceira vez. Ele deveria ouvi-la, sua mente sussurrava, e nesse sussurro começava a drenar a força de seus ossos.

Ele deveria ouvir e obedecer.

Mas Thane estava tão, tão faminto.

Ela ordenou que ele se sentasse, e isso Thane não podia fazer. Não faria. Ela tinha se aproximado agora. Três metros de distância. Perto demais, e ele estava tão faminto.

O monstro não ouviu o que mais ela tinha a dizer.

Sua fúria deixou Thane sozinho no centro de Avalon, a pele manchada por seus esforços. Não havia alma viva, embora as fogueiras ainda queimassem. Trapos amontoavam-se ao seu redor, rasgados como todo o resto. Arruinados como todo o resto. A Duquesa o havia dominado, e agora ele a destruíra. Fragmentos se reproduziam em sua mente enquanto seu fogo diminuía: a subida à montanha, a investida na vila.

Se ele não tivesse cedido à sua raiva, então Thane estaria morto. Melhor ela do que ele, certo?

— Thane? — Cassidy chamou da borda da cidade, flanqueada por aquelas paredes. — Você... voltou?

Thane se levantou, limpou os restos de suas mãos. — Eu poderia usar um banho.

Os anômalos sobreviventes da Duquesa haviam decidido que mudar de lealdade para o Vazio fazia sentido, então enquanto fugiam da fúria de Thane, encontraram Cassidy além das paredes e se formaram com ela. A maioria ainda estava atordoada, devido a anos passados sob o feitiço da Duquesa, e Thane viu lágrimas escorrendo por muitas faces enquanto vagavam de volta para seu antigo lar. Eles haviam perdido sua líder, seu farol. O próprio Thane sentiu a perda, uma ferida dolorosa em seu coração, apesar de estar sob seu domínio por apenas um dia.

— Quantos você acha que virão? — Thane perguntou a Cassidy, comendo alguma comida de verdade depois de um longo tempo se lavando em um córrego próximo.

— Vir para onde? Você ainda está preso nesse sonho idiota?

— Idiota? Acho que é o único sonho. Há alguns anômalos poderosos aqui. Se nos concentrarmos, podemos...

— Não sem Arthur. — Cassidy mordeu a laranja, lambeu seu suco do próprio queixo. — Não vou jogar essas pessoas lá fora contra aqueles drones a menos que tenhamos todos nesta ilha trabalhando juntos.

— Ele vai me ver chegando agora — respondeu Thane. — Não serei capaz de fazer algo assim novamente.

— Thane, isso é bom. Você é aterrorizante.

Ele queria rir disso, mas Cassidy estava certa. Thane era aterrorizante. Mas ele também fazia o que precisava ser feito, e o que viria a seguir exigia ajuda. Exigia, ousaria dizer, amigos.

— Por que você voltou? — perguntou Thane. — Aqui, depois que terminei? Por que você?

— Sook recusou. Disse que você tinha tentado comê-lo antes. — Cassidy balançou a cabeça. — Acho que eu não queria fugir sabendo que você poderia continuar e destruir toda essa ilha.

— Então você tinha um plano.

— Se você ainda fosse aquele monstro louco, rosnando e furioso? Sim, eu tinha um plano. Eu teria criado um buraco no seu coração e na sua cabeça.

Ela deu outra mordida na laranja, olhou para o céu e os pássaros da ilha que voavam pelo ar sem nuvens.

CAPÍTULO 26

CENTRO DA CIDADE

O VIDRO CAÍA COMO BALAS, cortando os pedestres abaixo da torre Paragon enquanto Kat, Calvin e Seeker passavam em sua cápsula. No início, ela não entendeu por que as pessoas gritavam, por que os estilhaços explodiam numa chuva terrível sobre o concreto, mas quando outros apontaram para cima, bem para cima, Kat começou a compreender.

Eles pararam a cápsula e se juntaram à multidão, observando o símbolo da lei e ordem de Chicago. Drones pairavam ao redor dos andares superiores da torre, mais drones do que Kat já tinha visto num único lugar, iluminados por luzes de baixo como naves alienígenas. Por um segundo, Kat se perguntou se os drones haviam traído os Paragons, se o mesmo grupo que matara Aegis de alguma forma conseguira voltar as máquinas protetoras da sociedade contra eles.

A sociedade não duraria muito nesse caso.

— Não sei como me sentir sobre isso — disse Calvin enquanto as primeiras cápsulas de emergência chegavam à área, ordens eletrônicas empurrando o transporte original de Kat e Calvin adiante. — Eu sou tipo um Paragon agora, mas passei tanto tempo fugindo deles...

— Acho que você pode sentir pena deles. — Kat apontou para as pessoas no chão. — E de nós.

— De nós?

— Os Paragons podem não ser os melhores o tempo todo, mas mantêm a maioria das anomalias sob controle. — Kat olhou para seu Tama, sem mensagens imediatas. Sem transmissões de emergência. Então, ou os Paragons tinham a situação sob controle, ou não tinham controle algum. — Sem eles, isso aconteceria o tempo todo.

— Então você acha que todas as anomalias como eu são loucas.

— Talvez. — Kat apontou com a cabeça para mais adiante na rua, na direção do hotel de destino. — Vamos, precisamos continuar antes que algo mais aconteça.

— Não vou esquecer o que você disse.

— Não me importo, Calvin.

Seu destino evocava um luxo do passado que foi diminuindo com o tempo, a ponto de suas letras douradas e a marquise acima da porta giratória parecerem uma autoparódia. Um porteiro de verdade estava do lado de fora e acenou para que entrassem. Kat teve que puxar Calvin para dentro – ele nunca tinha passado por uma dessas portas antes.

Eles atravessaram um saguão lotado de pessoas consultando seus Tamas, algumas gaguejando sobre o que um ataque Paragon poderia significar para suas reuniões, férias ou reservas de jantar.

Kat já estivera em lugares como este antes, bastiões do dinheiro antigo, mas geralmente para perseguir alvos. Anomalias que evitavam atribuições dos Paragons vinham em todos os tipos e sabores. Nem todas eram fugitivas como

Calvin, escondendo-se em ferros-velhos e esperando pelo fim.

Ainda assim, os lustres, os azulejos – alguns lascados – e a grande escadaria para um mezanino literal não eram a praia de Kat. Também não era a de Gordon, pelo que Kat sabia, então por que ele escolhera ficar aqui?

Seeker atraía olhares enquanto caminhavam, e Kat não viu outros animais de estimação, mas a confiança reinava ali. Ela sabia o que estava fazendo e todos pareciam concordar. Ou, tão provável quanto, o hotel contratava algumas anomalias para fornecer serviços de limpeza. Pelos de cachorro, cheiros, não apresentavam muita dificuldade se alguém pudesse acenar com a mão e fazer tudo desaparecer.

Os elevadores rangeram seu caminho até o vigésimo andar e, depois de percorrer um corredor verde desbotado com luzes douradas sem brilho, Kat bateu na porta de Gordon. Calvin ficou de lado, visível, mas claramente como um acessório. Melhor, Kat havia dito, manter a anomalia na periferia.

— Você parece melhor que antes — disse Kat quando Gordon abriu a porta, usando uma camisa branca e calças de pijama.

Gordon tinha olheiras profundas sob os olhos, e sua pele tinha aquele tom pálido e ceroso que vem de passar muito tempo dentro de casa, na cama. Água pingava de seu cabelo, provando que Gordon pelo menos tentara se limpar antes da chegada de Kat e Calvin. Kat não esperava isso, esperava uma saudação mal-humorada e uma bagunça além.

— Obrigado — respondeu Gordon, afastando-se e convidando-os a entrar, com um aceno para Calvin. — Eu diria que estou trabalhando nisso, mas na verdade estou apenas deitado aqui.

— É o que você deveria fazer.

— Eles não avisam como é chato.

O quarto de Gordon tinha os adereços tradicionais de hotel; pinturas suaves e reconfortantes espalhadas ao longo de paredes branco-sujas, uma escrivaninha e uma cômoda com uma tela grande em cima. Uma cama de casal se encaixava no quarto minúsculo, com um criado-mudo de madeira escura preenchendo a distância entre o colchão e a parede. Um banheiro do tamanho de um armário ficava à direita. Uma única poltrona acolchoada ocupava o canto ao lado da escrivaninha, parecendo que não era usada há décadas.

Seeker passou correndo por todos eles para pular na cama, provocando uma risada. Calvin entrou no banheiro, fechando a porta e deixando Kat e Gordon sozinhos no espaço apertado. Ela pegou a cadeira, e Gordon sentou-se ao lado de Seeker na cama, acariciando o husky, que lhe deu algumas lambidas grandes em troca.

— Senti falta disso — disse Gordon. — Estou feliz que Calvin não tenha machucado você como fez comigo.

— Ele tentou — disse Kat, e então fez uma careta. Mau começo. Ela precisava que Gordon aceitasse, se não gostasse, da nova anomalia. — Na verdade, não. Calvin se conteve.

— Hm-hm.

— Seeker ainda gosta de você.

— Estou vendo. Você não o virou contra mim? — Gordon segurou o rosto do cachorro com as mãos. — Sua mamãe e eu nem sempre nos damos bem, mas sempre vou amar você.

Seeker deu outro golpe babado.

— Na verdade, eu esperava que você cuidasse dele por um tempo. — Kat olhou para a janela enquanto terminava, para o prédio de escritórios do outro lado da rua. Luzes formavam um jogo de damas através do vidro, pessoas trabalhando até tarde. Como ela. — Estamos no meio de algo, e não quero que Seeker se machuque.

Gordon olhou para o banheiro. — No meio de algo? Você foi falar com Delano sobre os Elementais?

Kat relatou os eventos e, quando terminou, Calvin já havia saído do banheiro e se juntado a eles, encostado na parede e olhando para seu Tama. Os olhos de Gordon saltavam entre eles enquanto Kat falava, as olheiras ficando mais escuras à medida que seu cenho franzia cada vez mais.

— Então você está dizendo que alguém está tentando matar você, talvez os Elementais também, e eu devo cuidar do seu cachorro? É isso que você quer?

— Gordon, você mal consegue andar. Não vou arrastar você para uma luta com esse cara.

— Um cara que quase matou você. Duas vezes.

— Estamos melhorando — interrompeu Calvin. — Sabemos como ele trabalha. Telhados, armas longas. Podemos encurralá-lo.

Gordon deitou-se na cama, completando o movimento com um gemido exagerado. — Se eu conheço Kat, nada que eu diga vai fazê-la mudar de ideia, e embora eu não conheça você, Calvin, você parece ser do mesmo jeito. Então, se vocês sabem o que querem fazer, por que estão aqui? Só pelo Seeker?

— Precisamos de um lugar seguro — respondeu Kat. — Está ficando tarde, estamos cansados, e de todos os lugares que eu poderia ir, não acho que o assassino saberia sobre você.

— E quanto ao Paragon ali? Ele não pode levar vocês para dentro da torre deles?

— A torre não está muito segura no momento — murmurou Calvin.

Isso levou a outra análise completa, com Gordon

ligando a tela para que pudessem assistir à versão completa em vídeo das notícias. A versão atual rotulava o evento como um acidente de anomalia, um teste que deu errado. Isso não se encaixava exatamente com uma força de drones inteira decidindo, como uma só, iluminar um andar com balas letais, mas ninguém pressionava os Paragons, então o repórter entregou a declaração com cara séria.

— Tudo bem — disse Gordon quando o clipe terminou. — Então vocês querem ficar aqui e depois sair pela manhã atrás desse cara?

— Essa é a ideia — disse Kat. — Você se importaria?

— Se eu me importaria de ter a anomalia que me deixou assim dormindo no meu quarto?

— Legítima defesa — disse Calvin.

— Quieto. — Kat levantou a mão para a anomalia. — Você não parecia tão irritado quando ele apareceu aqui comigo.

— Mudei de ideia.

Gordon levantou-se, um movimento instável, mas bem-sucedido. Kat levantou-se para encontrá-lo, e agora todos eles preenchiam o espaço estreito entre a cama, a mesa e a saída do quarto de hotel.

— Ah, olha só esse cara — disse Calvin, passando pela mão de advertência de Kat para chegar bem perto do rosto de Gordon. — Ficando todo convencido depois que eu te derrubei? Precisa que eu faça de novo? Porque eu vou.

— Truques, é só o que você tinha — respondeu Gordon, olhando para o rosto de Calvin, punhos cerrados, boca apertada. — Se tentarmos de novo, você não vai ganhar.

Calvin se moveu rápido, estendeu a mão e deu um leve empurrão em Gordon. O rastreador poderia ter conseguido se segurar se estivesse saudável, pronto. Agora, suas pernas bateram na cama e Gordon caiu de costas sobre ela. Um baque forte no colchão firme.

— Calvin, dê uma volta — disse Kat, mesmo quando Gordon tentava se levantar. — Vocês dois estão agindo como idiotas.

— Se ele vai me desafiar, é melhor que sustente o que diz — disse Calvin, mas fez o que Kat pediu e saiu.

— Ótimo — murmurou Gordon, sentando-se. — Ele só traz problemas, de qualquer forma.

— Você é que traz problemas, e é estúpido além disso. Calvin está do nosso lado. Precisamos da ajuda dele.

— Precisamos? Desde quando precisamos de uma anomalia? Não é como se ele soubesse como caçar alguém.

— Ele salvou minha vida, Gordon.

— Ele quase tirou a minha.

Kat abriu e fechou a boca. Olhou para Seeker, que não havia saído da cama, que não fornecia respostas. Talvez ela estivesse sendo precipitada. Ela tinha derrotado Calvin, então não era grande coisa para ela dar à anomalia outra chance. Gordon, no entanto, havia sido machucado de mais formas do que apenas físicas.

— Eu não devia tê-lo trazido aqui — disse Kat. — Não percebi o quanto ele te machucou.

Gordon balançou a mão. — É vaidade, Kat, eu sei disso. Não sou tão estúpido quanto pareço, mas é, Calvin não é exatamente meu melhor amigo.

E aí estava o enigma de Gordon. Um minuto ele seria um idiota cabeça quente, irritando a todos e exigindo que fosse tratado como o cara mais legal de algum quarteirão, e no minuto seguinte estaria olhando para o carpete e Kat sentiria pena dele.

Sentiria, se toda essa confusão não envolvesse ela sendo baleada.

— Vou precisar que você cresça, Gordon — disse Kat. — Calvin também. Vocês dois. Agora mesmo, você não pode me dar cobertura, então a menos que queira me ver vagando na mira de uma arma sozinha, é melhor me ajudar a trazê-lo de volta para o meu lado.

Gordon assentiu, ainda sem olhar para ela. — Claro, sim. Eu entendo. Mas quando eu estiver de volta, pronto, ele vai embora.

— O que for preciso para me fazer passar por esta noite — disse Kat, levantando-se. — Agora seja legal.

Ela foi até a porta do quarto, Gordon caindo de volta na cama como uma criança teimosa finalmente cedendo ao inevitável. Kat pressionou a maçaneta, abriu a porta para o corredor, começando a dizer que Calvin poderia entrar.

Exceto que a anomalia não estava lá.

CAPÍTULO 27

CONFRONTAR O ASSASSINO

POUCAS COISAS ELEVAVAM o ânimo de Zhan-Yo como negociações agressivas e bem-sucedidas. Ele sentiu a adrenalina física por ter jogado o homem idiota pelo quarto, e a descarga mental por todos os outros terem cedido aos seus pedidos.

Eles concordariam em ir com força total se Zhan-Yo conseguisse realizar a façanha na cúpula.

Mais importante, Zhan-Yo e Wexley haviam gravado todas as respostas. Se esse grupo tentasse recuar novamente, a gravação serviria como uma chantagem muito convincente. De um jeito ou de outro, as principais empresas do mundo, todas relíquias pré-Paragon, se uniriam para lutar por sua liberdade.

A cápsula deslizava pelas ruas movimentadas e nevadas, e pela primeira vez, Zhan-Yo se deleitava observando as multidões agasalhadas enquanto entravam em lojas, restaurantes ou outras cápsulas. Com os feriados terminados, simplesmente caminhar para aproveitar o frio noturno não parecia inteligente, mas muitos em Chicago ainda se aventuravam a sair. Deixavam suas casas para se juntar à comunidade, à cidade.

Esses eram o povo de Zhan-Yo. Cidadãos vivendo suas vidas na esperança de que cada dia fosse um pouco melhor que o anterior. Zhan-Yo havia trazido a eles um grande avanço com Aegis, e agora ele os levaria até a linha de chegada na cúpula.

A cápsula emitiu um bipe e Zhan-Yo olhou para o display que pairava contra o vidro à sua frente. Onde antes uma linha azul desbotada mostrava o caminho pretendido da cápsula, com um endereço aparecendo quando Zhan-Yo olhava, surgiu um mapa da cidade mostrando um novo destino.

Um que Zhan-Yo não havia escolhido.

Zhan-Yo alcançou as portas da cápsula e puxou a maçaneta, que não respondeu. Tocou o botão de liberação de emergência, um círculo vermelho próximo à sua canela, e também não funcionou. A inação, no entanto, confirmou que não se tratava de um simples redirecionamento.

Apenas Paragons ou seus drones poderiam restringir uma cápsula dessa forma.

O veículo, porém, não parou para que anomalias pudessem sair dos becos ao redor e prender Zhan-Yo, nem a cápsula anunciou qualquer mensagem ordenando que ele se rendesse. Em vez disso, ela rangeu sobre a lama de neve e se juntou ao tráfego que seguia para o sul, afastando-se do centro.

Cativo, Zhan-Yo olhou para o novo destino, esperando uma prisão existente, um posto Paragon, ou talvez algum cais esquecido onde ele pudesse ser assassinado e jogado no Lago Michigan. Em vez disso, a cápsula planejava levá-lo a um antigo supermercado em um bairro industrial que estaria muito silencioso a esta hora.

Por que os Paragons o levariam para lá? Por que não fazer uma prisão espalhafatosa?

Zhan-Yo não podia ler mentes, mas podia se preparar para o que estava por vir. Ele pegou seu Tama e enviou rapidamente uma mensagem para Wexley com as novas coordenadas. Outra estranheza: Zhan-Yo assumiu que qualquer emboscada dos Paragons viria com bloqueadores de sinal, um congelamento de seus dispositivos para evitar precisamente o que ele estava fazendo.

O que significava que Zhan-Yo não estava lidando com Paragons, ou mesmo profissionais.

Fascinante.

O destino cumpriu sua promessa: um fosso escuro cercado por grades em meio a um bairro silencioso que passava por muito da mesma transformação que Zhan-Yo havia visto se espalhar da cidade durante os anos Paragon. Setores econômicos inteiros foram subvertidos enquanto os Campeões decidiam, baseados em seus caprichos momentâneos, o que seria legal ou não, o que seria tolerado ou não. Além dessas forças de cima para baixo, as anomalias sozinhas destruíram a hierarquia; uma única anomalia eficiente poderia substituir centenas ou milhares em fábricas e escritórios.

Como resultado, lugares como este perderam seu propósito. Não havia necessidade de supermercados ou lojas em cada quarteirão quando você podia conseguir um drone para entregar qualquer coisa. Então, a menos que você desejasse explorar, ou pudesse chegar às lojas que Zhan-Yo via no centro, aquelas que combatiam o tédio com experiência, por que sair de casa?

E assim esses bairros permaneciam silenciosos no frio, suas famílias passando todos os dias e noites flutuando sobre uma fina almofada de reputação, providas e dependentes dos Paragons.

Não por muito mais tempo. Zhan-Yo traria propósito de volta às suas vidas. Em breve.

A batida veio da direita, e a cápsula reagiu como cápsulas tendem a fazer quando a autoridade chama: suas portas se abriram e a luz interior, uma protuberância construída no centro do teto da cápsula, iluminou-se com um verde suave. Uma cor apropriada, já que Zhan-Yo não tinha armas visíveis. Ele havia deixado suas espadas no apartamento de Wexley, onde não chamariam atenção. Ou derramariam sangue.

Dois Paragons – então Zhan-Yo havia adivinhado errado – esperavam por ele fora da cápsula, em pé e, parecia, tremendo de frio. Ambos usavam os uniformes azuis padrão, e ambos pareciam jovens, com braços cruzados e olhares nervosos entregando pistas.

— Você é Zhan-Yo, certo? — disse o mais magricela, com cabelo branco-choque e uma grande pinta preta na bochecha direita. — O cara que matou Aegis?

— O cara que matou Aegis? — repetiu Zhan-Yo, devagar. — Ainda não tinha ouvido essa, mas suponho que seja verdade.

O outro Paragon apontou para o chão, como se Zhan-Yo fosse uma criança — Então desça. Beije o asfalto.

Zhan-Yo ergueu as sobrancelhas, olhou para o pequeno estacionamento preto, coberto de lama e neve derretida onde a cápsula o havia deixado — Não, não acho que vou fazer isso.

— Faça o que ele diz — disse Cabelo-Branco. — Ou então.

— Ou então? Você é muito jovem para ameaçar alguém como eu. Como você mesmo disse, eu matei o seu Campeão.

— É por isso que estamos aqui — disse o outro, e Zhan-Yo escolheu marcá-lo pela barba por fazer preta em seu queixo escuro. — Você matou Aegis. Queremos vingança.

— Então é melhor que a tome.

Brincar com o executivo tinha sido uma coisa, uma demonstração para a multidão. Zhan-Yo, no entanto, não tinha tido uma luta de verdade desde o confronto com Aegis no subsolo de Chicago. Ele estava correndo demais, falando demais.

Zhan-Yo exorcizou esses demônios avançando em direção a Barbudo e, assim que Barbudo recuou, impulsionando-se com o pé direito e lançando-se na direção de Cabelo-Branco. O Paragon não viu o movimento se aproximando porque, como tantas anomalias, eles esqueceram os fundamentos do combate e confiaram em seus poderes. Cabelo-Branco viu Zhan-Yo se virar para ele, levantou as mãos em pânico e deixou um homem três vezes mais velho derrubá-lo e jogá-lo contra o asfalto.

Zhan-Yo não ficou parado, mas se impulsionou para longe do Paragon caído e continuou correndo. Atrás dele, Barbudo finalmente conseguiu se recompor o suficiente para liberar... alguma coisa. Zhan-Yo viu linhas, como flocos de neve verdes, explodirem ao seu redor antes de se dissolverem em fumaça. Ele tentou dançar ao redor das pequenas nuvens, circulando de volta para Barbudo, mas não conseguiu desviar de todas.

As nuvens queimaram, pegaram em suas roupas e penetraram nelas, deixando contornos pretos, de certa forma bonitos. Zhan-Yo sentiu um floco ácido em sua bochecha, sabendo que deixaria uma marca vermelha, ou pior. O ar frio, no entanto, temperou a queimadura e deu à dor uma ponta gelada.

Barbudo não conseguiu replicar o ataque de Zhan-Yo, e

conforme o homem mais velho se aproximou, os flocos ácidos desapareceram e Barbudo virou-se para correr. O garoto deu um passo, esqueceu que estava em cima de uma placa de gelo, e caiu no chão. Zhan-Yo o alcançou um instante depois, plantando seu pé nas costas do Paragon e colocando uma mão em volta da garganta do jovem, mantendo Barbudo preso.

— Não machuque ele! — gritou Cabelo-Branco, com bastante dor, de trás. — Ou eu te mato!

— Um movimento e eu quebro o pescoço dele — disse Zhan-Yo, virando a cabeça para olhar para o Paragon em pé. As palavras não eram realmente verdadeiras – Zhan-Yo não tinha a pegada necessária para dar um giro mortal – mas apostou que Cabelo-Branco não saberia disso. — Por que não começamos de novo, com você me dizendo como encontrou minha cápsula e por que está me trazendo até aqui, onde ninguém pode ajudá-lo?

Cabelo-Branco olhou além de Zhan-Yo para seu amigo, que deve ter feito alguma coisa, porque toda a bravata, toda a confiança, ou o que restava dela, esvaiu-se de Cabelo-Branco e o deixou sentado em um monte de neve derretida ao lado da cápsula adormecida. O Paragon passou as mãos pelo cabelo, manchando-o com lama, mas não pareceu notar.

— Você não deveria ter reagido — disse Cabelo-Branco. — Todo mundo viu os vídeos. Precisou de uma dúzia de vocês para pegar Aegis. Ele estava vencendo antes de você enganá-lo.

— A vida nem sempre funciona como você planejou — respondeu Zhan-Yo. — Responda às perguntas, por favor.

— Somos idiotas. Isso serve?

— Isso é óbvio, mas não é uma resposta.

— Conta pra ele, cara, pra ele sair de cima de mim! —

disse Barbudo debaixo de Zhan-Yo, as palavras saindo arranhadas e tensas devido ao chão que espremiam o queixo do Paragon.

— Nós trabalhávamos para Innis! — disse Cabelo-Branco. — Muitos de nós aqui trabalhavam. Ele ficava dizendo que seríamos promovidos em breve. Teríamos coisas reais para fazer além de, tipo, patrulhas. Quando Aegis morreu, ficamos todos tristes, então Innis falou sobre quem ia conseguir o próximo cargo importante. E quem ia se beneficiar?

— Vocês?

— Era o que pensávamos. Innis até nos fez passar informações para essa mulher. Enviávamos mensagens sobre os planos dos Paragon, e ele nos dizia que esse era o caminho a seguir — respondeu Cabelo-Branco. — Então as coisas começaram a piorar. Innis não foi escolhido para ser o próximo Campeão. — Cabelo-Branco respirou, olhou para o P em seu uniforme como se esperasse que ele se descascasse e caísse no chão. — Então esse cara mandou mensagem, disse que sabia o que costumávamos fazer, disse para entrarmos em contato com você. Agora Mynx apareceu, e estávamos em patrulha, mas está em todas as notícias.

A luta na torre Paragon. Zhan-Yo tinha ouvido falar dela em seu Tama. Algum tipo de ataque de drone e uma explosão. As notícias falavam de um teste que deu errado, mas isso parecia bem mais interessante. Mathieu havia encontrado os informantes Paragon, embora se eles continuariam desse lado por muito mais tempo parecia duvidoso.

— Innis está morto — concluiu Cabelo-Branco.

O fato de que o Paragon traidor choroso havia morrido não deixou Zhan-Yo sentindo nada, na verdade. Innis tinha sido a marca de Sylvie, um homem coberto pelo cheiro podre de ambição sem sentido. Zhan-Yo o deixou sair do subsolo após a luta esperando que Innis continuasse a infectar os Paragons, e parecia que ele tinha cumprido isso.

— Então agora vocês estão expostos e sozinhos — disse Zhan-Yo, ainda segurando Barbudo. — Mynx pode matar vocês se algum dia descobrir onde vocês colocaram sua lealdade, então vocês querem comprar a boa vontade dela com o meu corpo.

Cabelo-Branco olhou para o chão, deu um leve aceno.

Ferramentas vinham em muitas formas. A tachi de Zhan-Yo, de volta no apartamento de Wexley, servia a um propósito físico. Pessoas, no entanto, podiam resolver problemas maiores, desde que você encaixasse a pessoa certa no trabalho. Essas duas anomalias sem sorte podiam não ser as melhores do grupo, ou mesmo medianas, mas conectadas ao problema certo, poderiam funcionar.

— Eis o que vocês vão fazer — disse Zhan-Yo. — Vocês vão voltar, não contar a ninguém sobre seu relacionamento com Innis, e trabalhar para mim em vez disso.

— O quê? Por quê? — disse Cabelo-Branco. Barbudo também tentou protestar, mas Zhan-Yo pressionou seu rosto com mais força contra o asfalto para impedi-lo. — Isso não vai nos colocar do lado de Mynx.

— Mynx não vai estar no comando por muito mais tempo. E ela estará ocupada demais para se preocupar com vocês dois. Além disso, não acho que vocês estejam em posição de discordar.

Cabelo-Branco não combateu esses fatos, e cedeu à realidade. Zhan-Yo explicou a tarefa, simples: descobrir onde seria a cúpula, como seria protegida e, se possível, conseguir estar lá para ajudar quando chegasse a hora. Façam isso, disse Zhan-Yo, e encontrariam-se em altos postos quando a revolução viesse.

— Como você saberá que estamos fazendo o que disse?

— perguntou Cabelo-Branco quando Zhan-Yo terminou. — Talvez a gente se vire e te mate assim que você soltar o Marcus?

— Talvez vocês façam isso, mas eu tenho amigos, e meu Tama gravou toda essa conversa. Eles receberão a mensagem, e vocês não viverão muito depois disso. — Zhan-Yo sabia como entregar um decreto de olhar de aço quando necessário. — Vocês se enterraram fundo, pequenos Paragons, e eu sou o único oferecendo uma saída. Melhor aceitá-la.

Devidamente ameaçados, Marcus, também conhecido como Barbudo, e Xander, também conhecido como Cabelo-Branco, confirmaram seus nomes, disseram que aceitariam a chance que Zhan-Yo oferecia. Eles não pareciam entusiasmados, não pareciam felizes, mas revoluções exigiam preços a serem pagos por muitos, e esses dois anomalias uniformizados podiam pagar o custo. Iriam pagar o custo.

De volta à cápsula, Zhan-Yo deslizou pelas ruas em direção ao apartamento de Wexley, deleitando-se com a adrenalina, com a ação. Era isso que Sylvie estivera fazendo todos esses anos, fechando acordos na escuridão, dobrando pessoas à sua vontade com ameaças e promessas. Zhan-Yo entendia, agora, por que ela gostava disso, por que continuava apesar do perigo.

Era uma droga poderosa, e ele queria mais.

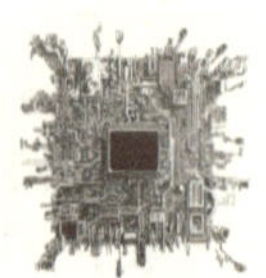

CARNIFICINA NÃO ACONTECIA nos dias de hoje. Pelo menos não deveria. Os Paragons, os drones, todos existiam para garantir que massacres em massa, por qualquer motivo, acabassem. Os mocinhos deveriam encontrar os problemas e corrigi-los antes que pudessem, como um câncer, se espalhar.

Mynx estava diante do impossível, observando enquanto Paragons dos andares inferiores, aqueles ainda leais aos Campeões e à causa, arrastavam os corpos de seus antigos amigos para drones que os aguardavam. Os corpos seriam levados para longe, limpos e devolvidos lentamente para funerais, com desculpas elaboradas para suas mortes. Ninguém saberia o que realmente aconteceu aqui e esses Paragons, com o tempo, perceberiam que era mais saudável esquecer.

Era algo que você aprendia a fazer nesta vida.

Nojo misturado com um choque gelado revirava em seu estômago, recusando-se a dissipar mesmo com o fim do perigo. Porque isso não era sobre o perigo, não era sobre Innis e seus capangas tentando eliminá-la. Tantas pessoas e coisas piores já haviam tentado fazer isso durante suas décadas a céu aberto. Os traidores, porém, a afetavam profundamente.

Innis se voltando contra os próprios Paragons não seria inédito – anomalias frequentemente tinham grande poder, embora o próprio Innis não fosse tão forte – a ambição sempre ardia nas anomalias do topo. Pior, e mais estranho, era a contagem de corpos ao seu redor.

Como Innis, que não era de maneira alguma a pessoa mais eloquente, havia convencido tantos Paragons a embarcar em seu esquema? O que ele teria dito para convencê-los de que seus esforços seriam recompensados? Depois que Mynx escolheu Pixie para ser a nova Campeã de Atlântida, Innis e seus seguidores deveriam saber que não teriam chance alguma.

— Talvez você devesse se limpar? — disse Reeves, a mensagem aparecendo silenciosamente em seu Tama. — Câmeras estarão esperando, e uma Campeã coberta de sangue, segundo dados que venho analisando, não causa boa impressão.

Mynx ignorou a mensagem, direcionou alguns dos Paragons leais para um drone de transporte recém-chegado. Pequenas ordens momento a momento serviam para reconstruir sua sanidade, restaurar algum padrão à sua vida. Talvez tirar o sangue e coisas piores de seu uniforme seria o próximo passo.

— Sem câmeras aqui em cima — anunciou Mynx para o andar. — Se alguém perguntar, digam que estarei no térreo em breve para responder perguntas sobre o acidente.

Ela colocou peso nessa última palavra, o suficiente para que todos entendessem. Foi um acidente, uma consequência não intencional de más escolhas. É assim que seria explicado, e é isso que esses corpos representavam.

Acidentes terríveis.

Quando Mynx se dirigia aos banheiros para se lavar, viu o próprio Innis, ainda esparramado perto da porta de sua sala de conferência central. Parecia que o homem estava tentando fugir para dentro e tinha levado tiros nas costas. Um traidor e um covarde.

Mas um com um Tama. Ali, em seu pulso esquerdo. Respingado e danificado, sim, mas provavelmente ainda funcional.

— O que você está fazendo? — perguntou Reeves enquanto Mynx mudava de direção e se ajoelhava sobre Innis. — Não acho que você queira pegar as roupas dele.

— Dima, observe-me — disse Mynx a um Paragon mais jovem próximo, que parecia atordoado, mas um tanto coerente. — Vai parecer que estou dormindo, mas não me toque e mantenha todos os outros afastados.

Dima se aproximou, confuso. — Por quanto tempo?

— Pelo tempo que eu precisar.

Mynx olhou para o Tama de Innis, alcançou-o e caiu dentro dele.

Barris, barris empilhados tão alto quanto Mynx podia ver, inclusive acima de sua cabeça e em ângulos impossíveis. Não eram os grandes barris de filmes, mas barris refinados para armazenar uísques e vinhos. Seus pés também estavam sobre mais barris, equilibrados entre dois. As pilhas pareciam formar paredes, quebrando e levando a diferentes caminhos enquanto Mynx absorvia o espaço.

Innis tinha uma composição digital única, mas todos tinham. Mynx não tinha certeza de como sua habilidade formava o mundo – ela poderia moldá-lo em algo completamente diferente com tempo – mas Mynx suspeitava que os barris tinham algo a ver com os interesses de Innis. Em outras palavras, parecia que Innis era um tanto beberrão.

Um olhar mais atento revelou que os barris eram mais do que apenas decorações. Cada um tinha um rótulo, marcado com caracteres preto-púrpura, declarando o conteúdo do barril. Aqui e ali havia mensagens entre Innis e várias pessoas. A pilha à sua direita continha todas as suas compras recentes, e os barris sobre os quais Mynx estava continha vários vídeos de Innis.

Nenhum parecia seguro, e para testar, Mynx alcançou um marcado com uma data de dez anos atrás, rotulado como 'Aniversário'. Ela tocou a face do barril, sem sentir a madeira neste mundo digital, e nenhuma senha apareceu, nenhuma criptografia impediu sua inspeção, e a face desapareceu.

O vídeo começou a ser reproduzido, formando um quadrado virtual no ar, bem na altura dos olhos de Mynx. Innis correndo com várias crianças pequenas, agindo como o grande homem desajeitado que Mynx sempre achou que ele fosse. Atrás dele, cozinhando contra um céu azul de verão, estavam outros adultos. Um ficava gritando para as crianças pegarem seu tio, e a turma finalmente o fez, com Innis fingindo cair na grama macia e sucumbindo a uma cascata de tackles.

Mynx afastou o vídeo. Então Innis tinha uma família. Aegis também tinha, assim como todos esses outros Paragons que seguiram Innis para o abismo. Mynx daria às suas mortes o anonimato que eles não mereciam. Enterrados como Paragons, suas famílias seriam cuidadas. Aquelas crianças nunca saberiam da mancha de seu tio.

Embora talvez devessem saber. Era preciso ser criativo com as pessoas para manter sua lealdade. Um drone nunca precisava ser persuadido, não precisava de avanço na carreira como incentivo. Se o serviço normal dos Paragons não era mais suficiente para compelir anomalias, talvez um exemplo direto funcionasse melhor.

Um dilema para outra ocasião.

Mynx caminhou pelas pilhas, andando sobre os barris e lendo seus rótulos, procurando algo útil. Ela não se importava com a correspondência, não se importava com as relíquias de família, ou com a grande pilha aparentemente dedicada à obsessão por sapatos até então desconhecida de Innis; o Paragon tinha centenas deles, em todas as formas e tamanhos, fotografados e exibidos em fóruns para a admiração de estranhos virtuais.

Eventualmente, Mynx olhou novamente para o teto. Ela se concentrou e cresceu, ou trouxe o teto para mais perto. Qualquer conceito funcionava nesse mundo, e o resultado final permitiu que ela lesse os rótulos que estavam muito distantes no início.

— Innis, talvez eu tenha te subestimado — disse Mynx, pensou, tanto faz. Não havia som aqui para carregar as palavras, mas sua boca digital se moveu mesmo assim. — Mantenha seus segredos à vista de todos, e talvez ninguém os veja.

Os barris que formavam o teto estavam bem no fundo dos arquivos aninhados que compunham o Tama de Innis. Bem no fundo das pastas do sistema, mas sem barreiras de proteção, ela havia ignorado sua relevância. Inteligente, mas só viável se você não der tempo ao intruso. E com Innis morto, Mynx tinha bastante.

Esses barris também continham conversas digitais, mas com mais coisas. Assinaturas de rastreamento, listas de endereços, nomes e identificadores de Tama. Todos rotulados com códigos estranhos. Mynx abriu alguns e leu seus conteúdos, mas os valores reais eram absurdos.

Aqui estava a verdadeira criptografia. Tornar os arquivos difíceis de notar e depois preencher mil deles com dados falsos. Se você não soubesse exatamente o que estava procurando, poderia vasculhar o labirinto de Innis por dias e nunca saber se o que encontrou era real.

Mynx, no entanto, sabia o que queria. Ela colocou a mão, com a palma estendida contra o teto. Um filme azul claro espalhou-se de seus dedos, correndo em velocidade crescente até cobrir todos os barris suspensos. O azul piscou uma vez para sinalizar que a busca havia capturado todos os objetos, e então Mynx colocou sua função para trabalhar.

Primeiro, isolou os alvos óbvios: Aegis, Ziran, Zhan-Yo e palavras-chave como o nível inferior de Chicago. Ela também adicionou a si mesma, só por diversão. Cada comando saía de sua cabeça através de seus braços, até seus dedos e para a função.

A busca começou seu trabalho, e à medida que os termos minavam seu caminho através dos barris, os alvos começaram a desaparecer enquanto Mynx os filtrava. O teto desvaneceu em seções inteiras à medida que barris irrelevantes desapareciam. Outros, que o filme azul destacou em um verde neon, moveram-se por entre seus irmãos em dissipação, formando uma caixa organizada acima de Mynx.

O tempo não parava dentro do mundo digital, mas sem referências como o sol ou um relógio, Mynx não conseguia acompanhá-lo, então não podia ter certeza de quanto tempo sua busca levou, quanto tempo ela havia estado dentro do labirinto de barris de Innis, mas quando a função terminou, ela tinha seis alvos acima dela.

Com movimentos rápidos, Mynx escaneou seus conteúdos. Encontrou o que suspeitava: os planos iniciais sobre a emboscada – Innis havia trabalhado com alguém chamado Sylvie, que aparentemente, tanto alimentou a ambição de Innis quanto ameaçou aqueles mesmos familiares que Mynx havia visto anteriormente para garantir sua cooperação.

Outro continha planejamento minucioso com os outros Paragons sobre sua potencial ascensão à grandeza, preenchido em grande parte com fantasias sobre poder futuro.

O terceiro continha algo melhor. Algo que ela poderia usar. Um dossiê que Innis estava construindo sobre quem estava por trás do assassinato de Aegis, uma coleção que o próprio Innis havia observado, em uma descrição concisa no barril, era para sua própria proteção. Se Zhan-Yo algum dia decidisse que Innis não valia a pena, Innis estava preparado para alimentar as informações do homem para Aegis, para os Campeões.

E Innis havia encontrado as provas. O homem era um monstro traiçoeiro, mas havia se saído melhor do que Mynx esperaria. Aqui estava o que ela precisava, aqui estava a chave para a cúpula, para consertar o desastre que começou quando Zhan-Yo cravou sua espada nas costas de Aegis.

A SALIÊNCIA ESTREITA PROVOU SER espaço suficiente para os antigos seguidores da Duquesa observarem enquanto Thane jogava os trapos coletados que a anomalia uma vez usara no brilho laranja turbulento lá embaixo. As roupas nem chegaram ao fundo, explodindo em chamas antes de terem caído uma dúzia de metros. Como cerimônia, silenciosa exceto pelos borbulhos e estalos vindos das profundezas, o funeral da Duquesa carecia de praticamente tudo, inclusive do corpo.

— Você fez a escolha certa — disse Cassidy depois que o funeral no início da manhã havia terminado, enquanto o grupo reunido descia a montanha. — Eles vão apreciar isso.

— Eles eram escravos. Por que iriam querer honrá-la? — disse Thane. — Eu nunca toleraria alguém que me controlasse.

— Você é forte — respondeu Cassidy. — A maioria das anomalias aqui não trabalhou com Campeões, não brincou com os Paragons. Éramos ladrões, ou pessoas que tiveram uma ideia ruim que nos colocou aqui.

— Ah, sim, vocês não são todos maus. Às vezes eu me esqueço disso.

— O sarcasmo não combina com você.

— Poucas coisas combinam.

Embora a previsão de Cassidy tivesse se tornado realidade — as anomalias ao redor, sem líder, olharam para Thane e, como Cassidy se autodenominava, o Vazio para orientação — Thane ainda tinha pouca ideia de quais poderes viviam dentro do grupo que caminhava com eles, dentro do grupo que ainda estava na vila, reunindo as coisas que queriam levar consigo.

— Você parece pensar que o poder combina com você — disse Cassidy, puxando-o de volta à conversa.

— Não serviu para ninguém que vi até agora — respondeu Thane. — Também posso ter minha vez.

— Não é fácil.

— Isso é um aviso? — Thane afastou uma mosca errante, tentando se alimentar do suor que o cobria. Descobriu que vulcões deixam as coisas quentes, e a brisa da ilha ainda não o havia refrescado. — Porque eu sei no que estou me metendo.

— Sabe mesmo?

— Você vai continuar me bombardeando com perguntas, ou vai dizer algo que valha a pena? — disse Thane, e viu o rosto de Cassidy se fechar com o comentário. — Porque o que me incomoda é como devo te levar a sério quando sua grande conquista nesta ilha foi pescar alguns peixes e construir uma cabana na praia.

Cassidy não falou mais durante a caminhada de descida, e Thane disse a si mesmo que não se importava. A caminhada lhe deu tempo para pensar, para elaborar um plano para Arthur e o que estaria além.

Mantendo aquela pequena chama de raiva viva o suficiente para evitar que seus músculos encolhessem completamente, Thane se concentrou nos drones, visíveis em seu anel escuro. Muitos para destruir, muitos para enfrentar diretamente, não importa as anomalias que ele tivesse.

Mas o anel era raso, e ele não conseguia ver reforços. Passar pela primeira linha com velocidade e talvez pudesse continuar avançando. Se alguma anomalia neste lugar poderia produzir esse tipo de aceleração, quem saberia?

— Então, hum, você já decidiu quem vai ser o quê? — uma nova voz, Sook, disse. Cassidy havia se afastado para o meio da multidão, entre as pessoas que ela trouxera. Sook havia substituído o Vazio ao seu lado, e parecia que ele havia melhorado suas roupas, sapatos e lança de caminhada no processo. — Gostaria de destacar que estive apoiando você o tempo todo. Você provavelmente ainda estaria naquela caverna se não fosse por mim.

Ah. O poder atraía sanguessugas de todos os cantos.

— Sook, não esqueci. O que você gostaria? Qual papel te faria mais feliz?

Se Thane fosse um homem mais gentil, ver o brilho que surgiu nos olhos de Sook com a pergunta poderia ter provocado algum calor, uma felicidade difusa por aproximar alguém tanto de seu sonho. Em vez disso, Thane franziu a testa para Sook, sentiu pena de sua pequena ambição.

Não que Sook tenha notado.

— Eu seria um excelente guarda — disse Sook. — E, sabe, comandando os guardas. Sua própria guarda. Tipo, guarda-costas.

— Guarda-costas.

— Todo mundo importante tem. Você é importante.

— Sou invencível — Thane não sabia se isso era tecnicamente verdade, mas perto o suficiente. — Por que precisaria de guarda-costas?

— Aparências, Thane! — Sook virou-se no meio do passo e gesticulou para a multidão. — Eles esperam isso. Se você não tiver anomalias armadas de vigia o tempo todo, parecerá fraco!

— E você, Sook, entre todas as pessoas, me faria parecer forte?

Sook riu, uma coisinha gasosa. — Deixe-me provar isso para você. Escolherei alguns bons da mistura, e faremos com que você pareça o líder que está destinado a ser, juro.

Thane havia liderado dezenas antes, mas sempre forças militares empenhadas em cumprir objetivos, nunca uma sociedade ativamente buscando liderança. Talvez Sook estivesse certo, talvez agora Thane tivesse que jogar com regras diferentes.

— Então, Sook, eu te dou permissão. Mantenha-me seguro, faça-me parecer forte. Escolha outros quatro para trabalhar com você. Se tiver sucesso, quando sairmos desta ilha, você terá sua escolha de posições em nosso novo mundo.

Sook recebeu a notícia exatamente como uma criança teria, e a anomalia desapareceu para ir questionar todos os outros sobre suas habilidades, marciais ou não. Thane tinha que conceder isso a Sook: o homem tinha entusiasmo.

Depois da caminhada de descida, Thane reuniu o grupo completo fora dos restos da vila. Ele falou devagar, uniforme e claramente sobre o objetivo, sobre conseguir colocar Arthur do lado deles e romper através dos drones para um mundo mais novo e melhor.

As anomalias não responderam ao discurso com vivas entusiasmadas, mas com respostas sombrias ou abafadas. Alguns acenos, mas fora isso, eles pareciam ovelhas contentes em seguir o rebanho. Servos precisando de direção.

Bem, Thane poderia dar isso a eles.

— Você tinha família? — Cassidy perguntou a ele depois, enquanto os preparativos para partir continuavam, o legado da Duquesa sendo empacotado em carregadores trançados. — Lá em casa?

— Não realmente. Há muito tempo.

— Explica por que você é um idiota o tempo todo.

Thane riu. — O tempo todo? E quem aqui teve uma boa família, um bom lar?

— Eu tive.

— Então você escolheu trair essa família e acabar aqui em vez disso?

— Cometi erros. Você também — Cassidy disse isso como se conhecesse Thane, como se tivesse alguma ideia de sua situação.

No entanto, Thane continuava se pegando conversando com ela. Como se ímãs os puxassem juntos após cada evento. Não era preciso muita análise — Thane tinha poder cerebral de sobra para isso — para ver que Cassidy simplesmente tinha coisas mais interessantes para dizer do que as outras anomalias.

E o poder para sustentar isso.

— O que não entendo — disse Thane — é por que você ainda é tão gentil. Eu mal estou suprimindo minha raiva o tempo todo. Não apenas com esta situação, mas com a vida em geral. Eu não queria esta maldição.

Não era verdade. Remotamente não era verdade. Thane não tinha intenção de mentir ali, mas ele se deleitava com sua força, seus poderes, e sempre o fez. Às vezes, porém, soava melhor negá-lo.

— Porque tentei resistir e falhei — disse Cassidy. — Isso me colocou aqui e eu daria qualquer coisa para voltar, tentar de novo. Mudar a narrativa. Mas não posso, e depois de passar muitas noites com raiva disso, decidi não ficar mais.

— Você decidiu não sentir raiva — Thane estendeu a mão, colheu uma pequena flor silvestre da grama, observou-a dobrar-se ao vento. — Acordou e disse que era isso.

— Não foi tão fácil, mas sim — disse Cassidy. — Eu estava cansada, e continuava encontrando mais anomalias como eu, que não sabiam o que fazer nesta maldita ilha. Demos um propósito uns aos outros.

— Como uma família. Como você já disse.

— Você deveria se juntar a ela. A ilha, nossa família.

— Não quero ficar aqui. Esse é o ponto.

Cassidy olhou para o céu, sempre azul claro e ficando mais brilhante à medida que o sol subia mais alto. Eles precisariam começar a marcha logo.

— Eles não vão te seguir até o fim assim — disse Cassidy. — Eu também não. Você acha que todo mundo quer sair desta ilha, mas muitos deles têm vidas aqui. Amantes, até mesmo uma família ou duas.

— Que eles gostariam de criar aqui, num pequeno círculo cheio de criminosos?

— Onde mais? Acho que seu problema é que você está muito focado em partir para ver como ficar pode ser melhor. Você poderia, nós poderíamos, fazer algo aqui.

Thane se agarrou àquele "nós". Cassidy não era muito de inflexão, ou, pelo que ele havia visto, de afeto. Ele mesmo nunca havia jogado muito esse jogo, pois essas emoções chegavam perigosamente perto da raiva. Depois de alguns resultados desastrosos na adolescência — aqueles anos o haviam colocado nos radares errados, antes mesmo dos Campeões existirem — Thane havia evitado os prazeres mais físicos da vida pelos infinitos mentais.

— O que você quer dizer com nós? — Thane perguntou, cedendo à curiosidade.

— Você é uma pessoa de ideias, eu sou empática — Cassidy pegou a flor silvestre de sua mão e a colocou em seu cabelo, acima da orelha. — Você os atrai com sua visão, e eu os manterei aqui ouvindo as deles.

— Uma parceria, então.

— Uma equipe.

Thane absorveu aquilo, mastigou. Se Cassidy pudesse manter alguns dos aspectos mais suaves e confusos da liderança longe dele, então isso poderia valer a pena. Desde que ela apoiasse seu objetivo.

— Não vou ficar na ilha — disse Thane. — Então você terá que aceitar isso.

— Vou aceitar que você quer sair agora. E que eu talvez possa mudar sua opinião.

Oh, quanto tempo havia se passado desde que Thane mantivera conversas reais com, se não iguais, então pessoas próximas o suficiente. Cassidy tinha fogo, e ele poderia usar esse fogo. Com o tempo, ele a faria ver do seu jeito, entender que a ilha era uma armadilha, um lugar para deixar para trás.

O RELÓGIO EM SEU TAMA, branco brilhante quando ela o olhou no quarto escuro, se aproximava da meia-noite. Ainda sem Calvin. Gordon havia sugerido que ela deixasse o anomalia seguir seu próprio caminho por um tempo. Disse que o homem provavelmente estava acostumado a ficar sozinho, que Calvin voltaria quando estivesse pronto.

Agora essas palavras pareciam loucura. Um assassino estava à espreita lá fora, abatendo anomalias que ele parecia não gostar, e Kat simplesmente deixou Calvin sair para vagar sozinho. Talvez Calvin estivesse em um beco neste momento, sangrando por um tiro na barriga. Talvez ele tivesse sido sequestrado e o assassino estivesse executando alguma tortura para descobrir a localização de Kat.

Ou talvez o quarto de hotel e os roncos suaves de Gordon estivessem deixando-a louca.

Kat escorregou para fora dos lençóis e ficou de pé no carpete por um segundo, deixando seu corpo se ajustar ao movimento repentino. Seeker, desmaiado no carpete aos pés da cama, abriu um olho, um movimento que Kat percebeu quando as luzes externas atingiram o brilho do olho e o refletiram de volta para ela.

Kat colocou um dedo nos lábios, acenando na direção de Gordon. Seeker abriu os dois olhos agora, e sua língua escorreu para fora da boca escancarada. O husky podia se animar com qualquer coisa, mas uma jornada noturna?

Ah sim, definitivamente. Seeker queria ir.

Se havia uma vantagem em ter pouca bagagem, em apenas deitar-se na cama e flutuar em um sono semi-sem sonhos por algumas horas, era a prontidão de Kat para sair. Ainda com roupas de rua, ela não precisava trocar. Teria dormido a noite toda de jeans? Não estava claro, mas o pensamento provocou alguma preocupação sobre seu estado mental.

Quando Kat esquecia hábitos básicos, como colocar pijamas, isso parecia um sinal de que algo precisava mudar. Como, talvez, evitar assassinos.

Kat manipulou delicadamente a maçaneta da porta para que ela e Seeker entrassem no corredor com o mínimo de barulho. De lá, caminhou pelo caminho monótono iluminado de amarelo até o elevador, e acompanhou sua descida zumbindo até o saguão. Se alguém perguntasse a ela o que pensou durante aqueles poucos minutos, Kat não saberia dizer. Além do desejo de encontrar Calvin, todo o resto havia se tornado uma névoa mental.

O saguão, porque isso era Chicago e não era tão tarde, tinha pessoas circulando. O elegante bar e restaurante de um lado parecia lotado de pessoas fazendo o seu melhor para evitar o dia seguinte, enquanto os recepcionistas atendiam os retardatários do aeroporto ou outros destinos, chegando em suas massas aglomeradas. As temperaturas de fevereiro igualavam todos sob casacos gigantescos.

Kat, com Seeker caminhando junto, enfiou a cabeça no

restaurante e examinou os assentos do bar. Sem Calvin, então quando a recepcionista, que parecia exausta pela hora, perguntou se ela queria uma mesa, Kat apenas balançou a cabeça e saiu para a rua.

Flocos decidiram fazer sua aparição noturna, flutuando entre os grandes edifícios em números escassos. Não o suficiente para tornar as coisas mágicas, mas os flocos proporcionavam uma textura às luzes brilhantes e às pessoas dispersas que caminhavam pelas calçadas. Pods não enchiam as ruas, mas passavam com frequência, adicionando seu rolante whoosh aos sons da cidade.

No geral, comparado com o apartamento mais tranquilo de Kat, a mistura do centro parecia muito boa. Como um cartão-postal inofensivo.

— Algum palpite? — perguntou Kat a Seeker, ocupado mastigando um floco.

O cachorro olhou para ela, depois se concentrou nos cheiros presos a um poste de luz próximo.

— Justo — murmurou Kat.

Calvin não estava na opção mais conveniente — o bar do hotel — e Kat duvidava que ele tivesse pegado um pod de volta para os subúrbios. Mesmo com a hostilidade de Gordon, Calvin era inteligente o suficiente para não se jogar de volta em território mortal sem ajuda. Pelo menos, Kat esperava que fosse.

Ao mesmo tempo, Calvin estava recebendo salário da Paragon apenas há uma semana, o que significava que ele poderia ter pulado as ofertas do hotel apenas pelo preço. Também poderia significar que ele rejeitaria alugar um pod. Mais do que isso, se Kat incluísse pods como uma opção potencial, ela teria muitos destinos possíveis.

Em vez disso, ela levantou seu Tama, procurou bares na

área e encontrou o mais barato e sujo. A alguns quarteirões de distância, em um lugar que funcionava como uma oficina de reparos de pods durante o dia e se transformava em um boteco para os noturnos assim que o sol se punha.

Oil and Vinegar tinha a aparência, e a julgar pelo menu que alguém havia colado na parede externa, definitivamente tinha os preços. A sinalização tinha um brilho neon intermitente que gritava desatenção, e a única porta estava tão embaçada que Kat não conseguia ver o interior. Sem porteiros aqui, e suas lojas de luxo vizinhas gêmeas — que provavelmente esperavam que o *Oil and Vinegar* morresse num incêndio — estavam fechadas, então o boteco ficava sozinho enquanto o relógio avançava para uma hora da manhã.

Dentro, um bar estreito cortava entre prateleiras de equipamentos, com as prateleiras espelhadas atrás cobertas por garrafas que Kat não conseguia identificar nem querer beber. Os rótulos haviam sido arrancados, e a mulher parada atrás do balcão parecia estar fazendo isso há anos. Apesar de fumar dentro ser ilegal, ela tragava um cigarro e lançou a Kat um olhar gélido quando a rastreadora, e seu cachorro, entraram.

Meia dúzia de outros clientes desafiavam a fumaça da bartender para conversar ao longo do balcão ou olhar para a única TV do estabelecimento, uma que parecia presa em reprises esportivas do início da noite. No extremo, bebericando algo escuro, estava sua presa.

— Sem cachorro — disse a bartender, tirando o cigarro e apontando-o para Seeker, que ficou atrás das pernas de Kat.

— Você também não deveria ter um desses — respondeu Kat. — Seeker não vai causar problemas, mas eu poderia.

— Então você pode se virar e sair daqui.

Em vez disso, Kat foi até o bar, onde a mulher soprou fumaça em seu rosto. Kat fechou os olhos enquanto a nuvem passava por ela, prendeu a respiração para não tossir. Então apontou para uma garrafa marrom, algo que ela rezava para conter uísque.

— Vou querer um duplo daquilo — disse Kat. — Puro.

A bartender não se moveu por um segundo inteiro. Kat cruzou os braços no bar. Seeker roçou suas pernas, começou a pular para ver o que estava acontecendo, mas Kat moveu sua própria panturrilha na frente do filhote, mantendo-o abaixado. Este confronto de vontades precisava de apenas dois jogadores.

Um baque depois, Kat tinha um copo esfumaçado cheio de... alguma coisa. A bartender passou para outros bebedores, e Kat se deslocou para o fundo, onde Calvin estava olhando para a TV como se desejasse que ela o teletransportasse para qualquer outro lugar.

— O que está passando? — perguntou Kat, sentando-se.

Calvin tinha uma cerveja engarrafada na frente dele, com o rótulo ainda lá. Homem esperto.

— Nunca me apeguei a esportes — disse Calvin. — Eles te amarram a um lugar, eu acho, e eu nunca tive realmente um lar.

— Eu tenho um lar, e não me importo com eles.

— Por que não?

— Porque estou muito ocupada tentando me manter viva — disse Kat. — Você já pensou nisso? Porque estou começando a duvidar.

— Não tinha como aquele cara estar no centro depois de nos atacar na zona oeste.

— Como você sabe?

— Um palpite.

Kat revirou os olhos, provou sua bebida, e... uau. Não era ótimo, mas ela definitivamente tinha uísque na mão. Não, por exemplo, veneno puro ou, como o nome do restaurante implicava, óleo.

— Você ia voltar para o quarto esta noite? — perguntou Kat.

— Importa?

— Você sabe que sim.

— Não, Kat, não sei. — Calvin levantou o braço esquerdo, olhou para seu Tama. — Sabe o que essa coisa está me dizendo desde que chegamos aqui? Que algum acidente, aquela coisa que vimos, tirou um monte dos meus novos colegas de trabalho esta noite.

— Tirou?

Calvin relatou o que sabia de forma gotejante, camada por camada de detalhes com traços sobre como ele não conhecia esse cara ou aquela garota, como ele nunca tinha ido àquele andar. Que ele só havia conhecido Innis uma vez, com meia dúzia de outros novatos, e o homem parecia estar bem então, do jeito que pessoas que você nunca pensa que verá novamente podem parecer bem.

— Agora todos eles, tipo, se foram — Calvin terminou. — Primeira vez na minha vida que consigo algo como uma família e, claro, estão mortos.

— Espera. Uma família? Você não queria ser um Paragon.

— Não significa que eu não possa ver os lados bons.

— Então sua solução, depois de ler tudo isso, foi ir a um bar e beber?

A boca de Calvin se abriu e ficou assim, então ele se virou para sua cerveja e tomou outro gole.

— Cara — continuou Kat. — Você tem problemas. E

digo isso como uma garota que tem muitos problemas próprios, mas você não vai lidar com eles aqui, agora, com essa cerveja.

— Como você está lidando com esse uísque?

— Isso? Isso é solidariedade. — Kat abaixou-se, deu um bom carinho em Seeker. — Vamos tomar uma pela tragédia.

Eles brindaram, tomaram seus goles.

— Agora — disse Kat — vou pedir para você fazer algo por mim.

Calvin inclinou a cabeça para trás, olhou para ela com terror fingido.

— Você vai ter que ser legal com o Gordon — disse Kat. — Porque ele é burro demais para ser legal com você. Deixe-o choramingar, reclamar, o que for, porque vamos precisar da ajuda dele. Ou pelo menos de um lugar para dormir. Porque amanhã vamos encontrar esse cara e acabar com ele.

Calvin riu. — Sério? É isso que você está propondo agora?

— É isso. — Kat disse, e ela começou a rir também. Declarar uma missão conjunta para pegar um assassino neste lugar suado e metálico parecia ridículo. — É isso que eu quero. — Então ela parou, tão rápido quanto começou. — Porque, Calvin, esse cara quase me pegou. Duas vezes. Não sei se posso lidar com ele sozinha.

— Não sei se serei de muita ajuda. — Calvin girou sua bebida, então a terminou. — Mas ok, Kat. Acho que todos aqueles Paragons gostariam que eu fosse com você de qualquer maneira. Eu devo ser o bonzinho agora, certo?

— Isso mesmo — disse Kat. — Faça o que seu Campeão gostaria que você fizesse.

— Sabe quem é agora? — disse Calvin. — Essa mulher, Pixie, lá no leste? Você sabe quem ela é?

Kat balançou a cabeça. — Não, e não me importo. — Ela

terminou seu uísque, afastou-se do bar. — Quer saber o verdadeiro segredo para sobreviver, agora que você está neste mundo?

— Qual é?

— Fique na sua faixa, Calvin. Fique na sua faixa.

CAPÍTULO 31
ESPADACHIM

SE ZHAN-YO CONSEGUISSE ACERTAR seu pai, poderia ficar com a tachi. Um único toque, era tudo que o filho precisava conseguir, ali naquela sala de painéis brancos e madeira clara que servia como santuário de seu pai desde que Zhan-Yo podia se lembrar.

— Mas já praticamos todos os dias desta semana — disse Zhan-Yo, sentindo as dores nos braços e pernas e querendo mais que tudo voltar para seu celular, sua conexão com amigos e coisas muito mais interessantes que as antigas espadas de seu pai.

— E continuaremos praticando todos os dias até que você tenha sucesso — respondeu seu pai. — Perseverança tem tanto a ver com vencer quanto tentar em primeiro lugar. Você precisa continuar.

Zhan-Yo tinha uma hierarquia com seu pai estabelecendo os níveis em que tinha permissão para discordar. Coisas menores, como se e onde Zhan-Yo poderia sair à noite, representavam vitórias fáceis. Seu pai tinha trabalho demais, sua mãe se dedicava a projetos comunitários, e essa atenção dividida permitia que ele escapasse. Essas lições, no entanto, mantinham-se firmes próximo ao topo da pirâmide. Nem súplicas, lisonjas ou sugestões de que tirassem o dia de folga para pegar lanches surtiam efeito.

A tachi de madeira – as verdadeiras, com fio, ficavam penduradas em ganchos nas paredes da sala – parecia leve na mão de Zhan-Yo, um brinquedo. Ele já havia segurado as verdadeiras, e aquelas pareciam capazes de causar danos reais. Seu pai, entretanto, mantinha que as tachi eram um privilégio a ser conquistado. Zhan-Yo, ainda sem completar quinze anos, não o tinha feito.

— Vamos — disse seu pai, segurando sua própria espada de madeira. — Quanto mais rápido você me vencer, mais rápido poderá voltar para suas mensagens.

Inspirado, Zhan-Yo ergueu a tachi cega e partiu numa corrida repentina, levantando a arma para um golpe vertical. Um movimento telegrafado que levou seu pai a se afastar, um movimento telegrafado que deu a Zhan-Yo a abertura que queria. Enquanto seu pai evitava o esperado, Zhan-Yo mudou seu passo, plantando o pé esquerdo e fazendo um amplo movimento lateral com a tachi.

O súbito pânico no rosto de seu pai valeu cada segundo. O homem mais velho ergueu rapidamente sua própria tachi para desviar o ataque de Zhan-Yo com um sonoro clunk, e Zhan-Yo usou o momento inverso para recuar, preparando algo mais.

— Isso foi diferente — disse seu pai, copiando o movimento de Zhan-Yo para aumentar a distância. — Estou impressionado.

Elogio não dado com facilidade. Zhan-Yo acompanhou a espada de seu pai, como ele a mantinha pronta em ambas as mãos. Não era a postura relaxada de alguém confiante em seu sucesso, mas de alguém pronto para se defender. Um oponente digno.

Já não era sem tempo.

— Pronto para ver o que mais posso fazer? — disse Zhan-Yo.

Porque, apesar de todos os seus amigos, apesar de toda a diversão que teria correndo pelo centro da cidade com eles mais tarde, Zhan-Yo tinha praticado. Tinha aprendido com um professor melhor que seu velho.

— Sylvie teria respeitado um encontro assim — disse Wexley, sentado à frente de Zhan-Yo enquanto as horas se arrastavam em direção à madrugada. — Um par de espadas e uma luta para ver quem poderia arrancar os dentes do outro?

Wexley não estava exatamente feliz com a mensagem que Zhan-Yo enviou do pod no caminho de volta, mas concordou em aparecer algumas horas depois, o que deu a Zhan-Yo tempo para um cochilo rápido. Agora, com café fresco às quatro da manhã, Zhan-Yo precisava convencer seu tenente de que não estava louco.

Para isso, Zhan-Yo sentia que precisava se conectar, novamente, com Wexley, provar a ele que Zhan-Yo ainda tinha todas as suas faculdades. Que ainda estava são e pronto para liderar uma guerra contra o maior, e único, poder do mundo.

— Foi assim que eles se conheceram — disse Zhan-Yo. — Os pais da minha mãe tinham uma academia, onde minha mãe dava aulas quando era mais jovem. Meu pai apareceu para uma aula, acho que querendo algo diferente do escritório.

— Foi só isso? Ele chamou sua mãe para sair depois que ela o nocauteou?

— Algo assim — disse Zhan-Yo. Eles nunca contaram a ele exatamente como aconteceu, mas sua mãe sempre sustentou que seu pai nunca a tinha superado. — Então ela começou a me treinar em segredo. Meu pai sempre queria esses duelos, mas minha mãe se importava com a técnica. Com realmente melhorar.

— Os meus iam ao cinema — disse Wexley. — Eu jogava futebol.

Eles deram longos goles em seus cafés, com os olhos de Wexley deslizando para seu Tama. Provavelmente para uma devastadora lista de reuniões e e-mails. Do tipo que Zhan-Yo costumava conhecer, e que às vezes sentia falta.

— Então você tem esses Paragons no seu bolso. Acha que pode confiar neles — disse Wexley, sua voz indicando o quão pouco ele gostava do plano. — Eles vão te entregar os detalhes da cúpula.

— Talvez — disse Zhan-Yo. — Mathieu está pressionando-os. Eles são jovens. Ambiciosos. Talvez possamos usá-los para entrar na própria cúpula.

— E depois? — disse Wexley. — Você quer bombardear o lugar?

— Exatamente — respondeu Zhan-Yo. — Não se trata de quantos eu mato, ou até mesmo firo. É sobre a mensagem. O mundo precisa ver que os Paragons, os Campeões, são vulneráveis demais para liderá-lo. Isso criará nossa abertura.

— Então você vai entrar escondido com uma bomba no lugar mais protegido do planeta? Haverá anomalias lá que podem ler sua mente, que poderão entender cada motivação que você tem em um instante. Você não manterá segredos.

— Eles terão que me encontrar primeiro. — Zhan-Yo gesticulou para a janela. — Os Paragons ainda não me encontraram aqui, e eu já sou o homem mais procurado do mundo. O que te faz pensar que eles serão melhores na cúpula?

— Por que você estará indo até eles?

— Confie em mim, Wexley. Isto vai funcionar. Só

preciso que você mantenha as contas abastecidas. Mathieu está fazendo o trabalho preparatório para mim, conseguindo as pessoas que precisaremos para isto. Elas precisarão ser pagas.

— Não posso dizer que esperava financiar uma guerra de guerrilha quando aceitei o trabalho na Ziran — disse Wexley. — Mas uma promessa é uma promessa. — O tenente se levantou, jogou seu café vazio na lixeira prateada ao lado do balcão. Um ângulo perfeito, uma cesta perfeita. — Você terá seus recursos. Apenas seja cuidadoso, Zhan-Yo. Se você morrer, tudo isso morre com você.

Quando venceu seu pai, não muito depois de seu décimo sexto aniversário, Zhan-Yo esperava ver orgulho nos olhos de seu pai. Alguma felicidade no rosto dele. Em vez disso, Zhan-Yo viu uma dolorosa aceitação. Uma realidade há muito temida que finalmente se concretizara.

Talvez Wexley sentisse o mesmo. Talvez o mundo também. Todos eles nervosos com o inevitável.

Zhan-Yo tinha conquistado aquelas tachi, e ainda as carregava.

MILA

MILA, a última Campeã, atendeu no primeiro toque. Sem videochamada desta vez, e Mynx, exausta após a longa noite, não se importou que a preferência de Mila por picos de montanhas a deixasse com uma conectividade tão precária que rostos não eram uma opção.

— Mynx — os tons de caramelo da voz de Mila vieram perfeitamente bem. — Estou tão triste que você veio até mim por último. Pensei que éramos amigas.

— É por isso que esperei até o fim — disse Mynx, olhando para o Lago Michigan da antiga sala de Innis. — Eu precisava de algo para ansiar.

— Então você deveria vir até aqui, onde sempre há algo bonito no horizonte.

— Como o quê?

— Ah, hoje? Hoje estou acordando nas encostas ensolaradas acima de Lima, com o oceano aos meus pés e os picos na minha cabeça — disse Mila. — A visão mais bonita.

— Tenho certeza. Mas preciso que você deixe isso para trás por um tempinho. A cúpula começa em alguns dias. Sei que você viu os detalhes.

— Vi, e estarei lá, claro, mesmo que me doa deixar meus amores para trás.

Mynx costumava se preocupar com Mila, depois que se conheceram. A mulher descrevia tudo de que gostava como seus "amores" e parecia ver o mundo através de uma lente melosa e emotiva. Tudo ensopado de emoção, ou devastador ou extasiante em igual medida.

Então Mynx viu Mila transformar o corpo de um assassino, transformando o homem forte e esguio em um ser fraco e fraturado que nem conseguia ficar de pé. Assim como Mynx era para o código de computador, Mila era para a forma física, ela conseguia entrar e reescrever uma pessoa no que quisesse.

Assustador, com certeza. O suficiente para que Aegis quisesse destruí-la antes que Mila decidisse embaralhar os corpos dos Campeões. Em vez disso, Mynx e os outros a recrutaram, provando para Aegis que as habilidades de Mila poderiam ser boas. Poderiam ser incríveis.

Uma promessa apenas parcialmente cumprida.

— Obrigada — disse Mynx. — Sei que é um risco reunir todos nós, mas temos que mostrar ao mundo que os Campeões permanecem unidos e que temos um plano para o futuro.

— E nós temos? Um plano?

Outros poderiam ter soado acusadores, ou até zombeteiros fazendo essa pergunta, mas Mila deixou uma risadinha pairar no final, como se a ideia de que os Campeões pudessem não ter tal plano fosse absurda.

— Vamos refiná-lo juntos, mas o ponto está em escolher quem vai substituir vocês quando forem embora — Mila deveria saber disso se tivesse lido as mensagens que Reeves estava enviando com os vários detalhes da Cúpula. — Assim como escolhemos os Paragons regionais. Como escolhemos você.

Silêncio no telefone, então um farfalhar. Mila se movendo para algum lugar. Mynx aproveitou a oportunidade para apreciar o café, o donut que alguém havia trazido para ela.

— Me lembro daquele dia — disse Mila. — Como você se recorda disso? A maioria de vocês não confiava em mim.

— Difícil confiar, sabendo o que você podia fazer.

— Mas você me deixou entrar mesmo assim, e olhe o que aconteceu.

— Foi algo e tanto — Sentimentalismo não era o playground preferido de Mynx. — Mas, Mila, não dormi bem, e tem muita coisa acontecendo aqui. Podemos falar mais na cúpula?

— Me risque da sua lista e desapareça, suponho?

— Isso não é justo.

— Ah, estou só brincando. Vá, seja rainha.

— Não sou uma rainha.

— O que você disser — respondeu Mila. — Mas se você capturar aquele lá, guarde-o para mim. Nada acalma uma revolução mais rápido do que ver seu líder murchando até virar uma pequena uva-passa silenciosa.

— Farei isso. Obrigada, Mila.

Os Campeões desligaram enquanto o céu transitava de preto para azul profundo, com os mais tênues tons de laranja agarrando-se ao horizonte. Mila tinha um bom argumento. Distorcer a mente de Zhan-Yo, transformá-lo em um apoiador fervoroso dos Paragons? Perverso, mas perfeito.

Mynx levantou-se e começou a andar pela sala vazia. Innis tinha uma mesa grande ali, dois monitores. Nenhuma foto pessoal, nenhuma arte nas paredes. Ou ele raramente passava tempo ali ou simplesmente não tinha gosto para decoração. De certa forma, Mynx apreciava isso — nada para distrair do plano.

— Reeves, temos os alvos — disse Mynx.

— Temos. Os drones estão prontos para lançar assim que você disser.

— Espere mais duas horas. Quero que a cidade veja. Quero que as câmeras estejam prontas para capturar o que vai acontecer.

— Uma captura visível corre o risco de energizar a base de Zhan-Yo — respondeu Reeves. — Eles poderiam ver isso como um ponto de inflexão e iniciar sua revolta. Outras revoluções foram desencadeadas com momentos como este.

— Não, não vamos fazer isso silenciosamente. Temos que mostrar a todos que isso não será tolerado. Permitido. Zhan-Yo fez seu movimento abertamente, e nós também faremos.

Reeves, como a IA deveria, aceitou o argumento e começou a fazer planos. Mynx, com a exaustão embaçando as bordas de sua visão, deixou o escritório de Innis e voltou ao andar destruído.

Os corpos já haviam sido removidos e vários Paragons com habilidades construtivas estavam remontando o vidro com movimentos de mãos ou simples olhares. Outro remodelava balas gastas em novas, prontas para serem reabastecidas nos drones. Ao meio-dia, o prédio estaria perfeito novamente.

Mynx os observou trabalhando e se perguntou. Quantos eram realmente leais, quão profunda tinha sido a corrupção de Innis? Depois da cúpula, ela passaria mais tempo dentro do Tama do homem, vasculharia todos aqueles barris — ou, mais provavelmente, teria Reeves quebrá-lo — para descobrir quem tinha provado daquela maçã traidora.

Antes, Mynx havia pensado em erradicar cada um deles

e despejar os mais perigosos em sua ilha. Mas quantos ela poderia levar? Quantos ela poderia esperar que Apinya e Burov, com seus poderes de manipulação mental, pudessem converter?

Drones não questionam seus comandos, ou seu comandante. Eles fazem o que lhes é dito e executam com o máximo de suas habilidades. Os Paragons tinham falhas humanas, e elas estavam se tornando cada vez mais difíceis de tolerar.

Então por que tolerá-los?

CAPÍTULO 33

ENCONTRO COM UM VILÃO

A POLÍCIA O ENCONTROU SOZINHO, em um tapete encharcado de sangue, chorando. Seu corpo encolhido, frio e manchado de vermelho. Pouco depois das nove da manhã, quando Thane deveria estar na escola. Em vez disso, ele queria usar uma camisa velha. Sua mãe havia comprado uma nova para ele. Por isso, e somente por isso, Thane os matou todos.

Apesar de toda a sua inteligência, de todas as horas que passara encolhido sob as luzes na prisão do Campeão, Thane nunca conseguiu entender por que suas habilidades escolheram aquela manhã para se manifestar. Por que o protesto de um garoto de doze anos se transformou em devastação.

Depois que ele destruiu o hospital — para onde a polícia havia levado seu corpo encolhido para cuidados — e demoliu vários edifícios em uma espiral de destruição em direção ao riacho escorregadio onde o pai de Thane costumava levá-lo para pescar, os primeiros Paragons o encontraram.

Novamente mole e fraco, deitado sobre o musgo e coberto de destroços.

— Eles queriam me salvar — disse Thane, afastando as samambaias que bloqueavam Cassidy enquanto seu grupo avançava do centro da ilha em direção ao lado leste. — Achavam que eu poderia controlar isso. Uma criança.

— Você preferiria que eles te acorrentassem, como fizeram depois?

Thane havia oferecido um pedido de desculpas pelo ocorrido anteriormente, tentando curar as feridas. Não haveria tempo para drama quando chegassem a Arthur, especialmente se o vilão correspondesse à avaliação de Cassidy como o mais perigoso da ilha.

Ela caminhava ao lado dele, e parecia feliz em fazê-lo, embora mais cautelosa que antes. Um olho, Thane notou, sempre permanecia sobre ele, avaliando. Uma suspeita merecida, ele supôs.

— Olhando para trás, sim — disse Thane. — Eu não tinha entendimento de mim mesmo, do que eu podia fazer. Eu era uma arma cega transbordando de hormônios que havia massacrado as únicas pessoas que amava. Eu deveria ter sido trancafiado.

— Eles acreditavam, naquela época — respondeu Cassidy. — Eu nunca tive essa chance.

— Não era crença. — Thane sentia o caminho sob seus pés. O denso sub-bosque tornava fácil escorregar, torcer um tornozelo. — Era insegurança. Eles achavam que poderiam me usar.

— Eu teria deixado que me usassem se soubesse o que estava por vir. — Cassidy havia pegado um galho e o usava como bengala, tateando o caminho. — Pensei que, ao desafiar as ordens deles, estava fazendo algum tipo de protesto. Em vez disso, só cuspi na cara todo-poderosa deles.

Os Paragons haviam levado Thane para longe da cidade, para um lugar isolado nas florestas do norte, perto da fronteira entre os EUA e o Canadá. Para um acampamento onde anomalias aprendiam a não matar todos ao seu redor. Será que aquele lugar ainda existia? Crianças com poderes ainda enviavam novas ao céu noturno, protegidas por Paragons que podiam mantê-las vivas?

Quantas vezes eles haviam reparado corpos que Thane quebrou?

— Eles moldam você nesses acampamentos — disse Thane. — Me ensinaram a esquecer minha família. Nem sequer me lembro dos nomes deles, apenas da lição.

Todos precisavam de um plano próprio. Tratamento, desde o primeiro dia até a formatura, anos ou meses ou semanas adiante, quando eles achavam que você poderia lidar com a sociedade. Poderia lidar com trabalho de verdade.

— Ouvi dizer que eles abrem as mentes à força? — perguntou Cassidy.

— Mais do que isso. A ideia é criar o Paragon perfeito. Alguém que possa traçar estratégias, que possa liderar, lutar e servir, que nunca vai beber demais e vaporizar uma multidão.

— Esse último não me parece um objetivo ruim.

— Você acha que odeio o que eles fizeram? — Thane balançou a cabeça, riu. — Não, eu os amo por isso. Os Paragons me deram uma vida para viver. Sem eles, eu teria sido furioso e imparável até que alguém encontrasse uma maneira de me matar. Em vez disso, os Paragons me tornaram racional, me fizeram esquecer como ser humano.

— Você ainda é bastante humano, Thane. Definitivamente comete erros suficientes para se qualificar.

— O que quero saber é por que eles não levaram você?

— Idade avançada demais.

— Não. Eles teriam levado alguém com o seu poder em qualquer idade.

Cassidy desviou o olhar para o horizonte. A sempre presente linha de drones negros permaneciA imóvel sob nuvens crescentes.

— Já te disse. Não tive escolha.

Cassidy não ofereceu mais e Thane não insistiu. Eles estavam se aproximando do fim da encosta de qualquer forma, chegando a um trecho plano e arborizado antes da praia da lagoa que Arthur chamava de lar. Haviam deixado o território da Duquesa e estavam em território contestado.

Diferente do lado de Cassidy, o clima da ilha mudava aqui, com o vulcão servindo para parar e dividir as nuvens, de modo que a chuva cobria as samambaias, e o verde parecia muito mais profundo. Exuberante era a palavra para tudo. O solo tornava-se mais lamacento, e as sandálias trançadas de Thane faziam pouco para impedir que a lama escorregadia subisse por entre seus dedos. Mais insetos zumbiam ao redor, aproveitando a água generosa e transformando-a em leitos de desova. As plantas floridas se beneficiavam, com suas pétalas roxas e vermelhas destacando-se em brilho tímido.

Belo e distrativo.

As antigas anomalias da Duquesa, durante a marcha, haviam alertado sobre isso, dizendo que Arthur mantinha uma vigilância rigorosa sobre o que acontecia na ilha. Havia rumores de que o homem mantinha uma anomalia que podia ver aqui e ali, como um holofote brilhando na parede preta de um edifício. A ideia de que eles poderiam se aproximar, caminhar até a lagoa como Thane e Sook haviam se aproximado da cidade de Cassidy, foi ridicularizada.

Então Thane marchava na frente da coluna. Embora,

com sua raiva suave sempre ardendo, Thane não parecesse o monstro mais imponente, ele podia aguentar um golpe. Se Arthur escolhesse um ataque surpresa, Thane provavelmente viveria o suficiente para contra-atacar.

Com que frequência o líder serve como isca, como alvo?

Para Thane, parecia ser o tempo todo.

Essa lógica matou o choque quando a primeira anomalia, usando uma faixa sobre o peito, tingida de azul-púrpura de pétalas de flores esmagadas, saiu da selva. Diferentemente dos guardas de Cassidy, este não carregava nenhuma arma, embora parecesse estar em boa forma. Bronzeado, musculoso e carrancudo.

O alerta subiu pelos flancos da coluna e Thane se virou do primeiro recém-chegado para ver o ar tremulando ao longo de sua força. Mais anomalias apareceram, como se jogassem mantas para fora, faixas azuis cruzando seus corpos. Embora fossem uma linha mais fina que o grupo de Thane, em poucos segundos os recém-chegados os cercaram.

O problema com anomalias: as estratégias tornavam-se inúteis, porque você nunca sabia contra o que estava lutando.

— Bem-vindos — disse outra anomalia, fibrosa e pequena, com pele naturalmente marrom. — Bem-vindos ao nosso lar adotado. Eu sou Arthur, e vocês são os intrusos.

Dado o nome, Thane não teria esperado o que viu: Arthur não se parecia em nada com o cavaleiro europeu da lenda. Ele esperava alguém fisicamente imponente, disposto a complementar sua habilidade com força bruta e uma disposição terrível. Em vez disso, Arthur explodiu com um grande sorriso. Braços abertos, ele caminhou para frente e estendeu uma única mão na direção de Thane.

Que hesitou. Cassidy, também, enviou punhais de

olhares na direção de Arthur, mas o sorriso do homem nunca vacilou. A anomalia parecia determinada a forçar seu caminho através da situação com seus dentes sujos à mostra.

— Meu nome é Thane. — Ele não ofereceu a mão. — Você sabe por que estou aqui?

— Você está aqui para nos ajudar a sair desta ilha — respondeu Arthur.

— Então você não precisa nos cercar. Você não é o alvo.

Arthur riu, uma risadinha fina. — Claro que não sou. Mas também não vou deixar você entrar no meu território. Isso é uma tomada de poder, e não uma que eu permitirei.

Opções. Ou eles lutam aqui, o que, com as vantagens óbvias de Arthur, resultaria em mortes que ninguém poderia se dar ao luxo. Ou Thane poderia aceitar as circunstâncias e ir junto com Arthur, como havia feito com a Duquesa, e cronometrar seu ataque mais tarde. Não era uma escolha tão difícil de fazer.

— Você se lembra de Sienna? — perguntou Cassidy antes que Thane pudesse falar. — Uma das suas equipes a encontrou, a levou.

Arthur deixou metade de seu sorriso morrer. Colocou a mão no queixo e enviou os olhos para o céu em um olhar exagerado que fez Thane colocar a mão no braço esquerdo de Cassidy. Ela poderia ficar tão brava com Arthur quanto quisesse, desde que não agisse com base nisso.

— Sienna. Hmm — disse Arthur, e então estalou os dedos da mão esquerda. — Me lembro! Ela está bem ali.

Arthur apontou para trás da linha, na direção de uma mulher mais jovem — Thane adivinhou vinte e poucos anos — que tentou se esconder atrás dos outros. Mesmo a dez metros de distância, Thane podia ver o rubor em seu rosto.

Às vezes Thane se esquecia de quanto tempo essas

anomalias estavam nesta ilha, quanta história elas tinham conseguido acumular.

— Então você mentiu para ela também. — Cassidy não se incomodou em se virar. Não desmoronou nem se afastou do aparente triunfo de Arthur. — Reunindo suas peças com palavras doces sobre fuga.

— Menti? Não é por isso que você está aqui? Para sair desta ilha?

— Nós realmente vamos fazer isso — disse Thane, retomando a conversa antes que Cassidy decidisse agir por impulso e abrir um buraco dentro do peito de Arthur. — Ouvimos que você tinha um plano, então viemos para ajudá-lo a funcionar. Isso não deveria ser uma luta.

— E você? Vácuo? O que você diz? — Arthur cruzou os braços. — Você está vindo trabalhar para mim também?

— Não para — disse Cassidy. — Com. Só desta vez.

Desta vez, quando Arthur estendeu sua mão, Thane e Cassidy a apertaram por vez. Juntos, eles sairiam desta ilha, ou morreriam tentando.

CAPÍTULO 34

CAÇADOR ASSASSINO

SEU TRAJE FEZ o melhor possível para manter a água do lado de fora, mas Kat sentiu a lama infiltrando-se entre suas botas e perneiras. Frio, especialmente considerando o inesperado ataque quente do sol ao frio do inverno. A neve derretendo fazia sua tentativa de disfarce, deitada sobre um monte em um telhado perto do café Elemental, parecer cada vez mais idiota à medida que a manhã avançava.

Por enquanto, Kat mantinha uma linha de visão clara através de todos os telhados por quarteirões ao redor, e seu traje branco se camuflava o suficiente para passar, segundo Calvin, por um monte de neve particularmente teimoso.

— Algum sinal? — Kat falou em seu Tama.

— Nada no solo — disse Calvin. — Parei de contar as voltas.

— Mais saudável assim. Vigilâncias tendem a demorar.

— Também estou recebendo muitos olhares. Talvez precise dar uma pausa.

— Tire seu intervalo para café se precisar. — Kat não comentou sobre sua situação atual, como seus músculos estavam adormecendo, como ela precisava usar um banheiro ou beber água. — Estarei aqui.

Mentalmente, ela havia se preparado para isso. No caminho de volta do bar na noite anterior, Kat e Calvin decidiram que a melhor maneira de lidar com um assassino seria levar a luta até ele. Eles saíram do quarto de Gordon pela manhã — depois que Kat extraiu uma promessa de seu amigo rastreador de cuidar de Seeker — e aventuraram-se de volta ao apartamento de Kat.

Ela deixou Calvin vigiando enquanto Kat entrava por uma porta lateral, evitando a entrada principal e a possível bala que viria com ela. Seu apartamento não havia sido saqueado, e a abertura cautelosa da porta provou-se desnecessária. Sem emboscadas. Aparentemente, o assassino limitava suas armadilhas ao exterior.

Que era exatamente o que Kat e Calvin estavam fazendo. Eles voltaram ao café Elemental — Kat até mandou um aviso, deixando os anomalias renegados saberem para continuar as coisas como de costume e não espantar a presa. Com sorte, o cara viria e tentaria fazer o que veio fazer.

E Kat realmente, realmente esperava que ele viesse. Ela nunca pensou em si mesma como vingativa, sempre sentiu que estava acima disso, mas o último dia ficou martelando em sua mente, sussurrando ao subconsciente de Kat o quão perto ela chegou de bater as botas. E não apenas a quase morte, mas que Kat não conseguiu pegar esse cara duas vezes.

Mortal e também insultuoso.

— Você quer, tipo, um latte ou algo assim? — Calvin entrou pelo Tama. — Isso pode soar estranho, mas tenho créditos sobrando agora que sou um Paragon. Não estou acostumado a pagar coisas para os outros.

— O que você vai fazer, jogar pra mim?

Calvin hesitou. — Talvez?

— Já estou coberta de lama. Se você derramar café em mim, não vamos precisar do assassino para ter um corpo hoje.

— Desculpa por perguntar — disse Calvin. — Não fique muito irritada aí em cima.

— Só vai piorar.

Kat encerrou a chamada. Mudou de posição para ter uma visão melhor dos telhados a leste. Mais plano por ali por um tempo, embora os lugares nos próximos quarteirões fossem principalmente casas. Não é como se o assassino fosse sair rastejando de alguma janela do sótão para atirar nas ruas.

E ainda assim.

Naquela direção, parecendo que não vinha exatamente de uma daquelas casas, mas que havia subido aos telhados por uma antiga lavanderia, uma forma cortou a visão de Kat. Diferente dos fixos prateados e cobertos de neve, a forma se movia, parecia humana e usava o traje todo preto preferido pelo seu alvo.

Kat nem contou a enorme arma pendurada nas costas da forma, seu cano oferecendo um contraste direto com a figura atlética do assassino enquanto ele saltava de um telhado para o próximo. Ele se movia com uma velocidade que sugeria planejamento, ou pelo menos repetição suficiente para aprender a rota ideal e menos arriscada: cada salto entre telhados ocorria no ponto mais próximo possível entre edifícios irregulares, aproveitando beiradas e bordas elevadas para se dar vantagem.

Kat teria aplaudido a exibição se estivesse assistindo em um filme ou em alguma competição. Cada pouso era suave e o mantinha em movimento, cada salto sincronizado com seu impulso para dar ao assassino o máximo de ar e espaço para pousar. Kat quase nunca se encontrava nos telhados perseguindo anomalias, mas mesmo assim, ela queria ter esse talento.

Em vez disso, Kat tomaria todo o resto.

— Chegando — disse Kat ao Tama. — Parece que ele vai atravessar do café para se posicionar.

O assassino encontrou um obstáculo em sua jornada logo após Kat dizer essas palavras. Enquanto ele progredia em direção à avenida principal e a uma passarela aérea através do boulevard conectando dois escritórios — provavelmente para atravessar o telhado — drones interromperam seu trajeto, passando pela área como os observadores silenciosos que eram. Sem dúvida, os disparos do assassino por aqui fizeram com que os drones realizassem patrulhas adicionais.

Então o assassino gostava de correr perigo. O bom senso ditava que ele deveria fazer seus assassinatos aleatoriamente, espalhá-los pela cidade para evitar que alguém percebesse que estavam sendo feitos pela mesma pessoa. O fato de que ele não se importava sugeria insanidade ou que o assassino pensava ser invencível.

De qualquer forma, Kat tinha seu alvo. Ela se moveu, se contorceu, deitada de bruços para manter o assassino à frente enquanto ele se dirigia à avenida principal e às pessoas que a congestionavam. O dia quente empurrou todos para fora, um vício prazeroso espremendo a população ao ar livre.

Ficar em pé sobre a rua movimentada e tentar dar um tiro, no entanto, só faria com que o assassino fosse pego imediatamente, então ele se estabeleceu alguns prédios atrás e começou a preparar sua arma.

— Ele está no meio do quarteirão — disse Kat. — Três

atrás. Parece um prédio de apartamentos. Ele está se preparando. Qual é a sua situação?

— Indo na sua direção — disse Calvin. — Difícil correr com café quente.

— Então joga fora, seu idiota.

— Esta é, tipo, a quinta vez que compro café com meu próprio dinheiro — respondeu Calvin. — Não vou jogar fora.

— Tanto faz. Ele está quase pronto. Vou entrar.

Kat cortou a conversa e rolou para fora do monte de neve enquanto o assassino, a quatro telhados de distância, se curvava sobre o rifle para ajustar suas pernas. Kat saiu do rolamento e correu para trás de uma pilha de ventilação, espiou para confirmar que a arma ainda mantinha a atenção do assassino. A mira precisava ser fixada, então o assassino não olhou na direção de Kat.

Agora a parte difícil. Saltar entre os prédios em uma corrida rápida. Os telhados não eram exatamente travesseiros macios, mas Kat tentaria manter os pousos o mais silenciosos possível. Pousar em seus pés, continuar correndo e tudo mais.

Ela adorava o precipício, o momento antes da ação começar, quando tudo desacelerava. Sem volta após dar o próximo passo. Kat se tornou uma rastreadora por muitas razões, e esses momentos definitivamente eram uma delas.

Então Kat aproveitou o instante, contornou a pilha de ventilação com sua fumaça branca expelida, e correu. Suas botas justas agarravam as telhas, dando a cada impulso de perna todo o momento que ela precisava. A respiração vinha fácil. O traje se movia com ela, como uma segunda pele.

A máscara, destacando o assassino em vermelho, traçou o

caminho ideal até ele. As bordas dos telhados brilhavam em verde, com setas amarelas apontando para os melhores arcos para saltos em corrida — como se Kat pudesse acertá-los perfeitamente. Conforme Kat ganhava velocidade, a primeira borda piscou, depois permaneceu brilhante: a máscara achava que ela tinha impulso para ultrapassar o primeiro vão.

Kat plantou o pé direito perto da borda e saltou, prendendo a respiração enquanto o beco passava por baixo dela. Contêineres de lixo, se tivessem olhos, teriam visto seu corpo branco-prateado esvoaçante voar sobre eles por um segundo fugaz e nada mais. Ela não ouviu gritos de baixo, seus feitos heroicos passaram despercebidos pelos seres vivos.

O pouso chegou rápido, aquele segundo suspenso terminando com um impacto forte que empurrou Kat para um rolamento. Algo no telhado rangeu quando ela passou por cima, duro e liso. Ao sair do rolamento, deslizando um pouco na lama, Kat olhou para baixo. Painéis solares. Por que não estavam elevados, coletando luz solar em vez de estarem planos, cobertos de lama derretida?

Porque Kat tinha uma sorte miserável, é por isso.

Sua máscara apitou em seu ouvido esquerdo enquanto Kat reunia seu impulso restante e virava-se em direção ao assassino. Que não estava onde ela o vira pela última vez. O rifle do homem ainda estava lá, em seus apoios e pronto, mas seu dono...

Kat girou mais para a esquerda, fazendo uma linha reta de seu prédio, depois mais dois telhados até a rua principal. O assassino saltou o vão até o meio, pousando suavemente no telhado. Sem painéis solares naquele.

Com seu ataque furtivo cancelado, Kat levantou o pulso esquerdo e apertou a palma, disparando duas esferas prateadas através de seu telhado até onde o assassino se virava para ela. Quando as esferas aterrissaram, Kat se agachou e avançou. Seu pé esquerdo pegou a beira do telhado — como o assassino vinha em sua direção, Kat não precisou correr por todo o telhado para saltar — e ela voou.

O assassino olhou para as esferas prateadas, então levantou aquela mesma pistola em sua direção. Kat, em pleno voo, planava sem nenhuma cobertura. Sua máscara, como se decidindo que ela não precisava ver sua própria morte, apagou sua visão. Seu estômago se contorceu, e Kat tentou se manter consciente de seu próprio espaço, onde estava e onde estaria em um segundo.

Dois flashes, e Kat pousou enquanto sua visão retornava, uma clareza súbita que mostrou o assassino cambaleando para longe dela, daquelas esferas prateadas, sua arma balançando amplamente com a outra mão agarrando seu rosto.

Nunca sendo alguém que deixa uma vantagem hesitar, Kat pressionou a sua. Ela mergulhou para frente em um tackle, tentando diminuir a distância daquela arma, tornando-a inútil. O recuo do assassino impediu que o ataque de Kat alcançasse a gloriosa perfeição, e em vez disso Kat acabou agarrando os tornozelos do assassino.

Use o que você tem.

Kat puxou os pés do assassino em sua direção e o homem largou a arma para amortecer sua queda, a pistola batendo nas telhas e saltando para longe. Kat estalou seu pulso esquerdo enquanto se puxava para cima pelas calças cheias de bolsos do homem, trocando das granadas de luz vazias para algo mais útil. Com a mão direita, ela tentou prender o próprio pulso do assassino no chão.

Isso não funcionou. O assassino se levantou, ainda balançando a cabeça, e desferiu um soco desajeitado com a mão esquerda. O golpe acertou o rosto de Kat, com a máscara amortecendo o impacto, mas paralisando o ataque de Kat e permitindo que o assassino encontrasse algum apoio com os pés e se empurrasse para fora de baixo dela.

Kat pegou sua arma de choque, levantou-a e disparou à queima-roupa no assassino. O dardo enterrou-se no colete preto do homem, depois caiu. O assassino não pareceu se importar, e ambos se levantaram, encarando-se diretamente em uma poça congelada.

— Você deveria estar morta — disse o assassino. — Como?

— Não é da sua conta — respondeu Kat, então avançou com um chute, mirando nos tornozelos do assassino.

Ele recuou, permitindo que o chute errasse, mas manteve os próprios punhos levantados. — Anomalias?

— As que você ainda não matou. — Kat fingiu outro soco, então apontou seu pulso esquerdo para a perna direita do assassino e disparou.

O cabo de aço disparou e se cravou na coxa do assassino, e o homem gritou, alto e estridente. Não exatamente um grito de berserker, mas o ganido de pânico de alguém que não havia sentido muita dor real. Ele sentiria muito mais.

Kat sacudiu o pulso esquerdo e o cabo puxou o assassino para baixo de costas novamente, batendo-o com força no telhado.

— Kat, onde você está? — A voz de Calvin veio do Tama. — Que telhado?

— Suba aqui e você vai nos ver — disse Kat, caminhando em direção ao assassino.

Enquanto Kat se aproximava, o assassino, com a respiração ofegante, alcançou e puxou uma faca zumbidora de seu cinto. Deslizou a lâmina em direção à sua coxa e começou a trabalhar a borda contra o cabo, por apenas um segundo até que Kat a chutou para longe.

— Me pegou uma vez — disse Kat, olhando para o homem. Sua máscara escondia seu rosto, e enquanto ele não tinha um casaco como Kat, equipamentos pretos cobriam tudo, até o Tama do homem. — Nunca mais.

Kat apontou a arma de choque diretamente para o pescoço do assassino, no que deveria ser um ponto fraco na armadura.

— Pare! Abaixe a arma! — A ordem com voz severa do drone veio em alto volume, o orbe escuro flutuando em direção a eles da rua principal, sua tecnologia exposta e apontada como um cacto na direção de Kat e do assassino. — Pare ou você poderá ser ferido!

Os drones estavam próximos, mas não tão próximos a ponto de chegarem em cima deles em segundos. Não houve nenhum tiro alto, e Kat não esperaria que alguém da rua, mesmo que tivesse visto dois saltando entre os telhados, chamasse por ajuda. Mas o drone estava aqui, o que significava que Kat tinha que obedecer. Ela abaixou a arma de choque, encarando o drone o tempo todo.

O assassino não entendeu a mensagem. Enquanto Kat abaixava a arma, ela sentiu seu tornozelo ceder sob ela quando o assassino chutou. Ele rolou enquanto Kat escorregava, enquanto o drone mandava que parassem de se mover. O assassino, com o cabo de Kat em volta da coxa, rolou para a beira do telhado sobre o beco e continuou se movendo, puxando-se sobre e para fora.

O quê? O homem acabara de se matar?

Kat sentiu o cabo desenrolando de seu pulso, fez um cálculo relâmpago. Não havia folga suficiente para ele chegar ao chão, o que significa que ele a puxaria pela borda também. Ela estalou o pulso, desengajou as garras do cabo e sentiu-o afrouxar um momento depois. Ela foi até a borda, olhou para baixo em direção ao beco, esperando ver um corpo quebrado.

Em vez disso, viu uma lixeira amassada e uma forma mancando sumir na esquina, mais fundo nos becos.

— Pare agora! — o drone chamou novamente. — Ou eu vou atirar!

— Não há necessidade — disse Kat, virando-se para o drone e mostrando as mãos, a arma de choque de volta em seu coldre. — Não estou resistindo.

— Ela não é o alvo! — Calvin gritou, desta vez, do próximo telhado, subindo por uma escada de incêndio. — É o cara de preto, cara!

O drone girou entre Kat e Calvin, confuso.

— Aquele com quem eu estava lutando — disse Kat, sentando-se na beira. Ela poderia ter tentado perseguir o assassino, mas pular do telhado parecia uma má ideia. — Vá atrás dele. Ele é o que está atirando nas pessoas.

O drone finalmente pareceu entender. A máquina ordenou que os dois ficassem, então flutuou na direção do assassino. Talvez tivesse sorte, mais provavelmente não pegaria nada além de ar.

— Ele escapou? — Calvin perguntou do outro telhado. — Pensei que você o tinha pegado?

— Eu tinha, até aquela coisa aparecer. — Kat enrolou seu cabo de volta. — Mas nem tudo é ruim. Podemos encontrá-lo agora.

Ela apontou para alguns telhados adiante, para o rifle do assassino, ainda montado e esperando para levá-los até seu dono.

O CENTRO de Chicago em fevereiro permanecia fiel ao seu antigo apelido, e rajadas de vento empurravam Zhan-Yo pelas calçadas enquanto ele caminhava, capuz erguido, sob torres de vidro e aço. Sem tachi hoje, e ele mantinha a cabeça baixa, evitando os olhares dos transeuntes que iam e vinham do trabalho, do lazer, das compras. Na verdade, todos pareciam imitar seu olhar voltado para baixo, protegendo seus rostos do beijo gélido do vento.

Atravessando por baixo da Lake Shore Drive, suas amplas avenidas outrora gloriosas, agora reduzidas para se adequar à maior eficiência dos pods, seu asfalto arrancado e cedido para mais grama, árvores, as coisas naturais que haviam sido demolidas na conquista da humanidade. Ele não tinha nada contra as coisas mais verdes da vida, mas Zhan-Yo sentiu aquela dor familiar: mais uma memória da infância tornada apenas isso.

A vastidão do Lago Michigan, coberto com placas congeladas flutuantes como a cena de um ousado resgate ártico, curou qualquer mal-estar. Enquanto a brisa conti-nuava tão vigorosa como sempre, parecia menos hostil aqui, com a larga margem se estendendo em ambas as direções. Zhan-Yo atravessou a trilha, normalmente lotada de ciclistas, caminhantes e pessoas aleatórias como ele, mas agora um trecho estéril, até a borda murada e se inclinou sobre a pedra fria, cotovelos apoiados e rosto para frente.

Por muito tempo, esta vista serviu para centrá-lo. Nuvens filtravam o sol hoje, mas seu suave laranja ainda se mostrava inspirador, uma chance de se conectar com mais do que sensações imediatas. Uma chance de mergulhar mais profundamente em seu propósito. Todos deveriam olhar para uma vista como esta e sentir que eles, também, poderiam esperar por um futuro mais brilhante, possível por suas próprias ações, não pela generosidade de um Paragon.

Seu Tama bipou e vibrou, o sinal duplo característico chamando Zhan-Yo de volta do devaneio para as exigências do presente. A manga grossa da jaqueta tinha uma janela de velcro que Zhan-Yo abriu, permitindo-lhe ver o irmão de Sylvie na tela do Tama. A voz do homem chegou abafada, o vento a bloqueando, então Zhan-Yo teve que levantar o próprio braço, segurá-lo perto de seus ouvidos, como um telefone de eras passadas.

— Fiz contato com aqueles dois Paragons que você mencionou — disse Mathieu. — Eu não confiaria nada importante a eles, se quiser minha sincera opinião.

— Não precisamos deles para nada além de me colocar lá dentro — respondeu Zhan-Yo. — Eles podem me fazer passar por qualquer coisa que esteja vigiando a entrada. A partir daí, os deixamos fora disso.

— Então agora você quer levá-los até lá também.

— Wexley cuidará disso. Diga a ele quantos lugares você precisa — disse Zhan-Yo. — Resolva isso. Estamos quase lá.

— E a outra coisa, os pacotes?

A dança criptográfica. Zhan-Yo sorriu contra o vento.

Ele não havia mencionado a cúpula, para onde seus Paragons traidores estariam voando, e agora estavam discutindo aquele clichê de filme de espionagem: pacotes. Qualquer Paragon realmente ouvindo a conversa provavelmente ficaria confuso, até mesmo suspeito, mas a evidência não existiria. Eles não poderiam planejar contra isso. Zhan-Yo sempre achou que esse tipo de coisa parecia tolice, um desperdício, mas agora, realmente falando como um espião?

Ele poderia se acostumar com isso.

— Exatamente como encomendado — disse Zhan-Yo. — Não podemos estragar isso, porque não haverá outra chance.

Era o que Zhan-Yo havia pensado com Aegis também, e ele encontrou sua segunda chance, mas ter tanta sorte várias vezes parecia um plano ruim.

— Não, não haverá.

Entre o vento, segurando o Tama em sua orelha e apertando os olhos enquanto olhava sobre o lago, levou um momento para Zhan-Yo perceber que a voz dizendo as palavras não era do irmão de Sylvie, e que elas não vinham do Tama.

Com os nervos espasmodicamente se transformando em um excitante coquetel, Zhan-Yo virou-se. De pé do outro lado da trilha, vestida com equipamento de inverno igualmente volumoso que emoldurava seu rosto na auréola de uma jaqueta azul-escura, estava uma mulher que Zhan-Yo não reconhecia.

— Você não me conhece, conhece? — disse a mulher. Zhan-Yo olhou para seu Tama, o rosto questionador de Mathieu olhando de volta para ele, e Zhan-Yo o deixou quieto. Ele não poderia saber o que aconteceria a seguir, e deixar um amigo escutar poderia ser valioso. — Você me machucou, e nem sabe quem eu sou.

Rancores acumulados durante uma vida como a dele. Administrar uma empresa como a Ziran significava incontáveis decisões que deixavam vencedores e perdedores. Como ele poderia saber qual deles finalmente decidiu levar suas queixas a um fim físico?

— Eu tenho muitos inimigos — respondeu Zhan-Yo. — Qual deles é você?

— Seu pior.

A mulher deu três longos passos pela calçada, como se fosse dar um chute forte, ou talvez um soco. De todas as coisas que Zhan-Yo não poderia deixar acontecer, uma briga aberta em uma rua bem movimentada estava entre as principais: os Paragons viriam, e então ele seria detido. Então, em vez disso, Zhan-Yo ofereceu suas mãos, segurou-as na frente de seu rosto e tomou o caminho mais lastimável.

— Pare com isso — disse a mulher enquanto cruzava para o lado de Zhan-Yo, sem golpeá-lo. — Abaixe suas mãos e lute comigo como você lutou com meu pai.

E aí estava. A dica de que ele precisava. A filha de nenhum empresário viria atacá-lo na rua. Mas Aegis?

— Se eu abaixar minhas mãos, você vai me deixar falar? — disse Zhan-Yo. — Ou você veio apenas para me matar?

— Apenas para te matar.

Direto ao ponto, então. Zhan-Yo poderia admirar isso. Admiraria isso, exceto que morrer arruinaria seus planos.

— Então você nunca saberá o porquê — disse Zhan-Yo, ainda mantendo as mãos erguidas, agora recuando até sentir a parede atrás dele. — Eu não queria matar seu pai.

— Não me importo — disse a mulher, e Zhan-Yo separou suas mãos muito ligeiramente para vê-la andando atrás dele, sua respiração enviando nuvens enquanto se movia. — O que importa é o resultado final.

— Então você é tão míope quanto seu pai era — disse Zhan-Yo, arriscando.

A filha de Aegis não mordeu a isca. Ela deu passos rápidos até Zhan-Yo e enviou uma rápida cotovelada em seu estômago. Uma dor aguda irradiou, e Zhan-Yo sugou ar frio aos pulmões cheios, dobrando-se e tossindo de volta. É claro que Aegis teria ensinado sua filha a lutar.

Talvez ela também fosse uma anomalia, e pudesse quebrá-lo de uma dúzia de maneiras.

— Últimas palavras? — disse a mulher.

Zhan-Yo deixou-se cair para frente, na direção da mulher, que se esquivou com um ruído de nojo. Assim que os cotovelos de Zhan-Yo atingiram o chão, ele rolou para frente, ignorando os protestos de seu abdômen ferido. Saindo da cambalhota com uma torção, Zhan-Yo levantou-se numa postura de luta, descansando facilmente sobre os joelhos.

A mulher riu dele, até mesmo enxugou algumas lágrimas dos olhos. — Quantos de vocês foram necessários para machucar meu pai, se isso é tudo o que você é?

Ao redor deles, nada parecia se mover exceto os pods ocasionais de volta na estrada e, além deles, as estátuas gigantes de passo lento em sua órbita eterna ao redor do parque. Apesar das observações da mulher, o espaço tinha uma sensação épica, aquela vibração quando o destino acerta em cheio.

Zhan-Yo não pôde reprimir um sorriso. Ele ansiava por essa energia.

— Qual é o seu nome, pequena? — ele perguntou enquanto a mulher vinha em sua direção novamente com passos confiantes. — Como Aegis te chamava?

— Celice — respondeu a mulher. — E você não tem o direito de dizer o nome dele.

Novamente ela irrompeu numa corrida, e novamente Zhan-Yo recuou pela calçada e sobre a neve que dividia a trilha das pessoas da via expressa dos pods. Seus pés afundaram na camada crocante, mordendo o floco macio por baixo, e Zhan-Yo usou isso: parou e chutou a neve para cima na direção da investida de Celice.

Os flocos frios não causaram nenhum dano, mas fizeram Celice fechar os olhos, mover uma mão para proteger o rosto por um segundo, e nesse momento Zhan-Yo deu um passo à frente e para o lado, pegando Celice enquanto ela o seguia para a neve e jogando-a além dele, enroscando o tornozelo dela com o seu. Ela caiu na neve, levantou-se quase tão rápido, ficando de pé com flocos cobrindo suas mãos e espalhando-se pelo cabelo.

— Agressiva, Celice — disse Zhan-Yo, acomodando-se. — Tal pai, tal filha.

A luta poderia significar seu fim por muitas razões, mas se ele não pudesse deixá-la, então Zhan-Yo, pelo menos, aproveitaria.

Celice encarou Zhan-Yo por um longo momento, tempo suficiente para que Zhan-Yo se perguntasse se ela estava ganhando tempo. Talvez dando aos drones um pouco mais de tempo, mas ele não conseguia ver nenhuma esfera preta correndo em sua direção. Ainda.

— Meu pai adorava essas lutas — disse Celice, finalmente dando um passo lento em direção a Zhan-Yo, que se mantinha firme na calçada. — Ele falaria por horas sobre quem deu qual soco, desferiu qual chute. Porque, no final, ele achava que ser fisicamente *melhor* que alguém provava que você estava certo.

— Uma visão simplista — respondeu Zhan-Yo, recuando para manter a distância entre eles.

Celice colocou um tom cortante em sua voz que deixou Zhan-Yo ligeiramente nervoso. Uma curiosa calma, junto com um olhar morto, levantava a possibilidade de que Celice havia cortado os últimos pedaços de sua humanidade, deixando a fria vingança e sua brutalidade como único comando de seu corpo.

— Eu sempre vi diferente — Celice continuou falando, continuou andando. — Aegis espancava seus inimigos, mas eles continuavam voltando, porque você não podia derrubar um movimento com um golpe. Não podia destruir uma organização com um gancho.

— Então você desempenhou um papel — disse Zhan-Yo. — A pequena ajudante do seu pai.

— Sua protetora — respondeu Celice. — Ele cuidava da superfície, eu arrancava as raízes. Agora, tenho que fazer ambos.

Celice deu um passo rápido por último, reduzindo a distância até Zhan-Yo e avançando com um corte com a mão direita em direção ao estômago de Zhan-Yo. Ele baixou os braços para bloquear, percebeu que Celice estava fingindo enquanto ela levantava a mão, chutando junto com isso.

O golpe alto acertou o queixo de Zhan-Yo e o jogou para trás. O som suave da calçada o avisou que o próximo golpe estava vindo, mesmo enquanto Zhan-Yo tentava baixar os olhos, parar o repentino embaçamento em sua visão.

O instinto o salvou, jogou Zhan-Yo para frente no corpo de Celice, chocando-se contra seu soco e reduzindo sua eficácia. Ele moveu os braços rapidamente, desferindo golpes rápidos e próximos em pontos de pressão enquanto Celice tentava se manter em pé, e falhou.

Quando Zhan-Yo sentiu seu equilíbrio vacilar, ele achatou as palmas das mãos e empurrou, enviando Celice ao chão, onde ela deslizou um metro, olhando para ele com dor gravada em seu rosto, sangue escorrendo de seu lábio. Zhan-Yo também sentiu os hematomas ao longo de sua mandíbula onde o chute dela o atingiu.

Com Celice caída no chão, a luta havia chegado à conclusão. Zhan-Yo, massageando o rosto, começou a se aproximar de Celice. Um chute afiado na cabeça e seria o fim, e Zhan-Yo poderia até escapar.

Nenhum drone ainda.

Ela sacou a arma mais rápido do que Zhan-Yo achava possível. Em um segundo, suas mãos estavam no chão frio, apoiando-a. No próximo, elas haviam deslizado dentro de seu casaco e emergido com duas armas de fogo muito ilegais apontando diretamente para a forma aproximada de Zhan-Yo.

Ele nunca, jamais teve uma arma apontada para ele. Nem uma vez em todos os seus anos Zhan-Yo lidou com o perigo imediato de vida-ou-morte apresentado por aqueles canos pretos.

Zhan-Yo congelou. Levantou as mãos. Sua mente correndo entre o que ele poderia dizer, poderia fazer, poderia acreditar que mudaria o resultado.

— Seu pai nunca usou essas — disse Zhan-Yo.

— Eu não sou meu pai — respondeu Celice.

— Mas você também não é uma assassina — a voz não era dele, e Zhan-Yo olhou para cima, ao longo da calçada para ver Mynx parada lá, uniforme de Paragon brilhante contra o dia, cabelo preto ondulando ao vento. — Guarde as armas, Celice.

— Ele o matou! — gritou Celice, sem desviar o olhar de Zhan-Yo. — Ele o matou e você quer que eu guarde isso?

— Ele já foi cuidado — disse Mynx, e Zhan-Yo ergueu

as sobrancelhas, abriu a boca para fazer uma pergunta e sentiu dois golpes repentinos em suas costas derrubá-lo para frente.

Zhan-Yo não ficou acordado para ver o chão que atingiu.

CAPÍTULO 36

FÚRIA DE UMA FILHA

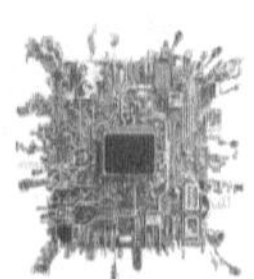

OS DRONES ATIRARAM EM ZHAN-YO. Acertaram-no com dois dardos atordoantes, e então Mynx ajudou a arrastar o corpo flácido do homem para um dos compartimentos de carga apertados. Com um breve comando para levarem Zhan-Yo ao aeroporto, os drones deixaram Mynx e dispararam para longe.

— Quero ele completamente fora — disse Mynx. — De volta à nossa instalação.

— Perto de casa? — Reeves, sua IA, falou pelo Tama. — Não é muito perto da cúpula para alguém como ele?

— Perto o suficiente para eu extrair o que ainda resta nele e ainda assim chegar ao meu evento.

— Mas isso não é arriscado? — respondeu Reeves. — Não quero parecer nervoso, mas colocar Zhan-Yo perto dos Campeões é pedir por uma catástrofe.

— Ele ficará selado e sedado — disse Mynx. — Assim que tivermos nossa conversa, vou enviá-lo para a ilha. Veremos quanto tempo ele dura com todas aquelas outras anomalias. Talvez Thane arranque a cabeça dele.

— Que imagem sombria.

Mynx não discordou, mas olhou para a calçada, onde Celice havia parado sua perseguição e observava de um mirante. Esperando por uma conversa que precisava acontecer, uma que Mynx não estava ansiosa para ter.

O que você faz com a filha perigosa e ambiciosa da sua melhor amiga?

— Para onde você está levando ele? — perguntou Celice quando Mynx se aproximou. Ambas se viraram para observar o lago e os blocos de gelo, o que Zhan-Yo também estivera fazendo. — Para alguma câmara de tortura secreta, espero?

— Vamos descobrir o que ele sabe. Apinya está vindo para a cúpula. Se Zhan-Yo não falar comigo, então Apinya vai tomar sua mente.

— O que você acha que vai encontrar? Algum grande plano? — Celice riu. — Você acha que um cara que perambula sozinho à beira do lago tem alguma grande força aguardando o sinal para agir? Você deveria ter me deixado atirar nele.

— Isso também não teria feito nenhum bem a você. — Mynx colocou a mão no ombro de Celice. — Você já tirou uma vida?

Celice balançou a cabeça.

— Ele deveria ter sido o primeiro.

— Não — respondeu Mynx. — Você nunca deveria ter um primeiro. Mantenha sua ficha limpa. Seus sonhos não serão tão terríveis.

— Era isso que meu pai costumava dizer — Celice afastou o cabelo do rosto, apoiou as mãos no que devia ser pedra gelada. — Cada um fica com você.

— Para ele, tenho certeza.

Mas não para você?

— É diferente quando você está em uma máquina, ou

controlando uma — disse Mynx. — Eu não levo para o lado pessoal.

Aegis havia feito um acordo com Mynx, quando os Campeões perceberam que desferir golpes de nocaute não era o suficiente. Quando seus inimigos evoluíram de criminosos anômalos para exércitos e estados rebeldes. Mynx projetou armas capazes de derrubar centenas, milhares.

Fazer drones para destruir havia sido fácil. Mynx tinha concordado com a ideia, impulsionada pela retórica de Aegis e pela necessidade filosófica de Apinya: criar um novo mundo, movido por aqueles com poderes em vez de ganância e corrupção. Ela entregou, e quando aqueles primeiros inimigos caíram, despedaçados por mísseis e balas, Mynx não sentiu a dor. A agonia dilacerante da alma que Aegis dizia acompanhar cada golpe fatal.

Mas talvez ela tivesse sentido, e não soubesse. Talvez a visão fria e insensível que Mynx havia adotado nos anos seguintes, onde vidas hostis eram obstáculos em vez de pessoas, tivesse surgido naqueles primeiros dias e nunca mais a deixado.

— Papai gostava de dizer que os Campeões não praticavam vingança — disse Celice. — Eu nunca achei que isso fosse verdade. Ele guardava rancor das pessoas que o prejudicavam ou aos Paragons. Falava sobre eles comigo. Meus amigos da escola riam sobre filmes ou algum parque temático enquanto eu ouvia sobre algum monstro brutal do outro lado do mundo durante o jantar.

— Você era a válvula de escape dele. Aegis sempre tentou manter a organização limpa. Eu não me importava, mas ele sabia que as pessoas não nos seguiriam se mantivéssemos rancores. Se as anomalias mais fortes do planeta não pudessem perdoar, então como qualquer outra pessoa poderia? Os Paragons têm equipes que ficam longe dos holofotes.

Eles capturam criminosos importantes, e então nós os levamos à justiça.

— Longe dos holofotes. Isso é engraçado. Você comanda os rastreadores. Eles não são como eu? Dedicados a caçar criminosos?

— Reeves comanda os rastreadores mais do que eu — Mynx estremeceu, seu traje cinético estava quase vazio. Era hora de ir para algum lugar quente. — Não vou fazer sermão para você, Celice. Seu pai foi assassinado, como você lida com isso é problema seu. Mas Zhan-Yo cometeu um crime, e ele tem que pagar por esse crime publicamente. Com a justiça dos Paragons, e nada mais. Então, seja você deixá-lo em paz para poupar sua alma, ou porque seu pai teria dese-jado isso, não me importa. Escolha um.

Mynx se afastou do muro, virou-se para ir em direção a um pod que esperava.

— Pensei que você fosse minha amiga — Celice perguntou às costas de Mynx. — E é isso que você me diz, sobre o homem que matou meu pai? Escolha um?

— Todos nós tivemos que fazer escolhas difíceis para chegar aqui, inclusive seu pai. Se você quer ficar conosco, precisa aprender. Os Paragons, os Campeões são maiores que você e o que você quer. Então sim, escolha um, e siga em frente. O mundo já seguiu.

Duro, talvez. Por outro lado, Mynx tinha enfrentado escolhas semelhantes à medida que envelhecia, à medida que os Paragons cresciam. Vezes demais para contar, eles tiveram que decidir se eliminavam inimigos, e antigos amigos que não concordavam mais com o crescente poder dos Paragon. As perdas, também, precisavam ser descarta-das. Chore por elas, faça um funeral e siga em frente.

Se Celice ainda quisesse, depois que Zhan-Yo tivesse seu julgamento, tivesse sua culpa e vergonha exibidas para o mundo ver, para que qualquer outro pensando como ele visse o quanto poderiam cair, Mynx a deixaria apertar o gatilho. Celice poderia fazer isso em uma sala nos fundos, sem ninguém observando. Extirpar sua raiva, e ver se expulsar Zhan-Yo do mundo dos vivos lhe daria alguma satisfação.

Um cadáver nunca havia oferecido a Mynx nenhum consolo. A vitória, sim. A solução, sim. O ato final? Não. Mynx agora deixava isso para as máquinas. Elas não se importavam, e não falhavam.

Mynx observou Celice enquanto o pod se afastava, a filha de Aegis tinha se voltado para o lago, olhando para ele como se sua resposta estivesse entre o gelo.

Quem sabe, talvez estivesse?

CAPÍTULO 37

A PRAIA

O PLANO de Arthur mataria todos eles. Thane sabia disso tão bem quanto sabia de qualquer coisa, embora a apresentação espalhafatosa de Arthur, completa com um diagrama de areia incrustado em uma mesa rudimentar, parecesse ter convencido Cassidy e as outras anomalias na ampla sala.

O fato de estarem em uma sala já era um testemunho do poder de Arthur na ilha. Se o grupo de Cassidy tinha cabanas à beira-mar e redes de pesca, a Duquesa melhorou isso com uma verdadeira cidade e casas maiores, ainda que cobertas de palha. Arthur tinha uma aldeia frágil.

A explicação, enquanto caminhavam por um portão de madeira totalmente funcional, recaiu sobre várias anomalias cujos poderes podiam trabalhar em conjunto para moldar areia em vidro estável e resistente. A ligação sombreava a areia, tornando-a mais escura, fazendo com que as paredes da aldeia, as casas e o portão parecessem lama brilhante.

Um visual interessante, e não um que Thane escolheria se tivesse opções, mas em uma ilha como esta, você trabalhava com o que tinha, e o que Arthur tinha superava o resto.

Aqui, nesta sala, Thane tinha até uma cadeira. Acolchoada com um trançado de capim e folhas, as cadeiras circundavam a mesa central de Arthur em uma casa iluminada por tochas. Aquela mesa, agora descoberta para revelar uma caixa de areia com diagramas desenhados, fez Thane lembrar das reuniões de planejamento do Paragon há muito tempo. Embora rudimentar em comparação aos computadores, o verdadeiro poder da mesa vinha de todos estarem no mesmo lugar, compartilhando opiniões e ideias.

— Em qualquer outro lugar, você incendiaria tudo — disse Arthur enquanto demonstrava seu próprio poder ao acender a primeira tocha. Thane não conseguia detectar a luz mais fraca ao seu redor enquanto Arthur extraía a energia solar para a primeira chama, mas todas as outras tochas diminuíram quando Arthur extraiu seus fótons para a próxima da fila. A anomalia tocou cada pavio não aceso, seu braço brilhando, e o fogo faiscou e se propagou. — Mas nossas casas são fortes, à prova de fogo. Melhor que em casa, eu acho.

Claro, se você não se importasse com pisos de terra, sem encanamento interno, e vivesse apenas em lugares com climas ideais. Thane, no entanto, manteve a boca fechada. Deixe o homem exibir seus brinquedos.

Thane poderia tirá-los dele mais tarde.

Na areia, cercada por versões endurecidas de si mesma, Arthur havia desenhado seu plano para escapar da ilha. Thane, Cassidy e várias outras anomalias assistiram enquanto Arthur ilustrava várias posições, responsabilidades e tempos que, se levados a um final absolutamente perfeito, arruinariam drones suficientes para permitir a fuga.

— Não podemos enfrentá-los diretamente — disse Thane, não pela primeira vez naquela noite. — A maioria dessas anomalias não tem treinamento de combate, equipamento ou habilidades. Serão massacradas.

— Elas serão protegidas. — Arthur enfiou um espeto de vidro no centro da areia, onde havia desenhado um A para marcar sua posição. — Vou atrair os drones, lembra? Qualquer um que não possa contribuir para a emboscada ficará escondido. Eles saltarão nas arcas e esperarão.

— Mynx fez esses drones. Eles não vão cair na sua armadilha.

Arthur apontou para Cassidy. — E você? Muito quieta. Vai deixar esse aí continuar jogando insultos no meu plano?

— Estou com Thane — disse Cassidy. — Não podemos vencer uma guerra. Podemos, talvez, conseguir uma fuga.

— Certo — continuou Thane, tentando manter sua raiva sob controle para não começar a arrastar as palavras ou perder suas ideias. — Uma flecha. Das suas docas direto para o sul, até o Havaí. É o lugar habitado mais próximo.

Bloqueado por Thane e Cassidy, Arthur se voltou para as outras anomalias, abrindo as mãos como um vendedor enojado pelas palavras tolas que ouviu.

— Ah, sim. Vá direto para onde Mynx, essa pessoa que vocês afirmam saber de tudo, suspeitaria — disse Arthur. — Se vocês não destruírem os drones, eles os seguirão. Rompam sua linha e eles caçarão vocês.

Thane não podia discutir esse ponto. Os drones definitivamente os seguiriam, e o fariam com intenção letal. Escapar significaria uma retirada de combate até que pudessem despistar a perseguição. O que eles poderiam fazer.

— É aí que precisamos de ajuda — disse Thane. — Mas com o que estou vendo aqui, acho que podemos conseguir.

— Conseguir? — perguntou Cassidy. — Eu não achava que já tínhamos resolvido isso ainda.

Arthur riu. — Viu? Eles nem conhecem seus próprios planos!

— Não — disse Thane. — Você é a chave. — Arthur era realmente a chave? Thane não podia ter certeza, mas geralmente ajudava massagear o ego de alguém. — Os que fazem seu vidro? Eles podem formar uma cúpula nas arcas. Selá-las bem, mas deixar uma porta. Então, partimos e mantemos você protegido. Você absorve a energia do sol e a envia para o mar.

— Criando vapor. — Arthur disse, seu sorriso se transformando em uma expressão séria que Thane interpretou como um sinal positivo. — Cega os drones por um momento, e então submergimos. Se o momento for certo, podemos despistá-los.

— E não deixaremos tantas anomalias morrerem — disse Cassidy.

Agora Arthur concordou com eles. — Ainda precisaremos atrair os drones para o centro. Sem isso, eles simplesmente nos cercarão, e submergindo ou não, seremos seguidos.

— Qualquer um que enviarmos para o centro não voltará a tempo — disse Thane. — Seria suicídio.

— De jeito nenhum! — disse Arthur. — E aqui vejo uma maneira de nossos planos se juntarem. Nunca pretendemos que o vulcão fosse nosso último refúgio, mas sim um ponto de encontro para atrair os drones, onde eu poderia usar a luz e a energia da lava para destruí-los. Tal coisa pode romper o próprio vulcão, então estamos fazendo planadores.

Cassidy bufou, cruzou os braços. — Planadores? Vocês vão explodir todas as máquinas e simplesmente flutuar de volta para casa?

— Claro — disse Arthur. — Estávamos trabalhando com

a Duquesa para abastecê-los, mas vocês devem ter lidado com ela antes de saber sobre nosso acordo?

— Não conversamos muito — disse Thane.

— Bem, felizmente, nós conversamos. — Arthur enfiou seu bastão no centro da areia, como uma bandeira. — Atraímos os drones, destruímos o que pudermos, depois planamos até vocês e fugimos. Perfeito.

— Esses planadores — disse Thane. — Quanto tempo até estarem prontos?

Arthur olhou para outra anomalia, uma pessoa corpulenta com olhos maníacos e mãos que, Thane notou, nunca paravam quietas.

— Temos o projeto — a anomalia resmungou. — Mais um mês para construir os protótipos, outro para testar e aperfeiçoar, mais um só para ter certeza. Três meses?

— Não — respondeu Thane. — Tempo demais.

— Tempo demais? Vocês acabaram de chegar. Estamos aqui há anos. Por que a pressa?

— Porque vocês estão aqui há anos. — Thane enfiou um dedo na areia, circulou o navio. — Temos anomalias suficientes. Juntos, podemos abrir caminho para a liberdade sem os planadores. E podemos fazer isso amanhã.

— Amanhã? Isso nunca vai funcionar. Não. Precisamos de tempo para nos preparar.

— Vocês já tiveram tempo. Eu vi sua cidade. Vocês têm comida para estocar, a maioria das anomalias da ilha que querem partir já está aqui. Esperar só torna a partida mais difícil.

— Sua pressa vai nos matar.

— Sua preguiça vai nos manter aqui para sempre.

— Mas estaremos vivos — disse Arthur, então levantou ambas as mãos, uma indo à testa para uma suave massagem sobre os olhos fechados. — Sinto muito, mas estou exausto, e essa discussão não está ajudando em nada minha dor de cabeça. Continuaremos esta conversa pela manhã.

Depois de uma sessão como aquela, Thane não se sentia nem um pouco cansado. Nem Cassidy. Arthur, após sua declaração, fez uma segunda sobre seu iminente horário de dormir e as outras anomalias fizeram o mesmo, permitindo que Thane e Cassidy escapassem para a noite e uma aldeia em repouso.

Eles não precisavam conversar para saber para onde ir: a praia, onde o grupo de Cassidy já havia se acomodado com seus estropiados sacos de dormir. Restos de fogueiras de cozinha falavam de um jantar magro, mas até agora não havia ocorrido uma única briga.

— Você acha que pode funcionar? — Thane perguntou a Cassidy enquanto vagavam para longe dos outros, com as ondas lambendo seus pés.

— Você foi quem lutou tanto por isso.

— Eu sei, e acredito nisso. Mas preciso que você também confie no plano. A coragem deles vai vacilar, e os outros olharão para você, não para mim.

— Hah — disse Cassidy, então apontou para um local na praia um metro à frente. Um buraco apareceu, como se uma colher invisível tivesse escavado a areia. A água do mar entrou para preenchê-lo. — Está vendo isso? Eu confio nisso. Qualquer outra coisa é apenas um palpite.

A demonstração deixou Thane confuso. — Não entendo. Se você tinha tão pouca confiança, por que veio junto? Por que me ajudar?

— Não é você. — Cassidy parou e se virou para o horizonte, abraçando os próprios ombros. — É tudo isso. Todo mundo. Sei que estamos nos matando, sei que não temos todas as coisas que eu costumava amar. Sei que minha família não está aqui. Mas Thane, como Arthur disse, estamos vivos.

Ela olhou para ele, e Thane sentiu seus músculos ficando cansados, mais fracos enquanto tentava decifrá-la. Tentou se colocar na mente dela.

— Pare — disse Cassidy. — Você está mudando. Apenas, deixe-me falar. Depois você pode fazer sua coisa mental se quiser.

Thane usou a ordem de Cassidy como motivação. Agarrou-se ao menor orgulho ferido e deixou que essa ferida o reconstruísse. Cassidy esperou, alternando olhares em direção às ondas e ao rosto de Thane.

— Você está quase normal de novo? — perguntou Cassidy.

— Eu não tenho normalidade — respondeu Thane. — Mas não posso ler seus pensamentos, se é isso que quer dizer.

— Bom o suficiente, eu acho. O que estou tentando te dizer é que estou com medo. Tenho muito a perder aqui, e tenho me perguntado, já há algum tempo, se esse não era o plano inteiro de Mynx. Se ela nos colocou aqui para ver se poderíamos nos tornar pessoas melhores do que éramos.

— Ela não voltará para te buscar.

— Você não sabe disso. Esses drones observam cada movimento nosso. Talvez tudo o que tenhamos que passar é algum algoritmo e um avião aparecerá, nos levará para casa. Se lutarmos contra os drones, talvez percamos tudo isso. Talvez percamos tudo.

Thane não disse nada. Era uma escolha, como tinha sido para Cassidy a cada minuto que ela esteve nesta ilha. Correr ou lutar. Ela tinha corrido até agora, e tudo o que isso lhe trouxe foram peixes defumados e a constante ameaça de que alguma anomalia a massacrasse enquanto dormia.

Ele queria dizer tudo isso, mas parecia cruel. Desnecessário.

— Então você precisa escolher — disse Thane. — Eu, ou Mynx. Você poderia partir esta noite, voltar para suas cabanas e passar seus dias esperando. Ou poderia agir, comigo, e controlar seu próprio destino.

— Fácil dizer quando você é tão difícil de matar, quando está arriscando tão pouco.

Thane balançou a cabeça. — Estou arriscando você, e isso não é pouca coisa.

As palavras o surpreenderam tanto quanto devem ter surpreendido Cassidy, mas ainda assim eram verdadeiras. Thane só conhecia o Vazio há poucos dias, mas eles tinham passado horas e horas juntos, conhecido o perigo e a esperança juntos, e, logicamente, Thane supôs que fazia sentido.

Fazia tanto tempo desde que ele se importara com alguém além de si mesmo. Tanto tempo que ele não tinha certeza se ainda sabia como.

Mas quando sentiu os dedos dela encontrarem os seus, Thane ainda sabia como segurar sua mão.

CAPÍTULO 38

TRABALHO DE DETETIVE

O ASSASSINO não queria ser encontrado. Kat examinou o rifle mais uma vez — uma experiência um tanto surreal, sentada em seu sofá com uma arma daquele tamanho — e confirmou que todos os identificadores haviam sido removidos. Isso se, de fato, o rifle alguma vez tivesse tido algum. O cano e o corpo pareciam novos, ou mantidos com cuidado fanático. Embora a maioria das armas de projéteis como esta fossem de antes do controle do Paragon, Kat apostaria que esta havia sido fabricada apenas alguns meses atrás.

A lei do Paragon proibia essas armas porque os Campeões não eram invencíveis. A maioria das anomalias não era como Aegis e podia ser derrubada à distância com um tiro bem colocado. Se Kat se lembrava corretamente da história, os primeiros Paragons perderam um grande número de combatentes lutando contra coisas como esta e suas irmãs de disparo mais rápido. Então, eles mudaram de tática.

Seus pais haviam contado a Kat histórias sobre aqueles dias, quando os Paragons estavam emergindo e as anomalias estavam escolhendo lados. Aqueles com as habilidades mais fortes, os capazes de eliminar dezenas, centenas ou milhares com um aceno, ou capazes de neutralizar exércitos com um piscar de olhos, tornaram-se mercadorias. Nações jogavam cartas de lealdade, tentando convencer os vencedores de sua loteria genética de que deveriam colocar seu país acima de seus poderes. Juntar-se às fileiras e lutar por seus líderes.

Os Paragons ofereciam mudança. Igualdade em uma organização que respeitava e lutaria por você. Com Aegis na frente, sobrevivendo a uma tentativa de assassinato após a outra enquanto os normais viam seu fim iminente, qualquer anomalia fiel à sua espécie sabia para qual lado ir.

Uma noite, quando o mundo estava à beira de um conflito global, os Paragons fizeram um movimento decisivo. Kat não se lembrava dos nomes, mas lembrava das imagens. Exibidas como tesouros de um passado lendário, as fotos, vídeos e histórias deram à noite — referida pelos Paragons como "a Pacificação", e por todos os outros como "a última vez que os normais governaram o planeta" — seu devido valor: equipes de ataque Paragon, usando anomalias e seus poderes combinados, destruíram ou tornaram inúteis quase todos os postos militares significativos ao redor do mundo.

A mãe de Kat parecia lutar com as implicações que isso representava: se os Paragons tinham tanto medo dessas coisas, mas tinham o poder de obliterá-las em menos de doze horas, não seriam os Paragons ainda mais perigosos? Seu pai, no entanto, exultava naquele momento. Foi quando os Paragons cruzaram a linha de grupo marginal para uma força mundial, de uma insignificância para uma inevitabilidade.

— Sabíamos que verdadeiros heróis mudavam o mundo — seu pai havia dito uma vez, antes de saberem que Kat não teria poderes, não seria uma anomalia. — Naquele dia, provamos que realmente poderíamos fazer isso, e eles não conseguiriam nos impedir.

Essa frase ganhou outro significado à medida que Kat crescia, quando ela foi ao seu próprio teste Gateway, com pais duplamente anomalias animados para ver o que sua filha poderia fazer com aqueles genes poderosos, e... nada. Nada aconteceu.

Rifles como este haviam sido o poder dos normais por tanto tempo. As armas de choque que Kat usava, aquelas pálidas imitações, elas se encaixavam nas linhas legais do Paragon. Impediam que qualquer normal se tornasse forte demais, de fazer exatamente o que este assassino tinha em mente.

Os dias após seu Gateway haviam se gravado em uma longa faixa na memória de Kat. Seus pais tentaram poupar a dor e o constrangimento contando aos parentes eles mesmos, mas Kat não se importava com tias e tios, avós, primos. Nem mesmo com as outras crianças na escola, a maioria das quais acabou como ela. Qualquer um que recebesse dons de anomalia pelos deuses genéticos desaparecia nos programas do Paragon.

As pequenas mudanças machucaram. Como seus pais reagiam quando Kat descia de manhã, como eles falavam, cada vez mais, sobre o que ela poderia querer fazer quando se formasse. Um otimismo forçado tingiam suas vozes, e o que havia sido amor começou a parecer cada vez menos, um veneno se infiltrando através do toque e do tom.

Então Kat passou a sair. Passar noites com amigos, ou no parque, ou na biblioteca, ou em qualquer outro lugar que não fosse aquela casa onde tudo lembrava Kat que ela havia falhado. Até que sua irmã, através de uma sorte na loteria infinitamente pior que a de Kat, resolveu esse problema e criou milhões de outros.

O rifle não tinha um número, não tinha um nome anexado, mas isso não significava que a arma não pudesse ser rastreada. Alguém tinha feito aquela coisa, e não era a primeira vez que Kat ou os Paragons se deparavam com algo assim. A parte boa de governar o mundo: você tendia a ter recursos.

Com os drones realizando vigilância e lidando com a maioria das funções policiais, as antigas delegacias ao redor de Chicago e, Kat supunha, em todos os outros lugares, mudaram para apoiar as necessidades do Paragon. Estas iam desde as reclamações habituais sobre um drone derrubar isso ou aquilo, até pedidos de ajuda de anomalias para resgatar, digamos, um animal de estimação perdido. Kat usava as delegacias para deixar quaisquer anomalias que ela tivesse capturado e, ocasionalmente, para acessar alguns serviços que os Paragons mantinham para si mesmos.

Como quem poderia estar fabricando armas ilegais na área.

— Esse é bonito — disse a Paragon, uma mulher mais velha em seu uniforme azul brilhante, cabelo puxado para trás na única concessão que fazia à severidade. Todo o resto, desde sua postura desleixada até seus olhos semicerrados, revelavam um tédio esmagador que nem mesmo o rifle conseguia penetrar. — Me dê isso.

Kat havia cruzado a entrada da delegacia, do seu saguão entediante com sua estátua de Aegis em série — estas seriam, sem dúvida, substituídas pelo novo Campeão de Atlantis eventualmente — para o labirinto de corredores atrás. Celas de detenção para anomalias e normais ficavam junto aos armários de equipamentos, separadas dos escritórios por paredes grossas.

Kat tinha ouvido o discurso de marketing sobre as paredes de concreto em escala de cinza, supostamente "à prova de poderes". Normais com fortunas pré-rep queimavam tudo em casas feitas com esse material. Ridículo. Ninguém poderia garantir que uma anomalia não seria capaz de explodir algo. Ou transformá-lo em geleia. Ou em nada.

Agora Kat observava enquanto a mulher levantava o rifle, equilibrando-o entre as mãos. Kat poderia jurar que o uniforme da mulher de repente brilhou um pouco, como uma lâmpada se acendendo, e a mulher assentiu.

— Já vimos armas como esta antes — disse a mulher, colocando o rifle em sua mesa e tocando em seu Tama. — Todas vêm do mesmo lugar. Não muito longe daqui, na verdade.

— O quê?

A mulher olhou para cima, tão confusa quanto Kat. — Você não me ouviu?

— Não — Kat balançou a cabeça. — Não, não entendi. Você disse que tem mais dessas?

— Ah, sim. Não rifles como este, mas armas menores — a mulher riu, como se ferramentas letais fossem simplesmente hilárias. — É incrível quantas essas pessoas perdem. Elas são entregues o tempo todo.

— Essas pessoas?

— É um grupo. — A mulher deu uma risadinha novamente, apesar de mais sombria desta vez. — Se é que podemos chamar assim. Eles coletam essas armas de fora da cidade. Não sabemos o que estão fazendo com elas, mas de vez em quando eles cometem um erro, são pegos ou deixam cair uma dessas coisas.

— Espera, então isso acontece com frequência? Tipo, está em andamento?

O tom de Kat congelou a atitude da mulher, que se recostou atrás de sua mesa, mantendo os braços retos contra a superfície, como se empurrasse Kat para longe.

— Você está soando crítica demais, rastreadora — disse a Paragon. — Eu ficaria de olho no seu tom.

— Ficar de olho no meu tom? Você está me dizendo que vocês têm permitido que um bando de assassinos armados ande pela cidade?

— Assassinos? Dificilmente. Eles não incomodam os normais. Eles não nos incomodam.

Kat desejava ser ingênua o suficiente para aceitar aquela resposta e ficar bem. Queria não conseguir conectar os pontos, queria não entender como os Elementais e os Paragons, que ambos queriam evitar anomalias lutando nas ruas, poderiam usar outros agentes para irem atrás uns dos outros.

— Então, como eles estão mirando principalmente nos Elementais, vocês não se importam — disse Kat.

— Foi o que Innis disse. Eles ficam na deles, nós ficamos na nossa. Não é como se os Elementais fossem indefesos: todas as armas que recebemos vêm de lutas que eles vencem.

— É, bem, não mais. — Kat apontou para o rifle. — Essas pessoas não estão jogando limpo. Elas atiraram no Calvin. Um Paragon. E, não sei, você não se importa, nem um pouco, em estar do lado certo aqui?

A mulher considerou Kat por um longo momento. Talvez reconciliando seu eu atual com aquele que, há quantos anos atrás, tinha vestido aquele uniforme azul com algo maior em mente do que permitir despreocupadamente que assassinos trabalhassem em seu bairro.

— Olha — disse a mulher. — Eu não sou uma combatente e, na verdade, nenhum de nós aqui é. É para isso que servem os drones. Se você quiser investigar isso, enviarei o endereço para seu Tama. É lá que todas essas armas são recolhidas.

— Obrigada — disse Kat, então deu mais uma olhada no

rifle comprido. — Como você sabe? Consegue lê-lo de alguma forma?

A mulher ofereceu um sorriso triste. — Quando alguém anexa uma emoção forte a um objeto, posso ver esse momento. Rastreá-lo. Se você quer matar ou machucar alguém, isso é algo sério. Todas essas armas, esse sinal vem do mesmo lugar.

Um lugar para onde Kat iria, pronta para a confusão, e pronta para fazer o que os Paragons não fariam. Porque alguém tinha que fazer, droga.

CAPÍTULO 39

INTERROGATÓRIO

ZHAN-YO ESTALAVA COMO GELO DERRETENDO. Seus ossos doíam, seus músculos latejavam enquanto os nervos se agitavam, e seu cérebro estava envolto em névoa. Mesmo assim, ele conseguia ver as paredes, cinzas e lisas, como concreto perfeito sem pintura. O chão combinava, e quando Zhan-Yo percebeu que estava deitado sobre aquela superfície dura sem nada entre eles, as dores fizeram sentido.

Especialmente quando seu Tama informou a Zhan-Yo que ele estivera deitado ali por horas.

Pior, seu Tama não lhe dizia mais nada. Desconexão total de qualquer rede. Apenas um relógio piscando e um símbolo de erro vinham do dispositivo em seu pulso, a conexão de Zhan-Yo com o mundo.

Uma única porta ficava do lado oposto, encaixada rente à parede, de um prateado brilhante. Sem janelas, e a luz branca vinha de um teto luminoso, como se toda a estrutura constituísse uma grande lâmpada.

Mynx o havia levado, Zhan-Yo lembrava-se disso. Provavelmente salvara sua vida, já que parecia que Celice estava prestes a puxar aquele gatilho. Se Zhan-Yo tivesse que adivinhar, entretanto, Mynx provavelmente terminaria o trabalho assim que extraísse qualquer informação que desejasse.

E como ela obteria esse conhecimento? Ela torturaria Zhan-Yo?

O pensamento veio com uma estranha mistura emocional. Apreensão, sim, mas com um pouco de excitação. Zhan-Yo nunca havia sido capturado antes. Um homem podia ser medido de muitas maneiras, e ver por quanto tempo Zhan-Yo poderia resistir a um interrogatório era uma delas.

Seu lado racional descartou essa noção como estúpida, tola. Abraçar uma perspectiva tóxica. Zhan-Yo deveria estar com medo, deveria estar preparando o que poderia revelar para salvar sua própria vida. A revolução só teria chance com ele na liderança, não importa quem ele tivesse que entregar para permanecer lá.

A porta se abriu com um estalo, um som de vácuo que indicou a Zhan-Yo que o ar nessa cela em particular podia ser isolado. Sufocamento, gás, tudo possível. Tudo inquietante.

A primeira coisa que entrou se movia sobre cinco pernas estreitas, cada uma terminando em uma garra metálica flexível. Uma máquina brilhante e quadrada com cerca de um metro de altura, com uma protuberância de câmera preta saindo do topo como um furúnculo. Seguindo isso veio Mynx, e atrás dela um terceiro, um drone humanoide que Zhan-Yo reconheceu das operações de segurança em Chicago. O último segurava um rifle atordoante de nível militar, linhas azuis percorrendo o metal cinza da arma revelando seu propósito.

— Nunca tivemos uma apresentação adequada — Zhan-

Yo conseguiu dizer, sentando-se e escondendo uma careta induzida pela dor. — Obrigado por me salvar.

— Eu não ficaria tão feliz — Mynx respondeu.

Apesar de toda sua estatura, seus objetivos e sua experiência, o coração de Zhan-Yo gelou quando Mynx dirigiu seu olhar fixo para ele. Estar na presença de uma lenda distorcia a realidade - Zhan-Yo havia observado e torcido por Mynx, Aegis e os outros Campeões por muito tempo antes de se desiludir com seus esforços - e a sala e seu conteúdo ficaram desfocados. Os ouvidos de Zhan-Yo zumbiam, e seus olhos ardiam enquanto Mynx continuava seu julgamento silencioso.

Parecia a decepção de sua mãe. Sua própria vergonha.

A lógica lutou contra as emoções. Combateu contra a maré enquanto Mynx acenava para o drone esguio avançar. Zhan-Yo não era uma criança. Ele havia considerado as consequências e as conhecia antes de agir. Os Campeões não eram seus pais. Eles não tinham superioridade moral. Mynx, Aegis, não eram os heróis que Zhan-Yo havia idolatrado: aqueles eram mitos, estes eram pessoas.

Pessoas imperfeitas.

Uma respiração, duas. Foco, como Chloe, sua instrutora de artes marciais, frequentemente dizia. Em um conflito, elimine o supérfluo e concentre-se no aqui e agora. Como no fato de que este robô havia se aproximado muito, e como Zhan-Yo não queria que a coisa o tocasse.

— Não lute, ou vou nocauteá-lo novamente — disse Mynx enquanto Zhan-Yo se afastava do drone. — E eu adoraria fazer isso, mas torna a conversa difícil.

— O que essa coisa está fazendo?

Zhan-Yo levantou-se, de modo que o drone chegava apenas à sua cintura. A mudança não deteve o drone, que continuou rastejando atrás de Zhan-Yo em um ritmo paciente. A máquina parecia saber que Zhan-Yo não tinha para onde fugir, o que não ajudou em nada os nervos cansados de Zhan-Yo.

— Acredito que você seja um homem inteligente — Mynx e o outro drone não haviam se movido de seus lugares perto da porta. — E você era muito rico. Alguém como você não arrisca tudo sem um plano, e acho que um plano como o seu requer ajuda.

Zhan-Yo recuou para um canto, então flexionou os joelhos enquanto o drone-aranha se aproximava. Se ele tivesse que lutar contra a coisa, ele lutaria. Quando o drone rastejou a menos de um metro, Zhan-Yo desferiu um chute. Não conectou. Ou melhor, seu pé atingiu a garra dianteira do drone, que havia se erguido a uma velocidade ridícula para interceptar o ataque de Zhan-Yo. O drone sacudiu o pé de Zhan-Yo, e o ex-líder de Ziran, a faísca da revolução, se viu caindo pesadamente de costas, olhando para o teto branco, tentando recuperar o fôlego.

— Não espero que você me diga a verdade. Não sem alguma confirmação — disse Mynx, e por sua voz, ela havia se aproximado. — Você sabe que nós não projetamos o Tama. Os Campeões, quero dizer?

Zhan-Yo levantou a cabeça ao sentir, ver, a segunda garra do drone-aranha pousar em seu peito e se espalhar. A máquina prendeu Zhan-Yo, e quando ele tentou se mover, a pressão aumentou para mantê-lo imobilizado, forçando o ar para fora de seus pulmões. Quando Zhan-Yo deitou-se novamente, a força relaxou, permitindo que ele respirasse.

Essas eram as regras.

— Conheço o inventor — disse Zhan-Yo. — Ziran investiu na empresa dele.

— Os Paragons também, e fomos muito persuasivos — disse Mynx. Zhan-Yo olhou para a esquerda, e lá estava

Mynx, só que ela não olhava para o rosto dele, mas para seu pulso esquerdo. A Campeã assentiu uma vez. — Seu pulso tem tudo o que precisamos.

— Impossível. Os Tamas deletam tudo quando são removidos. É a única forma que eu usaria um.

— Impossível é relativo.

Zhan-Yo sentiu uma picada perto do cotovelo, e em segundos seu braço esquerdo inteiro ficou dormente. Ele levantou a cabeça, com a máquina mantendo seu peito para baixo, e fez todo o possível para manter seu grito em sua mente.

Quando se tratava de promessas nos tempos modernos, o Tama mantinha uma inquebrável. Seu amigo, seu professor, sua memória desde o momento em que você o colocou até o momento em que morreu, seu Tama deveria ser seu, e somente seu. Claro, coisas que você transmitia a partir dele podiam ser interceptadas, mas os dados que ele coletava sobre sua saúde, as gravações que fazia, os momentos que armazenava, tudo impulsionado por algoritmos projetados para filtrar o tédio e manter o significado, esses eram seus.

Somente seus.

O drone pressionou outra garra contra a tela do Tama de Zhan-Yo. As extremidades metálicas se espalharam, cobrindo a face, antes que pequenas abas ao longo da garra se abrissem e o que pareciam ser cem pequenas ferramentas saltassem para fora. Pequenos flashes azul-esbranquiçados cintilavam enquanto os dispositivos se espalhavam como um dossel sobre o Tama de Zhan-Yo, e ele havia visto fabricação suficiente da Ziran para saber que essas luzes marcavam medições precisas.

— Como vocês mantiveram esse segredo? — sussurrou Zhan-Yo enquanto as pequenas ferramentas encontravam suas posições. — Ninguém iria...

— Pense nisso — disse Mynx, mantendo os olhos no drone. — Você vai entender.

O drone, de algum lugar profundo de suas entranhas mecanizadas, emitiu um zumbido agudo, e as ferramentas entraram em movimento. Mergulhando no Tama, cavando em microburacos que Zhan-Yo não sabia que existiam, mas que deviam estar lá. Deviam ter sido colocados lá no projeto. Backdoor colocado pelos Paragons.

Com o braço esquerdo dormente, Zhan-Yo não sentiu o peso deixar seu pulso um minuto depois. Não percebeu que, pela primeira vez em quase quinze anos, seus braços estavam iguais. Ele podia ver, no entanto, e o ponto sem pelos, branco como alvejante em seu braço, parecia alienígena. Os Tamas usavam vários meios para manter suas áreas esterilizadas e limpas, mas não podiam, não garantiam que a pele que cobriam combinasse com qualquer outra parte. Por que deveriam? Você nunca estaria vivo para ver isso.

O drone levantou o Tama, sua tela e pulseira conectora pendendo soltas no ar. Por tudo o que continha, o dispositivo parecia tão pequeno, tão insignificante.

— Vou dar uma olhada nisso — disse Mynx. — Infelizmente para nós dois, vou estar ocupada, então pode demorar um pouco antes que eu volte com perguntas.

O drone levantou sua garra do peito de Zhan-Yo enquanto recuava em direção à porta. As garras se soltaram, e o súbito desespero de ver seu Tama voando para longe dele fez Zhan-Yo se enrolar e avançar contra Mynx. A única chance de recuperar o Tama, ou destruí-lo, estava em fazer da Campeã refém.

Ele nunca chegou lá.

O tiro atordoante atingiu Zhan-Yo antes de qualquer progresso, e sua meia subida transformou-se em um espasmo enquanto ele caía de lado, longe de ser um guerreiro poderoso, de fazer um último esforço, de qualquer coisa. Mynx observava, um franzido de sobrancelhas crescendo para o que parecia, quase, tristeza genuína.

— Você realmente acredita em si mesmo — disse Mynx. — Se ajudar, se importar, nós também acreditamos. E faremos qualquer coisa para proteger o mundo que criamos. — Seu próprio Tama emitiu um bipe, e Mynx olhou para cima, virou-se para a porta. — Descanse um pouco. Tente ter alguns bons sonhos, uma última vez.

Zhan-Yo não viu Mynx deixar a sala, não ouviu o drone de guarda trancá-lo novamente, porque quando Mynx terminou de falar, ele deixou a consciência para trás.

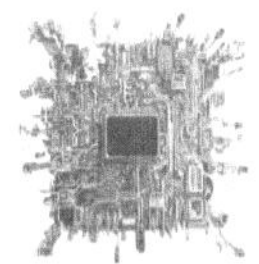

APESAR DE ARRANCAR um Tama do potencial assassino de seu amigo mais antigo, Mynx se sentia muito bem enquanto descia para o heliporto no telhado do estádio. Durante a última semana, drones e equipes humanas haviam convertido o gigantesco local em um centro vestido de azul-Paragon, pronto para receber os Campeões do mundo, os líderes regionais do Paragon e incontáveis grupos de fornecedores que montaram agendas às pressas. Realmente notável como as empresas podiam se mobilizar rapidamente quando tinham a chance de apresentar suas visões ao órgão governante mundial.

E começava hoje. Esta noite, na verdade.

— Quem já chegou? — perguntou Mynx enquanto o drone pousava, este grande o suficiente para ela se sentar em uma poltrona de verdade, comparado ao seu jato apertado ou à coleção de pequenos drones manuais que usava em suas próprias missões. — Não me diga que é todo mundo.

Sim, eventualmente Mynx queria que todos os Campeões aparecessem. Amanhã começariam as discussões reais para chegar a uma mensagem unificada de sucessão, um modelo de como o mundo continuaria girando quando os Campeões se aposentassem ou, por mais difícil que fosse pensar nisso, morressem. Ela esperava que o dia de hoje servisse como um aquecimento, uma quebra de gelo tentativa para alguns que não se viam há anos. Bagagem pessoal demais, egos frágeis demais de uma só vez, e Mynx temia que todo o evento pudesse desmoronar antes de começar.

— Apinya e Burov estão nas instalações — respondeu Reeves. — Estão conversando. Educadamente.

— Mais alguém a caminho?

— As cápsulas não mostram ninguém ainda, mas os registros de voos mostram que todos os Campeões, incluindo Pixie, chegaram à área de Los Angeles.

— Então a festa pode começar a qualquer momento.

— Eu não chamaria isso de festa.

Mynx assentiu para o ar. Reeves veria, é claro, já que a IA estava conectada às câmeras espalhadas pelo estádio, ao seu próprio Tama, às cápsulas, ao controle de tráfego aéreo e a todos os outros sistemas em Pacifica. Às vezes ela refletia se dar todo esse poder a Reeves era sensato. Se Mynx não pudesse confiar em seu próprio código e nos limites que este impunha a Reeves, então ela deveria destruir os drones também. E qualquer anomalia com poder suficiente para causar danos em escala semelhante.

Em resumo, o mundo estava cheio de desastres potenciais, e agora Mynx só tinha espaço para um.

Burov dominava o centro do estádio, em pé em um palco, gabando-se para Apinya sobre algo que Mynx havia perdido, felizmente. Ela havia percorrido o labirinto que levava do topo ao fundo e até um campo artificial, coberto de cadeiras com placas guiando os participantes de amanhã para suas fileiras e grupos adequados.

— Graças aos céus, nossa anfitriã chegou — disse

Apinya, parecendo impecável e radiante em um uniforme vermelho Paragon, com o logotipo e as costuras em preto puro. — Mynx, você pode me salvar desta tortura? — Ele acenou para trás, na direção de Burov. — Acredito que se eu o ouvir mais, perderei a pouca sanidade que me resta.

Burov, que mantinha o azul Paragon por baixo, em uma homenagem inteligente aos antigos países que compunham sua região, usava uma jaqueta aparentemente feita com as bandeiras deles. Los Angeles mantinha-se quente em fevereiro, então Mynx não tinha certeza de como o Campeão evitava o suor, mas Burov parecia tão imaculado quanto Apinya.

O russo não compartilhou da saudação educada de Apinya. Em vez disso, Burov saltou do palco, passou por Apinya e envolveu Mynx em um abraço de alguns segundos. Seu hálito cheirava a cravo, e Mynx teve que se conter para não tossir quando Burov se afastou e colocou um braço sobre Apinya, que revirou os olhos.

— Chegamos! — anunciou Burov. — Os Campeões juntos neste lugar magnífico que você construiu. Olhe para todo este azul. Quantas câmeras estarão filmando? Estamos no ar agora? — Ele lançou seu largo sorriso ao redor, depois balançou a cabeça enquanto Mynx o encarava com a sobrancelha arqueada. — Mynx, sei que você nunca foi muito de aparecer, mas esta é uma oportunidade que não pode ser perdida!

— E, no entanto, como eu gostaria de poder perdê-la — respondeu Mynx, não conseguindo esconder um sorriso. — É bom ver vocês dois, e estou feliz que tenham chegado cedo. Se conseguirmos estabelecer uma posição, acho que nós três podemos fazer os outros concordarem.

Ao redor deles, trabalhadores de campo continuavam a montar tudo, todos observados por vários drones de segurança que pairavam. Paragons de uniforme azul de Pacifica perambulavam pelo local e usavam suas habilidades para adicionar brilho à decoração, flutuar para outros níveis ou praticar a colocação de ilusões para a cerimônia de abertura. Havia muita atividade, o que significava ouvidos atentos, então com Burov reclamando da súbita mudança para o trabalho, os três abandonaram o centro do estádio em direção a um dos camarotes, sem graça, mas muito mais privados.

O trio conseguiu chegar até a área de circulação externa, dirigindo-se às escadas rolantes. Os degraus pretos em movimento quase cobriram os passos que se aproximavam, mas os Campeões, com hábitos forjados em batalha, não podiam ignorar o som de passos correndo.

Três pessoas, decididamente sem o azul Paragon ou algo parecido, se aproximavam em disparada. A área ao redor das escadas rolantes, uma ampla extensão de concreto com janelas curvas que iam do chão ao teto distante de um lado e os níveis empilhados do outro, fornecia um campo de batalha ideal. O que combinaria perfeitamente com as pessoas que vinham em sua direção.

— Não façam isso — murmurou Apinya enquanto o trio se aproximava. — Eles não vieram para lutar.

Palavras fortes. Rosamund liderava os três, sua compostura refinada irritada pela corrida. Os outros dois, um homem jovem — Mynx havia perdido a capacidade de adivinhar a idade com qualquer precisão — e uma mulher mais velha, pareciam estar em melhor forma, mas seus bronzeados indicavam que moravam perto daqui, enquanto Rosamund tinha vindo de bem longe, do nordeste. Não que a distância tivesse acalmado a fúria fria em seu rosto.

— Sem convite! — disse Rosamund à guisa de cumprimento. — Nenhum. E mesmo assim você chama isso de reunião para determinar o futuro do planeta?

Embora Rosamund falasse diretamente com Mynx, a Campeã de Pacifica não teve chance de respirar antes que Burov se colocasse à frente, mais uma vez com os braços abertos, um showman zombando de sua plateia.

— Ah, se não são os Elementais? Sentindo-se excluídos, é? Que pena! Se quiserem, convido-os a virem à minha região quando isso terminar. Muita diversão lá para todos nós.

Rosamund lançou um olhar estreito ao russo, depois contornou-o e foi direto para Mynx. Não foi uma jogada ruim. Burov, ao contrário dos outros Campeões, havia adotado uma linha dura contra as operações dos Elementais em sua parte do mundo. Quaisquer anomalias não afiliadas aos Paragons eram capturadas, rastreadas e colocadas de volta em operação, e era isso. Não importava a que organização você dizia pertencer.

— Você vai deixar esta besta falar por você? — disse Rosamund.

— Burov, por favor. — Mynx suspirou. — Esta é a minha casa, não a sua.

Isso lhe rendeu um dar de ombros desdenhoso do Campeão, mas Burov se afastou, o que era o máximo que Mynx podia esperar.

— É a nossa casa também, e queremos a chance de lutar por nosso lugar nela — disse Rosamund, felizmente recuando um passo. — Eu...

— Como vocês entraram? — Mynx a interrompeu. — Preciso saber se a segurança tem falhas.

— Sua segurança está boa — disse Rosamund, e Mynx percebeu uma ligeira mudança na pupila para a esquerda de Rosamund, em direção ao jovem. — Ninguém mais pode fazer o que fizemos, e não estamos aqui para brigar. Obviamente.

— Não é óbvio — observou Apinya. — Tudo na abordagem de vocês diz o contrário. Pensei que os Elementais quisessem mais do que sangue nas ruas, mas aqui estão vocês, como qualquer outro vilão. Recusando-se a jogar pelas regras.

— As regras são manipuladas — disse Rosamund. — Vocês todos sabem disso.

Isso é porque aqueles no poder fizeram as regras, mas Mynx não disse isso. Ela deixou Rosamund e Apinya discutirem, seus argumentos se tornando cada vez mais esotéricos e abstratos. Havia soluções ali, e elas iam desde rejeições definitivas até dar aos Elementais um espaço para apresentar seu ponto de vista, o que não aconteceria. Nunca.

— Você pode assistir — disse Mynx. — Você, Rosamund, e só. E pode ouvir, mas sem perguntas.

Rosamund bufou.

— Como isso é justo?

— Não é, mas é o que estou disposta a oferecer — disse Mynx. — Você queria entrar, e estou dando essa chance. Se não estragar tudo, talvez haja mais depois.

Apinya e Burov captaram a deixa e se dirigiram à escada rolante. Mynx, depois de trocar olhares fulminantes com Rosamund por um bom segundo, seguiu-os. A Campeã sentiu uma dor de cabeça chegando, e ainda tinha um dia inteiro pela frente. Reeves teria que trazer um chá, talvez alguns comprimidos, se Mynx precisasse dançar assim por mais horas.

— Eu vou estar aqui! — gritou Rosamund atrás deles. — Todos nós merecemos uma voz, Mynx!

E Rosamund, infelizmente, sabia como usar a dela.

O MAR MUDOU JUNTO com Thane. No início, na escuridão da madrugada, cada respingo chegava gelado e espinhoso. Conforme Thane conduzia sua mente rumo à determinação, rumo à força e ao ímpeto, seu corpo se juntou ao mergulho em direção à resiliência, chocando-se contra as ondas borbulhantes.

Atrás e ao seu redor na praia, outros anomalies se erguiam para saudar o dia à sua maneira. Alguns cintilavam ao despertar com suas próprias habilidades: um acordou e sacudiu flocos dourados, como se trocasse de pele, enquanto outro estendia a mão para o mar e, como um sugador, canalizava a água do oceano para sua mão em concha e bebia. Rituais forjados em ferro através dos dias, meses, anos, despertando para o mesmo horizonte, a mesma linha negra flutuando lá fora, observando todos eles.

— Você sempre acorda cedo — disse Cassidy, limpando a areia de sua pele enquanto se aproximava dele. — E essa água está congelando.

— Está? — perguntou Thane, olhando para a arrebentação. — Não sinto muito isso.

— Percebi. — Cassidy apertou os olhos quando o sol começou sua entrada.

Observar o amanhecer havia se tornado comum desde que Thane chegara à ilha. Algo sobre a falta de luz artificial o fazia levantar quando o céu se tornava azul congelado, depois roxo, depois laranja. Nunca parecia haver nuvens naquele momento, e as estrelas desapareciam uma a uma, o universo dizendo adeus enquanto Thane se concentrava na Terra.

Nenhum dos dois disse uma palavra até que o sol tivesse toda sua massa acima do horizonte, três manchas negras maculando sua superfície perfeita.

— Você está pronta? — perguntou Thane.

— Você não está nos dando muito tempo.

— Não tenho muito tempo para dar — respondeu Thane. — Cada dia que passamos aqui é desperdiçado. Os que querem ficar ficarão, e os que querem partir perdem tempo que nunca recuperaremos.

— Mas poderíamos encontrar um plano melhor — disse Cassidy.

À esquerda deles, uma anomaly se aproximou do oceano, mas continuou olhando na direção deles. Thane a reconheceu, mas não conseguiu lembrar o nome até Cassidy dizê-lo, em voz alta e com acidez suficiente para chamar a atenção de Thane.

— Ela nos deixou — disse Cassidy quando notou seu olhar questionador. — Éramos amigas, eu pensava. Até que ela não voltou.

Sienna, com seus longos cabelos — quase todos na ilha tinham cabelos longos — espalhando-se atrás dela na brisa, deu a Cassidy um pequeno sorriso e então se virou para o oceano. A anomaly ficou imóvel, como se caísse em algum transe meditativo, então o braço direito de Sienna, mão fechada em punho, socou o ar.

Sienna abaixou o braço, depois o ergueu novamente, e de novo, e de novo.

— O que ela está fazendo? — disse Thane. Os poderes dos anomalies podiam ser qualquer coisa, mas ele não tinha visto um assim. — Golpeando o ar?

— Apenas observe — Cassidy franziu a testa.

O oceano, alguns metros adiante, espumou e borbulhou. Ondas quebravam onde não havia nada antes, acumulando-se ao redor de algum obstáculo escondido. Um que se revelou momentos depois com outro soco para cima de Sienna.

Um navio. Não, um barco. Pequeno demais para ser um navio, e rústico demais. Thane estimou uns quinze metros de comprimento, talvez metade disso de largura. Uma coisa quadrada que, mesmo assim, captava a luz do sol em seu maciço casco marrom e brilhava como um enfeite iluminado.

— É vidro tingido — disse Thane.

Aquilo não podia estar certo — barcos de vidro não existiam — e, ainda assim, lá estava. Liso e cintilante. O barco subiu à superfície, e Sienna continuou socando o ar, agora jogando pedras que haviam sido carregadas no barco para fora e para dentro do oceano em cascatas de respingos gigantes.

Thane havia imaginado que a embarcação de fuga de Arthur viria de algum anomaly, talvez moldando um navio gigante a partir da areia. Mas isso, isso também funcionava.

— Sienna tem um poder e tanto — disse Thane. — Posso entender por que você queria mantê-la por perto.

— Ela queria partir tanto quanto você — respondeu

Cassidy. — Irmãos em casa. Acho que não me movi rápido o suficiente para ela.

— Agora você está se movendo.

Cassidy assentiu. — Vamos partir esta tarde?

— Vamos. Com todos que quiserem vir.

— Com todos que couberem. — Cassidy passou por Thane, dirigindo-se a Sienna, que havia cessado seu ataque ao céu, com o rosto corado e braços esfregando um ao outro.

Outros anomalies começaram a cuidar do barco, carregando provisões e limpando algas marinhas e outros detritos aleatórios do oceano que haviam encontrado seu caminho a bordo. Além de seu volume, o barco tinha vários encaixes para remos e uma cabine simples na frente, o suficiente para abrigar meia dúzia de pessoas durante uma tempestade. Thane viu um anomaly levantar uma escotilha e jogar alguns cocos dentro, então havia, pelo menos, algum espaço para carga.

Se conseguissem passar pelos drones, quem sabe por quanto tempo navegariam. Embora os anomalies com quem ele havia conversado, incluindo Arthur, localizassem a ilha perto do Havaí — as constelações no céu pareciam confirmar isso — Thane pegaria cada caloria que pudesse.

— Chefe. Tudo bem? — perguntou Sook, aproximando-se, como o homem fazia com frequência demais.

— Você está de ressaca? — Thane avaliou os olhos inchados e o rosto suado do homem.

Thane não diria que a ilha tornava fácil beber, mas os anomalies tinham descoberto como fazer vinho a partir de frutas fermentadas, e os resultados estiveram em exibição na noite anterior. Uma última festa para sua prisão insular.

— Nada que um pouco de sol não cure — disse Sook, depois se inclinou e jogou água salgada em si mesmo.

— Pelo menos alguém está se divertindo. — Thane

olhou de volta para o acampamento de Arthur e sua crescente atividade. — Parece que Arthur está mobilizando para nossa fuga.

— Estão? — Sook, com o rosto pingando, imitou Thane. — Não parecia assim quando vim para cá.

— Olhe para eles. Como formigas, correndo de um lado para o outro.

— Certo, mas, tipo, aquele ali? Ali? — Sook apontou para um anomaly entrando no oceano e, com um esforço, devolvendo uma armadilha simples ao mar. — Por que eles estão colocando armadilhas se vamos embora?

Sook apontou para outro antes que Thane pudesse elaborar uma resposta. — E aqueles dois, eles ainda estão trabalhando em uma nova cabana. Por que se incomodar, sabe?

O aviso de Cassidy passou pela mente de Thane. Nem todos os anomalies desejariam deixar a ilha, nem todos desejariam sacrificar isso pelo desconhecido, pelo aquilo controlado pela Paragon.

— Se alguns quiserem ficar, é escolha deles — disse Thane. — Desde que tenhamos os necessários.

O barco, os drones, exigiam anomalies suficientes com habilidades úteis. Sem obter apoio deles, a fuga acabaria matando todos. Ou nem começaria. Um fim patético para um sonho que Thane não estava disposto a sacrificar.

— Ande comigo — disse Thane. — Vamos dar uma olhada.

Sook entrou na fila e, conforme se afastavam das ondas que beijavam a areia, Thane notou vários outros anomalies se movendo para acompanhá-los. Ele os reconheceu e percebeu, com um brilho, que Sook havia levado seu trabalho a sério. O guarda-costas havia cumprido sua promessa, tinha recrutado observadores.

Às vezes as melhores pessoas vinham dos lugares mais surpreendentes.

O acampamento de Arthur estava tão movimentado quanto parecia, mas para cada anomaly que Thane via carregando provisões para o navio, ou reunindo equipamentos para a jornada, ele contava outro focado em tarefas inúteis. Novas construções, plantando e arando jardins, reforçando muros de dunas que haviam sido danificados pelos ventos.

Uma mulher que estivera na casa de Arthur na noite anterior, quando conversaram sobre os planos, estava inclinada sobre um buraco enlameado, moldando o solo mais firme em um pote. As mãos da anomaly deixavam rastros vermelhos esmaecidos por onde tocavam, rastros que fumegavam e cauterizavam a massa, tornando-a dura.

— Você está fazendo cerâmica — Thane iniciou a conversa, parado sobre ela. — Por quê?

— Porque precisamos dela — respondeu a mulher sem olhar para cima.

— Para quê?

— Armazenamento. — A mulher começou a traçar, com a mão direita, uma espiral preguiçosa na lateral do pote. — Nossas colheitas são grandes o suficiente agora, precisamos de algum lugar para colocar o excedente.

— Exceto que não vamos estar aqui depois de hoje, e não vamos precisar de potes no barco — Thane se sentiu um pouco estúpido, declarando o que parecia óbvio.

— Eu não vou — respondeu a mulher.

— Por quê?

Ela olhou para ele, seu cabelo sujo aglomerando-se ao redor dos ombros, seus dentes manchados e sua pele salgada e seca. — Porque Arthur me pediu para ficar, então estou ficando.

Thane perguntou e a mulher respondeu mais perguntas, tornando-se cada vez mais zombeteira a cada resposta. Thane conseguiria seus verdadeiros crentes, aqueles que realmente queriam deixar a ilha. Qualquer outro, aqueles na fronteira, que não viam morrer sob fogo de drones como um fim nobre para suas vidas, ficariam. Arthur os receberia.

Arthur os apoiaria.

Porque o maldito vilão também não estava partindo.

CAPÍTULO 42

EM SUAS PRÓPRIAS MÃOS

COMO ÚLTIMA REFEIÇÃO, Kat saboreou o sanduíche e as batatas fritas. A gordura, a mostarda e o pão tostado. O lugar não era sofisticado, mas tinha proximidade: dois quarteirões do destino. Kat estava com seu traje, mas mantinha a máscara abaixada. As pessoas tendiam a ficar nervosas quando ela entrava em modo de batalha completo em um espaço lotado.

Kat pagou pela comida e voltou para a rua fria, perguntando-se pela quinquagésima vez na última hora por que havia decidido fazer isso sozinha.

O raciocínio era o seguinte: Gordon, ainda se recuperando, não estava em condições de lutar, mesmo que quisesse. Calvin, um fugitivo que passara seu tempo se escondendo de inimigos em vez de confrontá-los, poderia se virar, mas a anomalia não tinha ajudado com o assassino. Melhor manter Calvin de reserva, observando Seeker e esperando por um chamado.

Principalmente, porém, Kat preferia assim. Sem bagagem. Sem preocupações com ninguém além de si mesma, altamente habilidosa e com armadura.

Para uma casa que negociava armas mortais, esta não parecia tão perigosa. A tinta azul clara desbotada se harmonizava com uma varanda branca, persianas azul-escuras e um gramado coberto de neve para confirmar todos os aspectos comuns. Penduradas nas janelas do segundo andar, como que para confirmar o visual entediante, algumas guirlandas de luzes de Natal ainda permaneciam, seus proprietários muito preguiçosos para removê-las após o feriado.

Uma questão: colocar a máscara agora ou depois? A proteção máxima ditava entrar esperando morte e destruição, mas as lutas tendiam a começar quando alguém entrava pronto para uma. Se Kat entrasse para conversar, as pessoas aqui poderiam estar dispostas a tolerá-la. Ela não podia ter certeza que o assassino estava ali, e assustar sua única pista não ajudaria em nada.

Então Kat escolheu o meio-termo. Movimentou os pulsos para preparar as bombas de luz, ajustou a gola para que com um aceno rápido a máscara se erguesse, mas de resto deixou seu rosto de nariz vermelho, meio congelado, aberto ao mundo.

Sem campainha, sem scanner Tama, então Kat bateu na porta de cedro bege. Esperou. Soltou algumas respirações fumegantes. Bateu de novo. Esperou novamente.

Como se cronometrando seus pensamentos e a tendência de arrombar a porta, um homem a abriu. Ficou atrás da tela com uma roupa que Kat descreveu como tacticamente elegante: um suéter com renas ajustado sobre um óbvio colete à prova de balas, enquanto calças pretas carregadas de bolsos deixavam apenas espaço suficiente para meias decoradas com flocos de neve aparecerem.

— Não é todo dia que recebo uma rastreadora na minha porta — disse o homem, através da tela. — O que posso fazer por você?

Espera, o quê?

— Como sabia que eu era uma rastreadora? — disse Kat.

O homem inclinou a cabeça, então deu de ombros e abriu a porta de tela — Não muitos normais usam equipamentos como esse. E antes que pergunte como eu sabia que você era normal... — Ele se afastou, mantendo as portas abertas para ela. — Por que não entra?

— Você está deixando uma estranha entrar na sua casa? — Kat tentou ganhar tempo, entender o jogo do homem.

— Melhor do que perder todo meu calor — respondeu o homem. — Vamos, entre, prometo que é agradável aqui dentro. Café e tudo mais.

Kat exibiu um sorriso breve e frio — Bem, se tem café...

Ela passou pelo homem, mantendo os músculos tensos e os olhos em movimento o tempo todo. Logo ao entrar, a casa revelava suas origens básicas. Uma escada central que levava ao segundo andar, cômodos à direita e à esquerda cheios de móveis genéricos, de cores suaves, que não diziam nada sobre os donos, e um corredor nos fundos que Kat apostaria ser a cozinha.

Toda a tensão fez com que ela saltasse um pouco quando o homem fechou a porta atrás dela. Kat se virou enquanto o homem ria, sentiu um rubor subir por suas bochechas e odiou isso.

— Por que está tão nervosa? — disse o homem. — Você veio até aqui, lembra? Agora, vamos lá para trás. Vamos conversar.

— Pare — disse Kat, mantendo os braços abaixados ao lado do corpo, onde, com outro gatilho de movimento, seus coldres de armas de choque poderiam sair para um saque e disparo em microssegundos. — Quem é você e o que está acontecendo?

— Rhimes — disse o homem, estendendo a mão como se

para apertar a de Kat. Ela examinou a oferta, examinou seu largo sorriso cheio de dentes, e lhe deu um único aperto, dizendo seu nome com o gesto. — E Kat, o que está acontecendo é que você apareceu na minha varanda parecendo pronta para algo pesado. Eu estou pronto para uma bebida quente, então estou escolhendo essa opção, se você estiver de acordo?

— Ouço o que está pedindo, mas o que você está vestindo diz outra coisa.

Rhimes deixou seu sorriso quebrar pela primeira vez — Kat, vamos economizar tempo e parar de fingir. Aposto que você não aparece em todos os lugares com essa aparência, o que significa que sabe o que acontece aqui e o que fornecemos. Então, vamos falar sobre como posso ajudá-la.

Honestidade direta. Kat admirava isso, realmente. Fazia as coisas andarem muito mais rápido. Quando Rhimes terminou a admissão com uma caminhada em direção à cozinha, Kat o seguiu, continuando a inspeção e não encontrando nada além de obras de arte genéricas que combinavam com a casa vivida, mas sem vida.

Uma pequena mesa servia como local de descanso na cozinha de azulejos, e Kat sentou-se em uma cadeira de madeira rangente enquanto Rhimes pegava algumas canecas e uma jarra da única coisa que realmente se destacava na casa: um infusor de luxo, feito por mãos de anomalia para extrair o sabor e cafeína ideais dos grãos com base na quantidade de água utilizada. As coisas eram maravilhosas, e Kat continuava debatendo se faria um investimento em uma, sempre pendendo para o lado de mais brinquedos para Seeker em vez disso.

— Isso é realmente bom — disse Kat após o primeiro gole de chocolate com nozes.

— Sempre é — respondeu Rhimes, saboreando sua

própria caneca. — Então, eu não pensava que rastreadores gostassem do negócio letal? Reduz seus ganhos futuros?

— Quando vi o que aconteceu com Aegis, achei que deveria ter uma proteção melhor — respondeu Kat, inventando uma história. — Nem todo mundo joga limpo.

— Claro. Os Paragons não têm nada para você?

— Eles não estão prestando muita atenção em mim no momento.

Rhimes riu, o que ele parecia fazer muito.

— Certo. Faz sentido. Deixe-me fazer uma pergunta diferente. Como soube para vir aqui? Gostamos de saber quem dá indicações, para podermos creditá-los, entende?

— Encontrei alguém enquanto trabalhava. Ele tinha algumas coisas impressionantes. No começo não queria me contar, mas consegui arrancar este lugar dele.

— É um grupo fechado, nossa equipe. — Rhimes terminou o café com um longo gole. — Não quero apressá-la, mas temos mais pessoas chegando em breve, e eu preferiria que você saísse antes que elas entrem. Os clientes não gostam de se ver, entende?

— Claro. O que você tem?

— Siga-me — disse Rhimes, levantando-se. — E, se puder, deixe o café. Não queremos arriscar que as coisas fiquem bagunçadas.

Kat preferia ter terminado, mas o café delicioso estava em algum lugar abaixo da necessidade de encontrar o assassino, de entender como essa equipe funcionava. Comprar uma arma de Rhimes não daria a Kat exatamente o que queria, mas vê-las poderia ajudá-la a descobrir de onde eles estavam conseguindo as armas.

Quando Rhimes foi até uma porta simples, abriu-a e revelou o porão como seu esconderijo de armas, Kat não teve nenhuma surpresa para esconder.

— Um pouco clichê, não é? — disse Kat enquanto Rhimes a guiava por degraus robustos, metálicos, que quebravam com o estilo madeireiro habitual da casa. — Manter todos os segredos no porão?

— Descobri que, ao lidar com pessoas perigosas, ajuda ser previsível — respondeu Rhimes. — As pessoas mantêm os dedos longe dos gatilhos se sabem o que está por vir.

Claro, o que você diz, cara.

Kat não precisou elaborar uma resposta, porque ao chegar ao porão propriamente dito, onde as luzes se acenderam automaticamente – detecção de movimento, provavelmente – serviu para matar a conversa.

Kat nunca vira nada que justificasse a palavra "arsenal" até agora. Ela passou por Rhimes, que permaneceu no final da escada com um sorriso cúmplice, e olhou para pistolas, facas, rifles longos e coisas mais adequadas para ação militar direta, todas montadas em paredes cinza-ardósia e organizadas por letalidade.

O porão tinha um segundo cômodo também, e Kat vislumbrou o lado oposto através de uma entrada sem porta: armaduras, coletes, botas e todo o equipamento que um monstro exigente poderia querer.

— Impressionante.

— Não é? — disse Rhimes, atrás dela. — É o que você estava procurando, certo?

— Mais um quem, do que um o quê. Você mantém uma lista de clientes? Nomes, números, coisas assim?

— Claro. Mas não mostraríamos isso a ninguém. Nem mesmo a uma rastreadora.

Kat virou-se, encarando Rhimes diretamente — Os Paragons podem estar uma bagunça, mas aposto que reuniriam uma equipe se soubessem o que você tem aqui. Isso é muito mais do que algumas armas.

Novamente, Rhimes deixou seu sorriso desaparecer para uma carranca estudada. O homem era um mestre em expressões faciais, tudo exagerado ao ponto em que Kat não conseguia dizer se Rhimes estava sendo sério ou não.

— Pensei que estivéssemos tendo uma tarde agradável — respondeu Rhimes. — Lamento vê-la estragada. — Ele alcançou, puxou a manga de seu suéter sobre seu Tama, digitou nele por um segundo. — Tenho nossa lista aqui. Uma simples transferência Tama serve para você?

— Você vai simplesmente me dar isso?

— Quais são minhas opções? — Rhimes andou até ela, segurando seu braço esquerdo, com o Tama, à frente. — Eu digo não, você faz os Paragons nos exterminarem. Eu prefiro perder um cliente do que todos eles.

Uma jogada razoável, embora Kat ainda sentisse que a negociação tinha ido rápido demais. Suave demais. Mesmo assim, a lista de clientes reduziria o mistério. Com o próprio banco de dados dos Paragons, ela poderia identificar alguns suspeitos prováveis e enviar drones para espioná-los. Quando encontrassem o certo, Kat poderia fazer os drones resolverem o problema também. Fácil.

Kat estendeu seu próprio Tama, logo à frente de suas manoplas lança-cabos. Rhimes se aproximou, estendeu seu Tama para tocar o de Kat. Um som de campainha soou de ambos, comprovando a conexão. Agora Rhimes precisava enviar o documento, e...

O homem segurava uma arma na mão direita.

Kat não conseguia vê-la enquanto os Tamas, juntos, bloqueavam a visão, mas ela reconhecia um movimento de saque quando via um. Uma arma pequena, a julgar pela facilidade com que Rhimes se movia, pela proximidade que ele queria ter para usá-la.

Kat não lhe deu essa chance.

Kat jogou a cabeça para trás, e a máscara subiu rapidamente, cobrindo-a e instantaneamente destacando a arma sacada como uma ameaça. Rhimes puxou o gatilho e a bala ricocheteou em seu escudo repentino, deixando uma rachadura sólida no vidro da máscara – droga, caro de consertar também – e fazendo a cabeça de Kat girar brevemente.

Ela reagiu mais por instinto do que por qualquer outra coisa. Avançando rapidamente, usando seu braço esquerdo para afastar a arma de Rhimes enquanto a mão direita de Kat desferiu golpes rápidos em pontos de pressão. Rhimes, no entanto, aparentemente já estivera em brigas antes e continuava bloqueando, amortecendo o ataque.

Pior, a máscara captou e destacou, com pequenos pulsos verdes, ruídos do andar de cima. Passos vindo rapidamente. A porta da frente também bateu, depois de aparentemente ter sido aberta com intenções silenciosas. Reforços.

Nada bom.

Kat mudou sua estratégia. Alcançou, agarrou o pulso direito de Rhimes com sua mão livre e o quebrou, fazendo o homem largar a arma. Kat a chutou para debaixo das escadas enquanto Rhimes tentava empurrá-la para longe. Kat esquivou-se para o lado, sentiu Rhimes puxá-la enquanto passava, e ela disparou em direção às escadas.

Tinha que sair. Agora.

Kat alcançou o primeiro degrau, viu a porta do porão abrir para mostrar outro homem de máscara preta – volumoso demais para ser o assassino – parado ali. Ela levantou seu pulso esquerdo, movendo-o rapidamente para o cabo, e disparou. O homem olhou para sua coxa esquerda, subitamente ostentando um gancho de aço brilhante, e Kat puxou. A perna do homem saiu debaixo dele e ele escorregou, de costas, escada abaixo.

Desconectando o cabo com outro movimento de pulso,

Kat saltou, as pernas bombeando enquanto ela passava por cima do homem que deslizava como alguém pulando um obstáculo em uma corrida. Subindo os últimos degraus até o corredor, e–

— Pare, ou atiramos! — gritou outra voz, desta vez de uma mulher.

Esta estava guardando a porta da frente da casa, com o que parecia um rifle bastante pesado nas mãos. Um segundo grito veio um instante depois, de trás de Kat. Na cozinha. Sua máscara embaçou tanto a frente quanto as costas com vermelho, então acrescentou mais um enquanto os passos anunciavam a subida de Rhimes.

— Você não quer morrer aqui, Kat! — Rhimes chamou dos degraus do porão. — Seria um desperdício.

— Um desperdício do quê? — disse Kat, virando-se para os dois lados, tentando encontrar uma saída. — E você não acabou de tentar me matar?

Seu traje poderia aguentar alguns tiros de armas pequenas, mas não foi projetado para suportar fogo de armas pesadas. Rastreadores não deveriam perseguir vilões armados, mas sim anomalias de baixo nível fugindo. Os Paragons deveriam estar lidando com isso, não Kat.

Mas eles não estavam aqui, e ela estava.

— Eu te dei o segundo para se salvar — disse Rhimes, chegando mais perto. — Você é uma normal, Kat, e uma boa. Não quero vê-la morta.

— Isso é reconfortante. — Kat explodiu enquanto dizia as palavras, mergulhando de volta em direção à cozinha.

O homem ali estava lento no gatilho, e a mulher na frente nem tentou atirar. Provavelmente bom, já que com Kat mergulhando para longe, o parceiro do atirador estava diretamente na linha de tiro.

Kat interrompeu seu mergulho ao atingir o azulejo,

saltando direto para as portas de vidro e a varanda coberta de neve além. Ela passaria direto por elas, seguiria para o lado e desapareceria.

Ou sentiria o atirador tacá-la, jogando Kat de volta contra, através, a mesa com as canecas de café ainda sobre ela. Os restos de café de Kat se derramaram sobre ambos enquanto ela atingia o homem com um soco no pescoço antes de jogá-lo para fora.

Ali estava Rhimes, suado e com um rasgo naquele suéter, segurando uma arma de choque que parecia muito familiar. Kat tocou sua coxa direita, onde Rhimes havia esbarrado nela lá embaixo, e não encontrou nada.

— Como eu disse. — Rhimes levantou a arma. — Não quero vê-la morta.

O dardo atingiu a máscara, bem na rachadura que Rhimes havia feito anteriormente. Quando ele tentou matá-la, não importa o que dissesse. Kat sentiu a picada na testa, o entorpecimento gelado que se seguiu.

Kat iria pegá-lo por isso. Pegar todos eles.

Logo depois que ela se lembrasse como andar, falar, pensar ou impedir que seus olhos se fechassem.

SEM JANELAS, sem Tama, sem noção do tempo. Zhan-Yo não tinha certeza de quando acordou, apenas que acordou sozinho. Ainda na sala selada, deixado ali com dor de cabeça, estômago roncando e garganta seca. O estado ideal para contemplar fracassos. Oportunidades perdidas.

Se Zhan-Yo havia ficado frustrado quando a morte de Aegis não gerou uma grande revolta, pelo menos tinha esperança de que poderia tentar novamente. Iniciar uma revolução de outra maneira. Agora, porém, seu Tama daria a Mynx todas as informações necessárias para ir atrás de qualquer pessoa que já o tivesse ajudado. Wexley seria o primeiro, e provavelmente o próprio Ziran viria em seguida. Então Mynx poderia começar a desmantelar cada líder corporativo, cidadão exaltado e verdadeiro patriota com quem Zhan-Yo havia se reunido ao longo dos anos. Uma limpeza total, como algo das eras mais brutais da humanidade.

Tudo porque ele resolveu dar uma caminhada até o lago.

Zhan-Yo tamborilou os dedos no chão da cela, observou-os movendo-se e traçou as veias em suas mãos. Elas estavam mais visíveis agora, com sua pele cada vez mais fina. Uma metáfora viva enquanto Zhan-Yo perdia as partes extras de sua vida, reduzindo-se ao essencial. Sylvie poderia ter apreciado essa avaliação, mas ela sempre foi cem por cento essencial. Sem distrações, apenas o trabalho.

Ele se levantou, fungou e tossiu com o cheiro em suas roupas – ainda as mesmas que vestira antes de sair da casa de Wexley. A desidratação significava que Zhan-Yo não precisava usar o banheiro, que encontrou por acidente quando pisou no único azulejo do piso em tom azul brilhante. Atrás dele, um azulejo deslizou revelando um buraco e, desdobrando-se da lateral como algum brinquedo engenhoso, um pequeno equipamento com higienizador e papel higiênico.

Verdadeiramente, ele vivia em tempos maravilhosos.

Em uma exploração ociosa, Zhan-Yo tentou brincar com a coisa do sanitário agora. Envolveu as mãos em torno da haste metálica que carregava o rolo e o dispensador de higienizador e puxou. Não se soltou. Nem sequer se moveu. Talvez algum Paragon muito distante, ou talvez um drone, estivesse rindo dele.

Ou talvez de algum lugar mais próximo.

Ele ouviu um curto staccato, o que poderia ter sido gargalhadas genuínas. Mynx podia ter programado os drones com a risada mais humilhante por pura maldade, submetendo Zhan-Yo a um escárnio implacável. As risadas vieram novamente, mais altas desta vez, cada uma se fundindo à próxima, como se a pessoa não conseguisse parar de rir.

— Sim, sim! — Zhan-Yo gritou em direção à porta, saindo da placa e deixando o sanitário descer para o segredo.

— Tenho certeza de que é tudo hilariantemente engraçado para você.

Ele teria continuado gritando com seu atormentador sem nome, mas mesmo gritar uma linha arranhava sua garganta, as palavras saindo irregulares e ásperas. Em vez disso, Zhan-Yo foi até a porta e bateu nela. Depois bateu novamente, e mais uma vez.

A risada encontrou sua terceira batida, alta e forte. Fazendo a porta vibrar. Profunda e cortante. Diferente de qualquer risada que Zhan-Yo já havia ouvido, e estranha o suficiente para ele recuar, imaginando se Mynx havia decidido acabar com ele agora mesmo. Se ela achava que manter Zhan-Yo, o revolucionário de piada, tinha se tornado cansativo.

Outro baque do lado de fora e a porta da cela estalou, com uma fumaça branca serpenteando pelas bordas, antes de se abrir. Xander, um dos traidores Paragon de Chicago, entrou, parecendo tão confuso e assustado quanto Zhan-Yo. Atrás de Xander, Zhan-Yo conseguia distinguir outros, ouvir gritos e mais estrondos. Não eram risadas, percebeu, mas tiros. Armas de verdade em uma instalação Paragon.

— O que você está fazendo aqui? — disse Zhan-Yo, inclinando a cabeça.

— Buscando você — respondeu Xander. — Precisamos ir, agora. Antes que eles descubram o que está acontecendo.

Zhan-Yo tinha visto filmes suficientes, lido histórias suficientes para reconhecer uma fuga da prisão quando a via, e embora essas histórias tendessem a punir alguém por fugir, ele não tinha exatamente muito a perder. Quando Xander começou a falar, Zhan-Yo já tinha começado a se mover em direção à porta. Quando Xander terminou, Zhan-Yo já havia passado por ela.

Zhan-Yo esperava um corredor, celas alinhadas em

paredes sólidas com todos os apetrechos sombrios próprios de prisões. Em vez disso, ele saiu de sua cela e entrou em um espaço amplo, um andar inteiro com sua seção central revestida de vidro. A cela de Zhan-Yo, de fato, se juntava a outras ao redor da borda externa do andar, cada uma abrindo para azulejos de ardósia dura. Sem janelas, exceto aquele pilar central, cuja construção transparente se estendia, aparentemente, do fundo até o teto.

A luz do sol que entrava revelava o trabalho feito pelos possíveis resgatadores de Zhan-Yo, com drones espalhados pelo espaço, caídos e soltando faíscas em aglomerados nos cantos, enquanto homens mascarados em trajes táticos pretos arrastavam e despejavam os robôs uns sobre os outros.

— Então você ainda está vivo — disse Mathieu, aproximando-se e dando a Zhan-Yo alguém em quem focar, para tentar superar seu choque. — Não podíamos ter certeza de que ela não tinha matado você.

— Como? — Zhan-Yo acenou para além de Mathieu, em direção à equipe, e notou que Stubbles também estava lá, parecendo enjoado enquanto ajudava a empilhar um drone aranha sobre seu companheiro gladiatorial.

— Seu Tama — disse Mathieu. — Wexley o rastreou, então sabíamos que você viria para cá. Quando você desapareceu por um tempo, enquanto ainda estávamos chegando, pensamos que estivesse morto. Então seu Tama voltou a ficar online.

— Mynx o pegou.

— Ainda está com ele, eu acho — disse Mathieu. — Está no prédio, mas não temos tempo para procurá-lo. Mynx provavelmente já está a caminho.

Zhan-Yo queria ouvir mais, mas com o último drone agrupado, os mercenários colocaram o que pareciam explosivos plásticos – cubos bege com pequenos detonadores pretos – ao lado de cada grupo. Um sinalizou para Mathieu, e Zhan-Yo não precisava de tradução para saber que precisavam sair.

Só que, como? Não parecia haver uma escada ou um elevador.

— Vamos lá — disse Mathieu, pisando no vidro. — Tenho que admitir, acho que é uma maneira bem inteligente de se locomover.

— O que é? — disse Zhan-Yo, pisando no vidro.

Marcus, o outro Paragon traidor, foi até eles, lançou um olhar cauteloso para Zhan-Yo.

— Pronto?

— Vamos — disse Mathieu.

Marcus mexeu em seu Tama, selecionando coisas que Zhan-Yo não conseguia ver, e o andar inteiro se moveu, afundando em direção ao solo. O azulejo branco, junto com os corpos dos drones, permaneceu imóvel.

Um elevador do tamanho de um andar. Ineficiente, a menos que você quisesse impedir seus prisioneiros de fugir. Se Zhan-Yo tivesse conseguido sair de sua cela, teria encontrado uma queda de doze metros esperando por ele.

— Sorte a nossa ter encontrado esses Paragons — dizia Mathieu. — Parece que este é um centro regional, um monte de inúteis mantidos aqui. Marcus e Xander conseguiram entrar facilmente com suas credenciais.

— Eles não as terão por muito tempo — disse Zhan-Yo.

— Íamos perdê-las de qualquer forma — disse Xander, embora seu olhar abatido insinuasse que o custo não era gratuito. — Sozinhos, estaríamos mortos. Com você, talvez tenhamos uma chance.

O elevador de vidro atingiu o térreo, encaixando-se no saguão. Mathieu ordenou que todos saíssem pelas portas duplas que levavam ao sol da tarde, depois agarrou o braço de Zhan-Yo. Entregou-lhe um pequeno dispositivo preto.

— Quer fazer as honras? — disse Mathieu.

Zhan-Yo queria, e eles correram para fora enquanto estrondos soavam acima, estilhaços chovendo atrás deles em belos tinidos metálicos.

Três grandes pods de passageiros esperavam, sem dúvida desconectados de sua rede central. Mathieu confirmou a suposição de Zhan-Yo quando, depois de enviar Xander e Marcus para o primeiro veículo, deslizou para o assento esquerdo do segundo, com o volante de emergência levantado e ativo. Zhan-Yo pegou o da direita, e outros dois mercenários completaram o veículo.

— Tenho contatos com um esconderijo a leste, perto do deserto — disse Mathieu. — Com a cúpula, aposto que teremos tempo para descobrir para onde ir em seguida antes que alguém venha nos caçar.

Sim. Eles poderiam rastejar de volta para seus buracos, poderiam se esconder e esperar Mynx vir encontrar Zhan-Yo novamente, desta vez com força letal. Com seu Tama perdido, Zhan-Yo não tinha poder de barganha. Ela simplesmente o mataria, e todos os outros.

— Você disse que Marcus e Xander, o status deles como Paragon ainda está ativo? — disse Zhan-Yo enquanto os pods eram ligados.

— Foi assim que entramos no prédio.

Zhan-Yo olhou para trás, em direção à prisão. Sem janelas, com todas as suas grossas paredes de pedra marrom, as bombas não tinham deixado marca. Muito parecido com os próprios esforços de Zhan-Yo.

— Não vamos para o esconderijo — disse Zhan-Yo. — Leve-nos ao centro da cidade, mas nos separe. Não torne isso suspeito. Ainda podemos executar o plano.

— Quando ela ouvir o que aconteceu aqui, Mynx não vai deixar ninguém se aproximar — disse Mathieu. — O plano está arruinado, Z.

— Não. — Zhan-Yo olhou pelas janelas do pod em direção ao distante centro de Los Angeles. — Eu já estive onde Mynx está agora. Ela não vai cancelar, não vai declarar uma emergência. Mynx está recebendo todos os seus rivais, e ela não pode parecer fraca. Nós vamos.

COM OS ELEMENTAIS ACALMADOS, Mynx, Burov e Apinya conseguiram chegar à tribuna superior para um almoço tardio. Um almoço que Mynx, já sentindo sua resistência social se desgastando, esperava que fosse pequeno, com apenas uma convidada surpresa.

Pixie, sozinha na sala, beliscava um bufê central recheado com comida da Pacifica. Tacos misturados com peixes recém-pescados e abacaxi havaiano. Amêndoas e castanhas de caju espalhadas em tigelas nas extremidades da sala, perfeitos para petiscar. Reeves, a quem Mynx havia encarregado das tarefas de catering, tinha feito seu trabalho.

— Você chegou antes de nós — disse Mynx, conduzindo Apinya e Burov para dentro da sala e convocando o olhar mais caloroso que conseguiu encontrar. — Os Elementais chegaram e fizeram uma cena.

Pixie, com a paciência desgastada que só se encontra em mães, assentiu. — Ouvi que eles poderiam aparecer.

— E agora eles estão aqui — disse Mynx. — Mas concordaram em se comportar, então vamos fazer o que pretendíamos. — Uma pausa constrangedora – transições não eram o forte de Mynx. — Pixie, este é Burov, e esta é Apinya. Não sei se vocês já se conheceram?

— Ainda não — Apinya estendeu a mão que, após transferir seu pequeno prato para a mesa, Pixie apertou. — Bem-vinda ao nosso pequeno clube.

— Sim! — ecoou Burov, tomando a mão de Pixie assim que Apinya a soltou. — Não invejo você por seguir Aegis, mas desejo-lhe sorte. Um legado como esse me faria correr porta afora e bem longe.

— Burov — disse Mynx. — Por favor.

Pixie, no entanto, riu. Profundo, mas suave, com um calor genuíno.

— Aegis e eu éramos bons amigos. Lutamos juntos por muito tempo, e com Nova York tão perto de Boston, éramos mais parceiros do que qualquer outra coisa. Não vejo isso como assumir o lugar dele, mas sim ficar ao lado do que ele construiu e fazer o que puder para melhorar.

Silêncio. Mynx não pôde deixar de ficar impressionada. Especialmente depois de Innis, o traidor imprestável, os líderes regionais dos Paragons tinham caído na estima de Mynx. Aqui, porém, chegava Pixie, pronta com graça e humildade para caminhar à sombra de uma lenda.

Mynx teria se escondido. Se enterrado no trabalho para se distrair do momento até que ele passasse completamente. Uma versão mais jovem dela poderia ter sentido ciúmes, invejado Pixie e sua confiança. A Mynx de hoje apreciava, respeitava isso.

— Bem, acho que tomamos a decisão certa — disse Mynx. — Pixie, estou emocionada em dar-lhe as boas-vindas às nossas fileiras. Os outros Campeões devem começar a chegar nas próximas horas, e espero que você possa conhecê-los todos antes de anunciarmos você ao mundo.

O almoço continuou, os quatro avançando pela comida e conversas que fluíam livremente sem, de alguma forma, o drama que costumava borbulhar quando os Campeões se reuniam em um único local por mais de um minuto. Até mesmo Burov, com seu rosto ceroso escondendo quaisquer emoções que tivesse roubado para o dia, parecia menos arrepiante do que o habitual. Mynx pode até ter rido.

Duas vezes.

Uma hora se estendeu para duas, e Mila chegou, seguida por Lukas e os outros até que todo o grupo se movimentava, trocando histórias. No geral, Mynx estava atônita. Nem uma explosão, nem uma ameaça ou velho ressentimento apareceu.

— Mynx — disse Pixie, aparecendo ao lado de Mynx enquanto a Campeã da Pacifica buscava respirar enquanto enchia seu copo d'água. — Uma pergunta.

— Pergunte.

— Sei que alguns dos outros Campeões têm famílias — disse Pixie. — Mas, com o que aconteceu com Aegis, espero poder colocar alguns de seus drones para vigiar meus filhos. E meu marido.

— Pixie, você comanda todos os drones que estão em Atlântida — disse Mynx, puxando seu copo cheio de volta, um plástico azul-Paragon que, após este evento, encontraria seu caminho para uma recicladora movida a anomalias. — Você pode ordenar qualquer um deles para qualquer lugar.

— Não, quero dizer, quero algo melhor — disse Pixie, e Mynx captou o tom. — Não sou Aegis, não sou o mesmo tipo de lutadora, e não moro em Bastion. Meus filhos estão vulneráveis.

Uma pergunta difícil de responder. Sim, Mynx poderia projetar um novo drone. Poderia anexar todo tipo de geringonças e bugigangas para torná-lo a melhor máquina já construída. Mas isso não chegaria à questão central de Pixie, sua preocupação principal.

— Você é uma Campeã, Pixie — disse Mynx. — Você será um alvo agora. Sua família também, talvez. Mas você não está sozinha. Tem todos nós, tem os Paragons. Os drones. Qualquer um que atacar você será encontrado e tratado. Posso prometer isso.

— Não me importo com vingança.

— Então você faz o melhor que pode para protegê-los — disse Mynx. — Mude-se para Bastion. Faça o que Aegis fez. Contrate tutores. Mantenha-os com Paragons confiáveis.

— Fazer isso os impediria de ter uma vida normal. Eles perderiam seus amigos. — Pixie olhou para seu Tama, que vibrava com uma mensagem de, Mynx presumiu, uma dessas mesmas crianças. — Não me importava em gerenciar minha região, mas isso?

— Isso é o que você é agora. Sinto muito, Pixie, mas não há como recuar. Nós escolhemos você. Atlântida, o mundo, precisa de você. Você nos abandonaria?

— Pela minha família? Absolutamente.

Mynx respirou fundo. Esta não era a conversa que ela deveria estar tendo. Apinya seria melhor nisso. Pixie, no entanto, parecia precisar de uma resposta agora.

— Pixie, eu-

As portas da sala se abriram com força suficiente para bater nas dobradiças. Celice, ainda com o mesmo equipamento que usava em Chicago, pronta para uma luta, entrou, lançando olhares furiosos para todos de uma vez. Após um segundo quente escaneando a sala, durante o qual Apinya deu o primeiro passo fluido em sua direção, Celice se concentrou em Mynx e Pixie.

— Lá vem ela — disse Mynx. — Você está prestes a ver por que precisamos de você.

Pixie não disse uma palavra. Esperta.

— O que você fez com ele? — Celice abriu a conversa. — Onde ele está?

— Seguro, protegido — respondeu Mynx.

— De quem estamos falando? — Apinya se juntou à conversa, deixando Pixie desaparecer na sombra de Mynx, longe do calor de Celice. — Celice, não te vemos há tanto tempo!

— Cale-se, Apinya. Estou falando do assassino do meu pai. Mynx o tem, e quero saber onde.

Apinya olhou para Mynx, e ela deu um leve aceno, mantendo-se calada. Deixe o diplomata lidar com essa.

— Porque você quer vingança? — disse Apinya.

— É claro que quero vingança — respondeu Celice, apontando um dedo para Mynx. — Eu quase a tive em Chicago antes dela o levar embora. Eu esperava, talvez, ver algo no caminho até aqui que mostrasse que você estava fazendo alguma coisa, Mynx. Qualquer coisa. Mas não. Todo mundo ainda pensa que ele está lá fora, livre.

— Ele não está — respondeu Mynx. — Se contarmos ao mundo que o temos-

— Então você mostra que há um preço a pagar se atacar os Paragons — disse Celice. — Você mostra que meu pai vai ter justiça.

— É assim que funciona? — disse Apinya. — Justiça? Parece-me que anúncios como esse estimulam mais perigo do que acalmam. Talvez levem os apoiadores desse homem a se revelarem. Em vez disso, o fazemos desaparecer por um tempo, e o fervor morre. Então, quando mostrarmos um homem quebrado e perdido, a causa será esquecida.

Celice fechou os olhos. Fechou os punhos. Mynx conhecia os sinais: Apinya usando sua habilidade, massageando a mente dela. Não era algo que Mynx tivesse visto ser feito com outro Paragon antes, muito menos alguém como Celice, que sabia o que Apinya podia fazer. No entanto, como a tensão sendo solta de uma corda, o rosto de Celice se acalmou, seus ombros caíram, e algumas lágrimas perdidas substituíram a fúria que havia iluminado a filha de Aegis um momento antes.

Com um aceno de Apinya, Burov caminhou até ela e colocou uma mão gentil no ombro de Celice. Sob aquela máscara, Mynx não podia ver o que acontecia, não podia ver aquelas manchas se movendo, mas quando Celice irrompeu em um soluço completo, ela viu os efeitos. Apinya havia preparado a mulher, e Burov a havia empurrado para o limite.

Antes que Celice abrisse os olhos, o russo se afastou, voltou-se para Mila e Lukas, como se nunca tivesse estado por perto.

— Sinto muito — disse Celice. — Eu só, eu só não consigo continuar assim. Ele era tudo o que eu tinha, de verdade.

— Venha. — Apinya colocou um braço gentil ao redor dela. — Vamos pegar algo para você comer, muito vinho, e você pode me contar todas as suas histórias favoritas sobre seu pai.

Uma frase como essa não teria funcionado com uma Celice de cabeça fria – ou com a própria Mynx – mas com Apinya a conduzindo, a filha de Aegis aceitou o bálsamo e foi em direção ao bufê.

— Isso — disse Pixie — foi incrível.

— Horripilante, na verdade — respondeu Mynx. — Mas nós o temos, sim. Zhan-Yo. Em breve teremos todos com quem ele já trabalhou. Vamos prendê-los todos. Eu até deixarei ela apertar o gatilho, se quiser.

Seu Tama vibrou. Irritado, urgente. Uma vibração reservada para emergências. Mynx olhou para ele. Leu a mensagem uma vez, duas vezes.

— O que há de errado? — perguntou Pixie.

— Tudo.

CAPÍTULO 45

O REI EM SEU CASTELO

A CASA DE ARTHUR — impressionante para a ilha, um casebre em qualquer outro lugar — fervilhava enquanto a manhã avançava com força total. Quando Thane se aproximou do edifício, localizado na borda da vila, no topo de uma pequena colina que oferecia uma vista de tirar o fôlego, vozes eram carregadas pela brisa. Risadas também. A cadência conversacional que surge quando um orador apresenta para uma plateia que o adora.

Que Arthur tentaria uma traição, tentaria manter as anomalias mais valiosas para si mesmo, não surpreendeu tanto Thane. Não dava para esquecer que todos nessa ilha foram enviados para cá por algum delito grave. Por que não cometeriam outro?

E mesmo assim.

Esperança nunca foi a principal qualidade de Thane. Ele sobreviveu na base da determinação, através de tratamentos médicos forçados e da percepção gradual de que nada em sua vida seria encantado. Trabalhar, lutar, rasgar, despedaçar e talvez Thane chegasse a algum lugar. Pela primeira vez em seus quarenta e tantos anos, Thane tinha uma chance real de forjar seu próprio caminho.

A esperança persistia nessa possibilidade, e Arthur queria tirá-la dele.

Por quê?

Thane se aproximou da porta, um escudo de folhagens que oferecia pouca barreira além do ar, mas dava um leve aceno à privacidade. Dentro, no mesmo chão de terra que pisara na noite anterior, viu pegadas novas suficientes para confirmar os sons. Não era uma pequena reunião.

O monstro tinha muitos amigos.

Assim que Thane atravessou a porta de plantas, a conversa parou. Não da maneira gradual comum às conversas que se encaminham para um fim, ou nos silêncios repentinos típicos de fofoqueiros cujos alvos aparecem em seu meio. Não, este silêncio veio com força de vácuo, como se Cassidy tivesse enviado um vazio e sugado toda a plateia.

No entanto, quando Thane contornou o corredor e entrou na sala central da casa, com sua mesa de areia para mapeamento e cadeiras trançadas, viu bocas se movendo, uma dúzia de anomalias conversando entre si sem que um único som chegasse até ele. Arthur, já de pé e caminhando na direção de Thane, exibiu seu sorriso de apresentador.

Conforme Arthur cruzou alguma linha invisível, seus passos recuperaram seu farfalhar na areia, como os do próprio Thane. Os nós dos dedos do homem estalaram enquanto ele flexionava as mãos antes de abri-las amplamente.

— Um convidado inesperado — disse Arthur. — O que te traz aqui, Thane?

— Não consigo ouvi-los? — Thane foi direto à questão. Arthur certamente sabia por que Thane tinha vindo, e

Thane preferia entender as ameaças potenciais a trocar gentilezas. — Qual anomalia?

— Apenas uma pequena bolha — respondeu Arthur. — Muito útil em um mundo sem paredes ter uma conversa sem ouvidos intrometidos. Como os seus.

— Como os meus. — Thane conteve sua raiva. Não era hora de entrar em uma briga. Ele precisava de sua mente para isso, não de seus músculos. — O que você não gostaria que eu ouvisse?

Arthur se moveu para colocar a mão no ombro de Thane, e Thane deu um passo para trás, forçando Arthur a dar de ombros e, em seguida, a franzir a testa.

— Você quer deixar a ilha hoje, certo? — disse Arthur. — É por isso que tem todas essas anomalias trabalhando para preparar aquele barco?

— Esse era o plano.

— Nem todos seguem o seu cronograma. Alguns de nós, ao que parece, se afeiçoaram a esta ilha. Gostamos daqui.

— Percebi. — Thane apontou para trás de Arthur, onde o grupo havia parado sua conversa e, ainda em silêncio, observava o confronto. — Esta é sua reunião para dividir a ilha depois que formos embora?

Arthur riu.

— Eles me disseram que você era esperto! Você não gostou do meu plano, eu não gosto do seu plano, então alguns de nós estão escolhendo ficar aqui.

— Você ouviu meu plano ontem à noite. — O desejo de estrangular Arthur começou a superar o raciocínio de Thane. — Vamos deixar a ilha hoje.

— Ah, mas Thane, é aí que está. Os planos mudam. Os meus planos, especificamente. Os seus planos, nem tanto. Leve o barco. É seu. Vá com a minha bênção.

— Não quero sua bênção.

— Então por que você ainda está aqui? — Arthur conseguiu parecer confuso. — Nenhum de nós quer ir com você.

— Estou aqui porque este plano requer algumas anomalias para ter sucesso. Os que não precisamos podem ficar, os que eu decidir que precisamos, irão.

— Oh, acho que não. — Arthur balançou a cabeça. — Não, não, isso não vai funcionar. Cada anomalia nesta ilha pode fazer sua própria escolha, meu amigo, e você tem que viver com quem conseguir persuadir a embarcar no seu pequeno passeio de barco condenado.

Thane contou dez outros nesta sala. Quase um quarto das anomalias no acampamento. Já um declínio perigoso de habilidades, e quem sabia quantos outros tinham visto o navio, dado uma olhada nos drones esta manhã e sentido sua confiança vacilar?

Thane poderia lutar até a vitória aqui? Espancar e destruir a casa de Arthur e seu contingente, depois tentar forçar todos a entrarem em um barco, onde teriam que trabalhar juntos para superar os drones?

Uma ideia improvável.

— Tudo bem, Thane? — continuou Arthur. — Só olhando para o espaço? Meio que está me assustando.

— Estou pensando se devo te matar.

— Ah. Continue então. Só saiba que, se tentar, vou fritá-lo e depois jantá-lo. Aposto que seria um pouco selvagem com todo esse músculo. Não é minha preferência. — Arthur riu novamente, uma risada irritante. — Prefiro as coisas gordurosas. Um bom peixe. Alguma barriga de porco. Não como isso há muito tempo. Talvez, se você fugir, possa nos enviar alguma coisa? Lançamento aéreo?

— Por favor, por favor, cale a boca.

— Não, acho que não vou. — Arthur lançou um sorriso para sua plateia, que retribuiu. — Este é o meu território,

Thane. Estas são minhas regras. Você está saindo hoje, e com quem está saindo depende inteiramente deles.

— Então reúna-os. Quero todos na orla. Vamos fazer nossa proposta e ver quem escolhe partir, quem escolhe ficar.

— Um debate à luz do dia? Parece adorável. Estarei lá.

Thane não esperou mais palavras. O barulho retornou quando ele deixou a casa de Arthur, desceu a colina e voltou para a vila. Encontrou o café da manhã e mordeu o peixe defumado com voracidade, com a frustração alimentando a boca de Thane. Sook manteve-se a uma distância segura, mantendo os outros afastados.

Perto da costa, Thane viu Cassidy ainda conversando com Sienna. Outras anomalias se moviam ao redor, olhando para o barco ou permanecendo perto de suas cabanas, sobre seus peixes cozidos ou cocos quebrados. Presos entre uma vida estagnada, estável, e a esperança de uma melhor.

Thane apresentaria seu argumento, espalharia sua visão de um novo mundo ousado liderado por aqueles que haviam perdido o atual. Ele os persuadiria a subir a bordo daquele barco, a usar seus poderes para proteger, destruir e fugir dos drones. Um exército de anomalias fazendo sua primeira incursão.

Então Arthur faria o dele, e quando o homenzinho terminasse, Thane veria o impacto. Se Arthur se saísse bem, se visse almas vacilando, muitas delas, então Thane simplesmente quebraria o pescoço de Arthur ali mesmo. Mataria o movimento junto com o homem.

Thane sairia desta ilha com as anomalias de que precisava. Hoje. Não importa o custo.

ALGUÉM SEGURAVA SUA MÃO. Não de maneira afetuosa, mas com um aperto firme, mantendo-a presa ao couro sintético macio encontrado em cápsulas de transporte de alta qualidade. Aquelas que as pessoas pagavam reps extras para reservar.

Kat queria abrir os olhos, mas as pálpebras pareciam pesadas, e ver o que havia além delas provavelmente não melhoraria seu humor. Uma dor de cabeça se alternava com seu corpo dolorido — não uma dor latejante, mais como um choque médico — diminuindo gradualmente após o disparo atordoante. Felizmente, alguém havia removido o dardo de sua testa.

O outro motivo pelo qual ela mantinha os olhos fechados? Pessoas estavam conversando.

— Mas você esperava o mergulho? — disse Rhimes para outra pessoa, sua voz perto o suficiente para indicar a Kat que ele segurava seu pulso. — Se eu tentasse isso, acho que faria papel de idiota.

— Faria mesmo — uma voz feminina, a da mulher com a arma? — Já vi você tentar correr. Não é bonito.

— Posso não ser suave na ação, mas quem a convenceu a ir lá embaixo?

— E quem deixou ela escapar?

— Você já colocou um rastreador antes? Acho que não.

Kat sentiu a cápsula desacelerar, fazer uma longa curva à esquerda e mal voltar a acelerar. Uma estrada pequena, então. Ela queria olhar para seu Tama, descobrir para onde estavam levando-a, mas se conteve. Em vez disso, fez outro inventário corporal, testou os nervos e rastreou as dores para confirmar que nada parecia quebrado ou amarrado. Além de Rhimes segurando seu pulso, eles não a haviam prendido.

Ousado e estúpido.

— Rhimes — a voz da mulher mudou agora, mais suave, menos confiante. — Você ouviu sobre o edifício Paragon, certo?

— O que tem?

— Acho que não tivemos notícias de Innis desde então.

— E daí?

— Eu não me alistei nisso para morrer. — Um som, alguém se ajeitando no amplo assento da cápsula. — Tínhamos nosso acordo, mas sem Innis nos protegendo, por quanto tempo mais podemos fazer isso?

— Enquanto estivermos sendo pagos para isso. — Rhimes, inabalável.

— Ele te conquistou, não é? — respondeu a mulher. — O que ele tem sobre você?

— Reps.

— De que vão valer se estivermos mortos, ou, droga, se vencermos?

— Então talvez seja lealdade. Ou os contatos. Por que você está me fazendo todas essas perguntas?

A cápsula desacelerou e parou. Kat tentou manter a

respiração superficial e regular. Tentou interpretar as palavras, chegar a alguma conclusão, e falhou.

— Não sei. Acho que viagens de cápsula me deixam reflexiva. Acho que talvez eu esteja preocupada. — A mulher abriu sua porta, um leve baque.

— Faça-me um favor — disse Rhimes, sem se mover. — Guarde suas preocupações para você mesma. Elas não estão ajudando agora.

Se a mulher respondeu, Kat não escutou. A porta da mulher se fechou, e alguns segundos depois a porta atrás de Kat se abriu, fazendo-a deslizar até mãos a alcançarem e segurarem suas costas.

O ar frio bateu no rosto de Kat, entrando pela rachadura da máscara e ficando preso em suas bochechas e pescoço. Kat não conseguiu conter o tremor e abriu os olhos, olhando diretamente para o rosto da mulher, que se contorceu num sorriso desagradável que combinava perfeitamente com sua pele seca e sardenta, com mais rugas do que os anos da mulher mereciam.

— Olha quem acordou? — disse a mulher, arrastando Kat para fora.

Kat tinha sensibilidade suficiente para colocar as pernas sob si mesma ao deixar o assento da cápsula, evitando um colapso estúpido e embaraçoso no chão. Com a mulher erguendo-a e Rhimes soltando-a, Kat ficou de pé e olhou ao redor.

E viu nada menos que três armas apontadas para ela.

O homem da casa, mais outros dois, todos com o mesmo equipamento preto, estavam distantes da cápsula, espaçados o suficiente para impedir que Kat os atingisse todos de uma vez. Cada um tinha sua arma apontada para ela em uma formação sólida que sugeria experiência de carreira.

Uma carreira que os levara a um parque, aparentemente, e um suficientemente distante para que apenas prédios distantes, espreitando sobre copas de árvores sem folhas, dessem pistas da proximidade de Chicago. Pardais voavam ao redor, gorjeando, enquanto a brisa fria balançava as pontas expostas da grama da pradaria de um lado para outro. Uma casa aquecida ficava no final do terreno, adjacente a uma pista de patinação.

Tudo vazio. Estranho, para um lugar tão bonito em um dia ensolarado de inverno.

— Kat Collins — anunciou uma nova voz, aproximando-se com Rhimes e a mulher ao seu lado. — A rastreadora mais bem classificada de Chicago, aqui em carne e osso. Bem-vinda.

Este cara, diferente dos outros, usava um sobretudo de empresário, luvas de couro preto, óculos escuros finos e cabelo loiro curto. Um visual tão perfeito de vilão de filme que Kat quase riu.

Quase, porque ela notou como ele andava, como o sobretudo em movimento revelava um coldre na cintura com uma pistola, uma que ela reconheceu.

Com um espasmo, Kat fez sua máscara se dobrar de volta em seu traje, a rachadura se abrindo e espalhando alguns cacos de vidro no processo. Seria caro de consertar, mas melhor algum dano a mais do que entrar em confronto com visão embaçada e arranhada.

E ela realmente queria ver esse cara de frente.

— Você é o que atirou em mim — disse Kat enquanto o homem se aproximava, cuidadoso para se manter fora das linhas de tiro de seus aliados. — Nos telhados.

— Para ser justo — disse o homem, juntando as mãos. — Você não era meu alvo, até não me dar escolha.

— Porque eu não queria que você atirasse no meu amigo.

— Qual deles era? — perguntou o homem, lançando um olhar aos outros mercenários. — Algum de vocês atirou no amigo dela?

— Calvin é o nome dele. Um de vocês tentou matá-lo.

— Ele é uma anomalia?

— Ele é um Paragon.

O homem juntou as mãos e balançou a cabeça. Arrependimento falso suficiente para ganhar um prêmio.

— Ah, então sinto muito — disse o homem. — Deveríamos tê-lo matado na primeira tentativa, nos poupado dessa conversa difícil.

Kat contou sete contra um no terreno. Ela tinha os dispositivos de seu traje, embora suas coxas parecessem leves o suficiente para suspeitar que suas pistolas de choque haviam sumido. Mesmo com elas, entrar em uma luta contra pessoas armadas assim, bem, não terminaria bem. Então ela engoliu a raiva.

— Quem é você? — perguntou Kat. — E por que me trouxe aqui?

— A segunda leva à primeira. Para ser breve, trouxe você aqui porque sei quem você é e o que não é.

Kat esperou. Deixou o homem se entregar.

— A rastreadora com pais Paragon — continuou o homem quando Kat não falou. — Sempre guardando rancor contra as anomalias, mesmo enquanto lucrava com elas. Quantas vezes você capturou uma, entregou e se perguntou por que o destino não lhe deu o que elas tinham?

— Não importa — disse Kat. — Vá direto ao ponto.

A hesitação coletiva ao redor dela após a resposta de Kat confirmou a relação chefe-subordinado entre o homem e seu grupo armado.

— Eficiente. Gosto disso. — O homem fez outro olhar panorâmico pelo terreno, como se dissesse que isto, aqui, era o ponto. — Você está sendo esmagada sob a bota das anomalias. Estamos trabalhando para destruí-la.

— Assassinando-os?

— Equilibrando o poder. Só isso. Tornando justo para aqueles de nós que o destino não abençoou. Temos que mostrar a eles que pessoas normais merecem ser tratadas corretamente, como iguais.

— Você tem uma maneira estranha de fazer diplomacia.

— Então, eu peço, junte-se a nós. Ajude-nos a melhorar — disse o homem, e Kat se viu acreditando nas palavras, mesmo já tendo rotulado ele como um psicopata. — Se você conseguir encontrar um caminho pacífico para o que merecemos, então o seguiremos. Até lá, nossa única opção é o medo.

— Eu tive medo por muito tempo — respondeu Kat. A oferta do homem deixava claro o que aconteceria ali, especialmente se Kat dissesse não. O que significava que cada segundo que ela ganhava lhe dava mais uma chance de resolver o quebra-cabeça, encontrar uma saída. — Evitei todas as anomalias que vi, fugi dos Paragons. Mas depois de anos, percebi que essa não é maneira de viver. Anomalias não escolhem o que são. Não é culpa delas.

— Então você se juntou a eles.

— Decidi viver minha vida, em vez de deixar meu passado controlá-la.

O homem suspirou, puxou a manga esquerda e olhou para seu Tama.

— Eu esperava, vindo aqui pessoalmente, que pudesse convencê-la — disse o homem. — Mas tenho a impressão de que você está dizendo não.

Kat, de fato, não disse nada.

— Lamentável, mas se não posso transformar um problema em vantagem, então vou removê-lo.

O homem levantou uma mão.

— Espere — disse Kat, abrupta e repentinamente. — Você nunca me disse quem era.

— Os mortos não precisam saber — respondeu o homem, movendo um único dedo na direção de Kat enquanto quatro rifles se erguiam, dedos pressionando os gatilhos.

ATÉ ONDE ZHAN-YO SABIA, não existia um guia para se infiltrar em reuniões dos Paragon. E mesmo se houvesse um, sem seu Tama, Zhan-Yo não teria sido capaz de encontrá-lo. Isso, no entanto, não o impediu de se separar de Mathieu e dos outros mercenários e seguir, com Marcus e Xander, para a cúpula.

Mathieu havia protestado contra o arranjo até que, com alguma persuasão, todo o grupo concordou com um plano que colocaria Zhan-Yo no centro do palco. Ele teria os holofotes, e então o mundo inteiro testemunharia pelo que sua revolução lutava.

Com o estádio se erguendo imponente do lado de fora do pod — este um pod menor e normal, notável apenas por sua insípida sujeira esverdeada — Zhan-Yo e seus parceiros Paragon saíram para o sol do fim da tarde. Embora Los Angeles não estivesse quente pelos padrões de verão, comparado a um fevereiro em Chicago, Zhan-Yo sentia como se devesse estar de bermuda. Uma camiseta. Na praia.

Zero acertos nessa frente.

Embora eles tivessem encontrado tempo para passar por

uma loja decente no caminho para Zhan-Yo vestir um terno razoável — ele havia suportado olhares estranhos dos donos da loja para seus braços sem Tama, mas eles deixaram Mathieu comprar as roupas sem comentários. Agora o líder da revolução parecia mais um executivo de nível médio do que um guerreiro da mudança, mas considerando que Zhan-Yo deveria estar apodrecendo em uma cela, reclamar sobre moda parecia um pouco demais.

Marcus e Xander haviam trazido seus uniformes azuis de Paragon, então eles pareciam adequados enquanto o trio se aproximava da entrada principal da cúpula, uma coisa reluzente coberta de purpurina azul e dourada, serpentinas, e drones gladiadores pintados de quatro metros pairando ameaçadoramente. Por trás das cores, Zhan-Yo captou evidências de desleixo: a cúpula havia sido organizada às pressas em poucos dias, e por trás da decoração apressada, o concreto cinza bruto e o metal do estádio davam a tudo uma aparência inacabada.

— Ziran organizava eventos com aparência melhor que isso — disse Zhan-Yo para Marcus enquanto se aproximavam dos drones.

— Ziran está tentando vender Tamas — respondeu Marcus. — Os Paragon não estão vendendo nada.

— Apenas todo o governo deles.

— Mmmhmm — murmurou Xander enquanto Marcus deu de ombros, olhando para seu Tama e acessando seu perfil Paragon, desinteressado no que quer que Zhan-Yo estivesse tentando dizer.

Porque é claro. Por que Xander e Marcus se importariam com o mundo, com aqueles que o governavam? Os garotos estavam cuidando de si mesmos. Visão limitada, mas Zhan-Yo podia aceitar isso.

Esses dois eram apenas meios para um fim.

Os dois drones avançaram em uníssono quando o trio se aproximou, fechando fileiras na entrada e acendendo as luzes de seus capacetes — simulacros de olhos que brilhavam em branco intenso. Marcus e Xander ergueram seus Tamas e ambos os drones, cada um se inclinando para olhar um Paragon, piscaram suas luzes oculares em verde. Ambos, então, se voltaram para Zhan-Yo.

Um rosto que deveria estar registrado em todas as listas de vigilância que os Paragon possuíam, que deveria ter provocado uma captura instantânea, em vez disso, ganhou hesitação. Zhan-Yo não precisava olhar à sua esquerda para ver Xander realizando sua mágica, manipulando as ondas de luz entre os drones e Zhan-Yo. O garoto havia prometido que Zhan-Yo não seria reconhecido, e o fato de ainda não ter sido explodido em pedaços parecia verificar essa promessa.

— Estamos escoltando este normal — disse Marcus. — Ele tem uma reunião com os Campeões antes do início da cúpula.

Se os gladiadores processariam as palavras de Marcus ou não tornou-se uma questão irrelevante quando as duas máquinas recuaram, afastando-se para revelar outro Paragon. Não um que Zhan-Yo reconhecesse, mas aparentemente seus colaboradores sim, porque ambos enrijeceram ao vê-lo.

Uma mulher baixa e robusta com uma carranca, vestida em um traje esvoaçante — ainda azul, ainda com o *P* dos Paragon no peito — veio entre os drones e deu uma boa olhada em Zhan-Yo.

— Qual é o nome? — ela perguntou, com uma voz de megafone que assustou Zhan-Yo a responder.

— Wexley — disse Zhan-Yo. — Só estou aqui para falar sobre patrocínio.

Se ele havia convencido a Paragon, Zhan-Yo não conseguiu perceber pelo rosto dela. Ele ainda não conseguia dizer quando a mulher desvaneceu, tornou-se translúcida e então explodiu em um bilhão de minúsculas partículas. A poeira soprou através do terno de Zhan-Yo e saiu pelo outro lado, onde, quando Zhan-Yo se virou, encontrou-a observando novamente, com o cenho ainda mais franzido.

— Sem Tama, sem identificadores — disse a mulher. — Esta cúpula não foi exatamente bem planejada, então não temos uma lista, o que significa que você não está nela. Não posso deixá-lo entrar a menos que tenha um Campeão garantindo por você.

— Qual é, Settra — disse Marcus. — Ele é local. Disse que tem uma rede de sanduíches na área e quer oferecer cupons.

Rede de sanduíches? Cupons?

Zhan-Yo tentou, muito, muito arduamente manter um sorriso inocente em seu rosto. Ele havia insistido nisso, tentado aproveitar o momento, e quando você vai rápido, às vezes acaba lidando com amadores. Ele tinha que lembrar que havia um motivo pelo qual Marcus e Xander estavam cumprindo funções Paragon medíocres lá em Chicago.

— Cupons — respondeu Settra, tão incrédula quanto Zhan-Yo com a ideia. — E como dois Paragons de Chicago conheceriam um dono de lanchonete local?

— Eu conheço o pai dele — interrompeu Zhan-Yo. — De muito tempo atrás, da faculdade. Entrei em contato quando ouvi que a cúpula estava acontecendo, já que sabia que eles eram Paragons. Queria ver se eles poderiam conseguir uma reunião para mim. Para minhas lojas?

— Isso mesmo, sim — acrescentou Xander. — Só, uh, ajudando.

Settra tinha um olhar que dizia que mais perguntas viriam, até que o drone à direita, montando guarda, soltou faíscas de sua perna traseira. A coisa se ajoelhou, seus olhos brancos piscando em amarelo. Settra olhou furiosamente para ele, xingou.

— Vocês dois — disse Settra. — Vocês têm o mapa da cúpula em seus Tamas? — Marcus e Xander assentiram. — Então levem este cara para a entrada principal. É lá que a mídia está indo. Alguém vai ajudá-lo lá.

— Entendido — disse Marcus, e os três viraram-se para entrar.

— E não o percam — disse Settra para suas costas. — Se algo estúpido acontecer, responsabilizarei vocês dois.

Nenhum Paragon respondeu, mas Zhan-Yo percebeu o medo em seus passos, em seus olhos. Esses dois eram crianças jogando um jogo perigoso, e agora haviam feito um movimento que não podiam voltar atrás.

— Boa jogada — conseguiu dizer Xander uma vez que cruzaram o limiar do estádio, com os pisos de concreto se erguendo acima deles. — Ela não ia nos deixar ir.

— Não é a primeira vez que eu desativo um drone — disse Marcus, com aquela falsa bravata que Zhan-Yo já tinha visto tantas vezes em pessoas tentando provar seu valor para seus pares. — Um pouco de energia direto nas juntas e eles pifam.

Zhan-Yo pediu que eles mostrassem o mapa da cúpula enquanto vagavam em direção à entrada principal. Quando estavam além da visão de Settra e bem dentro das multidões errantes de Paragon, que começavam a se aglomerar para a abertura da cúpula, Zhan-Yo os puxou para o lado.

— Vocês conhecem seus papéis — disse Zhan-Yo, e os dois Paragons assentiram. — Então vão trabalhar.

Eles não fizeram nenhuma pergunta, e apesar de quão irritado ele havia ficado com eles anteriormente, Zhan-Yo manteve um olhar demorado sobre os dois Paragons enquanto eles se misturavam com a multidão e o deixavam. Os dois garotos haviam feito seu trabalho, haviam colocado-se à prova, e tiveram sucesso.

A revolução não se tratava de destruir os Paragons. Não se tratava de acabar com as anomalias ou expulsá-las. Zhan-Yo queria elevar os normais. Trazer paridade. Havia pessoas boas em ambos os lados e, trabalhando juntos, eles deveriam ser capazes de criar um mundo melhor.

Os Campeões, no entanto, nunca veriam dessa forma.

Zhan-Yo confirmou essa visão ao se juntar às multidões, lentamente abrindo caminho em direção ao centro do estádio. Enquanto se misturava, mantendo a boca fechada e os ouvidos abertos, Zhan-Yo ouviu fragmentos questionando por que a cúpula estava acontecendo, comentários padrão de celebridades sobre os Campeões que haviam sido avistados e, mais importante, sussurros tensos sobre Aegis e o que viria em sua esteira.

Juntamente com isso último vieram os insultos que Zhan-Yo esperava, mas ainda o entristecia ouvir. Os Paragons sempre olharam para os normais com desdém, mas, em público, tendiam a disfarçar esses sentimentos com platitudes edificantes e louvores artificiais a algum Éden unificado. Aqui, em vez disso, vinham promessas vingativas, calúnias raivosas e mentiras, todas destinadas a transformar o cidadão comum em um monstro desconfiado esperando uma chance para apunhalar qualquer anomalia pelas costas.

Aegis frequentemente falava em seus discursos sobre limpar a doença da sociedade, remover o ódio e a raiva e substituí-los pela cooperação e amor. Se Zhan-Yo respeitava uma coisa no homem, era a capacidade da lenda de se manter fiel a esses princípios, mesmo que a organização que ele liderava os desconsiderasse. Claro, Aegis daria socos, mas o fazia com uma esperança genuína de que cada luta de punhos tornaria o mundo um lugar melhor.

Zhan-Yo faria, e fazia, o mesmo. Diferentemente de Aegis, ele teria sucesso.

No próximo cruzamento, Zhan-Yo virou à direita, deslizando por entre uniformes azuis e o ocasional zumbido de um drone para entrar em um túnel que levava à grama verde no centro do estádio.

O sol incidia obliquamente sobre cadeiras dispostas em fileira após fileira, voltadas para dentro, como os assentos elevados, em direção a um palco circular central. Zhan-Yo percorreu um corredor — aqui, havia menos Paragons, alguns ainda ajudando na montagem, outros tirando fotos em seus Tamas. Ninguém prestou atenção enquanto Zhan-Yo passava os dedos pelas cadeiras de metal aquecidas, pisava nas linhas brancas desbotadas destinadas a jogos que não seriam disputados hoje.

Um pano azul cobria o próprio palco, sem outros detalhes. Sem dúvida, qualquer orador teria microfones ou seria amplificado por poder de anomalia. Zhan-Yo tocou a borda, sentiu o tecido. Ele havia prometido a seus apoiadores um sinal. Ele devia o mesmo ao mundo.

Colocando ambas as palmas sobre o palco, Zhan-Yo se impulsionou. Puxou-se para cima, à vista de todos. Centenas, talvez milhares que o queriam morto agora tinham uma chance clara, e ninguém protestaria se a aproveitassem.

Mas quando Zhan-Yo se ergueu, ele se ergueu altivo. Este era seu momento, e nenhum Paragon poderia tirá-lo dele.

SE PUDESSE ESCOLHER, Mynx sempre optaria por sua Fábrica. A construção agitada e cheia de máquinas acomodava seus sonhos sem drama, permitia que Mynx brincasse com suas ideias sem idiotas correndo à solta, estragando tudo.

Infelizmente, Mynx não tinha escolha. Ela observou Zhan-Yo subir ao palco do camarote dos Campeões bem acima e lentamente, muito lentamente, mordeu a cenoura que havia mergulhado antes de Reeves alertá-la sobre o intruso indesejado.

A IA havia mencionado a fuga da prisão assim que aconteceu, havia enviado drones para impedi-la, mas Zhan-Yo, o bastardo escorregadio, havia escapado. Mynx imaginou que o revolucionário correria para algum esconderijo, fugindo para o subterrâneo para apodrecer com seus planos. Em vez disso, e Mynx teve que dar a Zhan-Yo algum crédito irritado por isso, o homem foi pelo impacto.

Não que Zhan-Yo conseguiria muito impacto para o mundo lá de dentro. A cúpula não havia sido oficialmente aberta, e a mídia estava confinada em uma área de entrada para tirar fotos espalhafatosas enquanto os Campeões chegavam. Qualquer coisa que Zhan-Yo dissesse ali, qualquer protesto que ele fizesse nos momentos antes de Mynx apagar sua existência, seria ouvido apenas pelos Paragons que estivessem passando.

Com sorte, as palavras do homem cairiam em ouvidos surdos, e Mynx não precisaria adicionar mais limpeza à sua lista já completa.

— Apinya vai lidar com o homem — disse Burov, juntando-se a ela. A atitude bombástica do russo havia suavizado desde que Celice apareceu, enquanto ele continuamente se esgueirava pela filha de Aegis para roubar sua raiva e histeria. — Precisamos mantê-la afastada.

Mila e Pixie, neste momento, estavam cuidando de Celice, mantendo-a longe das janelas e perto dos petiscos. Se Mynx pudesse ouvir corretamente, Pixie persuadia Celice a assumir uma posição mais alta em Atlantis. Os Paragons poderiam não torná-la uma Campeã, mas manter a filha da lenda, habilidosa por mérito próprio, na equipe seria uma boa jogada midiática.

— Eu odeio isso — disse Mynx.

— Que parte?

— Todas.

— Eu poderia cuidar disso para você — disse Burov, e Mynx revirou os olhos antes de perceber sua expressão séria.

O homem achava que poderia sugar suas antipatias? Transformar sua personalidade em uma socialite, uma Campeã que adora os holofotes?

— Mantenha seus poderes para você mesmo — disse Mynx, então apontou para a janela. — Vou descer para dar algum apoio à Apinya. Se precisarmos aniquilar Zhan-Yo, é melhor ter alguém pronto para fazê-lo.

— Começar a cúpula com um assassinato — refletiu Burov. — Uma jogada ousada para você, Mynx.

— Pode ser minha única.

Mynx deixou seu prato e, com um aceno final para Pixie, no qual seus olhares trocaram suas respectivas missões para Zhan-Yo e Celice, Mynx voltou para o corredor principal.

As cerimônias de abertura estavam a algumas horas de distância, mas Paragons de toda a Pacífica e aqueles que haviam feito jornadas de todo o mundo já estavam congestionando os corredores. Por mais que Mynx tivesse organizado a cúpula para que os Campeões pudessem conversar, vários grupos de Paragons tinham reunido seus recursos às pressas e formado sessões, aulas e mais.

A produção havia eclipsado tanto os próprios planos de Mynx para o evento que ela não pôde deixar de ficar impressionada ao ver placas cobrindo cada intersecção, detalhando quais salas e quais palcos receberiam quais conversas. Às vezes, ela esquecia que os Paragons eram muito mais do que alguns Campeões; eles administravam o mundo e o faziam com seriedade.

Não muito além do camarote, com um zumbido em seu Tama, Mynx fez uma curva à esquerda e foi até a borda do corredor. Dali, ela podia olhar pelas janelas altas para a tarde de LA, a altura mostrando estações de pods, lojas de bairro e restaurantes. Mynx também encontrou espaço, e um drone a encontrou.

Pequenas máquinas, cada uma do tamanho de uma barra de chocolate ou menor, flutuavam ao seu redor e se alojavam em seu uniforme como tantas decorações. No final, parecia que Mynx tinha enfeitado seu traje de Paragon com joias. Braceletes e tornozeleiras envolviam seus membros. Um pouco ridículo, mas dado o que alguns anômalos vestiam ali, nada que merecesse muito destaque.

— Demorou demais — repreendeu Reeves, cuja voz agora chegava diretamente ao seu ouvido, cortesia de seu novo brinco mecanizado. — As estatísticas indicam que um ataque era provável há uma hora.

— Não consegui sair — respondeu Mynx, ainda permanecendo em seu espaço, observando pelas janelas. — Me dê um resumo.

Ela poderia ter lido as informações em seu Tama, mas Mynx achava mais fácil brincar com ideias enquanto ouvia uma narrativa verbal. Deixar Reeves descrever os problemas enquanto ela os resolvia.

— Parece que vai ser um dia difícil — disse Reeves. — Primeiro, você tem a fuga da prisão. Os primeiros relatórios dizem que os drones de guarda foram desativados por armas convencionais e depois explodidos por explosivos preparados. Outros prisioneiros não foram afetados.

— Bem, isso é algo. Alguma ideia de quem o ajudou a fugir?

— Um grupo normal. Ex-militares, pelos vídeos.

— Claro. Ative os mandados. Mate ao ver. — Mynx bateu o dedo no corrimão.

— Sem captura?

— Sem captura. Temos o Tama de Zhan-Yo. Nenhum mercenário terá informações melhores. E Zhan-Yo já deixou sua posição clara. Qualquer um que o ajude é cúmplice.

— Feito — Reeves pausou. — Esta próxima parte é incomum.

— Espere.

Mynx olhou de volta para o corredor, para os monitores de vídeo que haviam sido ligados e estavam focados no palco central, onde Zhan-Yo estava e parecia estar gritando coisas. Sem um microfone, graças a Deus, ela não conseguia entender o que ele dizia, mas, considerando quantos Paragons haviam se virado para o campo, essa barreira não duraria muito mais.

— Continue falando — disse Mynx enquanto deixava seu oásis para trás e começava a abrir caminho pela multidão, dirigindo-se para o centro. — As coisas estão piorando aqui.

— E em todo lugar — respondeu Reeves. — Nossa pequena ilha de anômalos está tendo problemas. Parece que eles construíram um barco.

— Eles conhecem as regras. Mande os drones destruí-lo.

— Farei isso. No entanto, esse evento também sinaliza uma cooperação em um nível que não antecipamos. Se os anômalos combinarem suas habilidades, calculo que os drones possam ter dificuldade em ter sucesso.

— Reeves. Você tem drones letais às dúzias lá fora. Não me importa o que você precise fazer, mas cuide disso. Não posso me concentrar em alguns anômalos distantes agora.

— Claro.

Mynx chegou ao nível térreo, intencionalmente mantendo-se longe da entrada principal e do que certamente seriam câmeras de questionamento. Repórteres. Ela viu Rosamund e a equipe Elemental abrindo caminho à frente, dividindo os Paragons enquanto marchavam para o campo. Imaginou que eles estariam bem na frente, querendo ouvir de qualquer um que castigasse a ordem mundial.

— Há mais uma coisa — disse Reeves. — Sobre Zhan-Yo.

— Diga.

— Parece que ele pode ter entrado com outros dois Paragons. Estamos procurando por eles agora.

— Então mais traidores. — Aparentemente, os Paragons

precisavam de outra limpeza formal. Apinya e Burov talvez tivessem que ir pessoa por pessoa novamente, não importa quanto tempo levasse. — Por que isso é novidade?

— Porque estou tendo dificuldade em entender por que Zhan-Yo viria aqui tão rápido após sua fuga — respondeu Reeves. — Não há bom motivo para isso. Vir aqui garante sua captura, ou sua morte, ou ambos, e podemos controlar a narrativa.

— A menos que?

— A menos que ele esteja planejando algo maior.

Mynx deixou o túnel, pisou na grama brilhante. O sol havia caído, parcialmente, atrás da parede externa do estádio, e sua luz fraturada cobria o campo com um laranja resplandecente. A voz de Zhan-Yo soava clara agora. Algum discurso exaltado sobre como os Paragons não eram diferentes dos ditadores do passado, que o mundo merecia igualdade e outros lugares-comuns sem sentido.

— Mynx, você está ouvindo? — perguntou Reeves.

— Ouvi você. — Mynx parou, viu que Apinya havia se aproximado da plataforma. Ela olhou ao redor do estádio, avistou o camarote dos Campeões, com Mila nas janelas, dando de ombros em sua direção. — O que é maior do que matar Aegis?

— Pegar o resto de vocês?

Mynx não sentia mais muito gelo nas veias. Ela já tinha visto quase tudo que se podia ver na vida, no perigo, e havia sobrevivido. Mas também havia construído um mundo inteiro do zero. Seus arquitetos estavam agora nesse mesmo espaço com ela, e isso os tornava vulneráveis, não importa quão poderosos fossem.

Reeves tinha tanta segurança ao redor do estádio, no entanto. Tantos drones e tantos anômalos pressionados para o serviço de proteção. Como poderia Zhan-Yo, tão recentemente capturado, orquestrar algo complexo o suficiente para passar por suas medidas?

Mynx olhou de volta para o palco, para o monstro discursando nele. Aegis havia subestimado o homem, presumiu sua própria invulnerabilidade até o fim. Mynx não cometeria, não poderia cometer o mesmo erro.

— Reeves — disse Mynx. — Ordem...

Ela sentiu uma mão em seu ombro, uma que a puxou, e Mynx virou-se para ver o rosto selvagem e furioso de Celice.

— Você disse que tinha pego ele — rosnou Celice. — Você mentiu.

Mynx não viu o punho chegando, nunca pensou que a filha de sua melhor amiga, uma garota que ela conhecia e amava há tanto tempo, bateria nela, mas Celice a acertou com força, bem no queixo, e Mynx já estava inconsciente antes de cair na grama.

THANE NÃO JOGAVA o jogo político. Ele não buscava apoio, não vendia sua posição, nem fazia grandes discursos exortando as pessoas a segui-lo. Ameaças, reputação e sede de poder tendiam a ser os mecanismos preferidos de Thane. Quando você estava certo, quando todos viam o quanto tinham a ganhar seguindo você, quanto poderiam sofrer se não o fizessem, por que precisaria de democracia?

Esta estratégia fracassou duramente na preparação para o almoço. Thane mandou Sook e seus outros guarda-costas interrogarem todas as anomalias que pudessem encontrar sobre sua posição: partir ou ficar e, se fosse a segunda opção, que habilidade possuíam?

Thane pediu que fossem gentis, sabendo que ele mesmo não tinha essa capacidade. Em vez disso, optou por servir ao seu próprio esforço fazendo algo que entendia. Thane voltou para a orla — Sienna e Cassidy tinham deixado o barco, desaparecido em algum lugar — e subiu a bordo da embarcação. Percorreu o convés de popa a proa e inspecionou sua superfície reluzente.

A luz do sol refletia nas tábuas, peças toscamente fabricadas moldadas no lugar pelos poderes das anomalias, não pela habilidade de artesãos. Muitas ainda brilhavam com água do oceano, cristais de sal visíveis onde o calor havia feito seu trabalho. O verniz protetor não proporcionava invencibilidade, no entanto; Thane notou pontos onde a madeira havia apodrecido, onde criaturas marinhas tinham feito buracos e casas, e tábuas que pareciam esponjosas. Este barco poderia flutuar por um tempo, mas não sobreviveria a uma longa viagem marítima.

Enquanto Thane prosseguia, ele alimentava aquela pequena chama raivosa. Saciou sua fome para que ele crescesse mais alto, mais forte. Um gigante em meio às anomalias trabalhadoras. Os outros, insignificantes, veriam seu líder, grandioso e terrível.

Os mais tímidos desviavam-se dele, mesmo enquanto carregavam mais comida. Trouxeram madeira sobressalente a bordo. Encaixaram postes e remos improvisados em fendas igualmente malfeitas. Ferramentas para corpos inferiores. Thane poderia nadar todo o caminho. Comer um peixe com uma mão, impulsionar-se com as pernas.

O maior, o mais forte.

O homem mais pequeno anunciou seu caminho para a praia mais tarde, interrompendo Thane enquanto observava peixes nas águas, imaginando qual seria seu sabor se os agarrasse e comesse agora mesmo.

Arthur.

O nome do homem ocupava um espaço difuso na língua de Thane. Alguém para destruir se as coisas azedassem. Se o estômago de Thane roncasse demais.

Anomalias seguiam Arthur, incluindo algumas que Thane reconhecia, mesmo que seus nomes não lhe viessem à mente. Aquelas não eram comida, mas amigos. Aqueles a proteger. Que o ajudariam mais tarde. Uma delas, uma mulher de cabelos castanhos, acenou para que Thane se afastasse do barco. Ele deveria deixá-lo, aproximar-se do homem pequeno. Do lanche.

Tudo bem.

Deixando um grande respingo atrás de si, Thane pisou forte ao lado de Arthur, seus pés enormes afundando na areia molhada. Arthur não pareceu notar. O homem falava com a multidão, dizendo coisas que Thane não se importava em ouvir. Eram palavras entediantes, ditas por um homem fraco.

Mas o homem fraco tinha a atenção. Os olhos estavam focados em Arthur, e Thane viu acenos de cabeça. Alguns sorrisos. Até mesmo uma risada. Thane grunhiu. Aquele não era o plano. Eles deveriam gostar de Thane, do que ele oferecia. Deveriam segui-lo para o barco e além.

Thane estendeu a mão, colocou uma grande mão, sua pele esticada sobre ossos longos, no ombro de Arthur. Thane não teve a intenção de empurrar, não realmente, mas empurrou Arthur para a areia. Arthur parou de falar, e Thane viu aqueles sorrisos desaparecerem. Os olhos voltaram-se para ele.

— Fraco — disse Thane, empurrando Arthur ainda mais contra a areia. O homem tentou afastar a mão de Thane, como um mosquito tentando levantar uma rocha. — Forte.

Thane ergueu a outra mão, os dedos curvados em um punho gigante. Deu um passo para o lado, mantendo sua mão direita no ombro de Arthur, e apontou para o barco.

— Liberdade — gritou Thane. — Nós!

Em vez de aplausos ou uma debandada desenfreada em direção ao barco, carregando Thane junto, a anomalia sentiu uma ferroada. Cheirou o odor ácido enquanto a carne queimava.

Sua carne. Seu braço.

Arthur, uma sombra escura o cercando enquanto o homem absorvia a luz ambiente e a transformava em um manto ardente ao redor de sua mão, parecia muito pouco com a presa indefesa que havia sido momentos antes. Em vez disso, cada parte dele carecia de luz: seus olhos estavam cinza-ardósia, a pele bronzeada tornara-se cinza, e até seus dentes pareciam poeira oca.

Então Thane o arremessou. Puxou seu braço direito, erguendo Arthur e areia para cima e para longe. Arthur voou e caiu em uma onda que se aproximava, revirando-se em preto e brilhante enquanto a natureza atirava seu anátema de volta à praia, onde outras anomalias foram ajudá-lo a levantar-se, tossindo, enquanto a cor normal voltava ao corpo de Arthur.

O braço de Thane permaneceu vermelho e branco ardente onde o aperto de Arthur o havia queimado. A dor deveria ter enfurecido Thane, deveria tê-lo levado à raiva, mas não. Em vez disso, Thane esfregou o braço, franziu o rosto e tentou entender.

Esta parte, esta forma, ela não sentia dor. Não se machucava. Thane podia ser golpeado, podia ser preso ou atordoado, mas dor? Danos ao seu corpo? Nunca. Não assim.

— Thane, acalme-se. — Uma mulher falou, aproximando-se dele. — Se você perder o controle, perderemos todos eles.

A mulher. Thane a conhecia, e ela não parecia assustada como a maioria dos que o observavam. Ele poderia lutar contra eles, devorá-los, destruí-los. Mas olhou para Arthur, agora gritando algo mais para a assembleia, algo raivoso.

Aquele podia machucá-lo. Thane esfregou o braço novamente. Talvez até matá-lo.

E pela primeira vez, Thane sentiu medo.

Mas, do que ele tinha medo? Thane sacudiu a cabeça enquanto seu corpo encolhia, seus músculos se atrofiavam até que um homem normal, mais velho, estava de pé na praia. Sook e seus guarda-costas aproveitaram a deixa para formar uma linha suave entre Thane e as outras anomalias.

Se Arthur tentasse fazer qualquer movimento, Sook o defenderia. Cassidy abriria um vazio na mente do homem. Thane tinha aliados aqui e, se as coisas ficassem realmente terríveis, bem, Thane ainda apostaria em sua raiva esmagadora contra o show de luzes de Arthur. Até esse momento, porém, outro método seria melhor. Ele tinha tentado a força, agora Thane teria que usar a lábia.

— Essa é a sua escolha! — Arthur começou a gritar novamente. — Este maníaco ou eu! Aquele que os guiou até aqui!

— Aquele que não os guiará mais longe — anunciou Thane, então afastou Sook para que seu público pudesse vê-lo diretamente. — Vocês deveriam agradecer a Arthur por seu serviço, mas ele completou sua jornada. Eu lhes pergunto, vocês terminaram a de vocês?

— Os Paragons que colocaram vocês aqui não foram punidos. Suas famílias vivem sem vocês, imaginando para onde foram. Quaisquer ambições que possam ter tido, como podem ser realizadas aqui, definhando nesta prisão, permitidos apenas o que os Paragons lhes dão?

Os rostos viravam-se de um lado para o outro, para Arthur em pé na entrada da praia, sua aldeia atrás dele, e Thane, emoldurado pelo barco.

— Os Paragons nos deram nossas vidas — contestou Arthur. — Não tenho amor por eles, mas também não desejo morrer. Thane os levaria a lugar nenhum, exceto ao fundo do mar.

— Eu escolho não viver com medo daqueles drones — disse Thane. — Escolho não viver com medo daqueles que pregam o medo. É hora de mostrar ao mundo que não terminamos com ele. Venham conosco agora, ou nunca mais verão outra chance de deixar esta ilha.

Se Thane pudesse declarar um único argumento mais eficaz que qualquer outro, este último parecia prender mais a atenção. Cada anomalia que Thane podia ver voltou-se para dentro de si mesma, olhou para o mar ou para o vulcão da ilha e, sem dúvida, imaginou suas vidas até o inevitável fim: dias passados pegando peixes, tecendo novas roupas e observando as nuvens passarem até que alguma tempestade ou simples doença os levasse décadas antes do devido.

Thane deu-lhes três longas respirações, então virou-se e entrou na água, dirigindo-se ao barco. Cassidy, Sook, eles entenderam e seguiram. Um pouco mais cedo do que o planejado, mas agora era o momento.

O cérebro prevaleceu onde a besta falhou, mas Thane teria sua fuga. O som de espalhar e esmagar de pés entrando nas ondas provava isso.

CAPÍTULO 50
EXECUÇÃO FRACASSADA

O HOMEM que ordenou sua morte voltou para seu pod, deixando uma proporção de cinco contra um desfavorável a Kat no estacionamento nevado. Rhimes, ladeado por mercenários armados com armas de assalto, manteve a mão erguida e a ordem de disparar suspensa enquanto o pod do líder se preparava e partia com um rangido. Era preciso afastar o rei de possíveis disparos acidentais.

— Satisfaça a curiosidade de uma garota morta — disse Kat. — Quanto ele paga a vocês?

Enquanto fazia a pergunta, Kat moveu o pulso esquerdo sutilmente, fazendo o traje girar seus dispositivos.

— Pagar? — disse Rhimes. — Não importa. Quando terminarmos, as reps não valerão um tostão.

— Então você está fazendo isso por quê? Amor?

— Já ouviu falar de lealdade, rastreadora? — Rhimes olhou de relance para o pod enquanto este se afastava pela rua ganhando velocidade. — Ou você é sozinha demais para isso?

Kat cerrou a mão esquerda. Duas pequenas esferas prateadas dispararam de sua manopla, batendo com força no asfalto coberto de neve e ricocheteando para cima. Todos olharam para os objetos enquanto Rhimes baixava a mão.

— Opa — disse Kat, e se *moveu*.

Inclinando o pescoço para a direita, Kat recolocou a máscara danificada enquanto fechava os olhos e avançava em direção ao bandido armado mais próximo. As esferas prateadas explodiram, um clarão brilhante no crepúsculo que se dissipava. A máscara bloqueou o suficiente para que Kat apenas sentisse um leve clarão através das pálpebras, um respingo azul-púrpura contra o preto.

Kat abriu os olhos novamente enquanto alcançava o primeiro bandido com o braço direito, chutando com a perna direita o joelho do homem e quebrando-o quando ele levou as mãos aos olhos queimados. O rifle do homem, pendurado por uma alça, balançou no ar enquanto ele caía, e Kat o pegou, agachando-se com o movimento e apanhando a arma.

A experiência de Kat com armas de projétil, em vez dos dardos atordoantes sem recuo, estava limitada a estandes de tiro aprovados pela Paragon. O coice fez sua mira saltar, mas a essa distância isso dificilmente importava. As balas espalharam-se enquanto os outros quatro cambaleavam, com Kat mirando primeiro no bandido mais próximo, depois girando o cano em direção aos dois mais distantes, atingindo os três com seu fogo.

Rhimes, aquele desgraçado, conseguiu manter compostura suficiente para cair e rastejar até o lado mais distante de um pod, esquivando-se do ataque inicial de Kat ao se agarrar ao chão, e de sua segunda rajada graças à construção robusta do pod premium. O vidro do veículo estilhaçou-se, claro, mas sua estrutura resistiu bravamente.

Kat soltou o gatilho, seu ombro dolorido depois que a arma havia se empurrado contra ela mil vezes naqueles poucos segundos. Além de Rhimes, ela não via nenhum outro inimigo se movendo. Nem mesmo um espasmo.

Ela tinha acabado de matar quatro normais?

Uma súbita vontade de vomitar surgiu em seu estômago, contida apenas por Rhimes chamando de seu esconderijo.

— Não foi um truque ruim para uma rastreadora! — disse Rhimes. — Parece que não deveríamos ter subestimado você.

Rhimes continuou falando, mas Kat parou de prestar atenção. Ela precisava se concentrar. Permanecer no momento. Argumentos morais podiam esperar, autopiedade também. Sobreviver era o mais importante. Primeiro Rhimes, depois Kat.

— Pare! — gritou Kat. — Só... só pare.

Rhimes, felizmente, obedeceu.

— Você está acabado, entendeu? — disse Kat, sentando-se agora ao lado do sujeito cuja perna ela havia quebrado. Esse, pelo menos, estava vivo, gemendo ao seu lado e agarrando o joelho com ambas as mãos. — Acabou.

Ou quase. Os tiros já haviam acionado o alerta de seu Tama, o que significava que drones estariam vindo, mesmo a essa distância. Quaisquer Paragons nas proximidades também seriam notificados. Se Rhimes e sua equipe tivessem atirado e partido, provavelmente escapariam. Agora? Uma prisão Paragon era sua melhor esperança. A morte, a pior.

— Acabou? — disse Rhimes. — Kat, isso é apenas o começo.

De onde esse cara tirava sua bravata? Kat se inclinou, desacoplou o rifle do guarda gemendo, levantou-se e viu Rhimes correr ao seu redor em sua direção, bombeando os braços. Kat ergueu o rifle, a mão pressionando o gatilho, mas

Rhimes bateu no cano jogando-o para o lado e a atingiu com o ombro.

No asfalto escorregadio, os pés de Kat deslizaram e ela caiu para trás, batendo a cabeça no chão duro. Seu capuz e máscara amorteceram o pior, mas o impacto a fez inspirar profundamente, mesmo quando ela estendeu a mão, agarrou o pé de Rhimes enquanto ele tentava pisá-la, e o puxou para fora do chão.

Rhimes caiu e Kat ouviu o guarda do joelho quebrado gritar quando seu chefe caiu sobre ele. Ela não esperou que Rhimes se levantasse; enrolando-se para frente, Kat se pôs de pé, girou o pulso para o cabo de aço e o ergueu.

Disparou.

Rhimes torceu o corpo, fazendo o cabo se enterrar em seu peito coberto de equipamento em vez do braço para o qual Kat havia mirado. O homem fez uma careta, depois agarrou o cabo e puxou, trazendo Kat para perto, dando a Rhimes a alavancagem para se levantar.

Estar presa a um homem como Rhimes não era bom. Kat tentou desconectar o cabo, mas ele apenas se esticou contra as roupas de Rhimes, sem conseguir rompê-las. Suas tentativas ajudaram Rhimes a diminuir a distância, e o homem novamente avançou para ela, ignorando o chute que Kat tentou dar.

Ser esmagada por Rhimes não era uma opção.

Kat manteve os pés dançando atrás dela, recuando contra o avanço de Rhimes, mesmo enquanto eles ultrapassavam os limites do estacionamento e entravam em neve mais espessa. Ela lançou jabs com a mão esquerda mesmo quando Rhimes pegou sua direita com a própria. Desistindo do ataque, mas ainda preso pelo maldito cabo, Rhimes balançou o punho na direção da cabeça de Kat, e errou.

Uma dança estúpida. Mortal. Dois lutadores desesperados presos juntos e entre as esquivas e a adrenalina e os socos, tudo que Kat conseguia pensar era que poderia morrer ali, ao lado de um lago congelado, e como nunca esperara partir dessa maneira.

Sem tiros, sem brigas. Kat queria o fim de uma velha; adormecida e segura.

— Escolhi o trabalho errado — disse Kat, esquivando-se de outro golpe desajeitado.

— Eu também — respondeu Rhimes, empurrando Kat mais para trás através da neve, descendo a encosta.

O pé esquerdo de Kat pousou em algo que não era neve. Que era, na verdade, gelo. Ela escorregou, girou e puxou Rhimes, a pura força dando ao cabo impulso suficiente para rasgar o colete de Rhimes, deixando um rasgo no meio, mas, pelo menos, libertando-os.

Por um breve momento, os dois ficaram em pé, encarando-se envoltos em suas próprias respirações. A realidade teve seu momento para afundar.

— Você matou meus soldados — disse Rhimes, sem nenhum sorriso alegre agora.

— Eles iam me matar.

Havia estratégias. Maneiras de vencer em uma superfície como aquela. Kat só precisava atrair Rhimes para outro ataque e ele provavelmente cairia. Então, um golpe rápido na cabeça e Rhimes ficaria inconsciente, e ela teria um prisioneiro. Alguém para entregar aos Paragons, ou aos Elementais, ou a quem quer que quisesse enfrentar o resto desses maníacos armados.

Enquanto isso, ela iria fazer alguma terapia. E tirar um longo cochilo.

— Você tinha uma escolha! — disse Rhimes. — Ele fez a oferta.

— E que oferta foi essa. — Kat olhou para a direita, em

direção ao céu. Procurou por drones, não viu nenhum. Quão longe eles tinham ido? — Eu digo sim, posso me juntar ao seu grupo de assassinos. Eu digo não, morro.

— Não, essa não era a escolha. Ele ofereceu a você uma chance de escapar. Você está vivendo em uma prisão que não consegue ver, comendo da colher que os Paragons te dão. Conosco, você poderia ter tido liberdade. Poderia ter ajudado o mundo a ver o que os tem cegado por tanto tempo.

Ótimo. O que é pior que assassinos de aluguel? Fanáticos. Primeiro os Elementais, agora esses caras. Por que eles sempre vinham atrás dela? O que havia em Kat que a tornava tão atraente para essas pessoas?

— Talvez eu goste da minha prisão — disse Kat. — Tem um cachorro legal. Bom uísque. Uma cama quentinha. Agora, se você puder me deixar ir, eu gostaria de voltar para ela.

Rhimes balançou a cabeça.

— Não, não posso fazer isso. Juntar-se ou morrer, Kat. Esse é o jogo.

— Que jogo de merda. — Kat levantou o pulso esquerdo, pronta para disparar o cabo.

Rhimes viu o movimento e avançou, os pés escorregando no gelo. Kat segurou o disparo. Deixou que o movimento de pânico de Rhimes o tirasse de controle. O homem veio cambaleando em sua direção, as mãos esticadas para Kat, e ela se desviou, plantando os próprios pés de forma que aderissem. Quando Rhimes passou, ela desferiu um golpe nos rins com a direita, tirando-o de curso e mandando Rhimes se estatelar no gelo.

Ela aproveitou a oportunidade, avançando rapidamente até Rhimes, escorregando um pouco, mas conseguindo manter o equilíbrio. Rhimes, com o rosto arranhado e sangrando pela queda, tentou se levantar, escorregou e bateu no gelo novamente.

— Parece que você perde esta rodada — disse Kat, mirou com o pé e caiu quando balas vieram do nada, explodindo ao seu redor.

Rolando ao atingir o gelo, ela olhou para trás em direção ao ataque, viu o guarda – devia ser o do joelho, pela maneira como se apoiava no pod – segurando seu rifle, apontando na direção dela. Pausando o fogo.

— Me deixe livre — disse Rhimes, seus pés raspando no gelo para longe de Kat. — Depois mate-a!

Mãos no gelo, botas escorregando enquanto Kat tentava obter equilíbrio, ela olhou através da máscara para o rifle, para a mão do bandido enquanto esta descia para o gatilho.

Realmente era um jogo de merda.

PARA SER HONESTO, Zhan-Yo não esperava iniciar seu discurso inspirador e revolucionário gritando para que os Paragons errantes prestassem atenção. De alguma forma, ele pensou que subir ao palco no centro do estádio gigante seria suficiente. As câmeras apareceriam e Zhan-Yo seria projetado para o mundo inteiro. Era assim que acontecia nas conferências da Ziran, quando ele subia ao palco ao som de música vibrante, aplausos e mil olhares adoradores esperando para saber quais novos Tamas seriam lançados naquele ano.

Zhan-Yo contou talvez uma dúzia de trajes azuis entre os assentos assistindo-o. Uma olhava com intensidade suficiente para sugerir que sabia quem Zhan-Yo era. À medida que o rosto dela se transformava em uma carranca cada vez mais profunda, Zhan-Yo se perguntou se ela poderia simplesmente obliterá-lo ali mesmo. Invocar algum laser do céu, ou talvez transformar suas entranhas em geleia.

— Paragons! — gritou Zhan-Yo, novamente. Ele ergueu as mãos, como se tentasse capturar o sol poente. — Ouçam-me!

Eles não ouviram. As cerimônias de abertura, pelo que Zhan-Yo entendia dos cartazes espalhados pelo estádio, estavam a algumas horas de distância, e os Paragons pareciam mais interessados em encontrar amigos do que ouvir o estranho humano no palco.

Exceto um.

Descendo pelo corredor central diretamente em direção a Zhan-Yo, com um sorriso sereno no rosto, vinha um Campeão que Zhan-Yo nunca tinha visto pessoalmente, mas conhecia bem o suficiente. Enrugado, com cabelos mais longos amarrados para trás, Apinya usava um uniforme vermelho e preto de Paragon, e embora não caminhasse com um cajado, Zhan-Yo não podia deixar de imaginar um nas mãos do Campeão. Um velho mago vindo para lançar um feitiço no intruso.

Se os Paragons não prestavam atenção em Zhan-Yo, certamente davam todo o carinho a Apinya. Trajes azuis seguiram o Campeão até o centro, fluindo atrás dele e permanecendo entre os assentos, observando para ver o que poderia acontecer, se o lendário mestre da mente poderia dispensar alguma sabedoria ou outra.

— Aqui está você — disse Apinya ao se aproximar do palco, e não com a voz estrondosa que Zhan-Yo esperava, mas em um tom suave. Uma conversa entre duas pessoas, não uma repreensão pública. — No meio das coisas.

— No começo delas — respondeu Zhan-Yo, e ele abandonou o centro do palco para ir em direção à borda, ficando na frente e acima de Apinya. — Hoje começamos algo novo.

— Mesmo? — Apinya inclinou ligeiramente a cabeça, não demonstrando irritação pelo fato de Zhan-Yo ter reivindicado a posição superior e, aparentemente, pretender mantê-la. — E o que é esse algo?

— Um novo começo para nós! — Zhan-Yo olhou para cima ao dizer isso, ignorando o volume conversacional de Apinya. Seu público aqui não era o Campeão. Não eram, na verdade, os Paragons no estádio. Eles eram espectadores dos verdadeiros alvos: o público. Sem dúvida alguém estava gravando isso, possivelmente transmitindo ao vivo para o mundo. — Os Paragons e os Normais. Hoje recomeçamos. Juntos, como iguais.

— Uma afirmação ousada — respondeu Apinya. — Uma que, acredito, vive mais nas palavras do que nos atos.

Enquanto Aegis passava seus dias de glória estampado em revistas e fazendo poses para as câmeras em todas as oportunidades, abraçando o papel lendário e se deleitando com isso, Apinya se esgueirava para segundos parágrafos, fotos de fundo. Ele atuava como mediador, solucionador de problemas, negociador sutil. O Campeão tentaria jogar com as palavras de Zhan-Yo, desmontar seu argumento em público e transformar a revolução em algo ridículo.

Zhan-Yo não deixaria, não poderia deixar que ele fizesse isso.

— Sei que você pensa que o que está fazendo é certo — declarou Zhan-Yo, mais uma vez ignorando Apinya pelo seu talvez-público mundial. — Que está preservando um sistema pacífico. Mas eu digo para olhar ao redor, para ver todos aqueles que vocês, os Paragons, esmagam todos os dias sob suas botas. Vocês se consideram honrados, defensores da justiça, e ainda assim, recusam-se a permitir que aqueles que vocês defendem peguem seus próprios escudos, assumam suas próprias causas. Por acaso, os bilhões de humanos são relegados às suas posições, como os antigos reis divinos.

Ele teve que respirar. O ar entrou em seus pulmões,

renovando suas palavras para novas frases. Quando começou a proferi-las, ele já não estava mais no palco. Já não pregava para um mundo fascinado.

Em vez disso, Zhan-Yo estava sentado em um banco de pedra no topo de uma montanha. Um tabuleiro de xadrez de granito, jogo pronto para começar, estava à sua frente, e do outro lado, em um banco semelhante, estava Apinya. O Campeão tinha o mesmo sorriso, o sorriso que se dá a uma criança que persiste em seu comportamento estranho e inofensivo.

Zhan-Yo não conseguia sentir nenhum vento, e embora pudesse ver neve a seus pés e nuvens se movendo abaixo dele, nenhum frio tocava sua pele. Nenhuma altitude diminuía sua respiração, não que ele sequer respirasse.

— A mente de cada pessoa é diferente — disse Apinya, então estendeu a mão e moveu um peão branco central um espaço à frente. — Eu costumava receber as pessoas em seus próprios termos, tentar criar um ambiente que se ajustasse à experiência delas. Percebi que isso não ajudava em meus esforços. Então agora eu as trago para cá.

Apinya fez um gesto na direção de Zhan-Yo.

O ex-líder da Ziran sabia jogar xadrez, mas conhecer as regras e ser bom no jogo eram duas coisas diferentes. Então ele copiou o movimento de Apinya e tentou pensar em uma resposta.

— Sei que você pode estar confuso, até mesmo assustado — disse Apinya, avançando sua rainha para o espaço deixado pelo peão. — Mas nenhum mal lhe acontecerá aqui. E pouco tempo passará lá fora. Nossas palavras são leves, nossos corpos além dos limites físicos. Aqui, podemos raciocinar sem emoção, resolver sem raiva.

Novamente, Zhan-Yo copiou seu oponente.

— Não tenho nada a argumentar — disse Zhan-Yo. — Você sabe pelo que estou lutando, o que quero.

— Normais em um plano de igualdade com Paragons. — Apinya moveu outro peão. Zhan-Yo parou de se importar com o jogo - ele copiaria cada movimento de Apinya até que o Campeão vencesse ou virasse uma bagunça. — Um objetivo nobre, mesmo que equivocado.

— As pessoas no poder frequentemente querem mantê-lo.

— Você não é jovem. — Apinya acrescentou um toque de professor ao seu tom. — Você testemunhou nossa ascensão, e conhece o mundo que veio antes. O caos que reinava quando líderes perseguiam sua ganância, suas vinganças e suas ideias egoístas. Você prosperou no que veio depois, e ainda assim quer acabar com isso?

— Não acabar. Compartilhar. Mantenham seus Campeões, mantenham seus Paragons, mas deixem-nos entrar pelas portas. Deem aos normais a chance de decidir nossos próprios destinos. Tragam o governo de volta a todas as pessoas, em vez de algumas.

Apinya e Zhan-Yo jogaram por várias jogadas em silêncio antes que o Campeão falasse novamente.

— Você afirma que tal movimento beneficiaria a muitos, mas onde está sua evidência? Sociedades democráticas existiam antes dos Paragons, mas foram incapazes de impedir nossa ascensão. Elas fracassaram sob líderes falhos.

— E assim serão vocês. Já estão vendo isso, após Aegis. Nem todo Paragon é honrado. Nem todo Campeão é você. O que acontece quando um deles segue seu próprio caminho? O que acontece quando milhões morrem porque um Campeão não se importa mais?

— Então eles serão tratados.

Zhan-Yo quis rir, quis chorar. — Vê? É isso que eu quero dizer. Não há controles, não há alavancas para as pessoas comuns puxarem para manter vocês sob controle. A polícia policia a polícia, e os normais sofrem por isso.

Apinya capturou a rainha de Zhan-Yo. Uma armadilha que teria sido óbvia se Zhan-Yo estivesse prestando atenção. Embora não pudesse mais copiar os movimentos de Apinya, Zhan-Yo decidiu jogar com abandono errático, trocando uma peça por outra para levar o jogo a um fim rápido.

— Você matou Aegis — disse Apinya. — Não importa o que diga, não podemos ouvir. Ao afundar aquela espada em suas costas, você destruiu sua própria posição.

— Foi um erro — respondeu Zhan-Yo. — Eu não queria matá-lo. Só queria que ele visse meu ponto de vista.

— E ele não viu? — Apinya pegou outra peça, um cavalo desta vez.

Zhan-Yo se vingou, mesmo que pegar o cavalo de Apinya colocasse seu próprio bispo em perigo.

— Eu... ele não acreditou em mim. Ele achou que eu era arrogante. Que eu estava cometendo um erro.

Apinya assentiu lentamente enquanto pegava o bispo de Zhan-Yo, deixando-se protegido de qualquer contra-ataque real.

— Você acha que, se uma lenda sugere que você pode estar cometendo um erro, talvez abordando seu problema do ângulo errado, ele pode estar certo?

Zhan-Yo tentou considerar as palavras de Apinya, mas elas pareciam menos um argumento e mais um sentimento crescendo dentro dele, a fria condenação que vem quando o caminho errado é escolhido, é seguido.

— Estou fazendo o que acho que é certo — disse Zhan-Yo. — Mas talvez esteja fazendo da maneira errada.

Ele moveu uma peça distraidamente. Um peão avançando. Apinya pegou o último cavalo de Zhan-Yo. Deixou Zhan-Yo mover novamente em silêncio, e Apinya agarrou outra peça. O jogo havia se tornado um massacre total.

— Lembre-se, estamos todos investidos na humanidade — disse Apinya. — Juntos, normais e Paragons fazem a sociedade avançar. Você, pessoalmente, transformou o mundo com os esforços da Ziran mais do que quase qualquer um de nós.

— Verdade.

Outro movimento. Zhan-Yo só tinha algumas peças restantes, cercadas pelas hordas de Apinya.

— Então você não concorda que temos nossos papéis a desempenhar, os normais e os Paragons? Que essa revolução sua está gastando vidas e energia que poderiam ser usadas para ajudar os necessitados?

Zhan-Yo não conseguia articular um pensamento coerente. As palavras escapavam enquanto ele tentava dizê-las. Em vez disso, como o início de uma droga poderosa, Zhan-Yo sentiu apenas que o argumento de Apinya continha uma verdade imensurável. Esta revolução, esta causa, era um desperdício. Um desvio que levaria ao sofrimento e pouco mais.

— Eu entendo — sussurrou Zhan-Yo.

Apinya moveu sua rainha, combinando com uma torre para enviar o rei de Zhan-Yo para uma prisão de xeque-mate.

— Então concorde comigo — disse Apinya, aquele sorriso nunca deixando seu rosto. — Convide-me ao seu palco e diga ao mundo que você vê um caminho melhor. Juntos, podemos unir nossos povos e forjar um caminho para um mundo melhor.

Zhan-Yo estendeu a mão, derrubou seu rei, assentindo o tempo todo. Apinya estava certo. Havia coisas demais importantes a serem feitas para uma luta tola entre Paragons e normais. Melhor para cada lado se ater aos seus papéis, ajudando a avançar a sociedade da melhor forma que suas habilidades permitissem.

O tabuleiro, as peças e o topo da montanha desapareceram e, por um momento, Zhan-Yo sentiu como se caísse através daquelas nuvens, até que ele voltou ao seu próprio corpo, naquele palco, com Paragons olhando para ele, drones flutuando acima dele, e a morte a segundos de distância.

— Fizemos um acordo — anunciou Apinya. O homem não era barulhento, mas os drones captaram suas palavras e as amplificaram. — Juntos, traremos cooperação. Uma parceria entre Paragon e normal.

Zhan-Yo assentiu do palco, acenando para que Apinya se juntasse a ele. O Campeão mais velho começou a se dirigir para o lado, onde uma pequena escada havia sido colocada para qualquer um que não tivesse mente ágil para subir. Enquanto o Campeão caminhava, Zhan-Yo voltou-se para a multidão expectante de Paragons, para os drones se aglomerando ao redor.

No fundo, abrindo caminho para frente, ele reconheceu um rosto. A mulher que havia tentado matá-lo em Chicago. Zhan-Yo tinha que dizer a ela que havia cometido um erro. Que ele estava errado. Eles não deveriam estar em guerra, mas deveriam ser aliados lutando para preservar este mundo perfeito.

Zhan-Yo ergueu sua mão direita bem alto, acenando para ela, viu Celice olhar em sua direção, o ódio naquele rosto. Tão forte, tão furiosa. Zhan-Yo deu um passo para trás, dois, e baixou a mão, inseguro e inquieto.

Como construir uma ponte para aquela? Zhan-Yo não

sabia, então ele se virou para Apinya, que acabara de pisar na escada, e procurou respostas.

Mas o sorriso do Campeão desapareceu com a terra rasgando, rugindo. Explosões estrondosas, cuspindo fogo, e uma súbita escuridão sugando Zhan-Yo para baixo, baixo, baixo.

CAPÍTULO 52

AVALIANDO OS DANOS

MYNX.

MYNX.

O ruído que abriu seus olhos de súbito não era uma palavra, mas um som contínuo enviado diretamente para a mente de Mynx, projetado e testado para garantir uma resposta visceral todas as vezes. O ping saltou, soou e rompeu as barreiras que mantinham Mynx inconsciente, revelando o estádio abaixo dela.

Abaixo?

Espera.

Enquanto Mynx piscava para a realidade, pequenos quadrados apareceram em sua visão em tons de azul, verde e vermelho. Eles se moviam e centravam em vários pontos ao redor... do desastre. Fumaça subia, com chamas crepitando por baixo, enquanto corpos se moviam ou permaneciam imóveis. Gritos por ajuda e clamores por aqueles além de qualquer socorro ecoavam enquanto sirenes de emergência se aproximavam. Em meio a arquibancadas esburacadas e gramado chamuscado e perfurado, a estrutura de concreto do estádio ainda estava de pé, como um esqueleto fraturado e vazio. Um que ela havia deixado para trás, sobre o qual agora flutuava.

Uma armadura. Era onde ela estava. Mynx vasculhou seu registro mental enquanto mais e mais quadrados surgiam em seu visor, sobrepondo-se uns aos outros. Tantos, e tão poucos se movendo.

— Evacuei você antes que os explosivos detonassem — disse Reeves, a IA revestindo suas palavras com a tristeza apropriada. — Depois que Celice atingiu você, já tinha a armadura de emergência acionada de qualquer forma.

— Como você sabia?

— Sabia o quê?

— Estou presumindo que havia bombas? — perguntou Mynx. — É por isso que o estádio está assim? Ou foi uma anomalia que perdeu a cabeça?

— A análise aponta Zhan-Yo como a provável fonte. Quando ele subiu ao palco, iniciei imediatamente uma análise de segurança, considerando que...

— Ele não tem tendências suicidas — interrompeu Mynx, deixando que a lógica fria entorpecesse o desespero doentio crescendo em seu estômago. — Pule os detalhes, me dê a causa.

— Não parece haver uma única falha. Diferentes explosivos detonaram por todo o estádio.

Mynx assumiu os controles da armadura e começou uma descida controlada de volta ao estádio. A armadura de emergência, mais uma grande caixa segura do que um meio para combate ou serviço, tinha dois braços flexíveis que Mynx poderia usar para erguer alguns corpos. Agora que a situação exigia um herói, Mynx bem que poderia ser um.

— Bombas pequenas não fizeram isso — disse Mynx. — Planejamos para coisas assim. Qualquer tumulto. Ataques com armas pequenas pelos seguidores de Zhan-Yo.

— Eles não precisaram — disse Reeves. — Quem planejou isso sabia o que estava fazendo, Mynx. Os ataques não vieram de fora. Já estavam escondidos no estádio.

— Escondidos onde?

— Em todo lugar — respondeu Reeves. — Nas mercadorias, na comida, nas cadeiras e no palco. Dentro dos dutos do estádio. Acho que a única razão pela qual o estádio ainda está de pé é que anomalias suficientes reagiram, suprimindo os danos com seus poderes. Todos vocês deveriam estar mortos.

Reeves estava dizendo que toda a cúpula, cada parte dela tinha sido comprometida. Mynx havia estabelecido segurança, sim. Tinha posicionado drones ao redor da entrada e verificado as empresas que forneciam cada item. Todos foram aprovados. Todos faziam negócios com os Paragons há anos e anos.

Então, ou alguém havia conseguido infiltrar explosivos, ou os Paragons haviam sido comprometidos desde o início. Os suprimentos começaram a chegar dois dias atrás, remessas em massa compatíveis com a pressa da cúpula. Mynx pensou que tinham feito o melhor possível, mas talvez erros tivessem sido cometidos. Suposições assumidas.

Quem ousaria atacar os Campeões, afinal?

Enquanto descia, Mynx viu bandeiras dos Paragons esvoaçantes e esfarrapadas ao vento empoeirado. Mais gritos filtravam pelos alto-falantes da armadura e, quando Mynx pousou no centro destruído do estádio, com gramado rasgado, pedaços de cadeiras e vidro estilhaçado por toda parte, ela lutou para suprimir um soluço.

Os Paragons estavam fazendo o que deviam: aqueles heróis não destruídos pela explosão saltavam ao redor, removendo escombros e abrindo caminho para drones médicos e, a essa altura, pessoas comuns para retirar os feridos.

Ninguém prestava atenção à mulher em sua armadura no centro, observando seu desastre se desenrolar.

Mynx realizou mais verificações com Reeves, confirmando entorpecidamente a resposta emergencial, garantindo que todos os drones de LA estivessem ajudando com o desastre ou procurando os responsáveis. Quando chegou ao fim, com Reeves continuamente dizendo que já havia feito tudo isso e mais, Mynx respirou fundo, de forma trêmula.

— Me deixe sair — disse Mynx e, apesar do protesto de Reeves, a armadura obedeceu.

O escudo de vidro se abriu, e Mynx pisou na superfície em ruínas. Ela cambaleou um pouco, com a cabeça doendo, mas conseguiu se estabilizar com o braço esticado. Sem os filtros da armadura, Mynx respirou sabe-se lá quanta poeira, quantos produtos químicos. Ela sentiu o calor dos incêndios residuais, suas chamas faiscantes brilhando ao seu redor enquanto o sol se punha. E ela ouviu, ah, ela ouviu.

Os Campeões já tinham visto de tudo antes. Era o que Mynx tinha pensado, o que ela havia dito a si mesma antes de inúmeras missões. Nada poderia surpreendê-la, e nenhum horror poderia ser demais para suas veias geladas. Mynx poderia suportar tudo, arquivar e voltar para suas máquinas. Torná-las mais implacáveis, mais eficazes, para que os Paragons que não conseguissem lidar com a humanidade no seu pior não precisassem.

E, no entanto, aqui estava algo que ela não tinha visto. Seus amigos, alguns entre seus confidentes mais próximos, poderiam estar enterrados ao seu redor agora mesmo. Outros poderiam estar mortos e desaparecidos. Vaporizados ou levados em ambulâncias, para serem vistos novamente apenas em um funeral ou em um necrotério.

Mynx se considerava uma criatura lógica. Construída sobre números e provas, fatos e algarismos. Apinya, Burov, eles lidavam com as emoções. Estavam preparados para lidar com isso no nível que era necessário. Mynx só conseguia lidar transformando emoções em números.

Se mesmo metade dos Campeões tivesse sido morta hoje, o mundo seria lançado no caos. Lutas pelo poder como a de Atlântida irromperiam, e facções como os Elementais — será que Rosamund sobreviveu? — poderiam aproveitar, formar seus próprios pequenos territórios. Os Paragons talvez conseguissem recuperar as coisas, mas exigiria esforços massivos.

Mynx precisaria de drones aos milhares, aos milhões. Mas quem confiaria nela agora? Ela estaria sozinha, tendo atraído os Campeões e tantos Paragons para uma armadilha óbvia. Mynx não receberia nenhum respeito, e não mereceria nenhum.

Ela andou, porque o que mais poderia fazer?

Não muito longe dela, um Paragon em um traje azul esfarrapado tocou em um pedaço de concreto e ele se dissolveu, virou pó, revelando uma forma amassada por baixo. Dois drones menores dispararam, agarraram o corpo e o levantaram enquanto o Paragon se movia para o próximo.

Mynx contornou lentamente sua armadura pousada, como se em um pesadelo, mantendo uma mão na máquina e se mantendo estável. Física e mentalmente, ela se desgastava.

O palco tinha se despedaçado. Deve ter havido uma bomba embaixo dele. Nenhum corpo ali, nenhum pedaço por perto. Nenhum sinal de Zhan-Yo, nem de Apinya também, embora os dois estivessem bem aqui. No centro.

Apinya deveria ter parado Zhan-Yo. O Campeão poderia virar qualquer um contra qualquer coisa, ou transformá-lo em nada. Agora ele tinha feito a si mesmo desaparecer. Talvez explodido. Mynx só podia esperar que Zhan-Yo tivesse sofrido o mesmo destino.

— Mynx — disse Reeves, falando através de seu Tama agora. — Por favor. Estou recebendo pedidos demais para lidar. Os Paragons precisam de orientação, e precisam dela de você.

— Depois do que eu fiz? O que eu fiz? — Mynx estendeu a mão, tocou no tecido rasgado e pendente do palco. — O que eles querem comigo?

— Lembra quando você me disse, antes de tudo isso, que seria uma Campeã novamente?

Mynx não disse nada. Piscou tirando a poeira dos olhos. Observou os drones, Paragons voando ao redor.

— Você disse que seria. Disse que seria o que o mundo precisava agora que Aegis não podia.

— Isso deu certo.

— Ainda está acontecendo. Em breve teremos uma lista de vítimas. Mynx, eu não posso ser aquele a contar ao mundo o que aconteceu. Um computador não deveria entregar notícias como essa.

— Ah, que sorte a minha. — Mynx sentou-se no palco. Respirou fundo, tossiu a poeira para fora.

Ser uma Campeã significava viver mil vidas. Mynx havia preenchido sonhos incontáveis em sua Fábrica, aventurando-se com Aegis e os outros, e agora chegara o momento do lado trágico. Ela usava o uniforme — Mynx olhou para si mesma — e ainda o usava. Mesmo se fosse a única.

— Me diga, Reeves. Quem nós perdemos?

CAPÍTULO 53

O HORIZONTE NEGRO

NOS MOMENTOS ENCHARCADOS após a corrida pelas ondas até o barco, Thane e os outros anômalos tiveram que parar sua fuga para encarar a realidade. A saber, tinham um barco sem motor, alguns suprimentos e umas duas dúzias de pessoas com poderes sem ideia de como trabalhar juntas. Com o dia caindo para a tarde e ninguém querendo enfrentar drones no escuro, Thane se encolheu para resolver as coisas rapidamente.

Enquanto Cassidy gritava fazendo a chamada dos anômalos, Thane se apoiou nela e posicionou cada resposta no lugar ideal do barco. Sook, com sua habilidade de lançar rajadas de ar, era um motor natural. Ele ficaria na parte traseira, revezando com Sienna, que poderia redirecionar sua energia cinética para dar um impulso ao barco.

Outro anômalo, Avery, afirmou ser quem havia selado o barco em primeiro lugar. Capaz de transformar superfícies em vidro liso, seu poder inicialmente parecia inútil, mas Thane precisava pensar além das águas calmas na baía de Arthur; mais adiante, onde as ondas poderiam se erguer altas e o pequeno barco poderia ser sacudido pelo mar, selar a superfície em uma linha reta e lisa poderia ser essencial.

Outros anômalos podiam torcer energia, moldar sua própria pele ou tecer redes duras entre moléculas à distância. Thane reuniu esses no meio do barco, onde poderiam se movimentar para contra-atacar de onde quer que viesse o potencial ataque dos drones. Idealmente, os anômalos em fuga teriam tempo antes que os drones reagissem, ganhariam velocidade suficiente para escapar da perseguição.

Os drones poderiam ser capazes de seguir o barco até o Havaí, mas Thane mantinha a esperança de que, com impulso suficiente e um pouco de ataque, eles poderiam romper a linha e ultrapassar as máquinas mais distantes, chegando à civilização a tempo de abandonar o barco e desaparecer.

— São todos eles — disse Cassidy, e Thane lançou um olhar fraco aos grupos que havia organizado. — Você acha que é suficiente?

— Sempre podemos usar mais — disse Thane, olhando de volta para a praia, onde Arthur e seu grupo estavam, observando. — Chame-os novamente. Veja se algum mudou de ideia.

— Não tenho certeza se é uma boa ideia. Acho que você não fez muitos amigos com sua atitude lá atrás.

— Não estou tentando fazer amigos.

Cassidy balançou a cabeça, suspirou.

— Thane, se você quer ser um verdadeiro líder, vai ter que aprender a agir como se se importasse.

— Não é que eu não me importe. É que me importo com coisas mais importantes que os sentimentos das pessoas. Pergunte. Se Arthur tentar lutar, eu pulo deste navio e o faço em pedaços.

Thane esperava não demonstrar o leve medo que sentiu

ao pensar nisso. Seu braço ainda doía onde Arthur o havia queimado na praia, uma sensação singularmente estranha depois de décadas lidando com a dor como uma novidade. Ainda assim, agora não era hora de perder a confiança em suas habilidades. Thane precisava ser o farol invencível.

— Se você nos matar, vou ficar muito chateada — disse Cassidy, então entregou Thane a Sook para apoiá-lo e voltou para a água.

— Leve-me para a parte de trás. Quero ver o que acontece.

— Claro, chefe — disse Sook. — A propósito, impressionante. Sabe, não achei que isso realmente fosse acontecer quando te encontrei naquela caverna. Pensei que já estaríamos mortos a essa altura, na verdade.

Sook, o guarda-costas desgrenhado e magricela, tinha pensado que Thane o levaria à morte, e veio mesmo assim?

— Obrigado, eu acho — disse Thane. — Devo a você por me tirar daquela caverna. Quando chegarmos a uma cidade de verdade, vou quitar minha dívida.

— Não se preocupe com isso. Isso já foi mais do que suficiente. Mais do que eu pensava que conseguiria, de qualquer forma.

Com Sienna de um lado e Sook do outro, Thane observou Cassidy se aproximar da praia. Arthur veio falar com ela e, embora Thane não conseguisse ouvir bem o que Cassidy dizia por causa do barulho do oceano, pôde ver que ela falava por cima dele, para o grupo de anômalos na praia.

Arthur balançou a cabeça assim que Cassidy começou, depois gesticulou para que ela parasse, seu rosto ficando cada vez mais vermelho a cada palavra. Os anômalos atrás dele também não pareciam se importar com Cassidy, permanecendo impassíveis enquanto o Vazio fazia seu apelo.

Ou tentava.

Com um repentino escurecimento, Arthur ergueu a mão no ar e atraiu a luz ao seu redor, ao redor da praia, de modo que as sombras de todos se estendiam na direção do anômalo. Cassidy recuou um passo, mas Arthur já não parecia estar olhando para ela. Em vez disso, ele olhava além dela, além do barco, e continuava sugando a luz.

— Ele vai explodir? — perguntou Sook.

— Só podemos ter esperança — murmurou Thane.

Arthur, no entanto, não entrou em colapso. Cassidy correu de volta para o barco enquanto Arthur continuava absorvendo a luz, espirrando água enquanto avançava, enquanto uma tarde brilhante se transformava em um crepúsculo sombrio, depois em uma noite sem luz.

O anômalo brilhava como um farol, com luz amarelo-esbranquiçada rodopiando ao seu redor, como se Arthur tivesse se tornado sua própria estrela. Thane achou que podia ouvir Arthur gritando agora, um grito sem palavras.

Talvez Sook estivesse certo. Talvez Arthur protestasse contra toda essa aventura explodindo a si mesmo, lançando todos ao esquecimento. Thane nem conseguia ficar com raiva diante desse pensamento — não havia tempo e, de certa forma, esse tipo de final grandioso seria impressionante demais para lutar contra. Não havia nada a fazer além de assistir e ver se Arthur reduziria todos a cinzas.

Então, como se lançasse uma bola rápida, Arthur se encolheu e projetou o braço para frente. Toda aquela luz dentro dele, toda a luz que Arthur havia sugado do dia, foi canalizada para aquele braço e saiu pela ponta, disparada sobre o barco em direção ao horizonte distante.

No instante em que a luz deixou Arthur, como uma nuvem se afastando ou um eclipse chegando ao fim, a luz do dia retornou em uma onda enquanto todos se viravam para ver se Arthur estava apenas fazendo um belo espetáculo, ou se tinha um propósito.

O raio de Arthur movia-se tão rápido que, quando Thane se virou, ele só viu as consequências. Uma explosão ondulante e espasmódica na linha escura de drones, uma que estourou e se expandiu, subindo entre os drones como um vírus e explodindo um após o outro até que cinco ou seis diretamente no caminho pretendido do barco haviam desaparecido na explosão.

— Ele está nos ajudando? — perguntou Sienna. — O quê?

Thane também não entendia. Por que Arthur se importaria com a fuga deles, por que ele se daria ao trabalho de explodir os drones em seu caminho? Gentileza depois de Thane tê-lo envergonhado na praia não parecia ser uma característica de Arthur.

— Thane! — a voz de Arthur ecoou sobre as ondas, mal se ouvia. — Espero que tenha gostado do meu show! Será o último que você verá!

Uma ameaça estúpida. Thane queria olhar de volta para Arthur, responder à altura, mas apontamentos e gritos pelo barco mantiveram sua atenção no horizonte, em todos aqueles outros pontos pretos.

Drones circundavam a ilha, e agora estavam se movendo, respondendo ao ataque de Arthur, um raio que os conduziria diretamente para cá. Direto para Thane e sua fuga.

E os anômalos não estavam se movendo em absoluto.

— Vão — disse Thane. — Coloquem o barco em movimento. Temos que sair agora!

Cassidy se aproximou, agarrou Thane enquanto Sook e Sienna se viravam para fazer o barco avançar. Thane continuou gritando para os anômalos tomarem suas posições, se prepararem para o ataque, para a chegada do enxame de drones.

Quando Cassidy puxou Thane para a cabine do barco, ele se virou, deu uma última olhada na direção da praia onde Arthur havia estado. Onde os drones deveriam encontrá-lo. Ele poderia atrair a atenção para o barco, mas Arthur também atrairia a ira robótica de Mynx sobre si mesmo.

Exceto que quando Thane se virou, Arthur e seu grupo restante haviam desaparecido, como se nunca tivessem estado lá.

— Não podemos mais nos preocupar com ele — disse Cassidy. — Agora depende só de nós, e estamos seguindo você, então lidere.

Thane poderia ter dito que liderar os mercenários contratados pelo Elemental em uma resistência fútil contra os Paragons era muito diferente do que... bem, talvez isso não fosse tão diferente. O objetivo no nordeste era durar o suficiente para fazer os Paragons aceitarem um acordo. Aqui, eles precisavam durar o suficiente para sobreviver.

Ele poderia trabalhar com isso.

— Posições pelos seus poderes! — gritou Thane, afastando-se de Cassidy para o centro do barco, girando enquanto fazia isso para captar os olhares de todos. — Protetores na frente, lutadores no meio. Isso não será rápido, então conversem. Encontrem seus amigos e trabalhem juntos.

Fosse pelo desespero do momento ter cristalizado a resposta ou por algum poder anômalo ter estimulado todos a uma ação coordenada, o barco balançou quando os anômalos encontraram suas posições. Vendo a resposta, Thane sentiu um orgulho amargo: todos esses vilões e desajustados deixando de lado seus passados carbonizados para se unirem no que provavelmente seria um esforço condenado.

Se fosse assim, então Thane ficaria feliz em estar ao lado deles. Sua primeira e verdadeira equipe.

Os drones não se importavam nem um pouco com a equipe de Thane, verdadeira ou não. Os pequenos pontos negros cresceram até se tornarem monstros do tamanho de carros conforme o barco ganhava velocidade, afastando-se da ilha. As máquinas voadoras avançavam, uma após a outra.

— Assim que estiverem ao alcance, disparem o que tiverem! — gritou Thane. — Se você tem um escudo, trabalhe com seus parceiros e ergam-nos alternadamente!

Não era a defesa mais unificada — com mais tempo, Thane poderia ter elaborado sequências de tiro para que os anômalos não desperdiçassem suas energias atacando ou defendendo-se dos mesmos alvos. Thane não tinha esse luxo — eles teriam que aprender na prática.

Assim que terminou de falar, Thane viu dois anômalos no centro do barco apontarem para o drone que se aproximava. Uma pequena tábua disparou da superfície do barco, cresceu longa e afiada antes de se tornar lisa — obra do segundo anômalo, Thane imaginou — transformando-se em uma lança reluzente que penetrou na carcaça do drone, dividindo a máquina em metades faiscantes e em chamas que desapareceram na água.

Um grito de alegria se ergueu, um que morreu rapidamente quando vários outros drones se aproximaram, e dezenas mais zumbiam atrás desses.

Quantos mais esse bando esfarrapado poderia destruir?

CAPÍTULO 54

CONEXÃO

SABIA QUAL É a melhor maneira de desviar de uma bala? Fazer um cachorro morder o atirador primeiro.

Kat imaginou que estava prestes a fazer outra viagem ao inferno dos tiros, mas Seeker, numa mancha preto-branca, derrubou o atirador ajoelhado antes que ele pudesse disparar. O husky jogou o agressor no chão, rosnando e mordendo seu pulso.

Kat não desperdiçou a oportunidade, forçando-se a ficar de pé instável e fazendo uma corrida lenta até a margem do lago. Rhimes foi na mesma direção, chegando primeiro e avançando aos gritos em direção ao topo, xingando o cachorro de Kat. Pelo menos até Calvin chegar correndo atrás do filhote.

E definitivamente quando Calvin colocou uma mão na neve e outra no corpo do homem caído. Um cubo de gelo humano tende a fazer você reconsiderar suas ações, e Rhimes transformou seu ataque de resgate em uma fuga em linha reta pela neve, passando entre Kat e Calvin, dirigindo-se aos pods.

— Não deixe ele escapar! — gritou Kat. Ela tentou mirar o gancho, pisou errado e caiu de cara na margem nevada do lago.

Ela levantou a cabeça da neve e viu que Seeker ainda não tinha largado a mão de sua vítima. Calvin tinha começado a correr atrás de Rhimes, mas, apesar de algumas rajadas geladas que se quebraram nas costas de Rhimes, não conseguiu alcançá-lo.

— Depois disso — Kat rosnou para si mesma, cuspindo neve enquanto se levantava — eu vou me mudar para o sul.

Em vez de seguir o caminho de Rhimes ao longo da margem nevada, Kat foi direto para o estacionamento. Chegou ao asfalto, estremeceu com os corpos ainda espalhados, e viu Rhimes mergulhando em direção ao pod que eles tinham trazido, lá atrás quando Kat estava sedada.

Isso parecia ter acontecido há uma eternidade. O tempo realmente passava rápido quando você estava sendo baleada, socada, chutada e jogada pelo gelo.

Calvin enviou outra barragem de cristais congelados na direção do pod, inclinando-se enquanto corria para arrastar a mão na neve. O gelo rachou e se despedaçou contra o veículo de Rhimes, não fazendo absolutamente nada enquanto o pod dava marcha ré e virava em direção à saída do parque.

Kat mirou, pensou em disparar o gancho, mas deixou o braço cair quando Rhimes foi embora, abandonando seus soldados. Mesmo que o gancho conseguisse se prender, e Kat duvidava que aquela coisa grudasse no pod, tudo o que teria feito seria arrastá-la num passeio realmente frio e desconfortável.

— Você está viva? — disse Calvin, pisando forte ao se aproximar e lançando um longo olhar para os corpos. — Eu não achei que tínhamos calculado bem o tempo quando vi a carnificina.

— Calculado bem o tempo? — disse Kat, aceitando o fato de que ela estava, de fato, ainda viva. — Vocês chegaram super atrasados. Eu devia ter morrido umas doze vezes.

— Atrasados? — disse Calvin enquanto ambos se viravam para Seeker, que ainda segurava firmemente seu lanche humano. — Pensei que você não queria que chegássemos cedo? Quando você enviou o sinal, esperei o tempo que você disse.

— Eu não esperava ser nocauteada — disse Kat.

Usar o Tamas para notificações pré-programadas não era exatamente um segredo. Se você quisesse enviar uma nota para alguém quando entrasse no trabalho, ou quando falasse o nome deles seguido de uma tarefa, criar um feixe sutil para um amigo não atingia níveis de super espionagem. Kat tinha ido à casa de Rhimes, rastreando as armas, com Calvin monitorando seu progresso o tempo todo.

A ideia, é claro, era que Calvin pudesse chamar a cavalaria de drones quando as coisas dessem errado. Em vez disso, quando Kat enviou o sinal durante a luta na casa — dois toques rápidos no Tama enquanto subia as escadas fizeram o truque —, nada aconteceu. A casa, segundo Calvin, era uma zona morta. Kat tinha sumido quando entrou e reaparecido mais tarde, indo para o norte e oeste em direção ao lago.

— Por quê? — perguntou Kat, indo até cada inimigo caído e confirmando que eles não se levantariam mais, nunca. — Por que você e meu cachorro estão aqui, e não os drones?

— Eu não sei! — disse Calvin, e dado o desespero em

sua voz com as mãos agitadas, Kat estava inclinada a acreditar no homem. — Eu tentei! Literalmente, liguei para o número dos Paragon que todos recebemos e disse, ei, minha amiga, uma rastreadora, está em perigo e precisa de ajuda, e adivinha o que eles disseram?

— O quê?

— Estamos ocupados demais. Acho que é algo relacionado àquela cúpula. Disseram que me ligariam de volta.

— Que cúpula? — disse Kat, distraída enquanto tocava no quarto corpo e percebia sua taxa de fatalidade de cem por cento.

Ela tinha dobrado sua contagem de mortes em uma única tarde. E diferentemente de alguns rastreadores, que pareciam pegar cada recompensa de anomalia e anexar "Vivo ou Morto" às condições, Kat queria vomitar. Queria ficar sozinha. Queria estar com amigos. Queria esquecer que isso aconteceu.

— Aquela grande, em LA? — disse Calvin. — Não sei por que está atrapalhando as coisas para nós, mas quando disseram que não iam ajudar, achei melhor Seeker e eu irmos logo.

— Mmhmm.

Kat fechou os olhos por um momento. Quatro pessoas. Talvez com famílias. Vidas.

— Mas Kat, você sabe, Paragons? Temos os códigos de substituição para os pods? Eles são super rápidos! Pensei que íamos bater, mas aquela coisa se moveu. Teríamos chegado muito tarde sem isso.

— Calvin, por favor, silêncio.

— Desculpe, estou apenas agitado.

— É — disse Kat. — Eu também.

Seeker latiu. Chamou a atenção deles de volta para o

husky e sua vítima. Kat não se moveu rápido; o homem caído não estava se mexendo.

A captura de Seeker, pelo visto, havia se juntado ao resto da força de segurança de Rhimes no além. Kat se ajoelhou ao lado do soldado, mandou Seeker deixar o homem em paz e fez uma rápida verificação de pulso. Nada, o que fazia sentido, já que gelo preenchia cada cavidade que Kat podia ver. Orelhas, olhos, boca.

— Nossa, Calvin — disse Kat lentamente, levantando-se e balançando a cabeça. — Você não precisava fazer isso.

Calvin não parecia muito arrependido. — O cara estava tentando atirar em você, Kat. Não pensei em ser legal com ele.

— Acho que existe um meio-termo entre ser legal e transformar os órgãos internos dele em uma escultura de gelo. — Kat pareceu esgotar o resto de sua adrenalina com essa frase, no entanto. Como se tivesse escorregado no gelo de novo, Kat se sentiu pesada, cansada, e uma dor de cabeça latejante confirmou que ela havia ultrapassado seus limites de resistência.

— Sabe, para um resgate, você está realmente me enchendo de críticas — disse Calvin. — Acho que eu e Seeker merecemos um agradecimento.

— Eu sei que merecem. Obrigada. Mas podemos sair daqui? Alguém vai vir procurar essas pessoas eventualmente.

Kat não disse que, não importava quem fosse esse alguém, seja Paragons atendendo à chamada de Calvin ou um segundo esquadrão de assassinos, ela não queria lidar com eles. Não podia.

Ela já tinha pesadelos suficientes.

Kat passou a viagem de volta ao centro, rumo ao hotel de Gordon — seu apartamento, agora que Rhimes e seu chefe tinham descoberto onde ficava, estava hilariantemente fora de cogitação — acariciando o pelo de Seeker e olhando para o nada. Calvin tentou conversar algumas vezes, mas, sentindo seu humor, voltou-se para o Tama.

Além de enviar uma mensagem para Gordon, avisando que estavam chegando, Kat evitou o mundo. As expressões de Calvin, seus assobios e xingamentos murmurados deixavam claro que algo ruim estava acontecendo, mas durante a hora que passaram no pod, Kat só pensava nos corpos.

Ela havia perguntado aos pais uma vez, quando tinha uns treze anos, se eles já tinham matado alguém. Se precisavam machucar pessoas como o Aegis fazia de vez em quando. No início, disseram que não. Ambos disseram que seus papéis eram pacíficos. Amigáveis. Kat viveu com isso por mais um ano, até sua mãe chegar tarde em casa com um longo arranhão no rosto e o pulso em um ângulo estranho.

O pai de Kat desapareceu com ela para o hospital, e com os cuidados Paragon, estavam de volta em uma hora, a mãe de Kat parecendo perfeita. A evidência, porém, tinha sido suficiente para uma pergunta de acompanhamento.

Por que eles haviam lhe contado a verdade? Foi porque, àquela altura, todos eles sabiam que Kat não seria uma anomalia? Estavam tentando fazer Kat se sentir melhor quando lhe disseram, com uma caneca de chocolate quente nas mãos, que o trabalho de Paragon era complicado? Que você tinha que aprender a conviver com coisas terríveis?

Como fazer isso, como viver com essas coisas, foi um tópico deixado para outro dia. Um que nunca chegou.

Gordon os encontrou no saguão do hotel, parecendo sombrio demais para alguém que finalmente parecia capaz de se mover como uma pessoa normal. No início, Kat pensou que a expressão cinzenta do homem vinha de ver

Calvin novamente, mas quando Gordon acenou em direção ao bar e Calvin concordou, Kat descartou essa lógica.

E quando viu as notícias passando nas telas, quando as confirmou em seu Tama, Kat se juntou ao bar lotado em seu silêncio chocado, quebrado apenas por garrafas derramando bebidas em copos.

O que mais você poderia fazer no fim do mundo?

CAPÍTULO 55

ZONA DE EXPLOSÃO

DANOS COLATERAIS. Esse tinha sido o risco, e Zhan-Yo o aceitara. Ordenara a Mathieu que lhe contasse o mínimo possível sobre a configuração, a resposta rápida que o próprio Zhan-Yo havia ordenado dias antes quando descobriram a localização da cúpula. Apinya, outros Paragons, poderiam arrancar os planos da mente de Zhan-Yo. A única pista que Mathieu ofereceu, a única saída dada a Zhan-Yo, foram as palavras sussurradas antes de se separarem após o resgate: *centro do palco*.

Quando as bombas explodiram, Zhan-Yo esperava morrer. Desaparecer em um gêiser de fogo ou ser arremessado alto o suficiente para se despedaçar ao atingir o chão. Em vez disso, ele caiu. Simplesmente... despencou enquanto o palco se rompia ao seu redor, afundando no meio e deixando Zhan-Yo cair nos labirintos inferiores do estádio.

Ele pousou em uma pilha falsa de terra enquanto pedaços de grama sintética caíam ao seu redor. Os ouvidos de Zhan-Yo zumbiam, e a limpeza mental de Apinya deixara sua cabeça entorpecida. Pontadas dolorosas floresciam.

Uma luz branco-azulada, antes embutida contra o teto da câmara, agora pendurada por um fio, piscava enquanto os escombros continuavam a cair. Pelos gritos acima, Zhan-Yo percebeu que ou desmaiara, ou estivera deitado naquela pilha por vários minutos. Ele queria ficar deitado por mais alguns minutos, deixar o choque passar.

Exceto que isso não iria funcionar.

Zhan-Yo havia cometido seu ato definitivo. Desestabilizado o mundo. Morrer agora definitivamente não seria de seu interesse. Desperdiçaria essa maravilhosa oportunidade.

Ele se moveu, agarrou e puxou-se para frente através da terra, descendo a pilha em direção ao chão de pedra. Cada movimento doía, e Zhan-Yo sentiu o calor revelador do sangue, úmido em suas pernas, braços, descendo por seu rosto. Estilhaços, talvez, ou a força concussiva da explosão. Quem saberia.

Mas ele vivia, e Zhan-Yo não esperava nem isso.

O piso de cimento proporcionou um conforto frio. Zhan-Yo tossiu com o ar sujo. Seus olhos embaçados na poeira ardiam enquanto sabe-se lá quantas substâncias perigosas flutuavam ao redor. Uma vibração profunda surgiu quando algo pesado caiu acima, sacudindo mais terra e soltando fios elétricos de seus recipientes danificados.

Levantando-se com esforço trêmulo, Zhan-Yo deu sua primeira olhada através da ampla sala e percebeu que o espaço cobria o comprimento do estádio. Todo o campo, com portas em ambas as extremidades. Manutenção do gramado, talvez.

O que faria agora?

O pensamento provocava Zhan-Yo. O planejamento futuro tinha sido um empreendimento arriscado, abordado apenas com palavras amplas e máximas, um vago tom inspirador que deixava a porta aberta para a possibilidade estreita de sucesso. Ele havia se concentrado no agora, mas enquanto Zhan-Yo mancava pelo cimento, vagando pelas seções colapsadas, ele brincava com um novo mundo.

Embora não soubesse quantos Paragons, quantos Campeões haviam caído no bombardeio, Zhan-Yo imaginou que o caos seria absoluto. E o envolvimento normal seria difícil demais de esconder aqui. O mundo saberia que as pessoas decidiram lutar contra seus mestres, e essas pessoas precisariam de um líder. Exaltariam Zhan-Yo como tal.

Em seu medo abalado, os Paragons, quaisquer Campeões remanescentes, teriam que negociar. Com os normais, bilhões e bilhões, apoiando-o, Zhan-Yo teria a vantagem. Os Paragons poderiam chamá-lo de quaisquer nomes que quisessem, poderiam declará-lo um monstro e um terrorista, e Zhan-Yo se agarraria àquela alternativa mais limpa: lutador pela liberdade.

À mesa, diante da turbulência mundial, os Paragons teriam que fazer concessões. Teriam que aceitar posição igual, tratamento igual. Um retorno ao governo democrático. O povo, não dividido entre normais e anomalias, teria seu dia novamente.

E se, depois de tudo isso, os Paragons insistissem que Zhan-Yo ainda fosse passado pela espada? Bem, ele poderia aceitar isso. Sua vida não era o objetivo. A história se lembraria dele.

À sua esquerda, um barulho de rangido-gemido-quebra junto com terra caindo em ondas escuras fez Zhan-Yo cambalear para a direita. Ele se aproximara de uma extremidade – no escuro, no subsolo, Zhan-Yo não tinha ideia de qual extremidade, ele apenas foi em direção a uma porta – e agora parecia que escolhera a errada. Zhan-Yo continuou se movendo, observando enquanto o teto dobrava e cedia e quebrava, escombros de cima caindo no chão e levantando nuvens de poeira, soltando pedras, e fazendo Zhan-Yo proteger os olhos, fechar a boca e esperar que nada fatal o encontrasse.

Nada o encontrou, mas o mesmo não poderia ser dito do corpo entrelaçado com as rochas e o gramado azul Paragon que sustentava uma das zonas finais. Um braço, uma perna e, quase engolida pela terra, uma cabeça de cabelo curto se destacava, arranhada e ensanguentada.

Zhan-Yo estremeceu, mas continuou. Tinha que seguir, tinha que sair.

— Ajuda.

Zhan-Yo não tinha certeza se ela realmente disse as palavras, ou se apenas gemeu e sua mente fez o resto. Ainda assim, ele se virou, franzindo a testa.

— Ajuda.

Seus lábios se moveram desta vez, e veja, ela tinha um olho aberto. O outro parecia inchado, em mau estado. O modo como seus membros se estendiam sugeria ossos quebrados, e não se deve mover alguém assim. Poderia causar danos permanentes.

Ele deveria ir embora.

Exceto que o teto gemeu novamente. Mais atrás, em direção ao lugar onde Zhan-Yo havia caído primeiro, outro buraco se abriu. O próprio campo parecia estar desmoronando. Não importa que danos a Paragon pudesse sofrer se Zhan-Yo a ajudasse, tinha que ser melhor do que morrer, certo?

— Por favor.

Mas esta, esta era a inimiga. Ajudar a Paragon seria auxiliar as próprias pessoas que ele estava tentando deter. Bem, não. Ele não queria deter os Paragons, na verdade.

Zhan-Yo queria igualdade. Isso significava trabalhar juntos.

Sim, ele havia causado esse desastre para fazer seu ponto. Mas esta Paragon, esta única vítima, ela não era seu alvo principal. Ela poderia não ter nenhum poder, mas poderia se lembrar, mais tarde, da pessoa que a tirou dali.

Zhan-Yo também se lembraria, e nos longos dias e noites que estavam por vir, poderia ser bom ter algo com que acalmar sua consciência. Uma boa ação para polvilhar sobre suas terríveis.

— Chefe, precisamos ir — as palavras vieram de trás dele, e Zhan-Yo se virou para ver a porta aberta, Marcus em pé ali, empoeirado mas ileso em seu uniforme azul de Paragon. — Eles ainda estão confusos, mas estão se organizando rapidamente.

— Certo. — Zhan-Yo olhou de volta para a Paragon quebrada, ambos os olhos fechados agora. — Venha aqui, me ajude com ela.

Marcus correu para se juntar a Zhan-Yo perto da Paragon, mas seus olhos arregalados e rosto questionador combinavam com suas mãos congeladas quando chegou. Zhan-Yo já havia começado a remover um pouco da terra, levantando uma pedra e jogando-a de lado.

— O que você está fazendo? — disse Marcus. — Você está louco? Com concussão? Ela não está do nosso lado.

— Ainda não. Não somos monstros, Marcus. Me ajude a tirá-la daqui.

Balançando a cabeça, Marcus começou a puxar as pedras. — Cara, você acabou de derrubar um estádio em cima de um monte de cabeças de heróis. Se você não é um monstro, não sei quem é.

— E ainda assim, você está me ajudando.

— Olha, estou te ajudando porque fiz minha escolha —

respondeu Marcus, levantando com Zhan-Yo um pedaço de concreto e rolando-o para longe, liberando o torso da Paragon. — Não significa que estou mentindo para mim mesmo sobre isso.

Zhan-Yo estava mentindo para si mesmo? Ele havia cruzado aquela linha de visionário para terror, como tantos reis e ditadores auto-justos lançados às cinzas da história?

Com Zhan-Yo guiando os ombros da Paragon, Marcus desalojou suas pernas e a heroína deslizou pela pilha de escombros até o chão. Zhan-Yo fez seu melhor para manter o pescoço dela reto e nivelado, e quando ela descansou no concreto, ele ficou surpreso com seu próprio alívio ao vê-la respirando.

— Vamos arrastá-la para perto da porta, será mais resistente — disse Zhan-Yo. — Então podemos deixá-la.

— O pecador e o santo — murmurou Marcus, mas ele obedeceu. — Você é um cara estranho, Z.

Z. Wexley e Sylvie o chamavam assim. Ninguém mais, na verdade. Fazia um tempo. Talvez ele devesse mencionar isso mais. Todos aqueles monstros históricos não tinham grandes nomes? Sinistros? Zhan-Yo poderia ser apenas Z, simples e leve. Alguém com quem trabalhar, alguém para quem trabalhar, alguém que poderia salvar o mundo.

Eles deixaram a Paragon na entrada e, com Marcus na liderança, desapareceram no estádio e na confusão caótica enquanto pessoas e drones trabalhavam para salvar os salvadores.

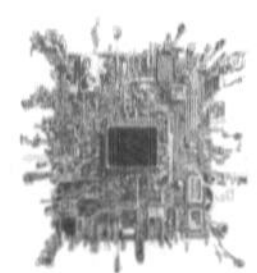

CAPÍTULO 56

CONTAGEM DE MORTOS

MYNX PODIA VER as luzes do estádio destruído da torre Paragon de LA. Pairava fora das grandes janelas, com fumaça nebulosa ainda flutuando ao redor, mesmo enquanto drones e equipes humanas passavam diretamente do resgate para os reparos. Os quarteirões ao redor também precisavam de ajuda; janelas explodidas, pessoas presas, pods que haviam seguido sua programação de prevenção de desastres e se chocado uns contra os outros.

— Você não o encontrou, não é? — disse Celice.

De alguma forma, naquela catástrofe, a filha de Aegis havia sobrevivido. Um milagre de posicionamento, capturada em uma bolha protetora de um Paragon que o herói anônimo de baixa patente havia criado quando as primeiras explosões aconteceram. Enquanto Mynx pairava acima, Celice assistiu o estádio desmoronar ao seu redor, seus grandes pedaços batendo contra o escudo e deslizando para longe, com meia dúzia de Paragons se amontoando lá dentro com ela.

— Reeves não relatou sua captura, ou seu corpo — disse

Mynx. — Existe uma chance, por menor que seja, de que Zhan-Yo não tenha se imolado no estádio.

Uma chance maior que pequena. Mynx havia encontrado o buraco no centro do palco. Enviou um drone através dele e viu as pegadas sujas que se afastavam. Então todo o maldito campo havia desabado, enterrando qualquer evidência — e seu drone — com toneladas de grama e terra. Se Zhan-Yo havia sido pego nesse colapso, não descobriria por dias, possivelmente semanas.

— Conhecendo nossa sorte, ele provavelmente escapou são e salvo — disse Celice. Ela estava sentada à mesa, enquanto Mynx permanecia em pé, embora ambas bebessem chá, ambas olhando principalmente pelas janelas para o céu noturno de LA. — Gravando algum grande anúncio. Declarando que tudo precisa ser transformado, agora. Você deveria ter me deixado atirar nele.

— Eu deveria.

Celice, no entanto, não parecia exaltada. Não parecia com raiva. Parecia perdida, derrotada. Como Mynx.

— Desculpe por ter te golpeado — disse Celice, pela terceira vez desde que haviam se refugiado na sala. — Eu só o vi e perdi a cabeça.

— Eu entendo. — Mynx olhou para seu Tama, digitou rapidamente algumas ordens para Reeves, para outros Paragons. — Não posso dizer que teria feito o mesmo, mas entendo.

— Eu ia até ele. Acabar com ele ali mesmo, na frente de todos. Esse era meu plano. Todo ele. — Celice suspirou. — É como se minha vida tivesse uma caixa preta em torno dele. Não conseguia ver além dele. Além do que ele fez.

Ah, Mynx conhecia essa caixa preta. Podia vê-la, ou pelo menos imaginava, ao norte. Sua Fábrica, esperando para atraí-la de volta para seus confins zunidos e mecanizados. Projetos para brincar, alguns em espera há muito tempo. Que teriam que esperar um pouco mais.

— Você não pode mais se dar a esse luxo — disse Mynx. — Nós não podemos mais nos dar a esse luxo.

— Sim, acho que entendo isso.

— Os Paragons vão precisar de você. Não sei ao certo quantos Campeões vão sobreviver a isso, mas vamos precisar de líderes.

— Você não quer que eu lidere nada agora.

— Não é querer, *precisamos* que você lidere. Quer você acredite ou não, os Paragons olham para você como a filha de Aegis. Precisamos do seu apoio. — Mynx se afastou das janelas, sentou-se em frente a Celice e bebeu um gole forte de sua caneca quente. — Reeves continuou investigando o Tama de Zhan-Yo.

— Enquanto o estádio explodia?

— Ele é um computador. Pode fazer várias coisas ao mesmo tempo.

Celice assentiu lentamente. Mynx se perguntou se parecia tão cansada e abatida quanto Celice. Provavelmente. Talvez pior, já que Celice era facilmente trinta anos mais jovem.

— O plano inteiro de Zhan-Yo gira em torno de fazer os normais se voltarem contra nós — disse Mynx.

— Isso é estúpido. Todo mundo ama os Paragons. O mundo está melhor do que jamais esteve.

— Você precisa sair mais, se é isso que acredita.

— Diz a Campeã que nunca sai da sua Fábrica.

Mynx reconheceu essa verdade erguendo sua caneca. Deixou que o argumento se dissipasse.

— Meu ponto — Mynx continuou — é que ele vai tentar virar o público contra nós. Precisaremos contrapor isso.

Normalmente, eu diria que os Campeões poderiam simplesmente rir na cara dele.

— Mas vocês estão fracos.

— *Nós* estamos fracos, Celice. Depois disso, estamos muito fracos. Precisamos mostrar que não estamos quebrados e que estamos dispostos a mudar.

Celice recostou-se, seus olhos se estreitando, seu aperto na caneca ficando firme. — Você quer um suporte. É para isso que você me quer. Uma normal famosa, com um lugar perto do topo.

— Não um suporte — rebateu Mynx. Surpresa, também, por realmente falar a verdade. — Não é fácil para mim dizer isso, Celice, mas talvez eu estivesse errada. Talvez realmente precisemos de normais nos Paragons, talvez até precisemos de um Campeão normal.

— E você está dizendo que sou eu. Como é conveniente.

Mynx apertou os lábios, depois os endireitou, tentou encontrar a linha diplomática e não, ela simplesmente não conseguia fazer isso. Não em um dia como hoje. Não agora, com seu Tama vibrando a cada segundo com outro relatório de vítimas. Outra manchete declarando os Campeões mortos e o mundo em tumulto.

Ela bateu na mesa. Com força. Levantou-se e encarou a garotinha que havia se transformado em problemas incessantes desde que seu pai havia partido.

— Você vai parar com isso, e vai parar agora. Isso é maior que você, maior que seu orgulho. Não podemos nos dar ao luxo de jogar esses jogos estúpidos agora. Entre no barco ou saia.

Por um segundo, um segundo breve demais, pareceu que Celice poderia realmente ouvir. Como se a filha de Aegis pudesse ceder ao argumento e aceitar a oferta.

Celice afastou-se da mesa, ficando na mesma altura que Mynx.

— Eu pedi uma vez para você me deixar entrar, e você disse não — respondeu Celice. — Você me disse que os Paragons eram apenas para anomalias. Que eu não pertencia. Você não pode mudar isso quando é conveniente. A vida não funciona assim. Não sou sua saída, e não quero jogar seu jogo. — Deixando sua caneca na mesa, Celice foi até a porta. — Vou atrás de Zhan-Yo. Vou terminar o que comecei. E quando eu terminar, veremos, Mynx. Veremos que tipo de mundo nos restará.

— Estarei esperando — Mynx disse as palavras, mas quando saíram de seus lábios, Celice já havia batido a porta.

Partindo novamente.

— Mynx — Reeves interrompeu o silêncio. — Estou tentando te chamar.

— Percebi.

— Encontramos Apinya. Ele está vivo.

CAPÍTULO 57

A SAÍDA

COMPLETAR um inventário de anomalias durante um combate ativo não era, de fato, fácil. Thane, tentando manter sua raiva e desespero sob controle e não explodir como uma fera enlouquecida, corria pelo navio oscilante, perguntando às anomalias agrupadas quem podia fazer o quê e direcionando-as para onde poderiam ser úteis.

Aqueles sem poderes ofensivos ou defensivos foram para os polos, ajudando a guiar o barco através dos recifes e bancos de areia ao redor da ilha. Outros desapareceram no convés inferior, no porão raso abastecido com cocos e peixe seco, onde não atrapalhariam.

Mais de duas dúzias de anomalias no barco, no entanto, encontraram lugares para seus poderes. Considerando que Mynx havia usado a ilha para anomalias perigosas, Thane não achou muito surpreendente que o ar ao redor do barco logo se enchesse com relâmpagos cortantes, trombas d'água lançadas do mar, vazios manipuladores de gravidade de Cassidy e outras manifestações que desafiavam a física.

No início, os drones recebiam os golpes sem hesitar, passando em suas corridas letais, disparando fogo que

Cassidy absorvia em seu vazio. Ou, se Cassidy precisasse respirar, outra combinação de anomalias fornecia o escudo: as duas anomalias que estavam com Arthur trabalhavam em conjunto. Uma lançava uma gigantesca tromba d'água do oceano, com os braços erguendo-se como os de uma apresentadora, e a outra transformava o jato em sal puro, criando uma espessa coluna branca que se expandia quando os disparos dos drones a atingiam.

Anomalias mais ofensivas atacavam, derrubando ou danificando drones com ácido, chamas ou pura concentração que dobrava e quebrava as estruturas metálicas das máquinas.

O barco continuava avançando, com Sook e Sienna alternando suas rajadas e impulsos cinéticos, e eles estavam ganhando velocidade. Ultrapassaram o recife, e ondas maiores sacudiam o barco, lançando-o para o alto a cada poucos segundos quando cruzava uma onda após outra. O selo de anomalia mantendo o barco inteiro resistia, e a embarcação deslizava sobre a superfície da água como se pertencesse ali.

Thane permitiu-se ter esperança, só um pouco.

Mas anomalias não eram incansáveis, e conforme o dia avançava, o número de drones e as ondas infinitas começaram a desgastá-los. Anomalias foram atingidas. Queimaduras de laser ou balas as derrubavam no convés ou para fora do barco. Não que alguém tivesse tempo para lamentar, ou fazer qualquer coisa além de tomar o lugar dos caídos.

Esta fuga não seria uma vitória rápida, seria uma prova de resistência. Um desafio para durar até que alcançassem lugares habitados, e lá, talvez pudessem desaparecer na multidão.

Ou, um pensamento verdadeiramente sombrio, esses drones poderiam nunca parar. A perseguição poderia segui-los até o fim, até que cada anomalia estivesse morta, seja no fundo do mar ou em uma rua movimentada.

— Cassidy! — Thane gritou enquanto outra investida de drones deixava as anomalias ofegantes. Aqueles na linha fronteira se revezavam, recuando para o centro do barco enquanto substitutos assumiam suas posições, observando e se preparando para o próximo ataque. — Precisamos mudar nosso plano!

O Vazio, parecendo ao mesmo tempo exausta e frustrada, apoiou-se em Thane enquanto se afastava de sua posição.

— Concordo. Não acho que podemos continuar assim por muito mais tempo — disse Cassidy, e Thane, sentindo o calor emanando dela, não podia discordar. — Qual é o seu plano? Ele nos tira daqui?

— Estamos na defensiva, e isso precisa mudar — disse Thane. — Estou pensando que nunca vamos superá-los em velocidade.

— Atacá-los como? — respondeu Cassidy. — Mal estamos nos mantendo vivos, caso você não tenha notado.

— Você, Cassidy. Você é a chave.

— Não é isso que eu quero ouvir.

Thane puxou Cassidy para baixo enquanto pilares de sal se erguiam e a próxima onda de drones passava. Uma anomalia em pé no ponto mais alto do barco pareceu absorver vários disparos de energia dos drones e, virando-se quando eles passavam, devolveu os ataques aos seus criadores, enviando duas máquinas cambaleando para o mar. Um grito rouco de comemoração surgiu, mesmo enquanto a anomalia caía de joelhos, sangue escorrendo de seu nariz.

— Quão grande você pode fazer um? — perguntou Thane. — Você conseguiria capturar uma onda inteira?

Cassidy balançou a cabeça contra o ombro dele. — Não

sei, Thane. Já estou tão cansada. Mesmo que eu conseguisse, poderia me queimar por completo. Colocar o navio em chamas.

— Eu não queria te pedir isso, mas não vejo outra saída. — A próxima onda de drones girava, duas dúzias se preparando para um ataque pela popa do barco. — Vamos quebrar, e logo.

— Pensei que você tinha dito, lá na ilha, que poderíamos fazer isso, juntos — murmurou Cassidy. — Eu acreditei em você.

— E não vou te decepcionar. — Thane levantou Cassidy, estremecendo quando a pele dela queimou suas mãos. — Só precisamos disso. Agora.

As ordens vieram rápido depois que ele levou Cassidy para a parte traseira do barco. O Vazio olhou para os drones que se aproximavam e se concentrou, sua pele aquecendo até ficar vermelho-quente. Sienna puxou água quando Thane pediu, borrifando Cassidy com o oceano gelado, um chuveiro contínuo que fez Cassidy gritar, fazendo-a desaparecer na névoa enquanto o líquido a atingia e evaporava.

Evaporava. Thane olhou para suas próprias mãos, ombros. Estavam vermelhos, sim, mas não negros ou se desfazendo como se tivessem sido fervidos. Ele poderia suportar isso.

Gritos, porém, chamaram a atenção de Thane para o céu, e então ele viu o motivo.

Os drones que se aproximavam pareciam cintilar e se esticar, alguns desaparecendo completamente enquanto um oval negro surgia e crescia, suas bordas não sendo uma linha espessa, mas uma névoa embaçada. Luz incapaz de escapar. Se Cassidy havia criado pequenos espaços negativos antes, ali estava um vazio real, sugando tudo nas proximidades.

E os drones voaram direto para ele.

O que poderia ter sido, deveria ter sido espetacular foi, em vez disso, um triunfo silencioso. Sem luz, a eficácia de Cassidy vinha dos drones nas bordas da formação, aqueles que passavam logo fora da tração mais forte do vazio. Mesmo ali, o trabalho de Cassidy distorcia seus voos, puxava as máquinas com mais força do que elas podiam compensar, puxando-as para dentro e fazendo-as colidir umas com as outras, seus destroços em chamas sendo sugados de volta para o vazio de Cassidy como se fossem aspirados, se esticando até desaparecerem.

Nenhum drone atravessou, embora Thane mal pudesse perceber, pois a névoa havia envolvido o barco inteiro.

— Pare! — gritou Thane. — Cassidy, acabou!

Não totalmente verdade. Havia mais drones vindo, mais ondas, mas por alguns minutos, pelo menos, eles tinham tempo. Thane ordenou que Sienna continuasse borrifando, até que, finalmente, a névoa parou de se renovar e o barco em alta velocidade ultrapassou seus resquícios. Thane deitou Cassidy no convés, com os olhos fechados, para aproveitar os poucos segundos de descanso que podia antes que a próxima onda atacasse.

O plano havia funcionado. Um esquadrão inteiro de drones havia sido eliminado. Fazer isso mais algumas vezes, e eles poderiam limpar os céus. Comprar a liberdade que precisavam e espaço para Thane formular um novo plano.

— Nós vencemos? — perguntou Cassidy quando Thane a acordou com mais borrifadas de água fria minutos depois, enquanto a próxima onda de drones se formava para seu ataque. — Acho que estou viva?

— Você foi brilhante — respondeu Thane, ainda segurando-a. — Você foi tudo o que precisávamos. Você pegou todos eles. Cada um.

Cassidy deu uma risada seca, deslizando os olhos pelo barco. — Daquele grupo. Vou ter que fazer de novo, não é?

Thane não podia mais mentir para ela. Não agora, nunca mais. — Você consegue?

— Morremos se eu não conseguir, certo?

Thane não tinha resposta. Apenas um triste aceno de cabeça.

— Você vai ter que me segurar de novo — disse Cassidy. — Com mais força desta vez. Quase escorreguei, e só vai piorar.

Ficar ao lado de um inferno ardente enquanto ela salvava suas vidas? Thane podia fazer isso. Podia mergulhar na profunda injustiça, no mundo sinistro que os trouxera a este momento e manter Cassidy de pé, manter-se vivo.

— Estarei lá — disse Thane, ajudando-a a ficar de pé. — Ao seu lado até o fim.

KAT NÃO CONSEGUIA ENCONTRAR diversão no fim do mundo. Ela não queria se juntar a alguma farra, jogar fora todas as preocupações e aceitar a aniquilação em alguma bebedeira gigantesca enquanto o relógio avançava até que o inevitável os transformasse em cinzas. Não. Em vez disso, o que Kat, Calvin e Gordon fizeram, depois daquela primeira bebida, foi olhar um para o outro e para os outros no bar, todos fazendo a mesma coisa, e então seguir para o quarto de Gordon.

Eles não conversaram muito, não trocaram histórias ou sequer descreveram como Kat mal sobreviveu ao encontro com Wexley, Rhimes e seus capangas. Aquela história toda não parecia importar no contexto maior; quando a ordem mundial desaparecesse em uma explosão ardente, os problemas pessoais de Kat pareciam patéticos.

Apenas Seeker, bufando ao redor e lambendo as botas brancas de Kat, parecia imperturbável.

Calvin não os acompanhou até o fim. Seu Tama acendeu com requisitos, solicitações e então ordens do Paragon para se apresentar à sede para receber tarefas e informações. Kat tentou interrogá-lo antes que a anomalia partisse, obter alguns detalhes, mas Calvin não tinha nada a dizer, exceto que entraria em contato. O homem desapareceu na noite silenciosa e em pânico.

Recolher-se ao quarto de hotel de Gordon parecia errado, ou confinado demais, ou insignificante demais diante da... existência? O que se faz com um desastre como esse? Os Campeões não eram amigos, não eram parentes, não iam às festas de aniversário de Kat — como se ela tivesse festas de aniversário — mas os relatórios terríveis vindos de LA pareciam punhaladas no estômago de qualquer forma.

— Vou levar o Seeker para passear — disse Kat depois que eles apertaram o botão do elevador, mas antes que as portas se abrissem.

— Boa ideia — respondeu Gordon, nenhum dos dois considerando quão absurdo seria um passeio à meia-noite em uma cidade agitada após repetidas calamidades do Paragon.

Nenhum dos dois falou enquanto davam voltas nos quarteirões com Seeker. Pods passavam por eles, embora Kat diria que as ruas estavam mais vazias do que o esperado — todos dentro de casa refletindo sobre seus destinos. Eles passaram por bares ainda lotados, clientes olhando mais para TVs ou Tamas do que bebendo. Todas aquelas luzes de neon diminuíam na espessa sombra da preocupação.

Kat não sabia quando o sono chegou. Eles desmaiaram no colchão, Seeker entre eles, e acordaram praticamente da mesma forma, em um estado surreal que impunha apenas uma agenda: descobrir o que tinha acontecido com a realidade deles?

— Há pessoas tentando te matar — disse Gordon enquanto escovavam os dentes, lavavam o rosto, tentavam alguma normalidade. — Eu sei, eu sei que existe toda essa questão do Paragon. Mas isso vai se resolver. Você não pode se distrair. Não agora.

— Uhum.

— Quero dizer, somos rastreadores. Temos habilidades. Se os Paragons não funcionarem, então algo virá depois deles que precisará de nós. Ficaremos bem.

— Claro que sim. — Kat se encarou no espelho. Não estava tão mal. Um pequeno arranhão no braço do mergulho na casa das armas, uma casca vermelha na testa do dardo, mas de resto seu casaco e jeans escondiam os hematomas da dança no gelo assassina. — Tudo será como era antes, Gordon.

Com seu uniforme guardado na simples bolsa de pernoite, enchendo-a completamente, Kat teve que decidir para onde ir. Ela não estava nem um pouco mais perto de encontrar o assassino, e além de voltar à casa e ver se Rhimes queria o round dois, não havia opções claras.

Sem mencionar que Kat tinha derrubado um monte de lacaios. Se o homem queria que ela morresse antes, provavelmente não gostaria mais dela hoje. Ela estaria em desvantagem numérica, com menos armas. A menos que...

Kat olhou para seu Tama no pulso esquerdo. Como os Tamas faziam, e como Kat garantia que o seu fizesse muito bem, ele havia gravado todas as conversas que ela teve ontem. Com os Paragons do seu lado, Kat poderia dar a Calvin as gravações e assistir, pipoca na mão, enquanto anomalias e drones faziam a vingança dela. Iriam até a casa e incendiariam Rhimes. Talvez identificassem o homem principal pela voz e resolvessem tudo de uma vez.

Claro, os Paragons provavelmente tinham problemas, mas um anel de assassinatos em Chicago tinha que merecer alguma ação. A cidade não podia ser deixada na anarquia por causa de um desastre em LA.

— Posso ir com você? — perguntou Gordon quando saíram do quarto. — Os quadros de rastreadores não têm nenhuma informação. Mynx, se ainda estiver viva, não está dizendo nada.

— Claro — respondeu Kat. — Só lembre que eu aparentemente sou um alvo. Se andar comigo, você pode levar um tiro.

— Estou acostumado.

— Está mesmo?

Gordon deu de ombros e Kat não tinha energia suficiente para insistir na briga. Ela precisava de café e comida. E, de preferência, voltar ao seu apartamento sem medo de ser explodida em pedaços.

Chicago, aparentemente, sentia o mesmo. Depois de uma longa noite contemplando o desastre, filas se formavam nas cafeterias do centro da cidade enquanto as pessoas percebiam que o trabalho normal continuaria, mesmo que sua normalidade parecesse ridícula agora. Mas Kat ficou na fila. Fez o pedido em seu Tama e o pegou quando a xícara fumegante apareceu no balcão.

O sistema de pagamento funcionava. Pagou pela compra. Toda a troca foi suficiente para fazer uma garota sentir que as coisas poderiam não estar tão ruins afinal.

Essa sensação durou trinta minutos, até Kat, Gordon e Seeker chegarem à torre do Paragon. Ela tentou enviar uma mensagem para Calvin, mas ele não respondeu. As notícias da manhã continuavam falando sobre LA. Aparentemente alguns Campeões haviam sobrevivido, incluindo Mynx, embora nada além de alguma declaração superficial sobre perseverança, encontrar os culpados e blá blá blá clichê tivesse sido divulgado.

Aegis teria estado à frente de tudo isso. Ele teria estado

em pé naquelas ruínas pregando fogo e enxofre, coragem e convicção. Inspiração e determinação na esteira da tragédia.

Em vez disso, Kat e Gordon encontraram uma multidão na frente da torre Paragon, esmagando-se desde as portas do edifício até as amplas ruas. Drones e alguns policiais do Paragon haviam montado barreiras na manhã fria, desviando pods, mas pareciam agitados e apenas acenaram para Kat passar.

— Você quer entrar nisso? — perguntou Gordon enquanto estavam nas periferias.

A multidão alternava entre gritos preocupados e manifestações mais raivosas, palavras estranhas e cantos pedindo mais liberdade, mais escolha e justiça para os normais. Cartazes, alguns parecendo profissionais demais para terem surgido no meio dia entre a crise de LA e esta manhã, pediam o mesmo.

— O que está acontecendo? — perguntou Kat ao ar e não recebeu resposta. Até Seeker se agarrava às suas pernas, não querendo se aproximar da energia negativa. — Justiça para os normais?

— Parece com o cara que matou Aegis — disse Gordon, encolhendo-se pela multidão com ela. — Não era isso que ele defendia?

— Não tive exatamente tempo para ler notícias ultimamente — respondeu Kat, mas o comentário de Gordon soava familiar.

De qualquer forma, parecia que os Paragons teriam as mãos cheias. Kat não conseguia imaginar ninguém ouvindo seu pedido, mesmo se conseguisse entrar. Um suposto assassino não se comparava à queda do governo.

— Então, para onde vamos agora? — disse Gordon enquanto retomavam uma caminhada sem rumo pelas ruas da cidade. — De volta ao hotel? Esperar para ver o que acontece?

— Quero meu apartamento — disse Kat. — E não quero mais ficar olhando por cima do ombro.

— Eu também quero coisas, Kat.

— A diferença é que eu sei como conseguir as minhas. — Às vezes as ideias vinham dos lugares mais estranhos, e a simples resposta de Gordon ativou a memória de Kat. — Gordon, preciso que você faça uma escolha agora mesmo.

— Uh-oh.

— Isso mesmo, uh-oh. Não sei o que vai acontecer a seguir, mas acho que não posso enfrentar esses caras sozinha. Os Paragons não vão ajudar, não tão cedo, talvez nunca — disse Kat, virando em direção à estação de trem. Gordon a seguiu. — Preciso de aliados, que ajam.

— Eu não sou suficiente?

— Você ajuda. — Kat abriu um sorriso. — Mas nós dois não somos páreo para esse cara.

— Então quem é?

— O assassino fez alguns inimigos. Agora que tenho alguma ideia de como encontrá-lo, eles podem nos ajudar a derrubá-lo. Mas Gordon, eles não são os mocinhos. Se formos até eles, faremos um pacto com pessoas que os Paragons não gostam. Pode não acabar bem para nós.

— Mas se não fizermos isso, esse cara vai te matar.

— Provavelmente.

— Então é tudo que preciso saber.

O QUE VOCÊ faz quando tudo deu certo e mesmo assim se encontra sentado em um trailer escuro assistindo às notícias sobre outras pessoas, outros lugares, outros projetos?

Zhan-Yo não tinha um Tama, mas o esconderijo de Mathieu tinha um computador e ele o conectou às suas antigas contas através de uma rede de ofuscação de sinal para tornar rastreamentos praticamente impossíveis. Ele estava esperando uma enxurrada, inúmeras perguntas e pedidos de entrevistas de organizações de notícias ao redor do mundo.

Como ele conseguiu fazer isso?

Por que ele fez isso?

O que tudo isso significava?

Zero. E não era como se essa informação fosse secreta. As informações de contato pessoais de Zhan-Yo já haviam sido expostas antes, inclusive por ele mesmo. Uma rápida olhada na Internet revelaria tudo. No entanto, nada.

Os Paragons, compreensivelmente, receberam milhares de perguntas. Cada rede de notícias, caramba, cada cidadão particular lançou aos seus representantes proposições alarmadas que pressagiavam o fim. Como se essa explosão, uma única em um único estádio praticamente vazio, significasse o fim.

Embora, ouvindo os Paragons, você poderia pensar que sim.

— Como eles podem dizer isso? — Zhan-Yo gesticulou para a tela, onde o líder regional dos Paragons de Los Angeles acabara de terminar de avisar a todos para terem cuidado, para evitarem espaços públicos até que os Paragons trouxessem os criminosos à justiça. — Isso não foi um ataque aleatório.

— É melhor fazer parecer que foi — disse Xander, então o jovem voltou para seu jantar, mastigando um peixe cultivado nas proximidades. — Os Paragons não querem...

— Dividir as pessoas, sim, eu entendo isso. — Zhan-Yo se inclinou para frente. Seu pulso esquerdo coçava onde seu Tama costumava ficar. — Toda essa bobagem de unidade. Onde estava isso ontem?

— Não precisavam disso ontem.

Zhan-Yo lançou um olhar irritado para Xander, mas o garoto não estava olhando. Estava observando a tela. Pelo menos a TV tinha tamanho a seu favor; Zhan-Yo poderia não ter as informações instantâneas de um Tama na ponta dos dedos, mas poder ver o rosto grande de Mynx enquanto aparecia na tela não era pouca coisa.

A preocupação iluminava as rugas da Campeã. Os cabelos grisalhos pareciam mais pronunciados agora, e seus olhos estavam terrivelmente vermelhos. Sem sono suficiente, e ela ainda estava usando seu uniforme de Paragon do estádio?

Isso sim parecia um elogio. Dar a um Campeão tanta distração e desastre que nem conseguiam trocar de roupa?

Se não podia ter sua revolução, então Zhan-Yo se contentaria com isso.

Ele passou a mão pelo cabelo, estremecendo quando tocou um corte. Zhan-Yo tinha muitos desses. Hematomas também. E seu ouvido direito parecia perder metade das coisas que chegavam a ele. Mathieu não tinha um médico à disposição, mas um dos mercenários havia sido um médico de campo, e seu exame rápido declarou Zhan-Yo machucado, mas vivo.

— E aí, capitão — disse Xander, e Zhan-Yo olhou para ver Mathieu entrando na sala, carregando dois pratos e mais dois sanduíches. O homem ainda usava seu equipamento tático, como se precisasse estar pronto para um ataque a qualquer momento.

— Como está sendo repercutido? — disse Mathieu, entregando um prato a Zhan-Yo. — Estamos tendo a cobertura que queríamos?

— Cobertura sim — disse Zhan-Yo. — Mas é tudo sobre os Paragons. Tudo sobre como eles lidarão com o atentado. Eles estão aproveitando para fazer todos esses discursos emocionados sobre um amanhã melhor.

— E você não gosta disso?

— Não quando não nos inclui — respondeu Zhan-Yo. — Wexley disse que fez sua parte. Os manifestantes estão por toda parte, em todas as principais torres dos Paragons em todas as grandes cidades. Só que eles nunca aparecem na tela. Estamos sendo silenciados.

— Você está surpreso?

— Parece que você não está.

Mathieu deu uma grande mordida, limpou um resto de mostarda com a mão enquanto a TV continuava falando sobre toques de recolher e aumento da presença de drones. O irmão de Sylvie mastigou o sanduíche e, assim como acontecia com a irmã de Mathieu, Zhan-Yo desejou poder ler a mente do homem.

— Existem dois caminhos para você — respondeu Mathieu. — Ou você aceita isso como seu melhor movimento, deixa os resultados acontecerem e espera que algo aconteça. Você se afasta disso, muda seu nome e nós te enviamos para algum lugar para aproveitar sua vida em paz.

Ele hesitou. Observou o rosto de Zhan-Yo e sem dúvida viu sua expressão cada vez mais fechada.

— Não estou fazendo isso pela paz — respondeu Zhan-Yo. — Estou fazendo isso precisamente porque a paz nos roubou nosso lugar em nosso próprio mundo.

— Então olhamos para o segundo caminho. O que significa continuar seguindo esta estrada, levando-a para onde quer que leve, não importa o custo.

Zhan-Yo revirou os olhos. Não era um hábito que ele gostava, nem que empregava, mas a frustração do momento eclipsou sua contenção.

— Mathieu, o que nós acabamos de fazer te parece *civilizado*? Plantamos bombas em um estádio. Ferimos ou matamos Paragons, inocentes, e ferimos pessoas normais fora e ao redor do local. Se há um caminho sombrio a seguir, eu já estou nele.

— No entanto, me recuso a percorrer esse caminho às cegas. Não vou consentir com assassinato sem propósito. Ainda é cedo. Se isso falhar em colocar nossa revolução nos trilhos, então talvez nos afastemos da violência. Talvez paremos de destruir e comecemos a construir.

— Não é má ideia — disse Xander. Zhan-Yo havia esquecido que o traidor Paragon ainda estava ali. — Quando nos treinavam, a questão era sempre encontrar esse terreno comum. Nem todos, mesmo outros Paragons, seriam como você. Tinha que trazê-los para seu time, especialmente quando estão com medo ou com raiva.

Xander ficou quieto, observando os dois homens mais velhos. Zhan-Yo achou que o Paragon parecia muito jovem ali, arriscando uma opinião para pessoas muito acima de sua posição e esperando, torcendo para que fosse bem recebida.

Zhan-Yo ganhou um momento com uma mordida. Mathieu fez o mesmo, voltando-se para a TV. Xander tinha um ponto. Zhan-Yo havia criado o medo, mas talvez esse medo não fosse suficiente. Ele tinha que mostrar o que as pessoas *poderiam* ter se abraçassem sua chance, empurrassem os Paragons para o lado e retomassem seus próprios destinos.

— Alguns Campeões morreram — disse Zhan-Yo. — Onde?

— Rússia, Europa. — Mathieu pensou por um longo segundo. — Acho que esses são os confirmados. Outros podem estar feridos, mas não sabemos.

— Tenho amigos na Europa — disse Zhan-Yo. — Oportunidades lá. Xander, gosto da sua ideia. Aqui, a liderança ainda está intacta. Os Paragons são fortes demais. Do outro lado do oceano, no entanto, pode haver oportunidade.

Zhan-Yo levantou-se, estremeceu com os joelhos estalando. — Vou avisar a Wexley que estou indo para o exterior. Ele organizará as reuniões. Mathieu, prepare sua equipe. Precisamos nos mover rápido.

— Mover rápido? — disse Mathieu, então terminou seu sanduíche com uma mordida gigantesca. — O que vamos fazer?

— Trazer ordem ao caos.

E se mais caos fosse necessário, Zhan-Yo também poderia fornecê-lo.

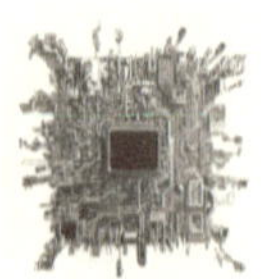

CAPÍTULO 60

SALA DE RECUPERAÇÃO

QUARTOS DE HOSPITAL raramente inspiravam euforia, mas este inspirava, porque Apinya estava nele, e ele estava vivo. O Campeão, parecendo estranho em sua bata hospitalar azul e branca, mantinha uma enfermeira fascinada quando Mynx entrou. Pelo que Mynx podia perceber, Apinya estava dando conselhos à enfermeira sobre seu casamento, e pelos apontamentos que ela registrava em seu Tama enquanto Apinya falava, não eram todos ruins.

— Você nunca para, não é? — disse Mynx depois que a enfermeira saiu apressada do quarto.

— Por quê? — Apinya agraciou as palavras com um suave sorriso. — Eu aprecio meu dom, então o compartilho.

— Estou feliz que você ainda consiga fazer isso.

— Sim, bem — Apinya ergueu seus braços, exibindo a ausência de tubos e amarras. — Parece que não estou em condições tão ruins. Na verdade, as máquinas me disseram que posso sair esta tarde.

— Menos de um dia. — Mynx balançou a cabeça. — Realmente estamos ficando bons nisso.

— Não — disse outra voz, espremendo-se ao lado de

Mynx com duas bebidas energéticas na mão. — Eu só aconteci de estar aqui.

Mila, vinda da América do Sul, pode ter esperado agradecimentos, mas Mynx duvidava que ela esperasse o abraço. Profundo, longo e nada rígido, uma mistura não natural para Mynx que, mesmo assim, parecia necessária aqui e agora.

— Quantos você salvou? — Apinya perguntou a Mila.

— Já te contei.

— Diga novamente. — Apinya acenou em direção a Mynx. — Para que ela saiba.

— Trinta e sete — respondeu Mila, cruzando os braços e olhando para o piso. — Deveriam ter sido mais, mas demorei muito para sair do camarote do estádio. As escadas desabaram, então tive que dar a volta antes de conseguir chegar aos corpos.

— Ainda assim, um trabalho digno de uma Campeã. — Apinya juntou as mãos e recostou-se na cama. — E então você me encontrou aqui e me transformou de uma ruína enrugada em um homem saudável.

— Ainda enrugado, no entanto. — Mynx fechou a porta do quarto. Ela não daria a este lugar status confidencial, mas evitar bisbilhoteiros casuais seria bom. — Perdemos Lukas e Burov. A maioria dos outros já partiu. Voltaram de avião para tratamento em suas próprias regiões.

A cúpula tinha sido um fracasso horroroso, e continuava a se agravar. Mynx tinha se forçado, com os constantes apelos de Reeves, a dar algumas entrevistas e fazer mais declarações unificadoras. Tudo soava um tanto vazio, mas aparentemente estavam surtindo efeito.

Alguns protestos haviam surgido, mas estavam controlados, e os Paragons regionais, até agora, tinham mantido a cabeça no lugar. O que aconteceria quando chegasse a hora de lidar com as baixas e preencher os buracos, Mynx não sabia dizer.

— Vou me juntar a eles — disse Apinya. — Esta noite, eu acho. Salvo qualquer contratempo. Sua pequena mágica não causa nenhum desses, certo?

— Só se você me deixar irritada — respondeu Mila.

— Ah, então eu definitivamente preciso sair o mais rápido possível.

— Apinya — disse Mynx. — Eu esperava que você pudesse ficar mais um dia ou dois. Apenas para mostrar alguma unidade por um tempinho. Manter a impressão de que as coisas não estão tão ruins.

— Mas elas estão péssimas — murmurou Mila.

— Eu ficaria, Mynx. Nem tivemos tempo de colocar a conversa em dia. — Apinya estendeu a mão para Mila, que a pegou e ficou quieta. — Infelizmente, como os outros, agora tenho um público urgente e exigente que não descansará enquanto eu estiver ausente. Eles vão querer respostas, e eu precisarei dá-las. Pessoalmente e com confiança.

Apinya não terminou com um pedido de desculpas. Mynx não deveria ter esperado um. Era assim que as coisas eram. Nem mais, nem menos.

— Então você tem algum conselho? — perguntou Mynx. — Com Pixie sendo tão nova nisso, terei que assumir a frente. Ser a imagem do orgulho Paragon e tudo mais.

— Meu conselho? Eu encontraria os responsáveis por isso, e os encontraria logo. Arruiná-los para que o mundo veja, e depois descartá-los onde ninguém possa encontrar seus corpos.

— Celice já está nessa missão.

— Ela está sozinha nisso?

Mynx olhou para Mila, que deu de ombros levemente. Vingança e raiva não eram realmente o estilo de Apinya, mas ali estavam as palavras mais fervorosas que Mynx ouvira dele em décadas.

— Eu não sei? — respondeu Mynx. — Ela saiu com pressa.

— Então vá atrás dela. Os Campeões foram atacados, Mynx. Os Paragons foram agredidos. Razão e discurso são inúteis quando o inimigo se recusa a ouvir. Uma ameaça como esta deve ser eliminada, não acomodada.

Agora Mynx cruzou os braços, enfrentando Apinya diretamente — Você falou com Zhan-Yo. Quando ele estava naquele palco. Você aprendeu algo que o faz falar assim?

— Aprendi que ele acredita em sua causa com todo o coração — disse Apinya. — Ele não vai parar, Mynx. Ele não vai parar até conseguir o que quer.

— Bem, nem eu.

Mynx deixou o quarto um pouco mais tarde, depois de convencer Mila a ficar e preencher o papel de unidade de Apinya para as câmeras. Quando Mynx saiu do hospital, pegou o pod que a levaria à sua Fábrica, ela enviou ordens.

Todos os drones, mundialmente, continuariam procurando por Zhan-Yo. Se o encontrassem, não haveria captura. Nem atordoamento e interrogatório.

E se Zhan-Yo jogasse na surdina? Se mantivesse escondido?

Mynx havia se infiltrado nos lugares mais seguros do planeta antes do reinado dos Campeões. Tinha assassinado vilões à distância com um pequeno e bem posicionado tiro. Os drones que haviam entregado resultados silenciosos e sangrentos para a revolução Paragon ficaram adormecidos por anos e anos.

Hora de acordá-los.

CAPÍTULO 61
O MERGULHO

QUANTAS FUGAS de prisão envolveram algumas dezenas de anomalias disparando pelo oceano em um barco improvisado mantido unido por cuspe e superpoderes? Thane apostava fortemente em zero, mas começava a pensar que esta poderia ser bem-sucedida na primeira tentativa. Com Cassidy entrando e saindo, recebendo descanso de outras anomalias que usavam suas habilidades para criar cobertura, os drones sofreram perdas severas. As ondas atrás do barco cintilavam com pontos pretos, alguns ainda fumegando, evidenciando o trabalho de Cassidy.

Não que a própria Cassidy não estivesse exausta. Thane tinha que segurá-la a cada vez, alimentando seu próprio medo e desespero para se manter seguro do calor intenso de Cassidy, mesmo enquanto a água gelada do mar espirrava sobre eles. O Vazio fazia seu trabalho, sugando um drone após o outro para aquele buraco dimensional, despedaçando-os e mantendo os fugitivos vivos.

A ilha diminuía no horizonte, seu vulcão uma lança escura dividindo o céu distante. Arthur e seu bando traiçoeiro ainda estavam lá, seguros em uma terra que seria, na maior parte, incontestada. Eles podiam ficar com seu paraíso aprisionado. Viver suas vidas tranquilas sem nada para mostrar pelos grandes dons que a natureza lhes dera.

— O que eles estão fazendo? — murmurou Cassidy, recostando-se nos braços de Thane enquanto ele, por sua vez, se apoiava contra o bordo do barco.

— Quem? — Thane olhou através do barco, para as anomalias em suas posições designadas.

Incrível, realmente, como todos haviam se alinhado rapidamente. Thane só precisou dar algumas ordens e esses vilões resistentes pularam imediatamente para fazer o que precisava ser feito. O fato de que o fracasso significaria morte pode ter influenciado, mas Thane já tinha encontrado anomalias imprudentes antes, pessoas que usavam o próprio ego para se proteger da razão. Aqui, no entanto, eles tinham uma tripulação.

Na popa, Sook impulsionava o barco para frente enquanto, na proa, outro, Avery, que havia selado o barco no início, usava sua habilidade para criar um caminho sobre as ondas, criando uma superfície reluzente como gelo plástico sobre a qual o barco disparava. Outras anomalias criavam distrações para os drones, mantinham a água fora do convés ou ajudavam a navegar por meios que Thane não conseguia compreender.

— Os drones — disse Cassidy. — Não estão voltando para outro ataque.

Era verdade. Em vez de se agruparem para outra investida de rajadas de tiros — anomalias suficientes com braços e pernas enfaixados ou deitadas no convés recebendo cuidados mostravam que os ataques dos drones tinham funcionado — os drones pareciam estar se espalhando ao redor do barco, formando um amplo círculo com seus números. De perto, Thane poderia considerar a manobra uma ameaça de cerco. Os drones, porém, pairavam além do alcance das anomalias e, também, do seu próprio.

— É como se estivessem nos observando — disse Thane. — O que é um problema.

Eventualmente, o barco se aproximaria da civilização. O plano era escapar da perseguição, desaparecer em mar aberto e chegar à terra firme sem olhares. Se os drones os seguissem o caminho todo, as forças da Paragon poderiam cercar e recapturar, ou matar, o pequeno grupo de Thane.

— Não consigo alcançá-los tão longe — disse Cassidy.

— Eu sei.

Thane afastou Cassidy, ajudando-a a se apoiar no corrimão.

No centro do barco, nenhuma estratégia óbvia se apresentava. Thane fez um inventário das anomalias restantes e suas habilidades, procurando uma chave para desbloquear sua fuga e não encontrando nada. O mar aberto não oferecia muitas opções, mesmo para os superdotados. Eles poderiam continuar seguindo em frente e esperar que os drones gastassem sua energia antes que as anomalias chegassem à civilização.

Ou.

— Nós mergulhamos — disse Thane a Cassidy. — Você cria uma abertura, um vazio à nossa frente e o empurra para a frente, limpando a água. Avery sela a água quando passarmos, e os outros continuam nos impulsionando para frente.

— Eles ainda conseguirão nos rastrear.

— Não se formos fundo o suficiente. Por que Mynx equiparia drones aéreos para isso? Se descermos o suficiente, podemos fugir deles.

— Você acredita.

— Eu espero, porque senão o único final possível é nossa morte.

Cassidy não tinha resposta para isso. Em vez disso, com um suspiro trêmulo e agarrando o braço de Thane, ela se levantou. Thane compartilhou os planos, e embora não encontrasse muito entusiasmo entre as anomalias, a resignação funcionava tão bem quanto.

Thane, Cassidy, Avery e Sienna se dirigiram à proa. Na parte de trás, as outras anomalias ficaram de olho nos drones, mantendo o barco em movimento ao empurrar o ar atrás deles.

— Pronta? — perguntou Thane, e ele observou Cassidy dar mais uma olhada no céu ensolarado de meio-dia, parecido com um paraíso.

Absorvendo uma última vista bonita.

— Pronta — disse Cassidy. — Assim que começarmos, precisamos continuar até não podermos mais. Se subirmos muito cedo, não terá servido para nada.

Enquanto Cassidy terminava suas palavras, gritos se levantaram por todo o barco. Os drones, aparentemente vendo algo de que não gostavam, haviam quebrado sua formação. As máquinas voadoras mergulharam em direção ao barco por todos os lados, um ataque disperso que, com as anomalias fora de posição, poderia ser desastroso.

— Agora! — gritou Thane.

À frente, a próxima onda não desmoronou, não se abriu, simplesmente desapareceu. O barco inclinou-se para a frente em direção a um vazio negro repentino, e Thane percebeu que a própria onda não tinha desaparecido, mas a luz que chegava até eles havia sido sugada. O vazio de Cassidy cresceu e empurrou, inclinando o barco para baixo.

Avery impulsionou sua habilidade ao redor deles enquanto a água se curvava ao redor do vazio de Cassidy, o barco disparando atrás do buraco negro em miniatura. A água que deveria ter os engolido por trás e por cima congelou como vidro, estilhaçando em gotas momentos depois, enquanto o barco passava. O próprio Avery, um homem bronzeado que parecia ter entre vinte e cinco e cinquenta anos, começou a suar profusamente.

Sienna não fraquejou, no entanto. Ela puxou água de baixo da proa do barco, acelerando a descida, e a lançou sobre o grupo, seu gelo transformando-se em vapor na pele de Cassidy, suavizando a de Avery e fazendo Thane tremer tanto que ele mergulhou em seu medo persistente, espe-rança, desespero para se fortalecer.

Mas eles mergulharam. Desceram abaixo da superfície e mais abaixo, até que em todo lugar que Thane olhava, o azul, primeiro claro e depois mais escuro, envolvia o barco.

A água bloquearia qualquer tiro dos drones. Lhes daria algum tempo. Nenhum raio conseguiria atravessar tanta água, nenhuma bala também, e esses drones não teriam torpedos. Pelo menos, Thane esperava que Mynx não tivesse sido tão clarividente, tão paranóica.

— Ainda tem um atrás! — Um grito de trás, e Thane compreendeu as palavras o suficiente para olhar para trás, para aquele longo túnel que estava se fechando.

Um único drone, ominoso e preto, havia entrado no túnel da popa do barco. Livre de sua formação, o drone disparou dentro da água-vidro que desmoronava, esqui-vando-se de raios e explosões enviados pelas anomalias com muita facilidade. Como se pudesse ver de onde viria cada ataque, antes que a anomalia o enviasse.

Impossível, a menos que a programação do drone lesse a linguagem corporal da anomalia. Lesse calor, olhos, respi-ração e todas as outras pistas que uma criatura viva emitia antes de se mover. O robô dançava enquanto a realidade explodia ao seu redor, e o drone respondia da mesma forma.

Os próprios raios e balas do drone atingiram o barco, e

sem os vazios de Cassidy ou as barreiras de água-vidro de Sienna e Avery para bloquear os ataques, as anomalias começaram a cair. O drone atirava com precisão, cada acerto marcando um fim fatal. Sook desabou quando um raio atingiu seu peito, o barco estremecendo à medida que sua aceleração diminuía.

Mais um minuto, e o barco seria um túmulo.

— Cassidy! — gritou Thane. — Precisamos de outro vazio! Atrás de nós!

Na frente, eles precisavam de um buraco negro de vários metros sugando um caminho através das profundezas. Cassidy, já envolta em fumaça pelo esforço, com Thane segurando-a, sua pele queimando contra a dele, tremeu com suas palavras. Ele viu sua cabeça virar, aqueles olhos cheios de lágrimas mal abertos contra a dor.

— Por favor — disse Thane. — Eu acredito em você.

Um rugido rápido, seguido pelo grito distorcido do metal, veio de trás deles. Thane se virou, viu o drone se despedaçando, seus motores ainda disparando, lançando os destroços em direção a eles. Thane sentiu estilhaços ricochetearem em suas próprias costas, viu-os perfurarem Sienna, Avery. Os outros.

Viu Sienna tropeçar e cair pelo lado.

Sentiu a concentração de Avery se quebrar quando suas mãos foram para o ombro, onde uma fina lança de metal havia se alojado. O túnel de vidro fraturou, parou, e o mar começou a dobrar-se ao redor deles.

Thane entregou-se ao seu medo, seu desespero, sua ruína. Com os braços apertados em volta de Cassidy, ainda uma supernova, o oceano avançou para reivindicá-los.

———

A bomba fez mais do que destruir um estádio: abalou o mundo. Enquanto a poeira assenta, Celice parte para a Europa no encalço do bombardeiro, com vingança em mente. Ela tem as ferramentas e a alma atormentada para garantir que seu alvo sofra. É uma caçada sem limites, que pode ter um preço mais alto do que Celice está disposta a pagar.

Continue a aventura de Celice com *A Ascensão da Revolução*:

AGRADECIMENTOS E NOTA DO AUTOR

Champion's Call é, apesar da autoria, uma obra que surgiu graças a muitas pessoas. Nicole, minha esposa, tem sido uma incansável apoiadora da minha escrita, me proporcionando muitas manhãs, tardes e noites para tecer as histórias que você lê nestas páginas. Meus pais também, por lerem todos os meus trabalhos e me darem seu incentivo.

Leitores como você desempenham um papel enorme, porque estou escrevendo essas histórias para serem lidas, apreciadas e, talvez, despertar uma ou duas questões interessantes.

The Hero's Code é uma série que, para mim, trata de confrontar o poder em suas inúmeras formas, e como muitas dessas formas são tanto boas quanto ruins. O conflito entre esse poder e os ideais daqueles que vivem com ele forma o cerne desta série, e estou empolgado para mostrar aonde isso vai levar.

Além disso, super-heróis são simplesmente divertidos de se ter por perto e, na verdade, quando você está escrevendo esses romances, você tem a chance de passar tempo com pessoas e lugares que nunca veria de outra forma. Aegis, Mynx, Kat - tenho a oportunidade de passar tempo com essas pessoas maravilhosas, e sou muito sortudo por poder fazer isso.

Obrigado por ler, e fique atento ao próximo livro, porque ele estará aqui antes que você perceba!

A.R. Knight cria histórias em uma casa gelada em Madison, Wisconsin, predominantemente dominada por dois gatos. Depois de ser sugado pela rotina de trabalho durante a crise econômica de 2008, ele se pegou em reuniões chatas voando pelo espaço e embarcando em grandes aventuras.

Eventualmente, dedicando-se a podcasts, roteiros, contos e outros romances, ele encontrou uma história na qual poderia mergulhar e um elenco de personagens ao mesmo tempo divertidos e cheios de coração.

A.R. Knight planeja pular para outros mundos e encontrar novas histórias para contar nas fronteiras ilimitadas de nossa imaginação.

Obrigado, como sempre, pela leitura!

Para mais informações:
www.blackkeybooks.com

Para Ashe

www.ingramcontent.com/pod-product-compliance
Lightning Source LLC
Chambersburg PA
CBHW030334010826
48973CB00004B/1005